L'Agent secret

Littératures

Collection dirigée par Henry Dougier
avec la collaboration d'Emmanuel Dazin,
Thomas Helger, Myrto Reiss

Des lectures, des récits qui traversent la vie, éclairent sur l'autre et sur nous-mêmes, en jouant, par drames et destins interposés, leur grande fonction de fabulation et de tendresse.
Que serions-nous sans ce cercle intime de personnages complices, sans ces histoires qu'on lit et relit d'une lecture affective, un peu somnambule ?

Photographie de couverture :
© August Sanders
1912-1913, DR.

Joseph Conrad

L'Agent secret

Nouvelle traduction
par Odette Lamolle

Éditions Autrement **Littératures**

Au lecteur

Joseph Conrad, 1920

La conception de L'Agent secret *- sujet, genre, dessein artistique ou tout autre élément susceptible d'inciter un écrivain à prendre la plume - peut être attribuée, je crois, à une période de réaction mentale et affective.*

La réalité est que j'ai commencé cet ouvrage sur une impulsion et que je l'ai écrit sans interruption. Lorsqu'il fut terminé et livré au public, je me suis vu reprocher de l'avoir produit. Certains critiques étaient sévères, d'autres prenaient un ton navré. Je n'ai pas leurs termes sous les yeux, mais je me souviens fort bien de l'argument qu'ils avançaient, et qui était très simple - et aussi de ma surprise devant sa nature. Tout cela paraît maintenant être une bien vieille histoire ! Pourtant, il n'y a pas si longtemps de cela. Je dois en conclure que, dans l'année 1907, j'avais encore beaucoup de candeur juvénile. Il me semble aujourd'hui que même une personne naïve aurait pu prévoir que certains reproches seraient fondés sur l'environnement sordide et la laideur morale de ce récit.

C'est là, évidemment, une objection sérieuse. Elle n'était pas générale. On pourrait trouver peu gracieux de ma part de m'attarder sur quelques reproches, parmi tant de louanges intelligentes et compréhensives ; et j'espère que les lecteurs de cette préface ne se hâteront pas d'y voir l'effet d'une vanité blessée ou d'une disposition naturelle à l'ingratitude. Je pense même qu'un cœur charitable pourrait fort bien y voir le fait d'une modestie innée. Cependant, ce n'est pas exactement ma modestie. Je ne suis pas du tout certain d'être modeste ; mais ceux qui ont déjà lu mes livres me créditeront d'une décence, d'un tact, d'un savoir-faire[1], *ou comme il vous plaira de l'appeler, suffisant pour m'empêcher de chanter mes propres louanges à propos des dires d'autres personnes. Non ! Ce qui me pousse en réalité est tout différent. J'ai toujours été enclin à justifier mes actes. Pas à les défendre, à les justifier. Pas à soutenir que j'avais raison, mais seulement à expliquer qu'il n'y avait à la base de mon impulsion nulle intention perverse, nul mépris des sensibilités humaines normales.*

Cette sorte de faiblesse ne présente qu'un danger : s'exposer au risque de devenir ennuyeux ; car, en règle générale, le monde ne s'intéresse pas aux causes d'un fait patent mais à ses conséquences. Il n'est pas un animal investigateur. Il aime ce qui est évident. Il se dérobe aux explications. Je poursuivrai néanmoins les miennes. Il est clair que je n'avais pas besoin d'écrire ce livre. Aucune nécessité ne m'obligeait à choisir ce sujet – et j'emploie le mot de sujet à la fois dans le sens du récit lui-même et dans celui, plus large, d'une manifestation particulière de la vie des hommes. Cela, je l'admets tout à fait. Mais la pensée de montrer de la laideur dans l'unique but de choquer ou même seulement de surprendre mes lecteurs par un changement de genre ne m'a jamais effleuré. En déclarant cela, je souhaite convaincre, d'abord en raison de l'évidence de ce que je suis, mais aussi pour la raison,

1. En français dans le texte.

invisible aux yeux des autres, que la manière dont j'ai traité ce récit, en inspirant de l'indignation avec une pitié et un mépris sous-jacents, prouve mon éloignement de son caractère sordide et laid, qui ne dépend que du milieu où il se déroule.

La conception de L'Agent secret *se situe aussitôt après une période de deux années de concentration intense exigée par la composition de ce roman d'un autre monde,* Nostromo, *avec son atmosphère lointaine d'Amérique latine, et aussi du très personnel* Miroir de la mer. *Le premier m'avait demandé un immense effort de création et restera, je pense, mon sujet le plus vaste ; pour le deuxième, j'avais tenté de dévoiler sans réticences mes plus grandes intimités avec la mer et son influence sur le développement de ma personnalité pendant presque une moitié de ma vie. Ce fut aussi une période au cours de laquelle mon sentiment sur la vérité des choses fut accompagné d'une totale disponibilité imaginative et émotionnelle qui, toute sincère et fidèle aux faits qu'elle fût, me donna l'impression, une fois le travail terminé, d'être abandonné sans but au milieu de simples apparences de sensations, et perdu dans un univers de valeurs différentes et inférieures.*

Je ne me rappelle pas si j'éprouvais réellement le besoin d'un changement dans mon imagination, dans ma vision des choses, dans mon attitude mentale. Je crois surtout qu'un changement essentiel de mes dispositions d'esprit s'était déjà accompli à mon insu. Je ne me souviens d'aucun événement précis. Le Miroir de la mer *terminé, dans la pleine conscience de m'être honnêtement comporté envers mes lecteurs et moi-même dans chaque ligne de ce livre, je m'accordai un répit, qui ne fut pas désagréable. Puis, alors que rien ne semblait bouger en moi et que je ne songeais assurément pas à me détourner de ma route pour partir à la recherche de quelque chose de laid, le sujet de* L'Agent secret *- je parle là de l'intrigue - se présenta à moi sous la forme de quelques mots prononcés par un ami au cours d'une conversation fortuite sur les anarchistes, ou plutôt sur les activités des anarchistes. Je ne sais plus ce qui avait amené ces propos.*

Je me souviens pourtant d'avoir mentionné l'inanité criminelle de tout cela - doctrine, actions, mentalité - et d'avoir parlé de l'aspect misérable de cette attitude insensée comme d'une imposture éhontée exploitant le malheur poignant et la crédulité passionnée d'une humanité toujours tragiquement empressée de s'autodétruire. C'était cela qui me poussait à trouver tellement impardonnables ces affectations de philosophie. Ensuite, passant à des cas particuliers, nous évoquâmes l'histoire déjà vieille de l'attentat manqué contre l'Observatoire de Greenwich - action sanglante d'une telle stupidité qu'il était impossible de comprendre par aucun effort de pensée raisonnable ou déraisonnable où elle avait pu trouver son origine. Car la déraison perverse elle-même a sa propre logique. Or l'esprit ne pouvait s'expliquer cet attentat, et l'on restait confronté au fait qu'un être humain avait été désintégré pour rien qui pût de près ou de loin ressembler à une idée, qu'elle fût anarchique ou non. Quant aux murs extérieurs de l'Observatoire, ils ne souffrirent pas de la moindre fissure.

Je fis remarquer tout cela à mon ami, qui resta un instant silencieux puis observa à sa façon caractéristique, omnisciente et indifférente : « Oh ! ce type était presque un innocent. Sa sœur se suicida peu après. » Et nous abandonnâmes ce sujet ; car la surprise extrême que m'avait causée cette information inattendue me laissa un moment sans parole, et il passa aussitôt à un autre sujet. Après cela, j'ai toujours oublié de lui demander comment il avait appris cet élément de l'affaire. Je suis certain que, s'il avait une fois dans sa vie aperçu le dos d'un anarchiste, cela représentait toute l'étendue de ses rapports avec ce monde souterrain. C'était néanmoins un homme qui aimait parler avec des gens de toute catégorie, et il tenait peut-être cette lumineuse information de deuxième ou troisième main - d'un balayeur des rues, d'un policier retraité, d'une vague relation de son club ou, qui sait, de quelque ministre d'État rencontré dans une réception publique ou privée.

Nul doute n'était permis sur la valeur de ce renseignement. On avait l'impression de sortir d'une forêt et d'aborder une plaine

- où il n'y avait guère à voir mais où il faisait grand jour. Non, il n'y avait guère à voir et, franchement, pendant un certain temps, je ne cherchai même pas à rien apercevoir. Seule subsistait cette impression d'illumination. Elle demeurait satisfaisante, mais d'une manière passive. Puis, environ une semaine après, le hasard me mit sous les yeux un livre qui, pour autant qu'il m'en souvienne, n'avait pas eu de notoriété - souvenirs assez sommaires d'un commissaire de police adjoint, personnage manifestement intelligent, avec un fort penchant pour la religion, qui avait été nommé à son poste à l'époque de l'attentat à la dynamite survenu à Londres dans les années 1880. Ce livre était assez intéressant, très discret bien sûr ; et j'ai maintenant oublié l'ensemble de son contenu. Il n'y avait aucune révélation, il effleurait la surface des choses d'une manière plaisante, c'était tout. Je ne tenterai même pas d'expliquer pourquoi je fus arrêté par un petit passage de sept lignes environ, dans lequel l'auteur (je crois qu'il s'appelait Anderson) rapportait un bref entretien qu'il avait eu avec le ministre de l'Intérieur dans les pas perdus de la Chambre des Communes après un attentat anarchiste imprévu. Je crois que ce ministre, à l'époque, était sir William Harcourt. Il était très contrarié, et le fonctionnaire fort penaud. Des trois phrases qu'ils échangèrent, me frappa surtout l'exclamation irritée de sir W. Harcourt : « Tout ça est très joli. Mais votre idée de garder l'affaire secrète consiste en somme à laisser le Ministère de l'Intérieur dans l'obscurité. » Phrase assez caractéristique du tempérament de sir W. Harcourt, mais en elle-même sans grande portée. Il devait pourtant y avoir dans cet incident une certaine atmosphère, car je me sentis stimulé d'un seul coup. Et il se passa dans mon cerveau ce qu'un étudiant en chimie appréhenderait aisément par analogie avec le processus de cristallisation dans une éprouvette contenant un liquide incolore, provoqué par l'addition d'une goutte infime d'un produit approprié.

Au début, ce fut pour moi une modification mentale qui troubla mon imagination au repos - modification qui fit apparaître des formes étranges aux contours nets, mais imparfaitement perçues, retenant mon attention comme le feraient des cristaux par un aspect bizarre et inattendu. Ce phénomène m'incita à méditer, y compris sur le passé, sur l'Amérique du Sud, ce continent de soleil violent et de révolutions brutales, sur la mer, cette vaste étendue d'eau salée, miroir des colères et des sourires du ciel, réflecteur de la lumière du monde. Puis la vision d'une ville immense se présenta à moi, d'une ville monstrueuse plus peuplée que certains continents et, dans sa puissance créée de la main de l'homme, apparemment indifférente aux sourires et aux colères du ciel, dévorant avec cruauté la lumière de l'univers. Il y avait là assez de place pour y loger une histoire, assez de profondeur pour toutes les passions, assez de variété pour n'importe quel décor, assez d'obscurité pour ensevelir cinq millions de vies.

La ville devint irrésistiblement un fond de décor au cours de la période de profondes et hésitantes méditations qui suivit. D'innombrables hypothèses se présentèrent à moi dans diverses directions. Il faudrait des années pour découvrir la bonne voie. Cela me parut durer des années ! Par une lente progression, la conviction naissante de la passion maternelle de Mrs. Verloc monta comme une grande flamme entre ce cadre et moi, l'éclairant de sa secrète ardeur et en recevant en échange un peu de ses nuances sombres. Enfin, l'histoire de Mrs. Verloc surgit, complète, des jours de son enfance jusqu'à la fin, encore mal équilibrée, comme si tout le premier plan restait inerte, mais prête à être prise en main. Ce fut à peu près l'affaire de trois jours.

Ce livre n'est pas autre chose que cette histoire, réduite à des proportions abordables, son développement tout entier imaginé et centré autour de la cruauté absurde de l'explosion du parc de Greenwich. Je ne dirai pas que la tâche qui m'attendait était exceptionnellement ardue, mais sa très grande difficulté la rendit très absorbante. Elle devait néanmoins être accomplie. C'était une nécessité. Les personnages groupés autour de Mrs. Verloc et directement ou indirectement responsables de sa tragique opinion que « la vie ne résiste pas à un regard trop approfondi » sont nés de cette nécessité même. Je n'avais personnellement jamais douté de la réalité de l'histoire de Mrs. Verloc ; mais il fallait la faire émerger de l'obscurité de cette ville énorme, il fallait la rendre crédible, non pas tellement son âme que son environnement, non tant sa psychologie que son caractère humain. Pour l'environnement, les indices ne manquaient pas. Je dus lutter avec énergie pour tenir à distance les souvenirs de mes errances nocturnes et solitaires à travers Londres au temps de ma jeunesse ; car ils ne demandaient qu'à venir encombrer chaque page, au fur et à mesure qu'ils surgissaient l'un après l'autre dans un état d'esprit plus affectif et cérébral que je n'en avais peut-être encore jamais connu en écrivant. À cet égard, je puis affirmer que L'Agent secret *est un ouvrage absolument authentique. Mon dessein artistique lui-même, l'adoption d'un mode ironique pour traiter un sujet de ce genre, fut délibéré, avec la conviction sincère que seul un traitement ironique me permettrait de dire tout ce que je croyais avoir à dire, que ce fût mépris ou compassion. L'une des satisfactions mineures de ma vie d'écrivain fut, après avoir pris cette décision, d'avoir réussi, me semble-t-il, à la mener à son terme. Quant aux personnages que la nécessité absolue de ce cas - celui de Mrs. Verloc - amène sur le devant de la scène londonienne, eux aussi m'apportèrent ces petites satisfactions qui ont une telle importance, compte tenu de la masse de doutes oppressants qui hantent avec tant de persistance toute tentative de création. Mr. Vladimir, par exemple (belle proie pour une présentation caricaturale), me procura le plaisir d'entendre dire par un homme d'expérience : « Sans doute Conrad a-t-il été en contact avec ce milieu, ou alors il a une bonne intuition de ces choses », car Mr. Vladimir n'était pas « seulement vraisemblable dans les détails, mais tout à fait véridique dans ses éléments essentiels ».*

Puis un visiteur venu d'Amérique m'apprit que nombre de révolutionnaires réfugiés à New York prétendaient que ce livre avait été écrit par une personne très bien documentée sur eux. Je considérai cela comme un très grand compliment, car je dois à la vérité de dire que j'avais vu encore moins d'êtres de cette catégorie que l'ami omniscient qui m'avait donné la première idée de ce roman. Je suis cependant persuadé qu'il y a eu, pendant que j'écrivais ce livre, des moments où j'étais moi-même un extrémiste, je ne dirai pas plus convaincu qu'ils ne l'étaient, mais nourrissant un dessein plus précis que nul d'entre eux n'en a jamais poursuivi de toute sa vie. Je ne dis pas cela pour m'en vanter. Je me bornais à faire mon travail. En écrivant chacun de mes livres, je me suis toujours consacré à mon travail. En m'y livrant corps et âme. Et cela non plus, je ne le dis pas pour me vanter. J'aurais tout bonnement été incapable d'agir autrement. Faire semblant m'eût trop ennuyé.

J'ai trouvé l'inspiration de certains des personnages de ce récit, légaux ou illégaux, dans diverses sources qu'un lecteur, ici ou là, aura peut-être pu découvrir. Elles ne sont pas très mystérieuses. Mais je ne souhaite pas ici légitimer ces gens-là ; et, même en ce qui concerne ma position d'ensemble sur les effets moraux des relations entre la police et les criminels, je me hasarderai seulement à dire qu'elle est défendable.

Les douze années écoulées depuis la publication de cet ouvrage n'ont pas modifié mon point de vue. Je ne regrette pas de l'avoir écrit. Récemment, des circonstances qui n'ont rien à voir avec la teneur d'ensemble de cette préface m'ont contraint à dépouiller ce récit du vêtement littéraire de mépris indigné que j'avais pris tant de peine à ajuster sur lui décemment, il y a des années. J'ai pour ainsi dire été obligé de le contempler dans sa nudité. J'avoue que c'est un répugnant squelette. Mais je persiste à dire que, en racontant l'histoire de Winnie Verloc jusqu'à sa conclusion anarchique de totale désolation, de folie, de désespoir, et en la racontant comme je l'ai dit ici, je n'ai pas eu l'intention d'outrager gratuitement les sensibilités humaines.

Joseph Conrad
1920

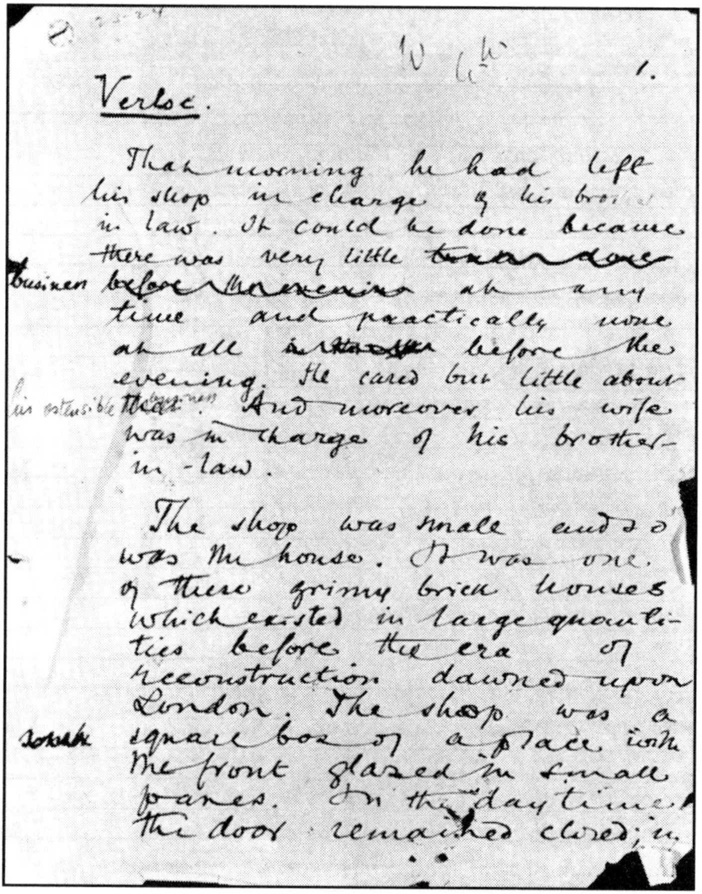
Verloc.

That morning he had left his shop in charge of his bro[illegible] in law. It could be done because there was very little ~~[illegible]~~ business ~~before the evening~~ at any time and practically none at all ~~[illegible]~~ before the evening. He cared but little about his ostensible business ~~that~~. And moreover his wife was in charge of his brother-in-law.

The shop was small and so was the house. It was one of these grimy brick houses which existed in large quantities before the era of reconstruction dawned upon London. The shop was a square box of a place with the front glazed in small panes. In the daytime the door remained closed; in

Première page du manuscrit de L'Agent secret.

1

Lorsqu'il sortait le matin, Mr. Verloc confiait théoriquement la garde de son magasin à son beau-frère. On pouvait le faire car, s'il n'y avait à aucun moment une grande affluence, il ne venait à peu près personne avant le soir. Mr. Verloc ne se souciait guère de son travail officiel. En outre, sa femme gardait l'œil sur le gamin.

La boutique n'était pas grande, la maison non plus. C'était une maison de briques noirâtres, comme on en voyait en si grand nombre avant l'ère de la reconstruction à Londres. Le magasin occupait un espace carré, avec une façade à petits carreaux vitrés. Le jour, la porte restait fermée ; le soir, elle était entrebâillée de façon discrète et subreptice.

La vitrine affichait des photographies de filles de cabaret plus ou moins dévêtues ; des paquets d'aspect mal défini, emballés comme des remèdes de médecines parallèles ; des enveloppes de papier jaune cachetées, sur lesquelles le prix de deux shillings six était marqué en gros chiffres noirs ; quelques fascicules de vieilles publications françaises comiques étaient suspendus à une ficelle comme du linge à sécher ; un bol douteux de porcelaine bleue, un coffret de bois noir, des flacons d'encre à marquer, des tampons de caoutchouc ;

quelques livres aux titres équivoques ; quelques exemplaires apparemment anciens de journaux inconnus, mal imprimés, avec des titres tels que *La Torche, Le Gong* - des titres allé-chants. À l'intérieur de la vitrine, les deux becs de gaz étaient toujours réglés au plus bas, soit par économie, soit pour satis-faire la clientèle.

Celle-ci se composait de très jeunes gens qui traînaient un moment devant la vitrine avant de se faufiler soudain à l'inté-rieur, ou d'hommes d'âge mûr mais qui avaient en général l'air de ne pas être en fonds. Dans cette dernière catégorie, certains avaient le col de leur pardessus relevé jusqu'à la mous-tache et des traces de boue sur leurs pantalons élimés de qua-lité médiocre. Et les jambes qu'ils recouvraient ne semblaient pas non plus très remarquables. Les mains plongées au fond de leurs poches, ils se glissaient de biais dans la boutique, une épaule en avant, comme s'ils redoutaient de faire tinter la cloche.

Le tintement de cette cloche pendue à la porte au moyen d'un fil de fer recourbé était difficile à éviter. Elle était fêlée de toutes parts, mais le soir, à la moindre provocation, elle grinçait dans le dos des clients avec une virulence impudente.

Elle grinçait, et à ce signal, par la porte vitrée poussié-reuse située derrière le comptoir de bois peint, Mr. Verloc sortait vivement de l'arrière-boutique. Il avait l'œil naturelle-ment lourd ; il avait l'air de s'être tourné et retourné tout habillé, pendant des heures, sur un lit défait. Tout autre que lui eût considéré un tel aspect comme un net désavantage. Dans une transaction commerciale de détail, bien des choses dépendent de l'air aimable et engageant du vendeur. Mais Mr. Verloc connaissait son travail et ne se laissait troubler par aucune espèce de doute esthétique sur son apparence physique. Le regard fixe, avec une solide impudence qui paraissait tenir en réserve quelque abominable menace, il vendait par-dessus le comptoir tel ou tel objet ne valant manifestement et scandaleusement pas l'argent qui passait sur le comptoir : une petite boîte de carton vide par exemple, ou l'une de ces minces enveloppes jaunes cachetées avec soin, ou encore quelque volume souillé, au titre prometteur sur la couverture de papier. De temps à autre, il arrivait que l'une des danseuses de cabaret, fanée et jaunie, fût vendue à un amateur comme si elle était jeune et vivante.

Parfois, c'était Mrs. Verloc qui répondait à l'appel de la cloche fêlée. Winnie Verloc était une jeune femme au buste plein, étroitement corsetée, avec des hanches généreuses. Elle était coiffée avec soin. Le regard ferme, comme celui de son mari, elle avait une attitude d'indifférence insondable derrière le rempart du comptoir. Si le client était d'âge tendre, il paraissait soudain désemparé d'avoir affaire à une femme et, la rage au cœur, demandait alors un flacon d'encre à marquer d'une valeur de six pence (vendue un shilling six dans la boutique de Verloc) que, à peine sorti, il jetait subrepticement dans le caniveau.

Les visiteurs du soir - ceux au col relevé et au chapeau mou baissé sur les yeux - faisaient un signe de tête familier à Mrs. Verloc, murmuraient bonjour du bout des lèvres et soulevaient la tablette du comptoir pour passer dans la pièce qui donnait accès à un couloir et à un escalier raide. On ne pouvait pénétrer que par la porte du magasin dans la maison où Mr. Verloc exerçait ses activités de vendeur de marchandises équivoques, réalisait sa vocation de protecteur de la société et cultivait ses vertus domestiques. Ces dernières étaient remarquables. Il était très casanier. Ni ses aspirations spirituelles, ni ses penchants physiques ou mentaux n'étaient de nature à l'éloigner de chez lui. Il trouvait dans son foyer le bien-être du corps et la paix de la conscience, en même temps que les attentions conjugales de Mrs. Verloc et la considération déférente de sa belle-mère.

La mère de Winnie était une femme corpulente et poussive, au visage large et à la peau sombre. Elle portait une perruque noire sous une coiffe blanche. Ses jambes enflées lui interdisaient toute activité. Elle se prétendait d'origine française, ce qui était peut-être vrai ; après un bon nombre d'années de mariage avec un épicier patenté de l'espèce la plus modeste, elle s'assura, quand elle fut veuve, des moyens d'existence en louant des chambres meublées pour messieurs près de Vauxhall Bridge Road, dans un square jadis renommé qui faisait encore partie du district de Belgravia. Cette situation topographique était assez avantageuse pour la publicité de ses locations, mais les pensionnaires de la valeureuse veuve n'étaient pas de la plus haute distinction. Quels qu'ils fussent, sa fille Winnie l'aidait à les servir. Les traces de l'ascendance française dont se vantait la veuve étaient également apparentes chez Winnie. On les remarquait dans la disposition nette et esthétique de sa luisante chevelure brune. Winnie avait aussi d'autres charmes : sa jeunesse, ses formes pleines et harmonieuses, son teint clair, la séduction de son extrême réserve, qui ne la poussait quand même pas à se dérober à la conversation entretenue avec animation par certain locataire et par elle-même avec une affabilité constante. Mr. Verloc dut être sensible à ces attraits. C'était un locataire intermittent. Il arrivait et repartait sans motif apparent. Il apparaissait en général à Londres, venant (comme la grippe !) du continent, sans toutefois être annoncé par la presse, et ses séjours se déroulaient avec beaucoup de simplicité. Il prenait son petit déjeuner dans son lit, où il se prélassait tous les jours avec un air de béatitude paisible jusqu'à midi, parfois même plus tard. Lorsqu'il sortait, il semblait avoir de grandes difficultés à trouver le chemin de son logis provisoire du square de Belgravia. Il partait tard et rentrait tôt - aussi tôt que trois ou quatre heures du matin ; en se réveillant, vers dix heures, il s'adressait à Winnie, qui lui portait son petit déjeuner, avec une civilité joviale et lasse, de la voix rauque et hachée d'un homme ayant parlé avec véhémence pendant des heures d'affilée. Il tournait vers elle ses yeux proéminents aux paupières lourdes avec une langueur énamourée, ses draps tirés jusqu'au menton, sa fine moustache noire recouvrant des lèvres épaisses capables de bien des discours attendris.

Aux yeux de la mère de Winnie, Mr. Verloc était un monsieur très bien. De l'expérience glanée dans divers lieux de travail, la brave femme s'était fait, dans son isolement, un idéal de la distinction basé sur l'apparence des habitués des salles de bar privées. Mr. Verloc se rapprochait de cet idéal ; en fait, il l'atteignait.

- Bien sûr, nous emmènerons tes meubles, maman, avait dit Winnie.

Il fallut abandonner la pension de famille. Il ne paraissait pas convenable de poursuivre cette activité. Cela aurait occasionné trop de travail à Mr. Verloc. Son autre travail n'aurait pu s'en accommoder. Il ne révéla pas la nature de cet autre travail ; mais lorsqu'il se fut fiancé avec Winnie, il prit la peine de se lever avant midi, d'aller faire des frais à sa future belle-mère dans la salle à manger du rez-de-chaussée, où se tenait sa personne immobile. Il caressa le chat, tisonna le feu et se fit servir là son déjeuner. Il s'arracha avec un regret évident à son bien-être légèrement morose, mais resta quand même absent jusqu'à une heure avancée de la nuit. Il ne proposa jamais à Winnie de l'emmener au théâtre, comme aurait dû le faire un monsieur aussi bien. Ses soirées étaient occupées. Son travail était en quelque sorte politique, dit-il une fois à Winnie. Elle devrait se montrer très aimable envers ses amis politiques, la prévint-il. Avec son regard droit, impénétrable, elle répondit que, bien sûr, elle serait aimable.

La mère de Winnie ne parvint pas à savoir s'il avait donné à sa fille des détails complémentaires sur son métier. Après le mariage, le couple l'emmena avec ses meubles. L'humble aspect de la boutique la surprit. Ses jambes se ressentirent du contraste entre le square de Belgravia et la rue étroite de Soho ;

elles prirent des proportions monumentales. Par ailleurs, elle se trouva libérée de tout souci matériel. La bonne nature pesante de son gendre lui inspirait un sentiment de totale sécurité. L'avenir de sa fille était de toute évidence assuré, et elle n'avait même pas à s'inquiéter pour son fils Stevie. Elle n'avait pu se dissimuler que le pauvre Stevie était un fardeau redoutable. Mais en présence de l'attachement de Winnie pour son frère plus fragile et des bonnes dispositions généreuses de Mr. Verloc, elle se dit que le pauvre enfant avait trouvé une place protégée dans ce monde rude. Et dans le tréfonds de son cœur, elle ne fut pas mécontente que les Verloc n'eussent pas de progéniture. Étant donné que cela paraissait laisser Mr. Verloc tout à fait indifférent et que Winnie trouvait en son frère un objet d'amour quasi maternel, c'était sans doute préférable pour le pauvre Stevie.

Car l'on ne savait trop que faire de ce garçon. Il était délicat, frêle, assez joli garçon pourtant malgré une lèvre inférieure tombante et inexpressive. Grâce à notre beau système d'instruction obligatoire, il avait appris à lire et à écrire en dépit du regrettable aspect de sa mâchoire inférieure. Une tentative pour en faire un garçon de courses ne donna pas d'heureux résultats. Il oubliait les messages qu'on lui confiait ; il se laissait facilement détourner du chemin du devoir, attiré par les chiens et chats errants qu'il suivait dans d'étroites ruelles, jusque dans des cours sordides, fasciné aussi par les scènes des rues, qu'il contemplait la bouche ouverte, au détriment des intérêts de ses patrons, ou par les drames des chevaux tombés, drames dont la violence pathétique l'incitait parfois à pousser des cris stridents au milieu d'une foule qui n'appréciait pas d'être troublée par des signes de détresse dans le plaisir de sa contemplation paisible du spectacle national. Quand un agent de police grave et protecteur l'emmenait, il se révélait souvent que le pauvre Stevie avait oublié où il habitait, du moins pour un moment. Une question brusque le faisait bégayer jusqu'à la suffocation. Lorsque quelque chose l'effrayait ou le laissait perplexe, il louchait effroyablement. Il n'avait cependant jamais eu de crises de nerfs (ce qui était encourageant) ; et lorsque, dans son enfance, son père laissait assez naturellement éclater son irritation, il avait toujours la ressource d'aller se réfugier derrière les jupes courtes de sa sœur Winnie. Par ailleurs, on aurait pu le soupçonner de dissimuler un fond de perversité maligne. Quand il eut atteint sa quatorzième année, un ami de feu son père, agent d'une firme étrangère de lait en conserve, avait tenté de lui procurer une place d'employé de bureau ; mais on le découvrit un après-midi de brouillard, en l'absence de son chef, en train d'allumer des pièces de feu d'artifice dans l'escalier. Il fit partir en une rapide succession plusieurs fusées, des roues bruyantes, des bouquets explosifs ; l'affaire faillit devenir sérieuse. Une panique terrible gagna tout l'immeuble. Les yeux exorbités, les employés à demi asphyxiés se ruèrent dans les couloirs pleins de fumée ; on vit des chapeaux de soie et des hommes d'affaires d'âge respectable dégringoler l'un après l'autre l'escalier. Stevie ne parut retirer aucun plaisir personnel de ce qu'il avait fait. Les motifs de cet éclat d'originalité furent difficiles à découvrir. Ce fut seulement longtemps après que Winnie obtint de lui une confession brumeuse et confuse. Il semble que deux autres jeunes employés avaient excité sa compassion en lui racontant des histoires d'oppression et d'injustice, au point de l'amener à ce paroxysme de frénésie. Évidemment, l'ami de son père le licencia sans autre forme de procès pour éviter la ruine de son affaire. Après cet exploit altruiste, on installa Stevie dans la cuisine du rez-de-chaussée pour aider à laver la vaisselle et cirer les chaussures des pensionnaires de la maison de Belgravia. Il n'avait certes aucun avenir dans ce travail. Les messieurs lui donnaient de temps à autre un shilling de pourboire. Mr. Verloc se montra le plus généreux des locataires. Mais cela ne représentait pas grand-chose, ni au point de vue du gain ni à celui de l'avenir, si bien que, lorsque Winnie annonça à sa mère ses fiançailles avec Mr. Verloc, celle-ci ne put s'empêcher de se demander, avec un soupir et un coup d'œil vers l'arrière-cuisine, ce que deviendrait dorénavant le pauvre Stephen.

Il se révéla que Mr. Verloc était disposé à le prendre avec la mère de sa femme et les meubles qui constituaient toute la fortune visible de la famille. Mr. Verloc ramassa tout ce qui se présenta à son vaste cœur bien intentionné. Les meubles furent harmonieusement disposés dans la maison, mais la mère de Mrs. Verloc se trouva confinée dans deux pièces à l'arrière du premier étage. Le malheureux Stevie couchait dans l'une d'elles. À cette époque, un fin duvet commençait à ombrer d'une brume dorée le contour aigu de son étroite mâchoire inférieure. Il aidait docilement sa sœur, avec un amour aveugle, dans les travaux domestiques. Mr. Verloc pensait qu'il serait bon pour lui d'avoir une occupation. Pendant ses moments de loisir, il traçait des cercles sur une feuille de papier avec un compas et un crayon. Il consacrait à ce passe-temps une grande application, penché sur la table de la cuisine, les coudes écartés. Par la porte ouverte de l'arrière-boutique, sa sœur Winnie lui jetait de temps en temps un coup d'œil avec une vigilance maternelle.

2

Tels étaient la maison, ses habitants et le commerce dont Mr. Verloc s'éloignait en se dirigeant vers l'ouest à dix heures trente ce matin-là. C'était pour lui une heure matinale inaccoutumée ; toute sa personne exhalait le charme d'une fraîcheur de rosée ; son manteau de drap bleu marine n'était pas boutonné ; ses souliers brillaient ; ses joues, rasées de frais, avaient une sorte de lustre ; et même, sous ses paupières lourdes, ses yeux reposés par une nuit de sommeil paisible promenaient çà et là un regard relativement alerte. À travers la grille du parc, il voyait des hommes et des femmes à cheval sur le *row* ; des couples élégants passaient au petit galop, d'autres allaient au pas sans hâte ; des groupes de trois ou quatre personnes flânaient, des cavaliers solitaires à l'air peu sociable, des femmes seules suivies à distance d'un groom avec une cocarde à son chapeau et une ceinture de cuir sur sa veste ajustée. Des voitures circulaient, en majorité des coupés à deux chevaux, puis, de loin en loin, une victoria d'où émergeaient une fourrure et un visage féminin surmonté d'un chapeau au-dessus de la capote rabattue. Un soleil très londonien - dont il n'y avait rien à dire sinon qu'il était sanguinolent - gratifiait tout cela de son regard. Il paraissait suspendu assez bas à l'angle de Hyde Park avec un air de vigilance ponctuelle et bienveillante. Le trottoir lui-même, sous les pieds de Mr. Verloc, avait un reflet de vieil or sous cette lumière diffuse dans laquelle ni les murs, ni les animaux, ni les arbres ou les êtres humains ne pouvaient projeter une ombre. Mr. Verloc se dirigeait vers l'ouest à travers une ville sans ombres, dans une atmosphère de vieil or en poudre. Il y avait des lueurs rouge cuivré sur les toits des maisons, les angles des murs, les vitres des voitures, les robes luisantes des chevaux et sur le large dos du pardessus de Mr. Verloc, auquel elles donnaient une teinte rouille sombre. Pourtant, Mr. Verloc n'avait pas du tout l'impression d'être rouillé. D'un air approbateur, il contemplait à travers les grilles du parc les manifestations de l'opulence et du luxe de la métropole. Tous ces gens avaient besoin d'être protégés. Une protection est la nécessité majeure du luxe et de l'opulence. Il fallait les protéger, ainsi que leurs chevaux, voitures, maisons, domestiques ; la source de leur fortune devait aussi être protégée au cœur de la cité et du pays ; tout l'ordre social favorable à leurs loisirs hygiéniques devait être protégé contre la vile envie du labeur malsain. C'était essentiel - et Mr. Verloc se fût frotté les mains de satisfaction s'il n'avait été congénitalement ennemi de tout effort superflu. Son inaction n'était pas hygiénique mais elle lui convenait très bien. Il y était attaché avec une sorte de fanatisme passif, ou peut-être plutôt avec une passivité fanatique. Né de parents travailleurs pour une vie de labeur, il avait choisi l'indolence par une impulsion aussi profonde, inexplicable et impérieuse que celle qui détermine les préférences d'un homme pour une femme entre mille. Il était même trop paresseux pour être un simple démagogue, un orateur populaire, un meneur de travailleurs. Cela demandait trop d'efforts. Il avait besoin de prendre ses aises sous une forme plus absolue ; ou bien peut-être était-il victime d'un doute philosophique quant à l'efficacité de tout effort humain. Une telle forme de paresse implique et exige une certaine dose d'intelligence. Mr. Verloc n'en était pas dépourvu - et l'idée d'un ordre social menacé l'aurait peut-être fait ciller si ce signe de scepticisme n'avait pas nécessité un effort. Ses gros yeux proéminents n'étaient pas faits pour ciller. Ils étaient plutôt du genre à se fermer avec majesté et solennité dans le sommeil.

Massif et aussi peu expansif qu'un cochon gras, Mr. Verloc poursuivit sa route sans se frotter les mains de satisfaction, sans faire un clin d'œil sceptique à ses pensées. Il foulait le trottoir du pas lourd de ses souliers cirés, et son aspect était celui d'un artisan aisé travaillant pour son compte. On aurait pu le prendre aussi bien pour un encadreur que pour un serrurier, ou pour le patron d'un petit atelier. Mais il y avait en lui un élément indéfinissable que nul artisan n'eût pu acquérir dans la pratique de son métier, avec quelque malhonnêteté qu'il l'eût exercé : l'air de tous ceux qui vivent du vice, de l'inconscience ou des viles frayeurs de l'humanité, l'air de nihilisme moral commun aux tenanciers d'enfers du jeu ou de maisons de débauche, aux détectives et enquêteurs privés, aux vendeurs d'alcools, et je dirais même aux marchands de ceintures électriques aphrodisiaques et aux inventeurs de drogues. Quoique, pour ces derniers, je ne puisse l'affirmer, n'ayant pas poussé mes investigations jusque dans ces bas-fonds. Pour ce que j'en sais, leur expression doit être tout à fait diabolique. Je n'en serais pas surpris. Ce que je puis affirmer, c'est que l'expression de Mr. Verloc n'était pas du tout diabolique.

Un peu avant d'arriver à Knightsbridge, Mr. Verloc tourna sur sa gauche : quittant la voie large et animée où régnait le tintamarre des omnibus brinquebalants et des voitures à chevaux, il tomba dans le flot rapide et presque silencieux des phaétons. Sous son chapeau porté légèrement en arrière, ses cheveux avaient été brossés avec soin et modestement lissés ; car il avait affaire avec une ambassade. Et

Mr. Verloc, solide comme un roc - un roc de pierre douce -, longeait en ce moment une rue que l'on aurait pu, en termes adéquats, qualifier de privée. Large, peu fréquentée, elle avait par ses dimensions la majesté de nature inorganique d'une matière impérissable. Le seul signe de mortalité était un *brougham* de médecin arrêté au bord du trottoir dans une solitude auguste. Aussi loin que pouvait porter le regard, les heurtoirs des portes brillaient, les vitres impeccables avaient un lustre opaque et sombre. Et l'immobilité régnait. Mais une voiture de laitier roulait bruyamment au loin ; un garçon boucher, conduisant avec la témérité d'un aurige de l'Olympe, tourna à toute vitesse, assis très haut au-dessus d'une paire de roues rouges. Un chat furtif paraissant surgi de sous les pavés s'enfuit devant Mr. Verloc, puis plongea dans un soupirail ; un agent de police massif, apparemment étranger à toute émotion comme si lui aussi était de nature inorganique, surgissant de derrière un lampadaire, n'accorda pas la moindre attention à Mr. Verloc. Tournant encore une fois sur sa gauche, Mr. Verloc poursuivit son chemin dans une voie étroite, le long d'un mur jaune qui, pour une raison inconnue, portait en caractères noirs la mention n° 1 Chesham Square, alors que Chesham Square se trouvait au moins cinquante mètres plus loin. Mr. Verloc, assez cosmopolite pour ne pas être déconcerté par les mystères topographiques de Londres, continua de marcher d'un pas régulier, sans surprise ni indignation. Avec une obstination consciencieuse, il finit par atteindre le *square* et se dirigea en diagonale vers le n° 10. Celui-ci comportait une porte cochère imposante percée dans un grand mur bien propre entre deux maisons, dont, assez irrationnellement, l'une portait le chiffre 9 et l'autre le 37 ; mais le fait que cette dernière faisait partie de Porthill Street, rue bien connue dans le quartier, était indiqué par une inscription placée au-dessus des fenêtres du rez-de-chaussée par les autorités éminemment efficientes chargées de retrouver la trace des maisons égarées de Londres. La raison pour laquelle l'autorisation n'est pas demandée au Parlement (un petit décret suffirait) d'obliger ces édifices à revenir au lieu auquel ils appartiennent reste l'un des mystères de l'administration municipale. Mr. Verloc ne s'en souciait pas, sa mission dans la vie étant la protection du mécanisme social, non son perfectionnement, ni même sa critique.

Il était si tôt que le concierge de l'ambassade sortit en hâte de sa loge, en difficulté avec la manche gauche de sa livrée. Il portait un gilet rouge, une culotte courte d'huissier, mais il avait l'air affolé. Le voyant se précipiter sur lui, Mr. Verloc évita le choc en se bornant à lui montrer une enveloppe à en-tête de l'ambassade et passa son chemin. Il produisit le même document au valet de pied qui ouvrit la porte et s'effaça pour le laisser pénétrer dans le hall.

Un feu ardent brûlait dans une vaste cheminée ; il vit un homme d'âge mûr debout, lui tournant le dos, en costume d'apparat avec une chaîne autour du cou qui, sans un geste, leva les yeux du journal qu'il tenait ouvert à deux mains devant son visage calme et austère. Un autre larbin, en pantalon brun et habit à queue de pie bordé d'une fine tresse jaune, s'approcha de Mr. Verloc, qui lui murmura son nom, fit demi-tour en silence et commença à marcher sans se retourner une seule fois. Ainsi guidé le long du couloir du rez-de-chaussée sur la gauche du grand escalier recouvert de moquette, Mr. Verloc fut soudain invité d'un geste à entrer dans une très petite pièce meublée d'un bureau massif et de quelques chaises. Le larbin referma la porte, et Mr. Verloc resta seul. Il ne s'assit pas. Chapeau et canne dans une main, il promena son regard autour de lui en passant une main potelée sur ses cheveux lisses.

Une autre porte s'ouvrit sans bruit et Mr. Verloc, immobilisant son regard dans cette direction, n'aperçut d'abord que des vêtements noirs, puis le sommet d'un crâne chauve, deux longs favoris grisonnants encadrant deux mains flétries. La personne qui venait d'entrer tenait une liasse de papiers devant son visage et se dirigeait à petits pas vers le bureau tout en feuilletant les papiers. Le conseiller privé Wurmt, secrétaire d'ambassade, était un peu myope. Ce fonctionnaire éminent déposa la liasse sur la table, révélant ainsi un visage blanchâtre d'une laideur mélancolique, encadré de longs poils bruns parsemés de gris et traversé par la ligne des épais sourcils broussailleux. Il ajusta un pince-nez cerclé de noir sur un nez épaté et informe, et parut surpris de voir Mr. Verloc. Sous ses énormes sourcils, son regard faible cillait de façon pathétique à travers les verres.

Il n'eut pas un geste de bienvenue - pas plus d'ailleurs que Mr. Verloc, qui savait certes se tenir à sa place -, mais un changement infime dans la position de son dos et de ses épaules indiqua une légère inclinaison de son buste sous la vaste surface de son pardessus. L'effet obtenu était celui d'une déférence discrète.

- J'ai ici quelques-uns de vos rapports, dit le bureaucrate d'une voix étrangement douce et lasse, en posant avec force le bout de son index sur les papiers.

Puis il marqua une pause ; Mr. Verloc, qui avait bien reconnu son écriture, attendit en silence, presque sans respirer.

- Nous ne sommes pas très satisfaits de l'attitude de la police de cette ville, reprit l'autre avec toutes les apparences d'une grande fatigue mentale.

Sans vraiment bouger, Mr. Verloc donna l'impression qu'il haussait les épaules. Et, pour la première fois depuis qu'il était sorti de chez lui ce matin-là, il ouvrit la bouche.

- Chaque pays a sa police, dit-il avec philosophie.

Mais, comme le fonctionnaire de l'ambassade continuait à cligner des yeux en le regardant, il ne put se retenir d'ajouter :

- Vous me permettrez de vous faire remarquer que je n'ai ici aucun moyen d'action sur la police.

- Ce que nous voulons, dit l'homme aux papiers, c'est que survienne un événement précis, qui stimule leur vigilance. Cela, c'est de votre ressort, non ?

Mr. Verloc ne répondit pas, sinon par un soupir qui lui échappa, car il essaya aussitôt de donner à son visage une expression joviale. Le fonctionnaire eut un cillement équivoque, comme s'il était gêné par la lumière pourtant faible de la pièce. Il répéta d'un air vague :

- La vigilance de la police et la sévérité des magistrats. L'indulgence générale des jugements, ici, et l'absence totale de toute mesure répressive sont un scandale pour toute l'Europe. Ce que l'on veut en ce moment, c'est l'accentuation de l'agitation, de la fermentation qui existe sans aucun doute...

- Sans aucun doute, sans aucun doute, acquiesça Mr. Verloc d'une déférente voix de basse d'une qualité oratoire si différente du ton utilisé jusque là que son interlocuteur fut pétrifié d'étonnement. Elle existe à un degré inquiétant. Mes rapports des douze derniers mois l'indiquent de façon assez claire.

- J'ai lu vos rapports des douze mois écoulés, commença le conseiller d'État Wurmt de sa voix douce et indifférente. Je n'ai pas réussi à découvrir pourquoi vous avez pris la peine de les rédiger.

Un silence morne plana un moment. Mr. Verloc semblait avoir avalé sa langue, et l'autre regardait fixement les papiers sur la table. Il finit par les repousser un peu.

- La situation que vous y exposez est considérée comme étant à l'origine de votre emploi. Ce que l'on vous demande maintenant n'est pas d'écrire, mais d'amener au jour un événement précis, significatif, je dirais presque inquiétant.

- Il va de soi que tous mes efforts tendront vers ce but, dit Mr. Verloc avec des modulations persuasives sur un ton caverneux de conversation.

Mais il était désarçonné de se sentir scruté par l'éclat opaque de ces lunettes qu'il avait en face de lui. Il se tut soudain avec un geste de dévouement absolu. Le membre de l'ambassade, utile et travailleur bien qu'obscur, eut l'air frappé par une nouvelle pensée.

- Vous êtes corpulent, dit-il.

Cette remarque d'ordre privé, avancée avec l'hésitation modeste d'un fonctionnaire plus accoutumé à l'encre et au papier qu'aux exigences de la vie active, offensa Mr. Verloc comme un propos peu courtois. Il recula d'un pas.

- Comment ? Qu'avez-vous dit ? s'écria-t-il avec un sombre ressentiment.

Le secrétaire d'ambassade chargé de la conduite de cet entretien trouva que cela suffisait.

- Je crois préférable, dit-il, que vous voyiez Mr. Vladimir. Oui, décidément, il faut que vous vous entreteniez avec Mr. Vladimir. Soyez assez aimable pour attendre ici, ajouta-t-il avant de sortir à petits pas de la pièce.

Resté seul, Mr. Verloc passa aussitôt sa main sur ses cheveux. Une légère transpiration était apparue sur son front. Il laissa l'air s'échapper de ses lèvres closes comme s'il soufflait sur une cuillerée de potage trop chaud. Lorsque le larbin vêtu de brun se montra en silence à la porte, Mr. Verloc n'avait pas bougé de la place qu'il avait occupée durant tout l'entretien. Il n'avait pas esquissé un geste, comme s'il se sentait environné de précipices.

On lui fit parcourir un couloir éclairé par un seul bec de gaz, puis un escalier en colimaçon et une plaisante galerie vitrée au premier étage. Le valet de pied ouvrit une porte et s'effaça. Mr. Verloc sentit une moelleuse moquette sous ses pieds. La pièce était vaste et comportait trois fenêtres ; un homme jeune au prospère visage imberbe, assis dans un grand fauteuil devant un imposant bureau d'acajou, dit en français au secrétaire d'ambassade qui se retirait, ses papiers à la main :

- Vous aviez raison, mon cher ; il est gros, l'animal.

Mr. Vladimir, premier secrétaire de l'ambassade, avait dans le monde la réputation d'un homme agréable et amusant. Il jouissait des faveurs de la société mondaine. Son esprit consistait à découvrir des rapports drolatiques entre des idées opposées ; et lorsqu'il se lançait dans de tels discours, il se tenait au bord de son fauteuil, la main gauche levée comme s'il exhibait entre le pouce et l'index ses démonstrations étonnantes, tandis que son visage plein et glabre arborait une expression de joyeuse perplexité.

Il n'y avait néanmoins aucune trace de joie ou de perplexité dans la façon dont il regardait Mr. Verloc. Confortablement assis au fond de son fauteuil, les coudes écartés, une jambe croisée sur un genou large, il avait, avec son visage rose et lisse, l'air d'un bébé anormalement développé qui n'entend s'en laisser conter par personne.

- Je pense que vous comprenez le français ? dit-il.

Mr. Verloc acquiesça à mi-voix. Toute sa vaste personne était inclinée en avant. Il se tenait sur le tapis au milieu de la pièce, une de ses mains tenant son chapeau et sa canne ; l'autre pendait inerte le long de son côté. Dans un murmure discret venu du fond de sa gorge, il précisa qu'il avait fait son service militaire dans l'artillerie française. Avec une perversité méprisante, Mr. Vladimir changea aussitôt de langage et passa à un anglais idiomatique sans la moindre trace d'accent étranger.

- Ah oui ! Évidemment. Voyons : à quoi avez-vous été condamné pour avoir découvert le modèle amélioré de l'affût de leurs nouvelles pièces de campagne ?

- Cinq ans de réclusion rigoureuse dans une forteresse, répondit Mr. Verloc sur un ton imprévu mais sans la moindre émotion.

- Vous vous êtes évadé sans difficulté, commenta Mr. Vladimir. D'ailleurs vous ne l'aviez pas volé, pour vous être fait prendre. Comment vous étiez-vous laissé embarquer dans cette aventure, hein ?

D'une voix grave et monocorde, Mr. Verloc parla de jeunesse, d'un amour fatal pour une indigne...

- Ah, ah ! Cherchez la femme ! daigna interrompre Mr. Vladimir, impassible mais sans aménité - il y avait au contraire une touche de sévérité dans sa condescendance. Depuis combien de temps êtes-vous employé par notre ambassade ? demanda-t-il.

- Sans interruption depuis l'époque du baron Stott-Wartenheim, répondit Mr. Verloc à mi-voix avec une moue triste en signe du chagrin que lui avait causé le décès de ce diplomate.

Le premier secrétaire observa longuement son jeu de physionomie.

- Ah ! Sans interruption... Eh bien ! Qu'avez-vous à dire pour votre défense ? demanda-t-il sèchement.

Mr. Verloc répondit avec une certaine surprise qu'il ne voyait rien de particulier à dire. Il avait été convoqué par lettre. Et sa main s'affaira dans la poche de son pardessus ; mais devant le regard narquois et cynique de Mr. Vladimir, il se décida à laisser ce document où il était.

- Bah ! dit l'autre. Pourquoi vous laissez-vous grossir ainsi ? Vous n'avez même pas le physique de l'emploi. Vous, un membre du prolétariat affamé ? Impossible ! Vous, socialiste ou anarchiste désespéré, lequel des deux ?

- Anarchiste, déclara Mr. Verloc d'un ton morne.

- Allons donc ! poursuivit Mr. Vladimir sans élever la voix. Vous avez surpris le vieux Wurmt lui-même. Vous ne tromperiez même pas un imbécile. C'est d'ailleurs ce qu'ils sont tous ; mais moi, je vous trouve tout bonnement impossible. Ainsi, vous avez débuté vos relations avec nous en volant le modèle des armes françaises ; et vous vous êtes fait pincer. Cela n'a pas dû beaucoup plaire à notre gouvernement. Vous n'avez pas l'air très malin.

Mr. Verloc tenta de se disculper d'une voix morne :

- Comme j'ai eu l'occasion de vous le dire, un amour fatal pour une gourgandine...

Mr. Vladimir leva une grande main blanche et potelée.

- Ah oui ! Le malheureux attachement de votre jeunesse. Elle a pris votre argent, puis vous a donné à la police, c'est bien ça ?

L'air dolent de Mr. Verloc, l'abattement momentané de toute sa personne, avouèrent que tel était malheureusement le cas. La main de Mr. Vladimir entoura la cheville posée sur son genou. Sa chaussette était en soie bleu marine.

- Ce ne fut pas très habile de votre part, voyez-vous. Peut-être êtes-vous trop sensible.

Mr. Verloc observa dans un murmure rauque que, désormais, il n'était plus jeune.

- Oh ! C'est une faiblesse que l'âge ne guérit pas, dit Mr. Vladimir avec une sinistre familiarité. Mais non ! Vous êtes trop gros pour ça. Vous n'auriez pu devenir tel que vous êtes si vous aviez eu la moindre sensibilité. Je vais vous dire ce que je pense : vous êtes un paresseux. Depuis quand touchez-vous de l'argent de l'ambassade ?

- Onze ans, lui fut-il répondu après un instant d'hésitation boudeuse. J'ai été chargé de plusieurs missions à Londres quand Son Excellence, le baron Stott-Wartenheim, était encore ambassadeur à Paris. Puis, conformément aux instructions de Son Excellence, je me suis fixé à Londres. Je suis Anglais.

- Ah oui ? Vraiment ?

- Sujet britannique né en Angleterre, dit Mr. Verloc avec fermeté. Mais mon père était Français, aussi...

- Inutile d'expliquer, coupa l'autre. J'oserai dire que vous auriez pu être un authentique maréchal de France ou un membre du Parlement en Angleterre ; alors, vraiment, vous auriez pu présenter quelque utilité pour notre ambassade.

Cette envolée d'imagination provoqua chez Mr. Verloc un pâle sourire. Mr. Vladimir conservait une gravité imperturbable.

- Mais, comme je viens de vous le dire, vous êtes un paresseux, vous ne profitez pas des occasions. À l'époque du baron Stott-Wartenheim, il y avait une équipe d'abrutis à la tête de cette ambassade. Par leur faute, des types de votre acabit se sont fait une idée fausse de la nature de l'argent des services secrets. Ma tâche est de remettre les choses en place en vous disant ce que n'est pas un service secret : ce n'est pas une institution philantropique. Je vous ai fait convoquer ici pour vous le dire.

Mr. Vladimir contempla l'expression ahurie qu'avait volontairement arborée le visage de Verloc et il sourit d'un air sarcastique.

- Je vois que vous m'avez très bien compris. Je reconnais que vous êtes assez intelligent pour faire votre travail. Ce que nous voulons maintenant, c'est de l'activité, de l'activité.

En répétant ce dernier mot, Mr. Vladimir posa son long index blanc sur le bord du bureau. Toute trace de modération disparut de la voix de Verloc. Sa nuque grasse devint écarlate au-dessus du col de velours de son manteau. Ses lèvres tremblèrent avant de s'ouvrir largement :

- Si vous voulez bien avoir la bonté d'examiner mon rapport, clama-t-il de sa voix nette et puissante d'orateur, vous constaterez que, il y a à peine trois mois, j'ai donné, à l'occasion de la visite du grand-duc Romuald, un avertissement qui a été télégraphié d'ici à la police française, et que...

- Tatata, coupa Mr. Vladimir en fronçant les sourcils. La police française n'avait nul besoin de votre avertissement. Ne rugissez pas ainsi ! Qu'est-ce qui vous prend ?

Avec une nuance d'humble fierté, Mr. Verloc présenta ses excuses pour s'être oublié. Sa voix, longtemps célèbre dans les meetings de plein air ou les réunions d'ouvriers dans de vastes salles, avait contribué, dit-il, à lui faire une réputation de bon camarade digne d'estime. C'était donc une partie de son efficacité. Cela avait inspiré confiance en ses principes.

- Les meneurs me demandaient toujours de parler dans les moments critiques, déclara Mr. Verloc avec une satisfaction évidente.

Il était capable de dominer n'importe quel tumulte, ajouta-t-il ; et, brusquement, il en fit une démonstration.

- Permettez-moi, dit-il.

Et, tête baissée, sans lever les yeux, lourdement mais avec rapidité, il traversa la pièce jusqu'à l'une des portes-fenêtres. Comme s'il cédait à une impulsion incontrôlable, il l'entrouvrit. Abasourdi, Mr. Vladimir se redressa d'un bond et jeta un regard par-dessus son épaule ; en bas, à l'autre bout de la cour de l'ambassade, bien au-delà du portail ouvert, on voyait le dos d'un *policeman* suivant d'un regard distrait le luxueux landau d'un bébé fortuné qui traversait avec solennité le square.

- Monsieur l'agent ! dit Mr. Verloc sans plus d'effort que s'il chuchotait.

Et Mr. Vladimir éclata de rire en voyant l'agent faire demi-tour comme s'il avait été piqué par un outil pointu. Mr. Verloc referma paisiblement la fenêtre et regagna le centre de la pièce.

- Avec une voix pareille, dit-il en se modérant à nouveau, j'attirais spontanément la confiance. Et puis, je savais aussi ce qu'il fallait dire.

Mr. Vladimir, qui rectifiait son nœud de cravate, l'observait dans la glace placée au-dessus de la cheminée.

- Je reconnais que vous connaissez assez bien le jargon révolutionnaire, dit-il avec mépris. *Vox et...* mais vous n'avez jamais appris le latin, je suppose ?

- Non, grommela Mr. Verloc. Vous pensez bien que non. Je fais partie de la masse. Qui connaît le latin ? Quelques centaines d'abrutis incapables de prendre soin d'eux-mêmes.

Pendant une trentaine de secondes, Mr. Vladimir continua d'étudier dans le miroir le profil charnu, le corps massif de l'homme debout derrière lui. Il avait l'avantage de voir en même temps son propre visage, rond, imberbe, rose sous le menton, aux lèvres minces et mobiles, bien conçues pour émettre ces traits d'esprit délicats qui le faisaient tant apprécier de la haute société. Puis il se retourna et avança dans la pièce avec une telle détermination que les pans de sa cravate au nœud étrangement démodé semblaient brandir des menaces indicibles. Son geste fut si rapide et violent que Mr. Verloc, le regardant du coin de l'œil, parut flancher intérieurement.

- Ah, ah ! Vous vous permettez d'être insolent, commença Mr. Vladimir avec une intonation extraordinairement gutturale, pas du tout anglaise mais pas davantage européenne, surprenante même pour un homme comme Mr. Verloc, accoutumé à tous les faubourgs cosmopolites. Vous osez ! Eh bien, je vais vous parler anglais. La voix ne sert à rien. Nous n'avons pas d'emploi pour votre voix. Nous n'avons nul besoin d'une voix. Nous avons besoin de faits, d'événements alarmants, maudit individu, ajouta-t-il avec une modération féroce, en plein visage de Mr. Verloc.

- N'essayez pas de m'en imposer par vos façons du Grand Nord, se défendit Mr. Verloc à voix basse, les yeux fixés sur le tapis.

À quoi son interlocuteur répondit par un sourire narquois au-dessus de sa cravate agressive, et poursuivit l'entretien en français.

- Vous prétendez être un agent provocateur. Le rôle normal d'un agent provocateur est de provoquer. Autant que j'en puisse juger d'après votre rapport, que j'ai sous les yeux, vous n'avez rien fait depuis trois ans pour gagner l'argent que nous vous donnons.

- Rien ! s'écria Mr. Verloc sans faire un geste ni lever les yeux, mais sur un ton sincèrement blessé. À plusieurs reprises, j'ai empêché ce qui aurait pu être...

- Il y a dans ce pays un proverbe qui dit que mieux vaut prévenir que guérir, coupa Mr. Vladimir en s'affalant dans son fauteuil. D'une manière générale, il ne se justifie pas. Il n'y a pas de fin à la prévention. Mais c'est très caractéristique. Ici, on n'aime pas ce qui est définitif. Ne soyez pas trop anglais. Et, dans ce cas particulier, ne soyez pas absurde. Nous ne voulons pas prévenir, nous voulons guérir.

Il se tut, se pencha sur le bureau et, feuilletant quelques papiers qui s'y trouvaient, reprit la parole d'une voix changée, très professionnelle, sans regarder Mr. Verloc.

- Vous savez évidemment que la Conférence internationale s'est réunie à Milan ?

Mr. Verloc affirma d'une voix rauque qu'il avait l'habitude de lire les quotidiens. À une question suivante, il répondit qu'il comprenait également ce qu'il lisait. Avec un petit sourire à l'adresse des documents qu'il épluchait toujours l'un après l'autre, Mr. Vladimir murmura :

- À condition que ce ne soit pas rédigé en latin, sans doute...

- Ou en chinois, ajouta fermement Mr. Verloc.

- Hem ! Certains épanchements de vos amis révolutionnaires sont rédigés dans un charabia aussi incompréhensible que du chinois.

Mr. Vladimir laissa retomber avec dédain une feuille grise imprimée.

Qu'est-ce que c'est que toutes ces petites feuilles à en-tête de A. P. avec un marteau, une plume et une torche entrecroisés ? Que signifie ce A. P. ?

Mr. Verloc s'approcha du bureau imposant.

- Avenir du Prolétariat. C'est une société, expliqua-t-il, debout à côté du fauteuil. Pas anarchiste, en principe, mais favorable à toutes les nuances d'opinions révolutionnaires.

- En faites-vous partie ?

- Je suis l'un de ses vice-présidents, souffla pesamment Mr. Verloc.

Et le premier secrétaire de l'ambassade leva la tête pour le regarder.

- Alors, vous devriez avoir honte, dit-il d'une manière tranchante. Votre société n'est-elle capable de rien d'autre que d'imprimer des prophéties imbéciles en mauvais caractères sur cet immonde papier ? Hein ? Pourquoi ne faites-vous pas quelque chose ? Écoutez-moi. J'ai pris en main cette affaire et je vous dis tout net qu'il vous faudra gagner votre argent. Les temps du bon vieux Stott-Wartenheim sont révolus. Pas de travail, pas d'argent.

Mr. Verloc éprouva une étrange faiblesse dans ses jambes puissantes. Il recula d'un pas et se moucha avec bruit.

Il était vraiment surpris et alarmé. Le soleil rouillé de Londres, enfin dégagé de la brume, répandait une lumière tiède dans le bureau particulier du premier secrétaire ; et, dans le silence, Mr. Verloc perçut contre une vitre le faible bourdonnement d'une mouche - la première mouche de l'année -, annonçant mieux que toutes les hirondelles du monde l'approche du printemps. L'agitation vaine du minuscule organisme plein d'énergie affecta péniblement le gros homme menacé dans sa paresse.

Au cours de cet interlude, Mr. Vladimir formula dans sa tête une série de remarques désobligeantes sur la silhouette et le visage de Mr. Verloc. Ce type était plus que de raison vulgaire, lourd et d'une sottise insolente. Il avait tout à fait l'air d'un maître plombier venant présenter sa facture. Le premier secrétaire de l'ambassade, par ses quelques incursions dans le champ de l'humour américain, s'était fait une opinion toute personnelle de cette catégorie d'artisans, qu'il considérait comme la personnification de l'incompétence et de la paresse hypocrite.

Ainsi, c'était là le fameux agent secret très fiable, si secret qu'il n'était jamais désigné que par le signe △ dans la correspondance officielle, semi-officielle et confidentielle de feu le baron Stott-Wartenheim ; le célèbre agent △, dont les avertissements avaient le pouvoir de modifier les programmes et les dates des voyages royaux, ducaux, impériaux, et les faisaient même parfois annuler ! Ce type-là ! Et Mr. Vladimir se permit mentalement un immense éclat de rire de dérision, un peu aux dépens de sa propre surprise, mais surtout à ceux de l'universellement regretté baron Stott-Wartenheim. Feu Son Excellence, que l'auguste faveur de son maître impérial avait imposée comme ambassadeur en dépit des réticences de plusieurs ministres des Affaires étrangères, avait joui de son vivant d'une réputation de vieux hibou pessimiste et jobard. Son Excellence était obsédée par la révolution sociale. Il se prenait pour un diplomate spécialement créé pour assister à la fin de la diplomatie et presque à la fin du monde, provoquée par un terrible soulèvement du peuple. Ses rapports prophétiques désolés avaient pendant des années mis en joie les ministères des Affaires étrangères. On racontait que sur son lit de mort (en présence de son maître et ami impérial) il s'était écrié : « Pauvre Europe ! Tu périras à cause de la stupidité de tes enfants ! » Il était destiné à être victime du premier margoulin venu, pensa Mr. Vladimir en regardant Mr. Verloc avec un sourire distrait.

- Vous devez vénérer la mémoire du baron Stott-Wartenheim, s'exclama-t-il soudain.

Le visage baissé de Mr. Verloc exprima une contrariété sombre et lasse.

- Permettez-moi de vous faire observer, dit-il, que je suis venu ici convoqué par une lettre impérative. Au cours des onze années écoulées, je n'y suis venu que deux fois, et jamais à onze heures du matin. Ce n'est pas très prudent de me faire venir ainsi. On risque de me voir. Et ce ne serait pas une mince affaire pour moi.

Mr. Vladimir haussa les épaules.

- Cela ruinerait toute mon efficacité, poursuivit l'autre avec conviction.

- C'est votre affaire, murmura Mr. Vladimir avec une calme brutalité. Quand vous cesserez de vous rendre utile, vous cesserez d'être employé. Oui. À la porte. Scié. Vous serez...

Mr. Vladimir s'interrompit, les sourcils froncés, en quête d'une expression suffisamment idiomatique ; puis son visage s'éclaira d'un grand sourire de ses belles dents blanches :

- Vous serez jeté dehors à coups de pied, lâcha-t-il d'un air féroce.

Une fois encore, Mr. Verloc dut lutter de toutes ses forces contre cette sensation de faiblesse qui avait jadis inspiré à quelque pauvre diable la belle expression : « Mon cœur tomba dans mes souliers. » Mr. Verloc, victime de cette sensation, leva la tête avec courage.

Mr. Vladimir, très serein, affronta son regard de lourde interrogation.

- Ce que nous voulons, c'est administrer un stimulant à la Conférence de Milan, dit-il d'une voix flûtée. Ses délibérations en vue d'une action internationale pour éliminer les attentats politiques semblent n'aboutir à rien. L'Angleterre traîne les pieds. Ce pays est absurde, avec son respect sentimental de la liberté individuelle. Il est intolérable de penser que tous vos amis n'ont qu'à décider de...

- À ce point de vue, je ne les quitte pas des yeux, coupa à mi-voix Mr. Verloc.

- Il serait plus opportun de les mettre tous sous clef. Il faut décider l'Angleterre à s'aligner. Les bourgeois imbéciles de ce pays se font complices de la pègre, dont le but est justement de les chasser de leurs maisons et de les laisser crever de faim dans les caniveaux. Or, s'ils voulaient bien l'utiliser, ils ont encore le pouvoir de se protéger. Je pense que vous trouvez, vous aussi, que les classes moyennes sont stupides ?

Mr. Verloc acquiesça d'un air rogue :

- C'est certain.

- Elles n'ont aucune imagination. Elles sont aveuglées par une vanité idiote. Ce qu'il leur faut maintenant, c'est une bonne frayeur. C'est le moment psychologique pour mettre vos amis à l'ouvrage. Je vous ai fait convoquer pour vous développer mon point de vue à ce sujet.

Et Mr. Vladimir développa son idée avec hauteur, mépris et condescendance, révélant à cette occasion une ignorance des véritables buts, pensées et méthodes de l'univers révolutionnaire qui emplit Mr. Verloc d'une consternation muette. Il confondait d'une manière inexcusable les causes et les effets, les plus remarquables propagandistes avec les jeteurs de bombes impulsifs ; il voyait une organisation là où, par la nature des choses, elle ne pouvait exister ; il parlait du parti social-révolutionnaire tantôt comme d'une armée d'une discipline rigoureuse sous l'autorité suprême de ses chefs, tantôt comme d'un bande de brigands, de *desperados* campant dans des gorges montagneuses. Mr. Verloc tenta une fois d'ouvrir la bouche pour protester mais fut arrêté par un geste de la belle main blanche. Très vite, il fut trop atterré pour même essayer d'intervenir. Il écouta dans une immobilité terrorisée qui simulait une profonde attention.

Mr. Vladimir poursuivait sans se troubler :

- Une série d'attentats exécutés ici même, dans ce pays ; pas seulement organisés ici - cela ne servirait à rien -, ils ne s'en soucieraient pas. Vos amis pourraient mettre la moitié du continent à feu et à sang sans que l'opinion publique locale devînt favorable à une législation répressive générale.

Mr. Verloc se râcla la gorge, mais le courage lui manqua et il ne dit rien.

- Il n'est pas nécessaire que ces attentats soient très sanguinaires, continua Mr. Vladimir comme s'il donnait une conférence scientifique, mais il faut qu'ils provoquent une frayeur efficace. Qu'ils soient dirigés contre des bâtiments, par exemple. Quel est, à l'heure actuelle, le monument fétiche reconnu par toute la bourgeoisie, Mr. Verloc ?

Celui-ci ouvrit les mains en haussant légèrement les épaules.

- Vous êtes trop paresseux pour réfléchir, enchaîna Mr. Vladimir en commentaire de ce geste. Écoutez bien ce que je vais vous dire : le fétichisme, de nos jours, ne concerne ni la monarchie ni la religion. Donc, inutile de toucher au Palais et à l'Église. Vous comprenez ce que je veux dire, Mr. Verloc ?

Le désarroi et le mépris de Mr. Verloc trouvèrent un exutoire dans l'ironie.

- Très bien. Que penseriez-vous des ambassades ? Une série d'attentats contre diverses chancelleries, commença-t-il - mais il ne put supporter le regard pesant et glacial du premier secrétaire.

- Je vois que vous savez être facétieux, observa négligemment celui-ci. C'est très bien. Cela peut enjoliver vos exploits oratoires dans les congrès socialistes. Mais cela ne convient pas dans ce bureau. Vous seriez plus avisé d'écouter avec soin ce que je vous dis. Comme nous attendons de vous des événements et non des sornettes, il serait préférable dans votre intérêt de mettre à profit ce que je prends la peine de vous expliquer. Le sacro-saint fétiche du jour est la Science. Pourquoi n'envoyez-vous pas certains de vos amis attaquer cette idole au triste visage, hein ? Est-ce qu'elle ne fait pas partie de ces institutions qu'il faut anéantir avant l'avènement de l'A. P. ?

Mr. Verloc ne répondit pas. Il avait peur, s'il ouvrait la bouche, de laisser échapper un grondement.

- C'est ce que vous devriez essayer de faire. Un attentat contre une tête couronnée ou un président est dans un sens assez sensationnel, mais moins qu'autrefois. C'est devenu monnaie courante dans l'esprit de tous les chefs d'État. C'est presque normal, surtout depuis que tant de présidents ont été assassinés. Quant à une attaque contre, disons une église, assez horrible à première vue, bien sûr, cependant pas aussi efficace que des gens d'intelligence moyenne pourraient le croire. Quelle que serait son origine, révolutionnaire ou anarchiste, il y aurait toujours beaucoup d'imbéciles pour voir dans cet attentat une manifestation d'ordre religieux. Et cela ruinerait la signification particulièrement alarmante que nous souhaitons donner à cette action. Une tentative criminelle contre un restaurant ou un théâtre souffrirait de la même façon d'une absence de passion politique ; ce pourrait être pris pour l'exaspération d'un homme affamé, pour un geste de vengeance de classe. Tout cela est périmé ; ce n'est plus instructif en tant que leçon contre l'anarchisme révolutionnaire. Les journaux ont tous des phrases préparées d'avance pour minimiser les actions de ce genre. Je vais maintenant vous exposer ma philosophie personnelle des attentats à la bombe, dans le sens où vous prétendez servir depuis onze ans. J'essaierai de parler assez simplement pour que mes propos ne passent pas au-dessus de votre tête. La sensibilité de la classe que vous attaquez s'émousse vite. La propriété est à leurs yeux une chose indestructible. Vous ne pouvez pas compter sur la longue durée de leurs réactions émotives, de leur terreur ou de leur compassion. Pour influer sur l'opinion publique, un attentat à la bombe doit aller au-delà d'une intention de vengeance ou de terrorisme. Il doit être purement destructif. Il est essentiel que l'on ne puisse lui soupçonner aucun autre objectif. Vos anarchistes devraient démontrer sans ambiguïté qu'ils sont déterminés à balayer toute l'organisation de la société. Mais comment faire entrer cette notion effroyablement absurde dans la tête des bourgeois, de façon à ce qu'il ne subsiste aucune équivoque ? Là est la question. Et voici la réponse : en dirigeant vos coups contre un objectif éloigné des passions courantes des hommes. On pourrait, bien sûr, songer à l'Art. Une bombe à la National Gallery ferait du bruit. Mais ce ne serait pas assez important. L'Art n'a jamais été leur idole. Ce serait comme briser quelques vitres d'une maison : si vous voulez obliger son propriétaire à se lever, il faut au moins essayer d'arracher la toiture. Il y aurait alors quelques vociférations, évidemment, mais de la part de qui ? Des artistes, des critiques d'art - des gens de peu d'importance. Nul ne se soucie de ce qu'ils disent. Mais il y a l'Érudition, la Science. Le dernier des imbéciles possédant quelques revenus y croit. Il ne sait pas pourquoi, mais il est persuadé que c'est une chose qui compte. C'est le sacro-saint fétiche. Tous ces maudits professeurs sont au fond d'eux-mêmes des radicaux. Faites-leur savoir que la grande idole doit disparaître elle aussi et laisser la place à l'Avenir du Prolétariat. Les hurlements de tous ces idiots d'intellectuels permettront sans nul doute aux travaux de la Conférence de Milan d'avancer. Ils écriront aux journaux. Leur indignation sera au-dessus de tout soupçon, aucun intérêt matériel n'étant officiellement en jeu, et cela sèmera l'alarme dans les classes sociales qu'il faut impressionner. Ces gens-là croient, pour des raisons mystérieuses, que la Science est à l'origine de leur prospérité financière. Ils le croient vraiment. Et la violence inepte d'une telle démonstration les affectera plus profondément que la destruction d'une rue entière ou d'un théâtre plein de leurs semblables. Dans ce dernier cas, ils pourraient toujours dire : « Oh ! c'est une simple haine de classe ! » Mais que dire d'un acte de violence destructive absurde au point d'être incompréhensible, inexplicable, presque invraisemblable, en fait, d'un acte de folie ? Seule la folie est terrifiante, en ce sens que l'on ne peut la réduire ni par des menaces, ni par la persuasion, ni par des pots-de-vin. Par ailleurs, je suis un homme civilisé. Je ne songerais jamais à vous ordonner d'organiser une banale tuerie, même si j'en attendais les meilleurs résultats. Je ne pense d'ailleurs pas qu'une tuerie aurait les conséquences dont j'ai besoin. Le crime a toujours existé. C'est presque une institution. La démonstration doit être dirigée contre le Savoir, la Science. Pas n'importe quelle science. L'attentat doit avoir toute l'ineptie révoltante d'un blasphème gratuit. Puisque les bombes sont votre moyen d'expression, il serait très probant de parvenir à jeter une bombe en plein dans les mathématiques pures. Cela, toutefois, n'est pas possible. J'ai essayé de vous instruire ; je vous ai exposé la haute philosophie de votre efficacité et je vous ai suggéré des arguments susceptibles de vous rendre service. Il est de première nécessité pour *vous* de mettre mon enseignement en pratique. Mais, dès l'instant où j'ai décidé de m'entretenir avec vous, j'ai aussi accordé quelque attention à l'aspect matériel de la question. Que diriez-vous de tourner vos armes contre l'astronomie ?

Depuis déjà un bon moment, l'immobilité de Mr. Verloc à côté du fauteuil ressemblait à un état comateux, une sorte d'insensibilité passive entrecoupée de petits sursauts convulsifs, comme on en voit chez un chien familier victime d'un cauchemar sur le tapis du foyer. Et ce fut par un grondement inquiet, tout à fait canin, qu'il répéta le mot « astronomie ».

Il n'était pas encore complètement sorti de l'ahurissement provoqué par son effort pour suivre l'élocution rapide, incisive, de Mr. Vladimir. Cela avait dépassé son pouvoir d'assimilation. Cela l'avait mis en colère. Colère compliquée d'incrédulité. Et tout à coup, il lui apparut que toute cette histoire était une mystification soigneusement élaborée. Un sourire exhibait les dents blanches de Mr. Vladimir, des fossettes se creusaient dans les joues de sa figure ronde complaisamment penchée sur son beau nœud de cravate. Le favori de l'intelligente société féminine avait arboré l'attitude qu'il prenait dans les salons pour débiter ses fins mots d'esprit. Assis en avant sur son fauteuil, sa main blanche levée, il semblait tenir délicatement entre le pouce et l'index la subtilité de sa suggestion.

- Rien ne saurait mieux convenir. Un attentat de cette sorte combine la plus grande considération pour la vie humaine avec l'étalage le plus alarmant d'une imbécillité féroce. Je mets au défi l'ingéniosité des journalistes de convaincre le public qu'un quelconque membre du prolétariat puisse avoir un grief personnel contre l'astronomie. On ne pourrait même pas essayer de parler de famine à ce propos, n'est-ce pas ? Il y a aussi d'autres avantages. Le monde entier connaît Greenwich. Les cireurs de souliers du sous-sol de la gare de Charing Cross eux-mêmes en ont entendu parler. Vous comprenez ?

Les traits de Mr. Vladimir, si bien connus de la meilleure société pour leur urbanité pleine d'humour, rayonnaient d'une autosatisfaction qui aurait étonné les femmes intelligentes qu'il amusait de manière si exquise par son esprit.

- Oui, poursuivit-il avec un sourire de mépris, l'anéantissement du premier méridien ne pourra que provoquer des hurlements d'exécration.

- Travail difficile, marmonna Mr. Verloc, pensant que c'était la seule chose inoffensive qu'il pût dire.

- Qu'est-ce qui vous arrive ? N'avez-vous pas toute votre bande en main ? Tout le dessus du panier ? Yundt, le vieux terroriste, est ici. Je le vois presque chaque jour passer à Piccadilly avec son passe-montagne vert. Et Michaelis, l'apôtre repris de justice en liberté conditionnelle, vous n'allez pas me dire que vous ne savez pas où il est ? Parce que, si vous l'ignorez, moi je puis vous le dire, poursuivit Mr. Vladimir d'un air menaçant. Si vous croyez qu'il n'y a que vous sur la liste secrète, vous vous trompez !

Cette allusion toute gratuite provoqua un léger piétinement de Mr. Verloc.

- Et le groupe de Lausanne, hein ? Est-ce qu'ils ne se sont pas tous précipités ici dès que l'on a parlé de la Conférence de Milan ? Ce pays est absurde.

- Cela coûtera cher, dit Mr. Verloc, mû par une sorte d'instinct.

- Argument sans valeur, rétorqua Mr. Vladimir avec un accent anglais étonnamment pur. Vous toucherez votre fixe chaque mois, rien de plus jusqu'à ce qu'il se produise quelque chose. Et si rien ne se passe dans les jours qui viennent, vous ne toucherez même pas cela. Quelle est votre occupation officielle ? De quoi êtes-vous censé vivre ?

- Je tiens un magasin, répondit Mr. Verloc.

- Un magasin ! Quel genre de magasin ?

- Journaux. Publications diverses. Ma femme...

- Votre quoi ? coupa Mr. Vladimir d'une voix gutturale d'Asie centrale.

- Ma femme.

Mr. Verloc haussa un peu sa voix ténébreuse.

- Je suis marié.

- Quelle stupidité, s'écria l'autre avec une surprise sincère. Marié ! Un anarchiste professionnel, par-dessus le marché ! Qu'est-ce que c'est que cette idiotie ? Mais je suppose que c'est une simple façade. Les anarchistes ne se marient pas. C'est bien connu. Ils ne peuvent pas. Ce serait une apostasie.

- Ma femme, elle, n'est pas anarchiste, marmonna Mr. Verloc, le visage fermé. D'ailleurs, cela ne vous regarde pas.

- Oh ! que si ! jappa Mr. Vladimir. Je commence à être convaincu que vous n'êtes pas du tout l'homme voulu pour le travail que l'on vous a confié. Hé quoi ? Vous vous êtes complètement déconsidéré dans votre milieu par votre mariage. Vous n'auriez pas pu vous en dispenser ? Il s'agit sans doute de votre vertueux attachement ? De toute façon, vos passions successives vous font perdre toute efficacité.

Mr. Verloc gonfla ses joues, laissa échapper l'air avec violence - et ce fut tout. Il s'était armé de patience. Mais il ne fallait pas qu'elle fût mise plus longtemps à l'épreuve. Le premier secrétaire se fit soudain très bref, très lointain, catégorique.

- Vous pouvez vous retirer, dit-il. Un attentat à la dynamite doit être provoqué. Je vous donne un mois. Les séances de la Conférence sont suspendues. Avant qu'elles ne reprennent, il faut qu'un événement se produise ici ; sinon, nos rapports avec vous cesseront.

Il changea de ton une fois de plus avec une versatilité non préméditée.

- Réfléchissez à ma philosophie, monsieur... monsieur... Verloc, dit-il avec une condescendance badine, avec un geste de la main vers la porte. En piste pour le premier méridien. Vous ne connaissez pas les bourgeois aussi bien que moi ! Leur sensibilité est émoussée. Le premier méridien. Il n'y a rien de mieux, et rien de plus facile, je crois.

Il s'était levé et, pinçant ironiquement ses lèvres minces et expressives, il observait dans la glace de la cheminée Mr. Verloc qui se retirait à reculons d'un pas lourd, chapeau et canne à la main. La porte se referma.

Le valet de pied en pantalon brun apparut soudain dans le couloir et dirigea Mr. Verloc vers une autre sortie, par une petite porte dans un coin de la cour. Le concierge, debout au portail, ne s'aperçut pas de son départ, et Mr. Verloc refit en sens inverse son trajet matinal comme dans un rêve, un rêve coléreux. Son détachement du monde matériel était si total que, bien qu'il ne se fût pas particulièrement hâté, cette part de son être à laquelle il serait cruel et injuste de refuser l'immortalité se trouva tout à coup devant la porte de sa boutique, comme transportée d'ouest en est sur les ailes d'un grand vent. Il alla directement derrière le comptoir et s'assit sur une chaise de bois qui s'y trouvait. Nul ne vint troubler sa solitude. Stevie, affublé d'un tablier vert de lainage grossier, était en train de balayer et d'épousseter le premier étage, absorbé et consciencieux comme s'il jouait à un jeu ; Mrs. Verloc, qui avait entendu de la cuisine le tintement de la cloche fêlée, s'était bornée à venir jusqu'à la porte vitrée de l'arrière-boutique et, écartant un peu le rideau, de jeter un coup d'œil dans le magasin sombre. Voyant son mari assis dans l'ombre, massif, son chapeau repoussé en arrière, elle était aussitôt retournée à ses fourneaux. Plus d'une heure après, elle ôta son tablier à son frère Stevie et lui ordonna de se laver le visage et les mains, sur le ton péremptoire qu'elle adoptait depuis quinze ans environ - en fait, depuis qu'elle avait cessé de veiller par elle-même à la propreté du visage et des mains de l'enfant. Peu après, elle détourna un instant son regard du plat qu'elle disposait pour inspecter ce visage et ces mains que Stevie, s'approchant de la table de la cuisine, présentait à son approbation avec une expression d'assurance cachant toujours un petit résidu d'inquiétude. Jadis, la colère du père était la sanction suprêmement efficace de ce rite ; mais la placidité de Mr. Verloc dans la vie de la famille rendait invraisemblable toute éventualité de colère, même pour la nervosité maladive du pauvre Stevie. Le principe était que Mr. Verloc eût été indiciblement peiné et choqué par tout manque de propreté à l'heure des repas. Après la mort de son père, Winnie avait trouvé une consolation considérable dans le fait qu'elle n'avait plus de raisons de trembler pour le pauvre Stevie. Elle ne pouvait supporter de le voir frapper. Cela la mettait hors d'elle. Petite fille, elle avait souvent opposé un regard incendiaire à l'épicier patenté irascible pour prendre la défense de son jeune frère. Rien ne pouvait désormais laisser soupçonner dans l'aspect de Mrs. Verloc qu'elle était capable de réactions passionnées.

Elle termina la préparation du repas. Le couvert était mis dans l'arrière-boutique. Elle alla au pied de l'escalier et cria :

« Maman ! » Puis, ouvrant la porte vitrée accédant à la boutique : « Adolf ! » Mr. Verloc était toujours dans la même position et ne semblait pas avoir bougé d'un pouce depuis une heure et demie. Il se leva pesamment et arriva à table en chapeau et pardessus, sans dire un mot. Son silence n'avait en soi rien d'étrange ou d'inhabituel dans cette maison dissimulée dans l'ombre de la rue sordide rarement touchée par le soleil, derrière le magasin obscur aux viles marchandises de nature équivoque. Pourtant, ce jour-là, le mutisme de Mr. Verloc était de toute évidence tellement songeur que les deux femmes en furent impressionnées. Elles gardèrent elles aussi le silence, surveillant d'un œil attentif le pauvre Stevie, dans la crainte de le voir se laisser aller à une de ses crises de loquacité. Il était assis en face de Mr. Verloc, très sage et paisible, le regard vide. Les efforts qu'elles déployaient pour éviter qu'il déplût en quelque façon au maître de maison étaient un sujet d'inquiétude considérable dans l'existence de ces deux êtres. « Ce garçon », comme elles disaient entre elles à voix basse, avait été l'objet de cette sorte d'inquiétude à peu près depuis le jour de sa naissance. L'humiliation de feu l'épicier patenté d'avoir un fils aussi peu normal se manifestait par une propension à la brutalité car c'était un homme sensible, et sa souffrance de père était très sincère. Par la suite, il avait fallu empêcher Stevie de déranger les pensionnaires célibataires, qui sont eux-mêmes des gens bizarres facilement contrariés. Et il fallait aussi toujours affronter l'inquiétude relative à sa simple existence. Dans la salle à manger du sous-sol de la vieille maison de Belgravia, la mère avait été hantée par la vision de son enfant relégué dans l'infirmerie de quelque institution.

- Si tu n'avais pas déniché un aussi bon mari, ma chérie, disait-elle souvent à sa fille, je me demande ce que serait devenu ce pauvre mioche.

Mr. Verloc accordait à Stevie l'attention distraite qu'un homme n'aimant pas spécialement les animaux pourrait dispenser au chat bien-aimé de son épouse ; et cette attention, superficielle et bienveillante, était de la même nature. Les deux femmes reconnaissaient que l'on ne pouvait raisonnablement espérer mieux. Cela suffisait à faire gagner à Mr. Verloc la reconnaissance déférente de la vieille mère. Les premiers temps, rendue sceptique par les épreuves d'une vie sans affection, elle demandait parfois avec anxiété :

- Ne crois-tu pas, ma chérie, que Mr. Verloc se lasse d'avoir tout le temps Stevie autour de lui ?

À quoi Winnie répondait en général par un léger hochement de tête. Une fois, cependant, elle répondit avec une sombre arrogance :

- Il devra d'abord se lasser de moi !

Un long silence s'ensuivit. Les pieds sur un tabouret, la mère parut tenter de découvrir le sens exact de cette riposte, dont la profonde féminité l'avait confondue. Elle n'avait jamais réellement compris pourquoi Winnie avait épousé Mr. Verloc. Cela avait été fort sage de sa part et avait de toute évidence très bien tourné ; mais la jeune fille aurait pu espérer trouver un mari d'un âge mieux assorti au sien. Il y avait eu un jeune homme sérieux, fils d'un boucher d'une rue voisine, fils unique, qui travaillait avec son père, et que Winnie avait fréquenté avec un plaisir manifeste. Il est vrai qu'il était dépendant de son père ; mais leur affaire était prospère et son avenir promettait d'être excellent. Il avait emmené plusieurs fois la jeune fille au théâtre. Puis, au moment où la mère commençait à redouter l'annonce de leurs fiançailles - qu'aurait-elle pu faire, seule, de cette grande maison, avec Stevie sur les bras -, cette idylle avait pris fin de façon abrupte, et Winnie avait paru très triste. Mais Mr. Verloc était providentiellement venu occuper la chambre de devant au premier étage, et il n'avait plus été question du jeune boucher. C'était clairement providentiel.

3

- … Toute idéalisation rend la vie plus misérable. L'embellir revient à lui ôter son caractère de complexité, c'est la détruire. Laissez cela aux moralistes, mon garçon. L'Histoire est faite par les hommes, mais ils ne la font pas dans leur tête. Les idées engendrées par leur esprit jouent un rôle insignifiant dans la marche des événements. L'Histoire est déterminée par l'outil et la production - par la force des circonstances économiques. Le capitalisme a créé le socialisme, et les lois inventées par le capitaliste pour la protection de la propriété sont responsables de l'anarchisme. Nul ne peut dire quelle forme prendra l'organisation sociale dans l'avenir. Alors, pourquoi se livrer à des rêveries prophétiques ? Elles ne peuvent, au mieux, qu'interpréter l'état d'esprit du prophète et n'ont aucune valeur intrinsèque. Laissez ce passe-temps aux moralistes, mon garçon.

Michaelis, l'apôtre en liberté conditionnelle, parlait d'une voix égale, sifflante, comme assourdie et oppressée par la couche de graisse qui recouvrait sa poitrine. Il était sorti d'une prison hautement hygiénique rond comme une barrique, avec un ventre énorme et des joues distendues au teint pâle, presque transparent, comme si, pendant quinze années, les serviteurs d'une société agressée s'étaient promis de le bourrer d'aliments nourrissants dans une cave obscure et humide. Et, depuis ce jour, il n'avait jamais réussi à perdre un gramme de son poids.

On racontait qu'une vieille dame très riche l'avait envoyé trois années de suite faire une cure à Marienbad - où il avait une fois partagé la curiosité du public avec une tête couronnée - mais, en cette occasion, la police lui avait enjoint de partir dans les douze heures suivantes. Et son martyre s'était complété par une interdiction d'accès aux eaux curatives. Mais il était désormais résigné.

Un coude - ne ressemblant nullement à une articulation, mais plutôt à la courbe d'un bras de poupée en chiffon - posé sur le dossier d'une chaise, il se pencha un peu en avant au-dessus de ses monstrueuses cuisses courtes pour cracher dans le foyer.

- Oui ! J'ai eu le temps de réfléchir un peu, ajouta-t-il sans emphase. La société m'a accordé du temps pour méditer.

De l'autre côté de la cheminée, dans le fauteuil de crin que la mère de Mrs. Verloc avait en général le privilège d'occuper, Karl Yundt s'agita d'un air mécontent en tordant sa bouche édentée. Le terroriste, ainsi qu'il se désignait lui-même, était vieux et chauve, quelques rares poils blancs pendant mollement sous son menton. Une extraordinaire expression de malveillance sournoise survivait dans ses yeux éteints. Lorsqu'il se leva avec peine en avançant une main décharnée et tâtonnante, déformée par les rhumatismes, son geste évoqua l'effort d'un assassin moribond rassemblant ses forces pour porter l'ultime coup de couteau. Il s'appuya sur une lourde canne qui trembla sous la pression de son autre main.

- J'ai toujours rêvé, prononça-t-il avec violence, d'un groupe d'hommes absolument résolus à chasser tout scrupule dans le choix des moyens, assez forts pour se définir sans ambiguïté comme des destructeurs et dénués de toute trace de ce pessimisme résigné qui pourrit l'univers. Aucune pitié pour rien, y compris pour eux-mêmes : la mort acceptée une fois pour toutes au service de l'humanité, c'est cela que j'aurais voulu voir.

Sa petite tête chauve tremblait, provoquant une vibration comique dans les quelques poils blancs de sa barbiche. Sa prononciation eût été à peu près inintelligible pour un étranger. Sa passion lasse, ressemblant par sa violence impuissante à l'excitation d'une sensualité sénile, était mal servie par une gorge sèche et des gencives nues où s'empêtrait le bout de sa langue. Mr. Verloc, installé sur un coin de canapé à l'autre bout de la pièce, émit deux grognements d'assentiment convaincu.

Le vieux terroriste tourna lentement la tête d'un côté à l'autre sur son cou maigre.

- Et je n'ai jamais pu rassembler seulement trois hommes de cette trempe. Voilà ce que vaut votre satané pessimisme, jappa-t-il à l'adresse de Michaelis, qui décroisa ses jambes grosses comme des traversins et glissa d'un geste brusque ses pieds sous son siège en signe d'exaspération.

Lui, un pessimiste ? Quelle absurdité ! Il s'écria que cette accusation était outrageante. Il était si loin d'être pessimiste qu'il voyait déjà s'annoncer la fin de toute propriété privée par un processus logique, inévitable, engendré par son iniquité même. Les propriétaires de biens n'avaient pas seulement à affronter l'éveil du prolétariat, ils devaient aussi lutter les uns contre les autres. Oui. La lutte, la guerre, conditionnaient la possession. C'était fatal. Ah ! Il n'avait pas besoin de stimulants émotionnels pour renforcer sa conviction, ni de déclamations, de colère, de visions de drapeaux rouges agités ou de métaphoriques soleils vengeurs ensanglantés se levant sur l'horizon d'une société condamnée. Non ! La froide raison, dit-il avec fierté, était la base de son optimisme. Oui, son optimisme...

Sa voix péniblement sifflante s'éteignit. Puis il reprit son souffle et ajouta :

- Croyez-vous que si je n'avais pas été optimiste comme je le suis je n'aurais pas trouvé en quinze ans le moyen de me trancher la gorge ? Et, en désespoir de cause, il y avait toujours les murs de ma cellule pour m'y fracasser le crâne.

Sa respiration courte ôtait à son débit toute flamme, toute animation ; ses larges joues pâles pendaient, inertes, sans un frémissement, semblables à des poches pleines ; mais dans ses yeux bleus, rétrécis par la concentration, on voyait le regard de subtilité confiante, un peu égaré par sa fixité, qu'il avait dû avoir quand il méditait la nuit, optimiste indomptable, assis dans sa cellule. Karl Yundt était toujours debout devant lui, un pan de son capuchon verdâtre et fané négligemment rejeté en arrière. Assis devant la cheminée, le camarade Ossipon, ex-étudiant en médecine, principal auteur des tracts de l'A.P., avait allongé ses jambes robustes et présentait les semelles de ses souliers à la chaleur de l'âtre. Un buisson doré de cheveux frisés surmontait son visage coloré et tavelé, au nez épaté et à la bouche épaisse dessinée selon un modèle grossier de type négroïde. Ses yeux en amande jetaient de sournois regards nonchalants au-dessus de ses pommettes hautes. Les bouts de sa cravate de soie noire pendaient librement dans son veston de serge. Et, la tête appuyée au dossier de son siège, la gorge déployée, il portait à ses lèvres une cigarette dans un long tuyau de bois, projetant des ronds de fumée jusqu'au plafond.

Michaelis continuait de développer sa pensée, LA pensée de sa réclusion solitaire, l'idée à laquelle il avait consacré sa captivité et qui grandissait comme une foi révélée par des visions. Il parlait pour lui-même, indifférent à la sympathie ou à l'hostilité de son auditoire, indifférent même à leur présence, tant il était accoutumé à exprimer son espoir à haute voix dans la solitude des quatre murs blanchis à la chaux de sa cellule, dans le silence sépulcral du grand bâtiment aveugle au bord de la rivière, laid et sinistre comme une morgue colossale pour naufragés sociaux.

Il n'était pas doué pour la discussion, non parce qu'un argument quelconque eût pu ébranler sa foi, mais parce que le seul fait d'entendre une autre voix que la sienne lui était pénible, le désarçonnait, rendait aussitôt ses pensées confuses, ces pensées que, pendant tant d'années, dans un isolement moral plus stérile qu'un désert aride, aucune voix vivante n'avait jamais combattues, commentées ou approuvées.

Personne ne l'interrompait plus, et il renouvela la confession de la foi qui l'emplissait, absolue, irrésistible comme une grâce : le secret du destin découvert dans le côté matériel de la vie ; les conditions économiques de l'univers responsables du passé et préparant l'avenir ; la source de toutes les idées guidant le développement mental de l'humanité et les impulsions mêmes de la passion...

Un rire strident du camarade Ossipon coupa court à sa tirade, entraînant un bégaiement subit et un désarroi incompréhensif dans le regard doucement exalté de l'apôtre. Il ferma un instant les yeux, comme pour rassembler ses pensées en déroute. Il y eut un silence ; mais entre les deux lampes à gaz au-dessus de la table et l'ardeur du foyer, il faisait une chaleur étouffante dans la petite arrière-boutique de Mr. Verloc. Celui-ci se leva pesamment, à contre-cœur, et ouvrit la porte de la cuisine pour donner un peu d'air, permettant ainsi de voir l'innocent Stevie, sage et paisible, assis devant une table à jeu et dessinant des cercles, encore des cercles, d'innombrables cercles concentriques, excentriques, un tourbillon formidable de cercles qui, par la multitude de leurs courbes entrecroisées, leur unité de forme et la confusion de leurs lignes d'intersection, évoquaient un chaos cosmique, le symbolisme d'un art dément tentant de représenter l'inconcevable. L'artiste ne tourna même pas la tête et, dans la concentration de son âme sur ce travail, son dos tremblait, son cou ténu, noyé dans un creux profond à la base de son crâne, semblait prêt à se rompre.

Après un grognement de surprise contrariée, Mr. Verloc regagna son canapé. Alexandre Ossipon se leva, très grand sous le plafond bas dans son costume de serge bleue élimé, chassa la raideur d'une longue immobilité et descendit dans la cuisine (il y avait deux marches) pour jeter un coup d'œil par-dessus l'épaule de Stevie. Il revint en disant sur un ton dogmatique :

- C'est excellent. Très caractéristique. Tout à fait typique.

- Qu'est-ce qui est excellent ? s'enquit en grommelant Mr. Verloc, réinstallé sur son canapé.

L'autre expliqua négligemment ce qu'il entendait par là, avec une ombre de condescendance et un mouvement de la tête vers la cuisine :

- Typique de cette catégorie de dégénérés, ces dessins.

- Vous traitez ce garçon de dégénéré, je ne me trompe pas ? marmonna Mr. Verloc.

Le camarade Ossipon - surnommé le Docteur, ex-étudiant en médecine sans diplôme, plus tard conférencier itinérant exposant à des associations ouvrières les vues socialistes sur l'hygiène, auteur d'une étude populaire à tournure médicale (sous la forme d'un mauvais pamphlet aussitôt saisi par la police) intitulée « Les vices dégradants des classes moyennes », délégué spécial du plus ou moins mystérieux Comité rouge, chargé avec Karl Yundt et Michaelis de la propagande littéraire -, le camarade Ossipon, donc, porta sur l'obscur familier de deux ambassades au moins ce regard de suffisance intolérable, irrémédiablement stupide, que peut seule donner la fréquentation de la science à la médiocrité des hommes sans valeur.

- C'est ainsi qu'on pourrait le définir d'un point de vue scientifique. C'est d'ailleurs un parfait échantillon de cette sorte de dégénérés. Il suffit de regarder les lobes de ses oreilles. Si vous lisez Lombroso...

Boudeur, affalé sur le canapé, Mr. Verloc garda les yeux fixés sur la rangée de boutons de son gilet, mais ses joues rougirent légèrement. Depuis peu, toute allusion au mot « science » (terme inoffensif en soi et de sens imprécis) avait le curieux pouvoir d'évoquer avec une netteté quasi surnaturelle la vision clairement menaçante de Mr. Vladimir, comme si celui-ci était présent en chair et en os. Et ce phénomène que l'on pourrait à bon droit classer parmi les merveilles de la science engendrait chez Mr. Verloc un état émotionnel de terreur et d'exaspération tendant à s'exprimer par de violents jurons. Cependant, il ne dit rien. Ce fut Karl Yundt que l'on entendit, implacable jusqu'à son dernier soupir :

- Lombroso est un âne.

Le camarade Ossipon reçut le choc de ce blasphème avec un terrible regard vide ; et l'autre, avec ses yeux éteints et ternes assombrissant les cernes creusés sous son grand front osseux, grommela en serrant à chaque mot le bout de sa langue entre ses lèvres, comme s'il la mâchonnait de colère.

- A-t-on jamais vu pareil imbécile ? Pour lui, le criminel, c'est le prisonnier. C'est trop simple, non ? Et ceux qui l'ont enfermé, poussé de force, qu'est-ce qu'il en fait ? C'est exactement ça : poussé de force en prison. D'ailleurs, qu'est-ce que le crime ? Le sait-il, cet idiot qui s'est fait un nom dans ce monde d'abrutis gavés en observant les oreilles et les dents de quelques pauvres diables malchanceux ? Les dents et les oreilles marquent le criminel ? Vraiment ? Est-ce que la loi ne le marque pas encore davantage, ce bel instrument de torture inventé par les repus pour se protéger des affamés ? Marquer leur peau vile au fer rouge, hein ? Ne sentez-vous et n'entendez-vous pas d'ici les fesses épaisses du peuple brûler et grésiller ? Voilà comment on fabrique des criminels pour que tous vos Lombroso puissent écrire des sottises à leur sujet.

Le pommeau de sa canne et ses jambes tremblaient de colère tandis que son buste, drapé dans les ailes de son écharpe, gardait sa célèbre attitude de défi. Il semblait renifler l'air souillé de la cruauté sociale, tendre l'oreille pour en percevoir les bruits atroces. Il y avait dans son attitude une force de suggestion extraordinaire. Le vétéran presque moribond des luttes à la dynamite avait été un grand acteur en son temps, un acteur sur les estrades des réunions secrètes, dans des entretiens privés. Ce célèbre terroriste n'avait lui-même jamais levé le petit doigt contre l'édifice social. Ce n'était pas un homme d'action ; ce n'était même pas un orateur d'une éloquence torrentielle susceptible d'entraîner les masses dans la houle tonitruante d'un grand enthousiasme. Avec une intention plus subtile, il jouait le rôle de l'agitateur venimeux et impudent éveillant les impulsions sinistres qui sommeillent dans l'envie aveugle et la vanité exaspérée de l'ignorance, dans les souffrances et le malheur de la misère, dans toutes les nobles illusions pleines d'espoir des justes colères, de la pitié et des révoltes. Le fantôme de ce don néfaste s'accrochait encore à lui comme l'odeur d'une drogue mortelle dans un vieux flacon de poison, vide désormais, inutile, bon à jeter aux ordures avec les objets qui ont fait leur temps.

Michaelis, l'apôtre en liberté conditionnelle, arborait une ombre de sourire sur ses lèvres closes ; son visage de lune blanchâtre s'inclinait sous le poids d'un acquiescement mélancolique. Il avait lui-même été prisonnier. Sa propre peau avait grésillé sous le fer rouge, murmura-t-il doucement. Mais entretemps, le camarade Ossipon, surnommé le Docteur, avait surmonté le choc.

- Vous ne comprenez pas, commença-t-il d'un air dédaigneux.

Mais il s'arrêta net, intimidé par le spectre de la mort dans les yeux caverneux du visage qui se tournait lentement vers lui avec un regard aveugle, comme s'il n'était guidé que par le son de sa voix. Il renonça à discuter, avec un petit haussement d'épaules.

Accoutumé à ce que l'on ne fît pas attention à lui, Stevie s'était levé et allait se coucher en emportant ses dessins. Il se trouva dans la porte de l'arrière-boutique juste à temps pour recevoir de plein fouet le choc de l'éloquente imagerie de Karl Yundt. La feuille de papier couverte de cercles lui glissa des mains, et il resta immobile à regarder le vieux terroriste, brusquement figé sur place par sa terreur et son horreur morbide de la souffrance physique. Stevie savait fort bien qu'un fer rouge appliqué sur la peau fait très mal. Ses yeux épouvantés flamboyaient d'indignation. Cela devait être effroyablement douloureux. Sa bouche s'ouvrit et resta béante.

Le regard rivé sur le feu, Michaelis avait retrouvé l'impression d'isolement nécessaire à l'exercice continu de sa pensée. Son optimisme commençait à s'épancher sur ses lèvres. Il voyait le Capitalisme mourir au berceau, contaminé dès sa naissance par le venin du principe compétitif de son système. Les grands capitalistes dévorant les petits, concentrant la puissance et les instruments de production en de grandes masses, perfectionnant les techniques industrielles et, dans l'inconscience de leur volonté de développement, réussissant seulement à préparer, organiser, enrichir, le juste héritage du prolétariat malheureux. Michaelis prononça le grand mot de PATIENCE, et son limpide regard bleu levé vers le plafond bas de l'arrière-boutique de Mr. Verloc avait une expression de confiance angélique. Sur le pas de la porte, Stevie s'était calmé et semblait plongé dans l'hébétude.

Le visage du camarade Ossipon se crispa d'exaspération :

- Alors, il est inutile de faire quoi que ce soit, cela ne servirait à rien !

- Je n'ai pas dit ça, protesta doucement Michaelis.

Sa vision de la vérité était devenue si intense que le son d'une autre voix ne parvint pas, cette fois, à la dissiper. Il continua de regarder les tisons rouges. Il était nécessaire de préparer l'avenir, et il voulait bien admettre que le grand chambardement surviendrait peut-être à l'occasion d'un soulèvement révolutionnaire. Mais il précisa que la propagande était un travail délicat, à faire avec une grande clairvoyance. C'était l'éducation des maîtres du monde. Elle devait être aussi prudente que celle que l'on dispensait aux rois. Il souhaitait qu'elle énonçât ses principes avec précaution, avec réserve même, dans l'ignorance où l'on était de l'effet que pourrait produire tout changement économique sur le bonheur, la moralité, l'intelligence et l'histoire de l'humanité. Car l'Histoire se fait avec des outils, non avec des idées ; et les circonstances économiques conditionnent tout - art, philosophie, amour, vertu - et la vérité elle-même !

Les braises s'écroulèrent dans la grille avec un petit craquement ; et Michaelis, l'ermite visionnaire dans le désert d'un pénitencier, se leva avec impétuosité. Rond comme un ballon glonflé, il ouvrit ses gros bras courts, comme en une tentative pathétique et désespérée pour étreindre contre son cœur un univers régénéré par lui-même. Il haleta avec ardeur :

- L'avenir est aussi certain que le passé - esclavage, féodalisme, individualisme, collectivisme. C'est la constatation d'une règle, pas une vaine prophétie.

La moue dédaigneuse des grosses lèvres du camarade Ossipon accentua le type négroïde de son visage.

- Quelle sottise, dit-il avec assez de calme. Il n'y a ni règle ni certitude. Au diable, la propagande par l'éducation ! L'instruction du peuple importe peu, aussi vaste soit-elle. La seule chose qui compte pour nous est l'état émotionnel des masses. Sans émotion, il n'y a pas d'action.

Il marqua une pause, puis ajouta avec une modeste fermeté :

- Ce que je dis là est scientifique. Scientifique. Pardon ? Qu'avez-vous dit, Verloc ?

- Rien, grommela Verloc sur son canapé.

Provoqué par le mot abhorré, il avait seulement murmuré « M... ».

On entendit alors le crachotement venimeux du vieux terroriste édenté :

- Savez-vous comment je définirais l'état actuel des conditions économiques ? Je dirais que c'est du cannibalisme. Voilà ce que c'est ! Ils nourrissent leur cupidité avec la chair tremblante et le sang tiède du peuple, c'est tout.

Stevie encaissa cette déclaration affolante en avalant bruyamment sa salive, comme s'il avait absorbé un poison foudroyant, et il s'effondra aussitôt sur les marches de la cuisine.

Michaelis ne paraissait avoir rien entendu. Ses lèvres avaient l'air d'être définitivement soudées ; aucun frémissement n'animait ses joues pesantes. Il chercha d'un regard trouble son chapeau rond et le posa sur sa tête ronde. Son corps rond et obèse semblait flotter près de terre entre les sièges, sous le coude pointu de Karl Yundt. Le vieux terroriste leva une main incertaine semblable à une griffe, inclina d'un geste imprécis le sombrero de feutre noir qui ombrageait les creux et les bosses de son visage dévasté. Il se mit lentement en marche, tâtant le sol de sa canne à chaque pas. C'était tout une affaire de le faire sortir de la maison, car il s'arrêtait souvent comme pour réfléchir et ne redémarrait que lorsque Michaelis le poussait. Le doux apôtre lui donnait le bras avec une prévenance fraternelle ; derrière eux, les mains dans les poches, le robuste Ossipon étouffait un bâillement. Une casquette bleue à visière de cuir, posée en arrière sur la toison d'or de sa chevelure, lui donnait l'apparence d'un marin norvégien que le monde ennuie après une formidable bordée. Mr. Verloc raccompagna ses visiteurs jusqu'au seuil, nu-tête, son lourd pardessus déboutonné, les yeux baissés.

Il ferma la porte derrière eux avec une violence contenue, tourna la clef, poussa le verrou. Il n'était pas satisfait de ses amis. À la lumière de la philosophie d'attentats à la bombe de Mr. Vladimir, ils lui apparaissaient comme des nullités irrécupérables. Le rôle de Mr. Verloc dans la politique révolutionnaire ayant été d'observer, il ne pouvait tout à coup, ni chez lui ni dans des réunions plus importantes, prendre l'initiative de l'action. Il devait être prudent. Poussé par la légitime indignation d'un homme ayant largement dépassé la quarantaine, menacé dans ce qu'il avait de plus cher - son repos et sa sécurité -, il se demandait avec mépris si l'on aurait été en droit d'attendre autre chose de ces gens-là, ce Karl Yundt, ce Michaelis, cet Ossipon.

Mr. Verloc arrêta son geste pour éteindre le bec de gaz du centre de la boutique et s'abîma dans ses réflexions morales. Avec l'intuition d'une parenté de tempérament, il prononça son verdict. Des paresseux. Ce Karl Yundt soigné par une vieille femme aux yeux chassieux, une femme qu'il avait jadis volée à un ami et qu'il avait à plusieurs reprises par la suite tenté de jeter à la rue. Drôle de chance pour Yundt qu'elle eût persisté à venir le voir sans se lasser, sinon il n'eût eu personne pour l'aider à descendre du bus près des grilles de Green Park, où ce spectre allait traîner sa carcasse le matin lorsqu'il faisait beau. Quand cette vieille sorcière sardonique et indomptable mourrait, le fantôme titubant devrait disparaître aussi. Ce serait la fin du fougueux Karl Yundt. Et la moralité de Mr. Verloc était aussi offusquée par l'optimisme de Michaelis pris en charge par sa vieille dame riche, qui l'avait récemment envoyé habiter un cottage qu'elle possédait à la campagne. L'ex-prisonnier pouvait jouir à longueur de temps des sentiers ombragés, dans une délicieuse oisiveté philantropique. Quant à Ossipon, ce minable était assuré de ne manquer de rien tant qu'il y aurait sur terre des femmes idiotes possédant des comptes en banque. Et Mr. Verloc, dont la personnalité ne différait guère de celle de ses associés, établissait en esprit de belles distinctions basées sur des divergences insignifiantes. Il les déduisait avec une certaine complaisance parce qu'il avait une considération instinctive pour la respectabilité conventionnelle, seulement contrecarrée par sa répugnance pour toute forme de labeur officiel - défaut congénital qu'il partageait avec un grand nombre de réformateurs révolutionnaires d'un certain niveau social. Car il est manifeste que l'on ne se révolte pas contre les avantages et privilèges de cette catégorie, mais contre le prix à payer sous la forme d'une moralité acceptée, d'une autodiscipline et d'efforts. Les révolutionnaires, dans leur grande majorité, s'opposent surtout à la discipline et à la fatigue. Il existe aussi des êtres dont le sens de la justice considère le prix exigé comme monstrueux, énorme, odieux, oppressant, contrariant, humiliant, abusif, intolérable. Ce sont eux les fanatiques. La part restante des révoltés sociaux est guidée par la vanité, mère de toutes les illusions, nobles ou viles, compagne des poètes, réformateurs, charlatans, prophètes et incendiaires.

Perdu pendant une longue minute dans l'abîme de sa méditation, Mr. Verloc n'alla pas jusqu'au bout de ces considérations abstraites. Peut-être n'en était-il pas capable. De toute façon, il n'en eut pas le temps. Il en fut tiré par le souvenir de Mr. Vladimir, un autre de ses associés que, grâce à des affinités morales subtiles, il était apte à juger avec exactitude. Il le considérait comme dangereux. Une nuance d'envie se glissa dans son esprit. C'était très bien de ne rien faire, pour ces gens qui ne connaissaient pas Mr. Vladimir et qui trouvaient des femmes pour les faire vivre ; alors que lui devait pourvoir aux besoins de la sienne...

Arrivé à ce point de sa réflexion, par une simple association d'idées, Mr. Verloc se trouva confronté à la nécessité d'aller se coucher. Pourquoi, alors, ne pas y aller maintenant, tout de suite ? Il soupira. Cette nécessité n'était pas aussi plaisante qu'elle eût dû l'être pour un homme de son âge et de son tempérament. Il redoutait le démon de l'insomnie qui, il le sentait, revendiquait sa possession. Il leva le bras et éteignit le bec de gaz au-dessus de sa tête.

Par la porte de l'arrière-boutique restée ouverte, un rai de lumière éclairait la partie du magasin située derrière le comptoir. Elle permit à Mr. Verloc de s'assurer d'un regard du nombre de pièces de monnaie contenues dans le tiroir-caisse. Il n'y en avait guère ; et, pour la première fois depuis l'ouverture de son commerce, il fit une estimation de sa valeur marchande. Cet exercice ne fut pas réconfortant. Il s'était lancé dans le commerce pour des raisons qui n'étaient pas commerciales. Son choix de ce genre d'affaire avait été guidé par un penchant instinctif pour les transactions obscures, où l'on ramasse de l'argent sans effort. De plus, cela ne l'éloignait pas de sa sphère, celle qui est surveillée par la police. Au contraire, cela lui procurait une situation officielle dans cette sphère ; et comme Mr. Verloc avait des relations officieuses qui faisaient de lui un familier de la police, sans toutefois la lui faire craindre, cette situation présentait un net avantage. Mais, en tant que moyen d'existence, c'était insuffisant.

Il retira la caisse du tiroir et, en se retournant pour sortir de la boutique, il s'aperçut que Stevie n'était pas encore couché.

Que diable faisait-il là ? se demanda Mr. Verloc. Que signifiait cette incartade ? Il regarda son beau-frère d'un air intrigué mais ne lui posa pas de questions. Les rapports de Mr. Verloc avec Stevie se limitaient à lui dire entre ses dents, le matin après le petit déjeuner : « Mes souliers », et cela même était plutôt une information générale sur ses besoins qu'une requête ou un ordre direct. Mr. Verloc se rendit compte avec surprise qu'il ne savait que dire à Stevie. Il s'arrêta au milieu de la pièce et dirigea son regard en silence vers la cuisine. Il ne savait toujours pas ce qui arriverait s'il ouvrait la bouche. Et cela parut très étrange à Mr. Verloc, compte tenu du fait, dont il prenait soudain conscience, qu'il devait aussi entretenir ce garçon. Il n'avait encore jamais accordé un instant d'attention à cet aspect de l'existence de Stevie.

Il ne savait positivement quoi dire à ce gamin. Il le vit gesticuler et marmonner dans la cuisine. Stevie tournait autour de la table comme un animal excité dans une cage. Une tentative : « Ne devrais-tu pas aller te coucher ? » ne produisit aucun résultat. Et Mr. Verloc, renonçant à la contemplation immobile de la conduite de son beau-frère, traversa avec lassitude l'arrière-boutique, sa caisse à la main. La cause de la fatigue générale qu'il éprouva en montant l'escalier étant purement mentale, il la trouva inexplicable et s'en alarma. Il espéra qu'il n'allait pas tomber malade. Il s'arrêta sur le palier obscur pour examiner ses sensations. Mais le bruit léger d'un ronflement continu traversant l'obscurité troubla leur netteté. Le bruit provenait de la chambre de sa belle-mère. Encore une autre à entretenir, pensa-t-il, et sur cette pensée, il entra dans la chambre à coucher.

Mrs. Verloc s'était endormie avec la lampe allumée (il n'y avait pas le gaz à l'étage) sur la table de chevet. La lumière rabattue par l'abat-jour rendait éblouissant l'oreiller blanc affaissé par le poids de sa tête aux yeux clos, avec ses cheveux sombres nattés en plusieurs tresses pour la nuit. Elle s'éveilla en entendant son nom prononcé contre son oreille et vit son mari debout au-dessus d'elle.

- Winnie ! Winnie !

Tout d'abord, elle ne bougea pas, paisiblement allongée et regardant la caisse dans les mains de son mari. Mais lorsqu'elle comprit que son frère « s'agitait comme un beau diable au rez-de-chaussée », elle bondit hors du lit. De ses pieds nus émergeant d'une sorte de sac en calicot à manches longues sans ornements, strictement fermé par des boutons au cou et aux poignets, elle chercha ses pantoufles sur la descente de lit tout en levant les yeux sur le visage de son mari.

- Je ne sais comment me faire entendre, expliqua Mr. Verloc d'un air penaud. Il ne faut pas le laisser seul en bas avec le gaz allumé.

Elle ne répondit rien, traversa rapidement la chambre, et la porte se referma derrière sa forme blanche.

Mr. Verloc posa la caisse sur la table de nuit, entreprit de se déshabiller, jetant son pardessus sur une chaise à l'autre bout de la pièce. Son veston et son gilet suivirent le même chemin. Ensuite, il arpenta la chambre à pieds de bas, et sa silhouette massive, ses mains s'agitant nerveusement contre sa gorge, passa et repassa devant le long miroir de la garde-robe de sa femme. Puis, après avoir descendu ses bretelles, il ouvrit la persienne d'un geste violent et appuya son front contre la vitre froide, fragile couche de verre qui le séparait de l'immense accumulation glaciale, noire, mouillée, sale, inhospitalière, de briques, d'ardoises et de pierres, toutes choses en elles-mêmes peu avenantes et sans bienveillance pour les hommes.

Mr. Verloc ressentit l'inimitié latente de la nuit extérieure avec une intensité voisine d'une réelle angoisse physique. Il n'existe pas de situation plus déroutante pour un être humain que celle d'agent secret. Cette sensation se rapproche de celle que l'on peut éprouver lorsqu'on sent subitement son cheval s'affaisser sous soi en plein cœur d'une plaine aride et inhabitée. Cette comparaison vint à l'esprit de Mr. Verloc, car il avait en son temps monté nombre de chevaux de l'armée, et il avait en ce moment l'impression d'une chute imminente. Son avenir lui paraissait aussi ténébreux que le carreau de vitre contre lequel il appuyait son front. Et, tout à coup, il eut la vision du visage imberbe et intelligent de Mr. Vladimir dans un halo de peau fraîche, comme une sorte de sceau rose imprimé sur l'obscurité sinistre.

Cette vision lumineuse et fragmentaire était physiquement si éprouvante que Mr. Verloc s'éloigna de la fenêtre en laissant retomber bruyamment le battant. Sans voix, décomposé par l'appréhension d'autres apparitions de ce genre, il suivit du regard sa femme qui revenait se coucher avec un tel calme de conscience professionnelle qu'il se sentit désespérément seul au monde. Mrs. Verloc exprima sa surprise de le trouver encore debout.

- Je ne me sens pas très bien, murmura-t-il en passant la main sur son front moite.

- Des vertiges ?

- Oui. Pas bien du tout.

Avec toute la placidité d'une épouse expérimentée, Mrs. Verloc donna avec conviction son avis sur la cause de ce malaise et lui proposa l'antidote habituel ; mais son mari, figé au milieu de la pièce, lui fit un triste signe de tête négatif.

- Tu vas prendre froid, à rester ainsi debout, lui fit-elle observer.

Mr. Verloc fit un effort, acheva de se dévêtir et se coucha. En bas, dans la petite rue tranquille, on entendit un pas régulier s'approcher puis s'éloigner, ferme et sans hâte, comme si le passant était déterminé à marcher sans fin, dans une nuit éternelle, d'un lampadaire à l'autre ; et le tic-tac somnolent de la vieille pendule du palier devint nettement audible dans la chambre.

Couchée sur le dos, les yeux levés vers le plafond, Mrs. Verloc observa :

- La recette a été très faible, aujourd'hui.

Dans une position identique, Mr. Verloc se râcla la gorge comme s'il allait faire une déclaration importante, mais se borna à demander :

- Tu as éteint le gaz en bas ?

- Oui, répondit docilement Mrs. Verloc. Ce pauvre enfant est bien excité, ce soir, murmura-t-elle après une pause qui occupa trois battements de la pendule.

Mr. Verloc se souciait peu de l'excitation de Stevie, mais il ne se sentait pas du tout prêt à dormir et redoutait l'obscurité et le silence qui suivraient l'extinction de la lampe. Cette crainte le poussa à dire que Stevie n'avait pas suivi son conseil d'aller se coucher. Tombant dans le piège, Mrs. Verloc entreprit de démontrer en long et en large à son mari que ce n'était nullement par « insolence », mais simplement à cause de son excitation. Il n'y avait pas dans tout Londres un enfant plus facile et docile que Stephen, affirma-t-elle ; aucun plus affectueux et cherchant à faire plaisir, à se rendre utile même, à condition que nul ne semât la confusion dans sa pauvre tête. Mrs. Verloc se tourna vers son mari, se souleva sur un coude et se pencha au-dessus de lui dans son grand désir de le voir considérer Stevie comme un élément utile de la famille. Cette ardeur de compassion protectrice, exaltée de façon morbide dans son enfance par le malheur d'un autre enfant, colora ses joues pâles d'une rougeur légère, fit briller ses grands yeux sous ses paupières brunes. Cela la fit paraître plus jeune, aussi jeune que l'était jadis Winnie, et bien plus animée que la Winnie de l'époque de Belgravia ne s'était jamais permis d'apparaître aux messieurs qui logeaient dans la grande maison. L'inquiétude de Mr. Verloc ne lui laissa pas comprendre ce que disait sa femme. Comme si sa voix lui parvenait à travers un mur très épais. Ce fut cette apparence insolite qui le fit revenir à lui.

Il avait de l'estime pour cette femme ; et la conscience de cette estime, stimulée par quelque chose ressemblant à de l'émotion, ne fit qu'accroître douloureusement son angoisse. Lorsqu'elle eut fini de parler, il s'agita et dit :

- Il y a plusieurs jours que je ne me sens pas bien.

Peut-être avait-il conçu cette remarque comme le prologue d'une confidence complète ; mais Mrs. Verloc reposa sa tête sur l'oreiller et, les yeux toujours levés, poursuivit :

- Cet enfant entend beaucoup trop ce qui se dit ici. Si j'avais su qu'ils venaient ce soir, j'aurais veillé à l'envoyer se coucher en même temps que moi. Il était bouleversé d'avoir entendu parler de manger la chair des hommes et de boire leur sang. À quoi cela sert-il de dire des choses pareilles ?

Il y avait dans sa voix une note d'indignation méprisante. Mr. Verloc était maintenant très attentif.

- Demande-le à Karl Yundt, grommela-t-il d'un air féroce.

Avec une grande fermeté, Mrs. Verloc déclara que Karl Yundt était « un vieil homme répugnant ». Elle ne cacha pas sa sympathie pour Michaelis. Elle ne souffla mot du robuste Ossipon dont la présence la mettait toujours mal à son aise sous son attitude très froide et réservée. Et, continuant de parler de ce frère qui était depuis tant d'années l'objet de ses soins et de ses craintes :

- Ce n'est pas bon pour lui d'entendre ce que l'on dit ici. Il prend tout au pied de la lettre. Il n'est pas capable de juger. Cela lui fait perdre la raison.

Mr. Verloc ne fit aucun commentaire.

- Il m'a regardée avec des yeux ronds quand je suis descendue, comme s'il ne me reconnaissait pas. Son cœur battait la chamade. Il ne peut pas s'empêcher de s'énerver. J'ai réveillé maman et je lui ai demandé de rester avec lui jusqu'à ce qu'il s'endorme. Ce n'est pas sa faute. Il est très sage si on le laisse tranquille.

Mr. Verloc ne fit toujours pas de commentaires.

- Je regrette qu'il ait été à l'école, reprit Mrs. Verloc. Il prend tout le temps des journaux dans la vitrine pour les lire. Son visage devient alors tout rouge. Nous n'en vendons pas douze exemplaires par mois ; ils ne servent qu'à encombrer le présentoir de la façade. Et Mr. Ossipon apporte chaque semaine un paquet de ces tracts de l'A.P. à vendre un demi-penny pièce. Moi, je ne donnerais pas un demi-penny pour tout le lot. C'est une lecture inepte, voilà ce que c'est. Ce n'est pas vendable. L'autre jour, Stevie en a pris un où l'on racontait l'histoire d'un officier allemand qui avait à moitié arraché l'oreille d'une recrue et qui n'avait pas été puni. Quelle brute ! De tout cet après-midi-là, je n'ai rien pu faire de Stevie. Il est vrai que cette histoire pouvait échauffer le sang. Mais quelle utilité y a-t-il à imprimer des choses de ce genre ? Nous ne sommes pas des esclaves allemands ici, grâce au Ciel ! Cela ne nous regarde pas, tu ne trouves pas ?

Mr. Verloc ne répondit rien.

- J'ai dû enlever des mains du petit le couteau à découper, poursuivit Mrs. Verloc d'une voix gagnée par le sommeil. Il criait, sanglotait, tapait du pied. Il ne peut supporter la pensée de la moindre cruauté. Si cet officier avait été là, il l'aurait saigné comme un porc ! Mais c'est que c'est vrai, il y a des gens qui ne méritent guère de pitié.

Mrs. Verloc se tut et, pendant un long silence, l'expression de ses yeux immobiles devint de plus en plus voilée et contemplative.

- Tu vas mieux, chéri ? demanda-t-elle d'une petite voix lointaine. J'éteins la lampe, maintenant ?

La redoutable certitude qu'il n'y aurait pas de sommeil pour lui rendait Mr. Verloc muet et désespérément inerte, dans sa crainte de l'obscurité. Il fit un grand effort :

- Oui. Éteins, dit-il enfin d'une voix caverneuse.

4

La trentaine de petites tables couvertes de nappes rouges ornées d'un motif blanc étaient en majorité disposées perpendiculairement à la boiserie brun foncé de la salle du sous-sol. Des lustres de bronze avec de nombreux globes pendaient du plafond bas légèrement voûté ; il y avait le long des murs aveugles des fresques ternes et sans intérêt représentant des scènes de chasse et de fête de plein air en costumes médiévaux. Des serveurs en veste verte brandissaient des couteaux à découper et levaient de hauts récipients de bière écumante.

- Ou je me trompe fort, ou vous êtes l'homme qui connaît tous les dessous de cette sale affaire, dit le robuste Ossipon penché en avant, les coudes sur la table et les pieds reculés sous sa chaise.

Son regard appuyé avait une ardeur sauvage.

Près de la porte, un piano demi-queue flanqué de deux palmiers en pot émit soudain, sans pianiste, une valse d'une virtuosité agressive. Le tintamarre produit était assourdissant. Lorsqu'il cessa, aussi subitement qu'il avait commencé, le petit homme à lunettes d'apparence minable assis en face d'Ossipon devant une grande chope pleine de bière énonça avec calme ce qui avait l'air d'un axiome :

- En principe, ce que l'un de nous sait ou ne sait pas d'un événement ne peut faire l'objet d'une interrogation de la part des autres.

- Assurément, acquiesça à mi-voix sans se troubler le camarade Ossipon. En principe.

Tenant entre ses mains son grand visage florissant, il continuait de fixer du regard le petit binoclard mal tenu, qui avala sans se démonter une gorgée de bière et reposa la chope sur la table. Ses grandes oreilles étaient largement décollées de son crâne, qui paraissait à Ossipon assez frêle pour qu'il pût l'écraser entre pouce et index ; le haut de son front semblait posé sur le bord de ses lunettes ; ses joues plates à la peau huileuse et malsaine n'étaient coupées que par la pauvreté misérable d'une grêle barbiche brune. La suprême autosatisfaction de l'individu apportait une touche de ridicule à l'infériorité lamentable de toute sa personne. Sa parole était brève, et il avait une façon particulièrement impressionnante de se taire.

Ossipon parla de nouveau entre ses mains, dans un murmure :

- Êtes-vous sorti longtemps, aujourd'hui ?

- Non. Je suis resté au lit toute la matinée, répondit l'autre. Pourquoi ?

- Oh ! pour rien ! dit Ossipon en le scrutant, frémissant en secret du désir d'apprendre quelque chose, mais de toute évidence intimidé par l'air de supériorité indifférente du petit homme.

Lorsqu'il s'entretenait avec ce camarade - ce qui n'arrivait pas souvent -, le grand Ossipon éprouvait une sensation d'insignifiance morale et même physique. Il risqua néanmoins une autre question :

- Vous êtes venu ici à pied ?

- Non, par l'omnibus, répondit le petit homme sans hésiter. Il habitait loin de là, à Islington, dans une maison modeste au fond d'une rue pauvre jonchée de paille et de papiers sales où, après l'école, une bande disparate d'enfants couraient et se disputaient dans une clameur stridente, turbulente, sans gaieté. Il louait un meublé à deux vieilles filles d'âge mûr, petites couturières dont la clientèle était surtout composée de femmes de chambre, une pièce unique sur la façade arrière de la maison, dont la caractéristique la plus remarquable était de comporter une armoire immense. Il fermait cette armoire avec un gros cadenas ; mais, par ailleurs, c'était un locataire modèle qui ne donnait pas d'ennuis, et à peu près aucun travail. Son étrange particularité était d'exiger d'être présent lorsqu'on venait faire le ménage chez lui et, lorsqu'il sortait, de verrouiller sa porte et d'emporter la clef.

Ossipon eut la vision de ces lunettes rondes à monture noire progressant dans les rues sur l'impériale d'un omnibus, leur regard assuré tombant çà et là sur les façades des maisons ou s'abaissant sur les têtes du flot de piétons sur les trottoirs. Le fantôme d'un sourire amer modifia le contour des lèvres épaisses d'Ossipon à la pensée des murs le saluant et des gens inconscients s'enfuyant à toutes jambes à la vue de ces lunettes. Si seulement ils savaient ! Quelle panique ! Il murmura sur un ton interrogateur :

- Il y a longtemps que vous êtes là ?

- Un peu plus d'une heure, répondit l'autre négligemment - et il avala une gorgée de bière brune.

Tous ses gestes, sa manière de saisir la chope, de boire, de la remettre sur la table et de croiser les bras, avaient une fermeté, une précision assurée qui faisaient du grand et musculeux Ossipon penché en avant, l'œil aux aguets et les lèvres rebondies, l'image même d'une indécision avide.

Il dit :

- Une heure ! Alors, peut-être avez-vous entendu parler de la nouvelle que je viens d'apprendre dans la rue. Vous êtes au courant ?

Le petit homme répondit par un imperceptible hochement de tête négatif. Mais, comme il ne manifestait aucune curiosité, Ossipon se hasarda à ajouter qu'il avait appris la nouvelle tout près de là, sur la place. Un petit vendeur de journaux avait crié la chose sous son nez et, n'étant préparé à rien de ce genre, il avait été très surpris et bouleversé. Il en avait eu la bouche sèche et avait dû entrer là pour boire quelque chose.

- Je ne pensais pas vous y trouver, ajouta-t-il d'une voix basse mais ferme, les coudes plantés sur la table.

- J'y viens quelquefois, dit l'autre en conservant son attitude froide et provocante.

- C'est extraordinaire que vous, entre tous les hommes, ignoriez tout là-dessus, poursuivit le grand Ossipon.

Ses paupières battaient nerveusement sur ses yeux brillants.

- Vous, entre tous, risqua-t-il de nouveau.

Cette réserve évidente témoignait d'une timidité incroyable, inexplicable, de la part de ce grand diable devant le petit bonhomme calme qui leva encore une fois son verre, but et le reposa, avec des gestes nets et précis. Et ce fut tout. Après avoir attendu un mot ou un signe qui ne vint pas, Ossipon fit un effort pour affecter une certaine indifférence.

- Est-ce que, demanda-t-il en baissant encore plus la voix, vous cédez votre produit à n'importe qui, si l'on vous le demande ?

- Ma règle absolue est de n'opposer de refus à personne, à condition qu'il m'en reste une pincée sur moi, répondit le petit homme avec décision.

- C'est un principe ? fut le commentaire d'Ossipon.

- C'est un principe.

- Et vous croyez que c'est un bon principe ?

Les grandes lunettes rondes, qui communiquaient un air d'autosatisfaction au visage hâve, affrontèrent Ossipon comme des yeux sans sommeil, ne cillant pas et projetant une flamme froide.

- Absolument. Toujours. En toutes circonstances. Qu'est-ce qui m'en empêcherait ? Pourquoi ne devrais-je pas le faire ? Ou y regarder à deux fois ?

Ossipon avala sa salive, discrètement.

- Voulez-vous dire que vous en livreriez à un flic si l'un d'eux venait vous demander votre marchandise ?

L'autre eut un petit sourire.

- Qu'ils viennent essayer et vous verrez, dit-il. Ils me connaissent, mais je les connais, moi aussi. Ils ne viendront pas se frotter à moi, non, pas eux.

Il referma avec bruit ses minces lèvres livides.

- Mais ils pourraient envoyer quelqu'un, un mouchard. Comprenez-vous ? Obtenir votre produit de cette façon, puis vous arrêter avec la preuve en main.

- La preuve de quoi ? Que je vends des explosifs sans licence, peut-être ?

Cela voulait passer pour une ironie dédaigneuse, bien que l'expression de l'homme maigre à l'air maladif n'eût pas changé et que son ton fût négligent.

- Je ne crois pas qu'il y ait un seul argousin désireux de procéder à cette arrestation. Aucun d'eux ne se prêterait à cette expérience, même parmi les plus valeureux. Aucun.

- Pourquoi ? demanda Ossipon.

- Parce qu'ils savent parfaitement que je veille à ne jamais me laisser entièrement démunir de mon produit. J'en ai toujours sur moi.

Il effleura sa poitrine de la main.

- Dans un flacon en verre épais, ajouta-t-il.

- On me l'a dit, acquiesça Ossipon avec une nuance d'incrédulité. Mais je ne savais pas si...

- Eux le savent, coupa sèchement le petit homme en s'appuyant au dossier de sa chaise, qui était plus haut que sa tête frêle. On ne m'arrêtera jamais. Pour aucun de ces policiers le jeu n'en vaut la chandelle. Se mesurer à un homme tel que moi exige un véritable héroïsme, vain et sans gloire.

De nouveau, il referma la bouche avec bruit et décision. Ossipon réprima un mouvement d'impatience.

- Ou de la témérité, ou tout bonnement de l'ignorance, rétorqua-t-il. Il leur suffirait de charger de ce travail quelqu'un qui ne saurait pas que vous transportez dans votre poche assez de produit pour faire tout sauter, et vous-même, dans un rayon de cinq cents mètres.

- Je n'ai jamais dit que l'on ne pourrait pas m'éliminer, reprit l'autre. Mais ce ne serait pas une arrestation. De plus, ce ne serait pas aussi facile qu'il y paraît.

- Bah ! dit Ossipon, n'en soyez pas trop sûr. Qu'est-ce qui empêcherait six d'entre eux de vous cravater par derrière dans la rue ? Avec les bras coincés, vous ne pourriez rien faire, n'est-ce pas ?

- Si, je pourrais. Je suis rarement dans les rues à la nuit, dit le petit homme, impassible, et jamais très tard. J'ai toujours la main droite repliée sur une balle de caoutchouc dans la poche de mon pantalon. Si je presse cette balle, cela agit sur un détonateur contenu dans le flacon que je porte sur moi. C'est le principe de l'obturateur automatique instantané des caméras. Le tuyau est relié...

D'un geste vif, il permit à Ossipon d'apercevoir un tuyau de caoutchouc ressemblant à un fin ver brun, qui sortait de l'emmanchure de son gilet et plongeait dans la poche de poitrine intérieure de son veston. Ses vêtements, d'un brun marbré indéfinissable, étaient élimés, couverts de taches, poussiéreux dans les plis, avec des boutonnières déchirées.

- Le détonateur est mi-mécanique, mi-chimique, expliqua-t-il avec une condescendance négligente.

- Et, bien sûr, c'est instantané ? murmura Ossipon avec un petit frisson.

- Loin de là, avoua l'autre, avec un regret qui tordit douloureusement sa bouche. Il s'écoule bien vingt secondes entre le moment où je presse la balle et celui où se produit l'explosion.

- Diable ! siffla Ossipon, complètement atterré. Vingt secondes ! Quelle horreur ! Et vous vous croyez capable d'affronter cela ? Moi, cela me rendrait fou...

- Quelle importance cela aurait-il ? Évidemment, c'est le point faible de ce système original destiné à mon seul usage personnel. L'ennui, c'est que le délai d'explosion est toujours le point faible. Je cherche à inventer un détonateur qui s'adapterait à tous les genres d'action, et même à des changements imprévus de situation. Un mécanisme variable, tout en étant d'une précision absolue. Un détonateur vraiment intelligent.

- Vingt secondes ? marmonna de nouveau Ossipon. Affreux ! Et ensuite...

Par un léger mouvement rotatif de la tête, le reflet des lunettes parut évaluer les dimensions du bar situé au sous-sol du fameux restaurant *Silenus*.

- Personne dans cette pièce ne pourrait espérer se sauver, fut le verdict de cette inspection. Même pas ce couple qui monte l'escalier en cet instant.

Au pied des marches, le piano attaqua une mazurka avec une impétuosité insolente, comme si un vulgaire fantôme impudent se déchaînait. Les touches montaient et descendaient mystérieusement. Puis ce fut le silence. Un instant, Ossipon se représenta ce lieu aux lumières éclatantes transformé en un effroyable cratère noir crachant d'horribles vapeurs, jonché de débris informes de briques et de cadavres déchiquetés. Il perçut cette vision de mort et de ruine avec une telle netteté qu'il eut un nouveau frisson. L'autre prononça avec calme et suffisance :

- En dernier ressort, seul le tempérament assure la sécurité. Il y a peu d'êtres au monde qui aient une personnalité aussi équilibrée que la mienne.

- Je me demande comment vous faites, grommela Ossipon.

- Grâce à la force de ma personnalité, dit l'autre sans élever la voix - et, devant cette affirmation émanant de la bouche d'un organisme visiblement misérable, Ossipon se mordit la lèvre inférieure.

- La force de ma personnalité, répéta l'autre avec un calme ostentatoire. Je possède le moyen d'apporter la mort, mais cela seul, vous le comprenez, est sans valeur sur le plan de la protection. Ce qui compte, c'est que ces gens-là croient à ma volonté d'utiliser ce moyen. Or, ils en ont la conviction. La conviction absolue. Donc, je suis porteur de mort.

- Il y a aussi des individus qui ont du caractère parmi ces gens-là, murmura Ossipon comme une menace.

- C'est possible. Mais il y a évidemment un ordre de grandeur puisque, par exemple, je ne me laisse pas impressionner par eux. Donc, ils me sont inférieurs. Il ne peut en être autrement. Leur personnalité est fondée sur une moralité conventionnelle. Elle repose sur l'ordre social. La mienne ignore tout ce qui est artificiel. Ils sont enchaînés par toutes sortes de conventions. Ils sont liés à la vie qui, à cet égard, est un fait historique entouré de contraintes et considérations diverses, un fait complexe, organisé, en tous points accessible aux agressions ; tandis que moi, je suis lié à la mort, qui ne connaît nulle astreinte et ne peut être agressée. Ma supériorité est indiscutable.

- C'est une manière transcendante d'envisager la question, dit Ossipon en observant l'éclat froid des lunettes rondes. J'ai entendu Karl Yundt dire à peu près la même chose il n'y a pas longtemps.

- Karl Yundt, marmonna l'autre avec mépris. Le délégué du Comité rouge international a toute sa vie été un fantôme qui prend la pose. Vous êtes trois délégués, n'est-ce pas ? Étant donné que vous êtes l'un d'eux, je ne ferai pas de commentaires sur les deux autres. Mais ce que vous dites n'a aucun sens. Vous êtes les valeureux délégués de la propagande révolutionnaire, mais l'ennui est que non seulement vous n'êtes pas plus capables d'une pensée indépendante que le premier venu des journalistes ou des épiciers respectables, mais que vous n'avez absolument pas de caractère.

Ossipon ne put réprimer un sursaut d'indignation.

- Mais que voulez-vous que nous fassions ? s'écria-t-il d'une voix assourdie. Que faites-vous vous-même ?

- Un détonateur parfait, fut la réponse péremptoire. Pourquoi faites-vous cette tête ? Vous voyez bien, vous ne pouvez même pas supporter d'entendre parler de quelque chose de positif !

- Qu'est-ce qu'elle a, ma tête ? grogna Ossipon, boudeur et contrarié.

- Vous autres, les révolutionnaires, poursuivit le petit homme avec une autosatisfaction ostentatoire, vous êtes esclaves de la convention sociale, qui a peur de vous, aussi esclaves que les policiers eux-mêmes, qui se posent en défenseurs de cette convention. C'est certain, puisque vous jugez utile de la saborder. Elle commande vos pensées, bien sûr, et vos actes de telle façon que vos pensées et vos actions ne peuvent jamais être décisives.

Il se tut, paisible, comme si son silence devait être définitif, puis reprit presque aussitôt :

- Vous ne valez pas mieux que les forces dressées contre vous, que la police, notamment. L'autre jour, j'ai rencontré inopinément l'Inspecteur en Chef Heat, au coin de Tottenham Court Road. Il m'a longuement regardé. Moi, je ne l'ai pas regardé. Pourquoi lui accorderais-je plus qu'un coup d'œil ? Il songeait à bien des choses - à ses supérieurs, à sa réputation, aux tribunaux, à ses appointements, aux journaux -, à mille choses. Moi, je pensais uniquement à mon détonateur parfait. Il n'avait à mes yeux aucune importance. Il était aussi insignifiant que... - je ne trouve rien d'assez négligeable pour lui être comparé, sauf peut-être Karl Yundt. Ils se valent. Le terroriste et le policier sortent du même moule. La révolution, la légalité - mouvements contraires dans un même jeu, formes de paresse somme toute identiques. Il joue son petit rôle, comme vous, les propagandistes. Moi, je ne joue pas ; je travaille quatorze heures par jour et j'ai parfois faim. Mes expériences m'obligent à faire des dépenses continuelles et je dois souvent me passer de nourriture pendant un ou deux jours. Vous regardez ma bière ? Oui, j'en ai déjà pris deux verres et je vais sous peu en prendre un troisième. C'est une petite fête et je la célèbre seul. Pourquoi pas ? J'ai le goût du travail solitaire, tout à fait solitaire, exclusivement solitaire ! Il y a des années que je travaille seul.

Le visage d'Ossipon s'était couvert d'une sombre rougeur.

- Au parfait détonateur, hein ? ricana-t-il, très bas.

- Oui, répliqua l'autre. C'est une bonne définition. Vous ne pourriez pas en trouver d'aussi concise pour définir la nature de vos activités, avec tous vos comités et délégations. C'est moi le véritable propagandiste.

- Ne discutons pas sur ce point, dit Ossipon, comme pour s'élever au-dessus des considérations personnelles. Mais j'ai peur de devoir gâcher votre petite fête : un homme a été tué ce matin par une explosion dans Greenwich Park.

- Comment le savez-vous ?

- On criait la nouvelle dans les rues dès deux heures cet après-midi. J'ai acheté le journal et j'ai couru jusqu'ici. C'est alors que je vous ai vu assis à cette table. J'ai ce journal dans ma poche.

Il l'exhiba. C'était une feuille d'assez grande taille, rose pâle, comme échauffée par ses convictions, qui étaient optimistes. Il la feuilleta rapidement.

- Ah, voilà ! Une bombe dans Greenwich Park. Jusque-là, pas grand-chose. À onze heures trente. Matinée de brouillard. Explosion perçue aussi loin que Romney Road et Park Place. Énorme cratère dans le sol sous un arbre, jonché de branches et de racines brisées. Alentour, débris d'un corps humain déchiqueté. C'est tout. Le reste n'est que le verbiage des journaux. Ils disent que c'est certainement une tentative pour faire sauter l'Observatoire. Hem... Ce n'est guère vraisemblable.

Il parcourut encore un instant le journal en silence, puis le tendit à l'autre qui, après avoir jeté un regard distrait sur les lignes imprimées, le posa sur la table sans commentaires.

Ce fut Ossipon qui reprit la parole le premier, toujours mécontent.

- Les débris d'*un seul* homme, notez-le. Donc, il s'est fait sauter. Cela va gâcher votre journée, non ? Vous attendiez-vous à ce genre de démarche ? Je n'avais pas la moindre idée, pas la moindre, qu'un événement de ce genre était envisagé dans notre pays. Étant donné les conditions dans lesquelles cela s'est passé, c'est tout simplement criminel.

Le petit homme leva ses minces sourcils noirs avec un mépris sans passion.

- Criminel ? Qu'est-ce que ça veut dire ? Qu'est-ce que *c'est* que le crime ? Quelle peut être la signification de cette affirmation ?

- Comment faut-il donc que je m'exprime ? On est bien obligé d'utiliser les termes courants, dit Ossipon, impatienté. Ce que j'ai dit, c'est que cette affaire peut être un désastre pour notre situation en Angleterre. Est-ce que ce n'est pas un crime suffisant pour vous ? Je suis persuadé que vous avez récemment cédé de votre produit.

Ossipon le scrutait sans se démonter ; l'autre baissa et releva lentement la tête.

- C'est bien ça ! explosa dans un murmure intense le rédacteur des tracts de l'A.P. C'est inconcevable ! Allez-vous vraiment continuer à le distribuer ainsi, à la demande, au premier imbécile que vous rencontrerez ?

- Certainement ! L'ordre social condamné n'a pas été construit avec de l'encre et du papier, et je ne puis croire qu'un mélange d'encre et de papier puisse y mettre fin, quoi que vous en pensiez. Oui, je donnerais des deux mains mon produit à tout homme, toute femme, tout imbécile, qui se présenterait. Mais je n'agis pas pour le compte du Comité rouge. Je pourrais vous voir tous chassés d'ici ou arrêtés - décapités même - sans bouger un doigt. Ce qui nous arrive en tant qu'individus n'a aucune espèce d'importance.

Il parlait sur un ton indifférent, sans chaleur, presque atone ; et Ossipon, très affecté en son for intérieur, essaya d'imiter son détachement.

- Si les policiers faisaient leur métier, ils vous transperceraient de balles de revolver ou ils essaieraient de vous cravater par derrière en plein jour.

Le petit homme parut avoir déjà envisagé cette hypothèse à sa façon impavide et insouciante.

- Oui, acquiesça-t-il très vite. Mais pour cela, il leur faudrait affronter leurs propres institutions. Vous comprenez ? Cela nécessite un courage peu commun. Un courage d'un genre particulier.

Ossipon sourcilla.

- Je pense que c'est ce qui vous arriverait si vous installiez votre laboratoire aux États-Unis. Là-bas, ils n'ont pas une vénération aveugle pour leurs institutions.

- Il y a peu de chances pour que j'aille y voir. Mais votre remarque est pertinente, admit l'autre. Ils ont plus de caractère, là-bas, et ce sont par essence des anarchistes. Les États-Unis sont pour nous un terrain fertile, un excellent terrain. Cette grande république a en elle les racines de la destruction. Son tempérament collectif ignore la loi. C'est excellent. Peut-être nous abattraient-ils, mais...

- Vous êtes trop transcendant pour moi, grommela Ossipon, vexé.

- Pas transcendant, logique, protesta l'autre. Il y a plusieurs sortes de logique. Celle-ci est la logique éclairée. L'Amérique est très bien. C'est ce pays-ci qui est dangereux avec sa conception idéaliste de la légalité. L'esprit social de notre peuple est étouffé par des scrupules et des préjugés, ce qui est désastreux pour notre travail. Vous parlez de l'Angleterre comme de notre seul refuge ! C'est dommage. C'est Capoue ! Qu'avons-nous besoin de refuges ? Ici, vous parlez, imprimez, complotez et ne faites rien. J'oserai dire que cela convient fort bien à tous les Karl Yundt.

Il haussa les épaules, puis ajouta, avec la même assurance indifférente :

- Détruire la superstition et la vénération de la légalité devrait être notre but. Rien ne pourrait me faire plus plaisir que de voir l'Inspecteur Heat et ses semblables se mettre à nous tirer dessus en plein jour avec l'approbation du public. Notre combat serait alors à moitié gagné : la désintégration de la vieille morale serait en marche, au sein même de son temple. C'est à cela que vous devriez tendre. Mais vous autres, les révolutionnaires, ne comprendrez jamais cela. Vous tirez des plans sur l'avenir, vous vous perdez dans des rêveries sur des systèmes économiques dérivés de ce qui existe ; alors que, ce qu'il faut, c'est tout balayer et repartir à zéro avec une conception nouvelle de la vie. Cette sorte d'avenir s'organisera de lui-même si seulement vous lui faites de la place. Donc, si j'avais des quantités suffisantes de mon produit, j'en disposerais en tas aux coins des rues ; comme ce n'est pas le cas, je fais ce que je peux en perfectionnant un détonateur réellement fiable.

Ossipon, qui ramait mentalement dans des eaux profondes, s'accrocha au dernier mot comme à une planche de salut.

- Oui. Vos détonateurs. Je ne serais pas surpris d'apprendre que c'est l'un des vôtres qui a « balayé » l'homme du Park.

Une ombre de vexation assombrit le visage hâve et déterminé qui faisait face à Ossipon.

- Mes difficultés résident précisément dans l'impossibilité d'en expérimenter les différentes sortes. Il faut bien les essayer, après tout. De plus...

Ossipon l'interrompit :

- Qui pouvait bien être ce type ? Je vous garantis que nous l'ignorons tous, ici, à Londres. Ne pourriez-vous me décrire la personne à qui vous avez donné le produit ?

L'autre tourna ses lunettes en direction d'Ossipon comme une paire de projecteurs.

- Le décrire, répéta-t-il lentement. Je pense qu'il n'y a plus le moindre inconvénient à le faire. Je vais vous le décrire d'un seul mot : Verloc.

Ossipon, que la curiosité avait soulevé de sa chaise, retomba comme s'il avait reçu un coup en plein visage.

- Verloc ? Ce n'est pas possible !

Le petit homme si maître de soi fit un seul signe de tête affirmatif.

- Si. C'est lui. Vous ne pourrez pas dire, dans ce cas, que j'ai donné ma marchandise au premier imbécile venu ! J'ai toujours cru comprendre qu'il était un membre éminent de votre groupe.

- C'est exact. Éminent. Pourtant, non, pas exactement. Il était le centre des informations générales, et c'était lui qui accueillait toujours les camarades de passage. Plus utile qu'important. Un homme sans idées. Il y a quelques années, il parlait dans des meetings, en France, je crois. Pas trop bien, d'ailleurs. Il avait la confiance d'hommes comme Latorre, Moser, toute cette bande de vieux. Son seul talent réel était, je ne sais comment, l'art qu'il avait de nous éviter d'être remarqués par la police. Ici, par exemple, il n'avait pas l'air d'être très surveillé. Il était marié, vous savez. J'imagine que c'est avec l'argent de sa femme qu'il a pu ouvrir ce magasin. Qui, apparemment, était rentable.

Ossipon se tut brusquement, marmonnant par-devers lui :

- Je me demande ce que va faire cette femme, maintenant.

Et il devint songeur.

L'autre attendait, avec une indifférence marquée. Il avait des origines obscures et était connu sous le nom de Professeur pour avoir été jadis aide-démonstrateur de chimie dans un institut technique. Il s'était querellé avec ses patrons pour une question de traitement insuffisant. Ensuite, il avait obtenu un poste dans le laboratoire d'une fabrique de teintures. Là aussi, il avait été traité avec une injustice révoltante. Ses luttes, ses privations, ses rudes efforts pour s'élever dans l'échelle sociale, lui avaient inspiré une conviction si exaltée de ses mérites qu'il était d'une extrême difficulté pour le monde de le traiter avec équité, étant donné que le baromètre de cette notion dépend surtout de la patience de l'individu. Le Professeur avait du génie mais était dépourvu de la grande vertu sociale de résignation.

- Du point de vue intellectuel, un zéro, prononça Ossipon à haute voix, abandonnant soudain sa contemplation intérieure de Mrs. Verloc, veuve, et de son commerce. Un personnage à tout faire très quelconque. Vous avez tort de ne pas garder davantage le contact avec les camarades, Professeur, ajouta-t-il sur un ton de reproche. Vous a-t-il dit quelque chose, donné un aperçu de ses projets ? Il y a un mois que je ne l'avais vu. Il me paraît impossible qu'il soit mort.

- Il m'a dit qu'il allait y avoir une attaque contre un bâtiment, dit le Professeur. Il fallait que je sache au moins cela pour préparer le projectile. Je lui ai objecté que je n'avais pas suffisamment de produit pour obtenir une destruction complète, mais il m'a demandé avec une grande insistance de faire de mon mieux. Comme il voulait quelque chose que l'on pût porter à la main sans se cacher, je lui ai proposé de me servir d'un vieux récipient en fer blanc d'un gallon, que je me trouvais avoir en ma possession. Cette idée a reçu son agrément. Cela m'a donné du travail car j'ai dû commencer par couper le fond du bidon, pour le fixer ensuite à nouveau. Une fois préparé pour cet usage, j'ai mis dans ce récipient un flacon de verre épais à col large, bien bouché, entouré d'argile humide, contenant seize onces de poudre verte X 2. Le détonateur était relié au bouchon vissé sur le récipient. C'était ingénieux - une combinaison de temps et de choc. Je lui ai expliqué le système. C'était un fin tube de fer dans lequel...

L'attention d'Ossipon s'était égarée.

- Que croyez-vous qu'il soit arrivé ? coupa-t-il.

- Je n'en sais rien. Il a pu visser à bloc le bouchon, qui aurait établi le contact, puis oublier le temps. C'était réglé pour vingt minutes. Ou bien, si le contact était établi, un choc brusque a pu provoquer l'explosion immédiate. Soit il a trop tardé, soit il a simplement laissé tomber l'objet. En tout cas, le contact a bien été établi, cela me paraît clair. Le système a fonctionné à merveille. On pourrait pourtant croire qu'un imbécile de type banal, se hâtant, oublierait plutôt de brancher le contact. C'est surtout ce genre d'échec que je redoutais. Mais il y a tant d'espèces variées d'imbéciles que l'on ne peut les prévoir toutes. On ne peut demander à un détonateur d'être à l'épreuve de toutes les stupidités.

Il fit signe à un serveur. Ossipon restait assis, tendu, le regard concentré, aux prises avec son travail mental. Lorsque le garçon s'éloigna avec l'argent, il se réveilla, l'air profondément mécontent.

- C'est très malencontreux pour moi, songea-t-il tout haut. Karl est au lit depuis une semaine avec une bronchite. Il est même possible qu'il ne s'en relève pas. Michaelis se prélasse je ne sais où à la campagne. Un éditeur en vogue lui a proposé cinq cents livres pour un volume. Ce sera un four complet. En prison, il a perdu l'habitude de penser d'une façon cohérente, vous savez.

Le Professeur, qui s'était levé, boutonnait son pardessus en promenant alentour un regard atone.

- Qu'allez-vous faire ? demanda Ossipon avec lassitude.

Il craignait un blâme du Comité rouge central, organisme qui n'avait pas de siège fixe et dont il ne savait pas avec précision qui en faisait partie. Si cette histoire avait pour conséquence de stopper le versement des modestes subsides qu'on lui allouait pour la publication des tracts de l'A.P., il déplorerait alors vraiment l'inexplicable bêtise de Verloc.

- Être solidaire de la forme d'action la plus extrémiste est une chose et agir avec une témérité inconsciente en est une autre, dit-il avec une sorte de brutalité hargneuse. Je ne sais pas ce qui a pu passer par la tête de Verloc. Il y a là un mystère. Quoi qu'il en soit, il est mort. Pensez ce que vous voudrez, mais étant donné les circonstances, la seule solution pour le groupe révolutionnaire militant est de nier toute complicité dans votre stupide incartade. Ce qui me préoccupe, c'est de savoir comment rendre cette négation assez convaincante.

Le petit homme était debout, prêt à partir, pas plus grand qu'Ossipon assis. Ses lunettes, au niveau du visage de celuici, se tournèrent tout à coup en plein sur lui.

- Vous pourriez demander à la police un certificat de bonne conduite. Ils savent où chacun de vous a couché la nuit dernière. Si vous le leur demandiez, peut-être consentiraient-ils à publier une sorte de déclaration officielle.

- Ils savent certainement que nous n'avons rien à voir dans cette affaire, marmonna Ossipon avec amertume. Mais ce qu'ils diront est une autre paire de manches.

Il resta pensif, sans s'occuper du petit être minable et sentencieux debout à côté de lui.

- Il faut que je déniche Michaelis sans délai et que je le décide à dire la vérité dans une de nos réunions. Le public a une considération sentimentale pour ce garçon. Son nom est connu. Et je suis en rapport avec quelques journalistes des grands quotidiens. Ce qu'il dirait ne serait que galimatias, mais il a une manière de parler qui fait tout avaler.

- Comme des sucreries, jeta le Professeur assez bas, sans se départir de son impassibilité.

En proie à la perplexité, Ossipon continua de soliloquer de façon presque audible, comme un homme méditant dans une complète solitude.

- Maudit imbécile ! Me laisser une affaire aussi stupide sur les bras ! Et je ne sais même pas si...

Il pinça les lèvres. L'idée d'aller directement au magasin pour se renseigner manquait de charme. Il supposait que la boutique de Verloc était déjà transformée en souricière par la police. Ils vont sûrement procéder à quelques arrestations, songea-t-il avec une vertueuse indignation, car le cours régulier de son existence révolutionnaire était menacé sans qu'il y eût aucune faute de sa part. Pourtant, s'il n'y allait pas, il risquait de rester dans l'ignorance de faits qu'il aurait peut-être un intérêt primordial à connaître. Puis il réfléchit que, si l'homme du Park avait été aussi complètement déchiqueté que le disaient les journaux du soir, on ne pourrait peut-être pas l'identifier. Dans ce cas, la police n'aurait pas de raison particulière de surveiller le magasin de Verloc plus que tout autre lieu connu pour être fréquenté par les anarchistes notoires - pas plus, en fait, que l'entrée du *Silenus*. La surveillance serait partout, où qu'il allât. N'empêche...

- Je me demande ce que je dois faire maintenant, murmura-t-il, prenant conseil de lui-même.

Une voix grinçante, d'un profond mépris, s'éleva contre son coude :

- Vous accrocher à la femme, même si elle ne vaut rien.

Après avoir prononcé ces paroles, le Professeur s'éloigna de la table. Ossipon, que cette preuve d'intuition avait pris de court, eut un sursaut sans effet et resta assis, l'air désemparé, rivé à son siège. Le piano sans pianiste, sans même un tabouret, frappa quelques touches avec énergie et, entamant une sélection d'airs nationaux, le décida enfin à partir, aux accents de *Blue Bells of Scotland*. Le son des notes laborieusement détachées s'affaiblit dans son dos tandis qu'il montait l'escalier à pas lents, traversait le hall et sortait dans la rue.

Devant la grande porte, un groupe hétéroclite de vendeurs de journaux, au bord du trottoir, distribuaient leur marchandise. C'était un jour froid et triste de début de printemps ; et le ciel sale, la boue de la rue, les haillons souillés des hommes, s'harmonisaient fort bien avec la floraison des journaux humides et fripés, tachés d'encre d'imprimerie. Les titres, maculés de crasse, garnissaient comme une tapisserie toute la longueur du trottoir. La vente des journaux du soir était active ; pourtant, par rapport à la circulation constante et rapide des piétons, on avait une impression d'indifférence, d'offre dédaignée. Ossipon se hâta de regarder d'un côté et de l'autre avant de se plonger dans la circulation. Mais le Professeur avait déjà disparu.

5

Le Professeur avait tourné à gauche dans une autre rue ; rigide, la tête haute, il marchait au milieu d'une foule dont chaque individu dominait sa minuscule personne. Il ne pouvait se dissimuler sa déception. Mais cela, c'était un phénomène affectif ; le stoïcisme de son esprit ne pouvait se laisser entamer par cet échec, ni d'ailleurs par aucun autre. La prochaine fois, ou une autre plus tard, on obtiendrait un résultat retentissant - quelque chose de réellement inouï -, un coup propre à ouvrir la première lézarde dans la façade imposante du grand édifice des conceptions légales qui protégeaient l'injustice atroce de la société. D'humble origine, doté d'un physique assez déplorable pour masquer ses capacités naturelles considérables, son imagination avait été enflammée très tôt en entendant dire que certains hommes s'étaient élevés des profondeurs de la misère jusqu'à des situations de pouvoir et de richesse. La pureté extrême, presque ascétique, de son esprit, jointe à une ignorance incroyable des conditions de la vie terrestre, lui avait proposé un but de puissance et de prestige, à atteindre sans le concours de l'art, de la grâce, de la fortune, du tact, par le seul poids de son mérite. À ce point de vue, il considérait avoir droit à un succès incontestable.

Son père, enthousiaste obscur et délicat au front fuyant, avait été un prédicateur itinérant efficace pour une secte chrétienne inconnue mais stricte, un homme suprêmement assuré des privilèges dus à sa rectitude vertueuse. Chez le fils, de tempérament individualiste, lorsque la science des collèges eût détrôné la foi des ordres dissidents, cette attitude morale prit la forme d'une ambition puritaine frénétique. Il la cultiva comme une chose laïque, mais sacrée. La voyant bafouée, il ouvrit les yeux sur la véritable nature de l'humanité, dont la moralité était artificielle, corrompue, blasphématoire, sur la manière dont les révolutions, même les plus justifiées, sont provoquées par des impulsions personnelles déguisées en croyances. L'indignation du Professeur trouva en elle-même une finalité qui l'absolvait du péché de se tourner vers la destruction comme vers un agent de son ambition. Détruire la foi générale dans la légalité était la formule imparfaite de son fanatisme pédant ; mais la conviction de son subconscient qu'un ordre social établi ne peut être effectivement renversé sans une forme quelconque de violence individuelle ou collective était correcte et exacte. Il était un agent moral, c'était pour lui une certitude. En exerçant son action avec une impudence téméraire, il revêtait à ses yeux un aspect de puissance et de prestige personnel. Pour sa rancœur vengeresse, c'était indéniable. Cela pacifiait son insatisfaction. Et, à leur façon, les révolutionnaires les plus ardents ne font peut-être rien d'autre que désirer la paix, comme tous les hommes - la paix de la vanité flattée, des appétits assouvis ou, peut-être, d'une conscience en repos.

Noyé dans la foule, infime et misérable, il songeait avec confiance à son pouvoir, la main gauche dans la poche de son pantalon, tenant, sans la serrer, la balle de caoutchouc, garantie suprême de sa sinistre liberté. Au bout d'un moment, pourtant, le spectacle de la chaussée encombrée de véhicules et du trottoir noir d'hommes et de femmes lui devint désagréable. Il était dans une rue longue et droite, où circulait seulement une petite fraction de la multitude immense ; mais autour de lui, à mesure qu'il avançait, jusqu'aux limites de l'horizon caché par les énormes bâtiments de briques, il sentait la masse de l'humanité puissante par son nombre. Elle grouillait comme une nuée de sauterelles, industrieuse comme les fourmis, imperméable au sentiment, à la logique, peut-être aussi à la terreur.

C'était là le genre d'incertitude qu'il redoutait le plus. Imperméable à la peur ! Souvent, quand il marchait, dehors, ou quand il lui arrivait de s'évader de lui-même, il connaissait ainsi des instants où sa terrible lucidité lui inspirait une grande méfiance à l'égard de l'humanité. Et si rien ne pouvait atteindre les hommes ? Tous les hommes dont l'ambition vise à avoir une action directe sur leurs semblables - artistes, politiciens, penseurs, réformateurs ou saints - connaissent de tels moments. Mais c'est là un état émotionnel contre lequel la solitude fortifie les personnalités supérieures ; et, avec une exultation austère, le Professeur pensa au refuge de sa chambre avec son armoire cadenassée, perdue dans une jungle de maisons pauvres, ermitage de l'anarchiste parfait. Afin d'atteindre au plus vite l'endroit où il pourrait prendre l'omnibus, il quitta tout à coup la rue populeuse et tourna dans une ruelle étroite et sombre, pavée de dalles de pierre. D'un côté, les maisons basses en briques, avec leurs fenêtres poussiéreuses, avaient l'air aveugle et moribond d'un déclin irréversible, coquilles vides attendant la démolition. De l'autre côté, toute vie n'avait pas encore disparu. En face de l'unique réverbère à gaz béait la caverne d'un marchand de meubles d'occasion, dans laquelle, au fond d'une sorte d'étroite allée obscure sinuant dans une forêt bizarre de garde-robes, avec en sous-bois des pieds de tables, un haut miroir brillait comme une mare dans un bois. Une malheureuse couche sans domicile, flanquée de deux chaises disparates, trônait à l'entrée. Le seul être humain empruntant cette ruelle, en dehors du Professeur, approchait en sens inverse, grand et fort, qui freina brusquement sa démarche souple.

- Hello ! dit-il en s'écartant un peu avec prudence.

Le Professeur s'était déjà arrêté en se détournant avec vivacité, ce qui amena ses épaules tout près de l'autre mur. Sa main droite se posa sur le dosseret de la couche en exil, la gauche restant à dessein plongée au fond de sa poche de pantalon, la lourde armature ronde de ses lunettes donnant à son visage morose et indifférent l'aspect d'une chouette.

Cela avait l'air d'une rencontre dans le couloir peu fréquenté d'une maison pleine de vie. L'homme athlétique était sanglé dans un pardessus de teinte foncée et avait un parapluie à la main. Son chapeau rejeté en arrière laissait voir une grande partie de son front, très blanc dans le demi-jour. Dans les creux sombres des orbites, ses yeux brillaient d'une lueur perçante. Une longue moustache tombante couleur de blé mûr encadrait de ses pointes le bloc carré de son menton glabre.

- Je ne vous cherchais pas, dit-il d'une voix brève.

Le Professeur ne broncha pas. Les bruits divers de la ville énorme se réduisaient à un faible souffle inarticulé. L'Inspecteur en Chef Heat, de la section criminelle spéciale, changea de ton.

- Vous n'êtes pas pressé de rentrer chez vous ? demanda-t-il avec une simplicité narquoise.

Le frêle petit agent de la destruction savourait en silence la possession de son prestige personnel, qui lui permettait de tenir en échec cet homme armé de son mandat de défense d'une société menacée. Plus chanceux que Caligula, qui avait souhaité que le Sénat romain n'eût qu'une seule tête pour mieux satisfaire sa jouissance cruelle, il contemplait en cet homme seul toutes les forces qu'il avait défiées : la loi, la propriété privée, l'oppression, l'injustice. Il contemplait ces ennemis et les affrontait tous sans crainte, dans la satisfaction suprême de sa vanité. Ils se tenaient tous perplexes devant lui comme en présence d'une menace redoutable. Il se réjouissait en son for intérieur du hasard de cette rencontre qui lui permettait d'affirmer sa supériorité sur la multitude des hommes.

C'était vraiment une rencontre due au hasard. L'Inspecteur en Chef Heat avait eu une journée laborieuse assez désagréable depuis que sa section avait reçu le premier message de Greenwich dans la matinée, peu avant onze heures. Il avait tout d'abord été péniblement contrarié par le fait que cet attentat survenait moins d'une semaine après qu'il eût affirmé à un haut fonctionnaire qu'il n'y avait à redouter aucune manifestation de l'activité anarchiste. S'il avait jamais eu la certitude de ne pas se tromper en émettant une telle affirmation, c'était bien à ce moment-là. Il l'avait fait avec une autosatisfaction infinie car il était évident que c'était ce que le haut fonctionnaire en question avait le plus grand désir d'apprendre. Il lui avait certifié que nulle éventualité de ce genre ne pouvait être envisagée sans que sa section en fût informée au moins vingt-quatre heures auparavant ; et il s'était ainsi exprimé avec la conscience d'être le fonctionnaire le plus qualifié de son département. Il était allé jusqu'à prononcer certaines paroles qu'une véritable sagesse eût dû lui faire garder par-devers lui. Mais l'Inspecteur en Chef Heat n'était pas très avisé, du moins pas réellement. La vraie sagesse, qui ne tient rien pour certain dans notre univers de contradictions, lui aurait évité de se trouver dans sa situation présente. Mais il aurait inquiété ses supérieurs et ruiné ses chances de promotion. Il avait connu un avancement très rapide.

- Il n'y en a pas un seul, monsieur, que nous ne sachions trouver à toute heure, de jour ou de nuit. Nous savons heure par heure ce que fait chacun d'eux, avait-il déclaré.

Et le haut fonctionnaire avait daigné sourire. Il était si manifeste que c'était la chose à dire pour un officier de la réputation de l'Inspecteur en Chef Heat que c'était merveilleusement gratifiant. Le haut fonctionnaire eut foi en cette déclaration, qui correspondait à sa conception de l'ordre des choses. Il avait une intelligence de fonctionnaire. Sinon, il aurait pensé que, à propos d'une question non de théorie mais d'expérience, dans le tissu serré des relations entre conspirateurs et police, il y a des hiatus inattendus, des trous subits dans le temps et l'espace. On peut bien surveiller pouce à pouce et minute après minute tel ou tel anarchiste, mais il arrive toujours un moment où l'on perd le contact pour une raison ou une autre pendant quelques heures, au cours desquelles un événement (en général une explosion) plus ou moins déplorable se produit. Mais le haut fonctionnaire, emporté par sa conception de l'ordre des choses, avait souri ; et maintenant, le souvenir de ce sourire était très contrariant pour l'Inspecteur en Chef Heat, expert principal des procédés anarchistes.

Ce n'était pas la seule circonstance dont le souvenir assombrissait la sérénité coutumière de l'éminent spécialiste. Il en était une autre, datant du matin même. La pensée que, lorsqu'il avait été appelé d'urgence dans le bureau de son commissaire adjoint, il avait été incapable de dissimuler sa surprise était tout à fait vexante. Son instinct d'homme « arrivé » lui avait enseigné de longue date qu'une réputation est en règle générale fondée sur la manière autant que sur la réussite. Et il se rendait compte que son attitude, confronté à ce message, n'avait pas été remarquable. Il avait ouvert des yeux ronds en s'écriant : « C'est impossible ! », s'exposant ainsi à la réponse imparable d'un doigt posé sur le message que le commissaire adjoint avait jeté sur le bureau après l'avoir lu à haute voix. Être épinglé, pour ainsi dire, par un index, était une expérience désagréable. Déplorable, même ! Qui plus est, l'Inspecteur en Chef Heat avait conscience d'avoir aggravé son cas en se risquant à exprimer une conviction :

- Je puis d'ores et déjà vous dire une chose : aucun des membres de cette bande n'a rien à voir avec cette affaire.

Il était fermement persuadé d'être un bon détective, mais il comprenait désormais qu'une réserve attentive et impénétrable au sujet de cet accident eût mieux servi sa réputation. Par ailleurs, il reconnaissait qu'il était difficile de soigner sa réputation si des trublions étrangers au service venaient mettre leur nez dans l'affaire. Les gens de l'extérieur sont une plaie pour la police comme pour les autres professions. Le ton du commissaire adjoint avait été assez mordant pour provoquer des grincements de dents.

Et depuis son petit déjeuner, l'Inspecteur en Chef Heat n'avait rien pu manger.

Il était aussitôt parti commencer son enquête et avait absorbé une grande quantité de brouillard froid et malsain dans le Park. Puis, il avait été à pied jusqu'à l'hôpital ; et, ses recherches à Greenwich enfin terminées, il n'avait plus eu aucune envie de nourriture. N'étant pas habitué comme les médecins à examiner de près des restes mutilés d'êtres humains, il avait été très impressionné par le spectacle offert à sa vue lorsque l'on avait enlevé un drap imperméable étendu sur une table dans une salle de l'hôpital.

Un autre drap recouvrait encore cette table, à la manière d'une nappe, les quatre coins relevés au-dessus d'une sorte de monticule, un tas de chiffons, déchirés et tachés de sang, dissimulant à moitié ce que l'on aurait pu prendre pour un amas de viande crue destinée à un festin de cannibales. Il fallait avoir une fermeté considérable pour ne pas se dérober à ce spectacle. L'Inspecteur en Chef Heat, éminent officier de son département, soutint le choc mais, pendant une longue minute, ne put se résoudre à s'approcher. Un agent de la police locale, en uniforme, le regarda du coin de l'œil et dit avec une robuste simplicité :

- Tout ce qu'il en reste est là. Jusqu'au moindre fragment. Cela a été un rude travail.

Il avait été le premier sur les lieux après l'explosion. Il le répéta. Il avait vu comme un grand éclair dans le brouillard.

À ce moment-là, il se trouvait devant la porte de la conciergerie de King William Street et parlait avec le gardien. La déflagration l'avait secoué de la tête aux pieds. Il avait couru entre les arbres jusqu'à l'Observatoire.

- À toutes jambes, dit-il par deux fois.

L'Inspecteur en Chef Heat se pencha sur la table avec une répugnance horrifiée, l'abandonnant dans sa course. Le portier de l'hôpital et un autre homme laissèrent retomber les coins du drap et s'écartèrent. L'Inspecteur en Chef fouilla du regard chaque détail répugnant de cet amas hétéroclite qui semblait avoit été ramassé dans des boutiques de chiffonniers et de bouchers.

- Vous vous êtes servi d'une pelle, dit-il en voyant briller des petits graviers, de minuscules débris d'écorces brunes et des particules de bois déchiqueté, fines comme des aiguilles.

- Il y a un endroit où je n'ai pu faire autrement, dit l'imperturbable agent de police. J'ai envoyé un gardien chercher une pelle. Quand il m'a entendu râcler le sol avec cet outil, il a appuyé son front contre un arbre et a vomi comme un chien.

L'Inspecteur en Chef, penché avec précaution sur la table, eut une nausée pénible, qu'il ravala. La violence de destruction fracassante qui avait réduit ce corps à un amas de débris indescriptibles lui inspira une sensation douloureuse de cruauté inconsciente, bien que sa raison lui donnât à penser que ce trépas avait dû être aussi rapide qu'un éclair. Quel qu'il fût, cet homme avait eu une mort instantanée ; pourtant, il semblait impossible de croire qu'un corps humain pût atteindre ce degré de désintégration sans passer par les affres d'une souffrance inimaginable. Ni physiologiste, ni encore moins métaphysicien, l'Inspecteur en Chef Heat s'éleva par la force de la compassion, qui est une forme de peur, au-dessus des notions vulgaires de temps. Instantanée ! Il se souvint de tout ce qu'il avait lu dans des publications populaires sur des rêves longs et terrifiants contenus dans le seul instant du réveil, de toute une vie passée revécue avec une effroyable intensité par un homme qui se noie, tandis que sa tête sort encore de l'eau pour la dernière fois, en hurlant. Les mystères inexplicables de l'existence consciente assiégèrent l'Inspecteur en Chef Heat jusqu'à ce qu'il eût compris avec effroi que des siècles de souffrances atroces et de torture mentale pouvaient en fait se situer entre deux clignements de paupières. Et pendant ce temps, l'Inspecteur continuait d'examiner la table avec un visage calme et l'attention un peu anxieuse d'un client indigent penché sur ce que l'on pourrait appeler les sous-produits d'une boucherie, en vue d'un déjeuner dominical peu coûteux. Ses facultés de parfait enquêteur qui ne néglige aucune possibilité d'information enregistraient les paroles prolixes et décousues du policier content de lui.

Celui-ci observa d'un ton placide :

- Un type blond.

Puis il marqua un silence.

- La vieille femme qui a parlé au sergent a remarqué un type blond qui sortait de la gare de Maze Hill. - Un silence. - Et c'était un type blond. Elle a remarqué deux hommes sortant de la gare après le départ du train, poursuivit-il lentement. Elle n'a pas su dire s'ils étaient ensemble. Elle n'a pas particulièrement regardé le plus gros, mais l'autre était un jeune garçon blond et mince qui tenait un bidon à la main.

Le constable se tut.

- Vous connaissez cette femme ? murmura l'Inspecteur en Chef, les yeux fixés sur la table, se disant vaguement qu'il devrait interroger sans tarder cette personne, sans doute destinée à rester anonyme.

- Oui. Elle travaille comme femme de ménage chez un aubergiste retraité et fréquente parfois la chapelle de Park Place, prononça pesamment le constable.

Puis il se tut, avec un nouveau coup d'œil oblique vers la table. Puis, soudain :

- Eh bien, il est là, tout ce que j'ai pu rassembler. Blond. Mince, assez mince. Regardez ce pied. J'ai ramassé d'abord les jambes, l'une après l'autre. Tout était tellement dispersé que l'on ne savait par où commencer.

Il y eut encore un silence ; puis son visage rond à l'expression infantile fut traversé par l'ombre d'un sourire innocent et content de soi.

- Il a trébuché, affirma-t-il. Moi aussi, j'ai trébuché une fois, en courant, et je suis parti la tête la première. Il y a là des racines saillantes un peu partout. Il a trébuché sur une racine d'arbre, il est tombé, et je suppose que ce machin qu'il transportait a explosé juste sous sa poitrine.

L'écho des mots « personne anonyme » tintant dans son subconscient tracassait considérablement l'Inspecteur en Chef. Il aurait voulu remonter jusqu'à l'origine mystérieuse de cette affaire pour son information personnelle. Il avait une grande curiosité professionnelle. Vis-à-vis de l'opinion publique, il eût aimé prouver l'efficacité de son département en établissant l'identité de cet homme. C'était un serviteur consciencieux. Hélas, cela ne paraissait guère possible. Le premier terme de l'équation était illisible et n'offrait aucun indice, sinon celui d'une effroyable cruauté.

Surmontant sa répulsion physique, l'Inspecteur en Chef Heat allongea la main sans conviction pour satisfaire sa conscience et saisit le bout de tissu le moins souillé. C'était une étroite bande de velours d'où pendait un morceau triangulaire un peu plus grand, en tissu bleu marine. Il l'approcha de ses yeux, et l'agent de police parla :

- Un col de velours. C'est curieux que la vieille femme ait remarqué le col de velours. Un manteau bleu marine avec un col de velours, nous a-t-elle dit. C'était sans l'ombre d'un doute le type qu'elle avait remarqué. Et il est tout rassemblé là, y compris son col de velours. Je ne crois pas avoir laissé un seul morceau de la taille d'un timbre-poste.

Arrivé à ce point, les facultés exercées de l'Inspecteur en Chef cessèrent d'entendre la voix du constable. Il s'approcha d'une fenêtre pour y voir plus clair. Son visage, détourné de la pièce, arbora une expression d'intérêt intense et abasourdi tandis qu'il examinait de près le fragment de tissu triangulaire. Il le détacha d'un coup sec, l'enfouit dans sa poche, et alors seulement revint vers la table, où il jeta le col de velours.

- Recouvrez-le, ordonna-t-il brièvement aux assistants, sans un regard supplémentaire ; et, salué par le constable, il se hâta d'emporter son butin.

Un train bienvenu l'emporta vers la ville, seul, absorbé dans une profonde réflexion, dans un compartiment de troisième classe. Ce bout de drap déchiré était incroyablement précieux, et il ne put s'empêcher de s'étonner du hasard qui le lui avait mis entre les mains. Comme si le Destin lui avait jeté la clef de l'énigme. Et, semblable à tout homme moyen dont l'ambition est de commander aux événements, il se mit à douter d'un succès aussi gratuit et accidentel, justement parce qu'il semblait lui être imposé. La valeur pratique d'une réussite dépend souvent de l'angle sous lequel on la considère. Mais le Destin ne considère rien. Il n'a pas de discrétion. Il ne lui parut plus tellement souhaitable d'établir officiellement l'identité de l'individu qui s'était fait sauter ce matin-là d'une manière aussi totale et épouvantable. Mais il ne pouvait être assuré de l'attitude qu'adopterait son service. Pour ceux qu'il emploie, un service est une personnalité complexe avec des idées de son cru, et même des fantasmes. Il repose sur la fidélité dévouée de ses employés, et le dévouement fidèle des employés de confiance se mêle d'une certaine dose de mépris affectueux, sans paraître lui ôter son caractère sympathique. Par une attention bienveillante de la Nature, aucun homme n'est un héros pour son valet, sinon les héros devraient brosser eux-mêmes leurs vêtements. De la même façon, aucun Service n'est d'une intelligence parfaite dans l'opinion intime de ceux qui travaillent pour lui. Un Service ne sait pas autant de choses que certains de ses employés. Étant un organisme dénué de sentiment, il ne peut être totalement informé. Il ne serait pas bon pour son efficacité qu'il en sût trop long. L'Inspecteur en Chef Heat descendit du train dans un état pensif non entaché de déloyauté, mais pas complètement dénué de cette méfiance jalouse qui germe souvent sur un terrain de dévouement absolu, tant vis-à-vis des femmes que des institutions.

C'est dans cette disposition d'esprit, très vacant sur le plan physique mais encore nauséeux du spectacle contemplé, qu'il rencontra le Professeur. Dans de telles conditions, qui favorisent l'irascibilité chez un homme normal et équilibré, cette rencontre ne fit aucun plaisir à l'Inspecteur Heat. Il n'avait pas songé au Professeur, pas plus qu'à aucun autre anarchiste. La nature de cette affaire lui avait inspiré une notion générale de l'absurdité de tout ce qui est humain, notion qui est déjà assez contrariante dans l'abstrait pour un tempérament non philosophique et qui, dans des cas concrets, devient exaspérante, intolérable. Au début de sa carrière, l'Inspecteur en Chef Heat s'était occupé des formes de vol les plus audacieuses. Il avait gagné ses galons dans cette sphère et, assez logiquement, lui avait gardé, après sa promotion dans un autre département, un sentiment assez proche de l'amitié. Le vol n'était pas seulement une absurdité. C'était une forme d'ingéniosité, perverse il est vrai, mais néanmoins une activité exercée dans un monde dynamique ; c'était un travail entrepris comme tout autre travail - poterie, mine de charbon, agriculture, magasin d'aiguisage d'outils. C'était un labeur dont la différence pratique avec les autres sortes de labeur résidait dans la nature des risques courus, qui n'étaient pas l'ankylose, l'empoisonnement par le plomb, les émanations de gaz ou les coups de grisou, mais pouvaient être résumés dans la terminologie particulière : « Sept ans fermes. » L'Inspecteur en Chef Heat n'était évidemment pas insensible à la gravité des différences morales. Pas plus d'ailleurs que les voleurs qu'il avait surveillés. Ils se soumettaient avec une certaine résignation à la sanction sévère d'une morale familière à l'Inspecteur Heat. Celui-ci les considérait comme ses semblables ayant mal tourné en raison d'une éducation fautive ; et tout en reconnaissant cette différence, il pouvait comprendre le point de vue d'un bandit parce que, en réalité, l'esprit et les instincts d'un bandit sont de même nature que ceux d'un officier de police. Tous deux reconnaissent les mêmes conventions et ont une connaissance technique réciproque de leurs méthodes et de la routine de leurs activités respectives. Ils se comprennent, ce qui est profitable pour les deux et établit une sorte d'aménité dans leurs rapports. Produits d'une même machine, l'un classé comme utile et l'autre comme nuisible, ils croient à la machine, de façon différente, mais avec un sérieux dont l'essence est la même. L'esprit de l'Inspecteur Heat était imperméable à la notion de révolte. Mais ses voleurs n'étaient pas des rebelles. Sa vigueur corporelle, son attitude froide, inflexible, son courage et sa bonne foi lui avaient assuré un grand respect et une certaine vénération dans la sphère de ses premiers succès. Il s'était senti estimé et admiré. Et l'Inspecteur en Chef Heat, arrêté à moins de six pas de l'anarchiste surnommé le Professeur, accorda une pensée teintée de regret à l'univers des voleurs, univers sensé, sans idéal morbide, travaillant suivant une routine, respectueux des autorités constituées, dénué de toute trace de haine et de désespoir.

Après avoir payé ce tribut à la partie normale de la société constituée (car l'idée de voler lui paraissait d'instinct aussi normale que celle de posséder des biens), l'Inspecteur Heat fut très mécontent de s'être arrêté, d'avoir parlé, d'avoir emprunté ce chemin parce qu'il était le plus court entre la gare et son quartier général. Alors il parla de nouveau, de sa voix puissante et autoritaire qui, d'être contenue, prenait un caractère menaçant.

- Je vous dis que je ne vous cherchais pas, répéta-t-il.

L'anarchiste ne broncha pas. Un rire intérieur de dérision découvrit ses dents et ses gencives, secoua tout son corps, sans le moindre bruit. Malgré lui, l'Inspecteur se sentit contraint d'ajouter :

- Pas encore. Quand je voudrai vous voir, je saurai vous trouver.

C'étaient là des paroles très normales, tout à fait dans la tradition, qui convenaient à son rôle d'officier de police s'adressant à un type de sa bande. Mais l'accueil qu'elles reçurent s'éloigna de la tradition et des usages. Il fut outrageant. Le malingre nabot qu'il avait devant lui se décida enfin à parler :

- Dans ce cas, il est évident que vous aurez droit à une rubrique nécrologique dans les journaux. Vous savez aussi bien que moi ce que cela vous vaudrait. Je pense que vous pouvez imaginer le genre d'article qui paraîtrait. Mais vous seriez peut-être exposé au désagrément d'être enterré à côté de moi si, toutefois, vos amis ne réussissaient pas à nous dissocier.

En dépit de son mépris salutaire pour l'esprit qui dictait de tels discours, l'allusion redoutable contenue dans ces mots atteignit l'Inspecteur en Chef Heat. Il avait trop d'intuition et était aussi trop bien informé pour la repousser comme une simple vantardise. La sombre silhouette frêle, le dos au mur, qui parlait d'une voix grêle mais assurée, colora d'une teinte sinistre le demi-jour de la ruelle. La misère physique de cet être si peu adapté à la vie prit la forme d'une menace pour la vitalité vigoureuse et opiniâtre de l'Inspecteur ; car il lui semblait que, s'il avait le malheur d'être lui-même aussi minable, la mort lui serait indifférente. La vie avait une telle emprise sur lui qu'une nouvelle nausée amena quelques gouttes de sueur sur son front. Le murmure de la vie citadine, le bruit assourdi des roues dans les deux rues invisibles, sur la gauche et sur la droite, parvinrent à ses oreilles dans la courbe de l'humble ruelle, familiers et précieux, avec une douceur angoissée. Il était humain. Mais l'Inspecteur en Chef Heat était aussi un homme, et il ne pouvait laisser passer de telles paroles.

- Balivernes pour faire peur aux enfants, dit-il. Mais vous verrez que je vous aurai.

Ce fut très bien dit, sans mépris, avec un calme presque sévère.

- Sans doute, lui fut-il répondu. Mais, croyez-moi, il ne faut jamais remettre au lendemain. Pour un homme qui a de réelles convictions, c'est une belle occasion de sacrifice. Vous n'en trouverez peut-être pas une autre aussi favorable, aussi gratifiante. Il n'y a même pas une voiture à proximité, et ces vieilles maisons condamnées feraient un beau tas de briques à l'endroit où vous vous tenez. Vous ne me prendrez jamais avec un coût plus faible pour la vie et la propriété, que vous êtes payé pour protéger.

- Vous ne savez pas à qui vous parlez, dit l'Inspecteur Heat d'une voix ferme. Si je portais en ce moment la main sur vous, je me rabaisserais à votre niveau.

- Ah ! Le jeu !

- Vous pouvez être assuré que notre camp finira par gagner. Peut-être est-il encore nécessaire de faire comprendre au monde que des gens tels que vous devraient être abattus comme des chiens enragés. C'est après que commencera le jeu. Mais que je sois pendu si je sais ce qu'est votre jeu, à vous autres ! Je crois que vous ne le savez pas vous-mêmes. Vous n'en retirerez jamais aucun bénéfice.

- Entre-temps, c'est vous qui en retirez quelque chose, pour le moment. Et sans vous donner grand mal. Je ne parlerai pas de votre salaire, mais n'avez-vous pas acquis votre réputation simplement en ne parvenant pas à comprendre quel est notre but ?

- Quel est-il donc ? demanda l'Inspecteur avec une hâte dédaigneuse, comme un homme pressé qui se rend compte qu'il perd son temps.

Le parfait anarchiste répondit par un sourire qui n'entrouvrit pas ses minces lèvres exsangues ; et le fameux Inspecteur en Chef éprouva un sentiment de supériorité qui l'incita à lever un doigt en guise d'avertissement.

- Renoncez-y, quel qu'il soit, lui conseilla-t-il, mais pas d'un air aussi aimable que s'il condescendait à donner un bon conseil à un bandit réputé. Renoncez-y. Vous vous apercevrez que nous sommes trop nombreux pour vous.

Le sourire figé s'éteignit sur les lèvres du Professeur, comme si son esprit d'ironie avait perdu son assurance. L'Inspecteur poursuivit :

- Vous ne me croyez pas, hein ? Eh bien, regardez seulement autour de vous. Nous sommes là. Et, de toute manière, vous ne vous débrouillez pas bien. Vous gâchez toujours tout. Ma foi, si les voleurs ne connaissaient pas mieux que vous leur métier, ils crèveraient tous de faim.

L'allusion à une multitude invincible épaulant cet homme alluma une sombre indignation au cœur du Professeur. Son sourire narquois et énigmatique disparut. La force de résistance du nombre, l'inattaquable solidité d'une grande multitude, étaient les craintes qui hantaient son sinistre isolement. Il dut attendre que ses lèvres eussent fini de trembler pour pouvoir dire d'une voix étranglée :

- Je fais mon travail mieux que vous ne faites le vôtre.

- En voilà assez, coupa vivement l'Inspecteur Heat.

Et, cette fois, le Professeur rit franchement. Il riait encore lorsqu'il se remit en marche ; mais il ne rit pas longtemps. Ce fut un misérable nabot au visage triste qui sortit de l'étroite ruelle pour retomber dans l'animation de la large avenue. Il avait la démarche indécise d'un vagabond avançant toujours, indifférent à la pluie comme au soleil avec une lugubre désinvolture pour l'aspect du ciel et de la terre. Quant à l'Inspecteur en Chef Heat, il le regarda un instant puis se mit en route du pas alerte et décidé d'un homme dédaigneux des caprices de la nue mais conscient d'avoir une mission définie sur cette terre et d'être le soutien moral de ses semblables. Tous les habitants de cette ville immense, la population entière de tout le pays, jusqu'aux innombrables millions d'hommes de la planète luttant pour vivre, étaient ses alliés, tous, y compris les voleurs et les mendiants. Oui, les voleurs eux-mêmes étaient sûrement de son bord dans son travail actuel. La conscience d'avoir un appui universel pour l'ensemble de ses activités l'encouragea à se concentrer sur le problème en cours.

La première difficulté qui se présenta à l'esprit de l'Inspecteur concernait l'attitude à adopter vis-à-vis du Commissaire Adjoint de son service, son supérieur hiérarchique direct. C'est là le souci constant des subalternes fidèles et consciencieux ; l'anarchisme lui donnait une nuance particulière, rien de plus. À vrai dire, l'Inspecteur Heat ne pensait guère à l'anarchisme. Il n'y attachait pas une importance excessive et ne parvenait pas à y voir une chose sérieuse. C'était surtout à ses yeux une façon de vivre incohérente ; incohérente sans l'excuse banale de l'ivrognerie, qui implique au moins de bons sentiments et un penchant sympathique pour les festivités. En tant que criminels, les anarchistes n'appartenaient à aucune catégorie précise, à aucune catégorie. Et, pensant au Professeur, l'Inspecteur en Chef Heat marmonna entre ses dents, sans ralentir le pas : « Un fou. »

Attraper les voleurs était une tout autre question. Cela avait le caractère sérieux des divers sports d'extérieur, où le meilleur gagne selon des règles faciles à comprendre. Il n'y avait pas de règles pour s'occuper des anarchistes. Et cela ne plaisait pas à l'Inspecteur. L'anarchisme n'était que stupidité, mais cette stupidité agitait l'opinion publique, inquiétait les grands personnages et affectait les relations internationales. Tandis qu'il poursuivait sa route, le visage de l'Inspecteur en Chef se contracta soudain dans une expression de mépris dur et impitoyable. Il dénombra en esprit tous les anarchistes de sa bande.

Aucun d'eux n'avait la moitié de la crânerie de tel ou tel voleur de sa connaissance. Pas la moitié, pas le dixième.

À la direction, l'Inspecteur en Chef Heat fut aussitôt introduit dans le bureau particulier du Commissaire Adjoint. Il trouva celui-ci la plume à la main, penché sur un grand bureau jonché de papiers, comme en prière devant un énorme encrier double en cristal et bronze. Des tubes acoustiques qui ressemblaient à des serpents étaient attachés au dossier du fauteuil de bois du Commissaire Adjoint, et leurs bouches béantes paraissaient prêtes à lui mordre les coudes. Il ne changea pas de position et se contenta de lever des yeux aux paupières ridées plus sombres que son visage. Il avait reçu les rapports : on avait repéré chaque anarchiste avec précision.

Après avoir dit cela, il baissa de nouveau les yeux, signa rapidement deux feuilles volantes, puis alors seulement déposa sa plume, se carra dans son fauteuil et interrogea du regard son subalterne réputé. L'Inspecteur soutint nettement ce regard, déférent mais inscrutable.

- Je reconnais que vous aviez raison, dit le Commissaire Adjoint, lorsque vous avez commencé par m'affirmer que les anarchistes de Londres n'avaient rien à voir avec cette affaire. J'apprécie à sa juste valeur la surveillance parfaite que vos hommes exercent sur eux. Par ailleurs, aux yeux du public, cela se résume somme toute à un aveu d'ignorance.

L'élocution du Commissaire Adjoint était lente, précautionneuse. Sa pensée semblait s'attarder sur un mot avant de passer à un autre, comme si les mots étaient des dalles de pierre destinées à permettre à son intellect de cheminer sur les eaux de l'erreur.

- À moins que vous n'ayez ramené de Greenwich des indications utiles, ajouta-t-il.

L'Inspecteur en Chef commença aussitôt le récit de ses investigations dans un langage clair, neutre. Son supérieur tourna un peu son fauteuil, croisa ses jambes minces et s'appuya de biais sur un coude, ombrageant ses yeux d'une main. Son attitude attentive avait une sorte de grâce anguleuse et chagrine. Des reflets d'argent brûlé jouaient sur ses tempes d'un noir d'ébène lorsque, pour finir, il inclina lentement la tête.

L'Inspecteur en Chef Heat attendit, semblant récapituler en esprit ce qu'il venait de dire ; mais, en réalité, il se demandait s'il serait opportun de dire quelque chose de plus. Le Commissaire Adjoint coupa court à ses hésitations.

- Vous croyez qu'il y avait deux hommes ? demanda-t-il sans dévoiler ses yeux.

L'Inspecteur pensait que c'était à peu près certain. À son avis, les deux hommes s'étaient séparés à cent mètres environ des bâtiments de l'Observatoire. Il expliqua aussi comment le deuxième homme avait pu sortir rapidement du parc sans être vu. Le brouillard, bien que pas très dense, jouait en sa faveur. Il avait sans doute accompagné l'autre jusque sur les lieux, puis l'avait laissé accomplir seul la besogne. D'après le temps écoulé entre le moment où la vieille femme les avait vus sortir tous deux de la gare de Maze Hill et celui où avait retenti l'explosion, l'Inspecteur supposait que le deuxième homme devait déjà être à la gare de Greenwich Park, prêt à prendre le premier train, quand son camarade se fit mettre en pièces par sa bombe.

- Vraiment déchiqueté ? murmura le Commissaire Adjoint derrière l'écran de sa main.

En quelques mots vigoureux, l'Inspecteur Heat décrivit l'aspect des restes.

- Les enquêteurs du procureur vont se régaler, ajouta-t-il sur un ton sinistre.

Le Commissaire Adjoint ôta sa main de devant ses yeux.

- Nous n'aurons rien à leur dire, fit-il avec nonchalance.

Il leva les yeux et observa un instant l'attitude ostensiblement neutre de son Inspecteur en Chef. Sa nature n'était pas facilement accessible aux illusions. Il savait qu'un service est à la merci de ses officiers subalternes, qui ont leurs idées personnelles sur la loyauté. Il avait commencé sa carrière dans une colonie des tropiques. Il avait aimé le travail qu'il y faisait. Il avait eu de grands succès en repérant et disloquant certaines sociétés secrètes indigènes dangereuses. Puis il prit une longue permission et se maria, sans trop réfléchir. Au point de vue social, c'était un beau mariage, mais sa femme conçut, par ouï-dire, une opinion défavorable sur le climat colonial. Or elle avait des relations influentes. C'était une excellente épouse. Mais il n'aimait pas son travail actuel. Il dépendait de trop de supérieurs et de trop de subalternes. La proximité de l'étrange phénomène émotionnel que l'on appelle l'opinion publique lui pesait et l'inquiétait par son caractère irrationnel. Il s'exagérait sans doute par ignorance le pouvoir qu'elle avait, tant favorable que néfaste - surtout néfaste ; et les rudes vents d'est du printemps anglais (qui convenaient à sa femme) augmentaient sa méfiance générale des motifs qui faisaient agir les hommes et de l'efficacité de leur organisation. L'inanité du travail de bureau lui était particulièrement pénible en cette saison si douloureuse pour son foie fragile.

Il se leva, déploya sa haute stature et, d'un pas d'une lourdeur remarquable pour un homme aussi mince, traversa la pièce jusqu'à la fenêtre. La pluie coulait sur les vitres, et la rue courte sur laquelle il baissa les yeux était vide et mouillée, comme balayée soudain par une sévère inondation. C'était une journée très éprouvante, commencée avec un brouillard oppressant et maintenant noyée dans la pluie froide. Les flammes confuses et mouvantes des réverbères semblaient se dissoudre dans une atmosphère aquatique. Et les prétentieuses ambitions d'une humanité oppressée par l'indignité lamentable des conditions météorologiques lui apparaissaient comme une utopie colossale, stupéfiante, méprisable et pitoyable.

- Horrible, horrible ! pensa par-devers lui le Commissaire Adjoint, le visage contre la vitre. Et cela dure depuis dix jours. Non, quinze, quinze.

Puis toute pensée l'abandonna. Cette inertie totale de son cerveau dura environ trois secondes. Puis il dit, par conscience professionnelle :

- Vous avez mis des enquêtes sur pied pour rechercher le deuxième homme sur les lignes du chemin de fer ?

Il était certain que tout le nécessaire avait été fait. L'Inspecteur en Chef Heat savait, bien sûr, tout ce qu'il y avait à savoir sur la pratique de la chasse à l'homme. C'était d'ailleurs la base de la routine, évidente pour n'importe quel débutant. Quelques questions posées aux poinçonneurs de billets et aux employés des deux petites gares fourniraient des détails complémentaires sur l'aspect des deux hommes ; l'inspection des billets recueillis indiquerait aussitôt d'où ils étaient arrivés le matin. C'était élémentaire et ne pouvait avoir été négligé. L'Inspecteur répondit en effet que tout cela avait été fait dès que la vieille femme fut venue apporter son témoignage. Et il cita le nom d'une gare.

- C'est de là qu'ils venaient, monsieur, poursuivit-il. L'employé qui a ramassé les billets à Maze Hill se souvient d'avoir vu deux voyageurs répondant à leur description franchir la barrière. Il les prit pour des artisans respectables d'un niveau assez élevé, peintres d'enseignes ou décorateurs. Le plus grand des deux est descendu d'un compartiment de troisième classe à l'arrière du train, avec un bidon brillant à la main. Une fois sur le quai, il l'a donné à porter au jeune homme blond qui marchait derrière lui. Tout ceci est en parfait accord avec ce que la vieille femme a dit à l'agent de police de Greenwich.

Le visage toujours tourné vers la fenêtre, le Commissaire Adjoint exprima des doutes quant à la participation de ces deux hommes à l'attentat. Cette hypothèse reposait exclusivement sur les dires d'une vieille femme de ménage qui avait failli être renversée par un homme se hâtant. Ce n'était pas une preuve bien substantielle, à moins que l'on n'ajoutât foi à une inspiration soudaine, ce qui paraissait hasardeux.

- Allons, croyez-vous sincèrement qu'elle ait été inspirée ? demanda-t-il avec une grave ironie, tournant toujours le dos à la pièce, comme s'il était fasciné par le spectacle de la ville colossale à demi plongée dans l'obscurité.

Il ne tourna même pas la tête en entendant le mot « providentiel » murmuré par le subalterne principal de son département dont le nom, parfois imprimé dans les journaux, était familier au grand public comme celui de l'un de ses protecteurs, actif et zélé. L'Inspecteur en Chef Heat éleva un peu la voix :

- J'ai très nettement vu des débris de bidon verni. Cela corrobore assez bien ses dires.

- Et ces hommes arrivaient de cette petite gare rurale.

Sceptique, le Commissaire Adjoint songeait à voix haute. Il lui fut dit que c'était en effet le nom qui figurait sur deux des trois billets recueillis à l'arrivée de ce train à Maze Hill. Le troisième voyageur était un colporteur de Gravesend bien connu des employés. L'Inspecteur énonça cette information sur un ton définitif avec une certaine mauvaise humeur, comme font les serviteurs fidèles conscients de leur loyauté et de la valeur de leur travail. Le Commissaire Adjoint ne se détourna pas pour autant de l'obscurité extérieure, vaste comme l'océan.

- Deux anarchistes inconnus venant de ce patelin, dit-il comme s'il parlait aux vitres de la fenêtre. Cela paraît assez invraisemblable.

- Oui, monsieur. Mais ce le serait encore plus si Michaelis ne vivait pas dans un cottage des environs.

En entendant ce nom tomber, contre toute attente, dans cette affaire préoccupante, le Commissaire Adjoint repoussa soudain la pensée vague de sa partie de whist quotidienne à son cercle. C'était l'habitude la plus réconfortante de sa vie ; elle lui permettait de déployer - en général avec succès - ses talents sans le concours d'aucun subalterne. Il allait jouer à son club de cinq heures à sept heures avant de rentrer chez lui pour le dîner, oubliant pendant ces deux heures tout ce qui lui déplaisait dans son existence, comme si le jeu était un remède miracle pour apaiser une insatisfaction morale lancinante. Il avait pour partenaires le rédacteur pince-sans-rire d'un magazine à succès, un avocat silencieux, assez âgé, aux petits yeux malicieux, et un vieux colonel simple d'esprit, infiniment martial, aux mains brunes et nerveuses. Ce n'étaient que des relations de cercle. Il ne les voyait jamais qu'autour de la table de jeu. Mais ils semblaient tous unis dans un même esprit douloureux comme si le jeu était vraiment la panacée contre les misères secrètes de la vie ; et chaque jour, à l'heure où le soleil descendait derrière les toits innombrables de la ville, une impatience douce et plaisante, qui ressemblait à l'élan d'une amitié sûre et profonde, allégeait son labeur professionnel. Or, voilà que cette sensation agréable l'abandonnait avec une sorte de choc physique, remplacée par un intérêt particulier pour son travail de protection sociale, un intérêt d'un genre insolite, dont une meilleure définition pourrait être une méfiance vive et soudaine à l'égard de l'arme qu'il avait en main.

6

La protectrice de Michaelis, l'apôtre gras des espoirs humanitaires, le repris de justice en liberté conditionnelle, était l'une des relations les plus influentes et les plus distinguées de la femme du Commissaire Adjoint, qu'elle appelait Annie et traitait comme une gamine inexpérimentée et plutôt sotte. Mais elle acceptait de lui manifester de l'amitié, ce qui n'était certes pas le cas de toutes les relations influentes de sa femme. Ayant fait, très jeune, un très beau mariage à une époque lointaine du passé, elle avait pendant un certain temps connu de près les grandes affaires, et même plusieurs personnalités importantes. Elle-même était une grande dame. Vieille désormais par le nombre de ses années, elle avait ce type de personnalité exceptionnelle qui défie le temps avec une indifférence dédaigneuse, comme s'il s'agissait d'une convention vulgaire à laquelle se soumettait la masse des humains inférieurs. Bien d'autres conventions plus faciles à mettre de côté, hélas ! n'étaient pas non plus reconnues par elle, toujours en raison de sa personnalité, soit parce qu'elles l'ennuyaient, soit parce qu'elles allaient à l'encontre de ses mépris et de ses sympathies. L'admiration était un sentiment qu'elle ignorait (c'était l'un des griefs secrets de son très noble époux), en premier lieu parce qu'elle était toujours teintée de médiocrité, puis parce qu'elle équivalait en somme à reconnaître sa propre insuffisance. Or, ces deux choses étaient franchement inconcevables pour sa nature. Il lui était facile d'étaler sans crainte ses opinions puisqu'elle ne jugeait les choses que du point de vue de sa position sociale. Rien n'entravait non plus sa façon d'agir ; sa délicatesse provenant d'une authentique humanité, sa vigueur physique restant remarquable et sa supériorité étant cordiale et sereine, trois générations l'avaient infiniment admirée, et la dernière qu'elle était sans doute appelée à voir déclarait que c'était une femme extraordinaire. Intelligente, avec une sorte de simplicité hautaine, beaucoup de curiosité mais pas seulement, comme bien des femmes, pour les racontars mondains, elle égayait sa vieillesse en attirant dans sa retraite, par le pouvoir de son prestige quasi historique, tout ce qui s'élevait - légalement ou non - par la situation, l'esprit, l'audace, la chance ou la malchance, au-dessus du niveau inerte de l'humanité moyenne. Altesses royales, artistes, savants, jeunes politiciens et charlatans de tous âges et conditions - qui, inconsistants et légers, bondissant comme des bouchons de champagne, indiquent le mieux la direction des courants de surface -, avaient été accueillis dans cette maison, écoutés, devinés, compris, loués, pour l'édification personnelle de leur hôtesse. Selon ses propres dires, elle aimait observer l'évolution du monde. Et comme elle avait l'esprit pratique, son jugement des hommes et des événements, bien que fondé sur des préjugés particuliers, était rarement tout à fait faux, et presque jamais illogique. Son salon était sans doute le seul endroit du vaste univers où un Commissaire Adjoint pouvait rencontrer, autrement que sur un plan officiel et professionnel, un repris de justice en liberté conditionnelle. Le Commissaire ne se rappelait plus au juste qui y avait amené Michaelis un après-midi. Il lui semblait que c'était un certain membre du Parlement, de naissance illustre, dont les opinions peu conventionnelles donnaient constamment lieu aux plaisanteries des journaux satiriques. Les notables, et même les simples vedettes d'un jour, s'introduisaient les uns les autres librement dans ce sanctuaire de la curiosité sans bassesse d'une vieille dame. On ne pouvait jamais prévoir qui l'on trouverait derrière le paravent de bois doré tendu de soie d'un bleu fané qui, dans un coin du vaste salon éclairé par six grandes fenêtres où bourdonnaient les voix de groupes assis ou debout, formait une agréable alcôve semi-intime meublée d'un canapé et de quelques fauteuils.

Michaelis avait été l'objet de grands mouvements de sentiment populaire, ce sentiment même qui, des années auparavant, avait applaudi à la sévérité de la condamnation à perpétuité prononcée contre lui pour complicité dans une attaque un peu folle afin de libérer quelques prisonniers d'un car de police. Les conspirateurs avaient prévu d'abattre les chevaux et de maîtriser l'escorte. Par malheur, l'un des agents de police avait aussi été abattu, laissant une femme et trois enfants en bas âge ; et la mort de cet homme avait provoqué dans toute l'étendue du royaume - pour la défense, la sécurité et la gloire duquel des hommes mouraient chaque jour victimes du devoir - une explosion de féroce indignation, de compassion furieuse, implacable pour la victime. Trois des meneurs avaient été pendus. Michaelis, alors jeune et mince, serrurier de son état et familier des écoles du soir, ignorait même que quelqu'un eût été tué, son rôle s'étant limité, avec l'aide de quelques autres, à forcer la porte arrière du convoi spécial. Lorsqu'il fut arrêté, il avait un gros trousseau de clefs dans une poche, un énorme ciseau dans une autre et une pince-monseigneur à la main, ni plus ni moins qu'un banal voleur. Mais aucun voleur n'eût jamais subi une sentence aussi lourde. La mort de l'agent l'avait contristé, mais l'échec du complot également. Il n'avait dissimulé à ses juges et à ses compatriotes ni l'un ni l'autre de ces sentiments, et ce remords mitigé avait paru choquant à la salle comble du tribunal. En énonçant la sentence, le juge avait commenté avec émotion la dureté et la dépravation du jeune prisonnier.

D'où la célébrité sans fondement de sa condamnation. La célébrité de son élargissement fut faite sans plus de fondement par des gens qui désiraient exploiter l'aspect sentimental de son emprisonnement, dans des desseins personnels ou sans but intelligible. Il les laissa faire dans l'innocence de son cœur et la simplicité de son esprit. Rien de ce qui lui arrivait sur le plan personnel n'avait d'importance. Il était pareil à ces saints hommes dont la personnalité se perd dans la contemplation de leur foi. Ses idées n'avaient pas la nature de convictions. Elles n'étaient pas accessibles au raisonnement. Avec toutes leurs contradictions et obscurités, elles constituaient une invincible religion humanitaire qu'il confessait plutôt qu'il ne la prêchait, avec une douceur obstinée, un sourire de paisible assurance sur les lèvres, ses candides yeux bleus baissés, car la vue d'autres visages troublait son inspiration développée dans la solitude. C'est dans cette attitude caractéristique, rendue pathétique par l'obésité ridicule et incurable qu'il traînerait comme un boulet jusqu'à la fin de ses jours, que le Commissaire Adjoint avait pu contempler l'apôtre en liberté conditionnelle, débordant de toutes parts d'un fauteuil privilégié derrière le paravent. Il était assis auprès du canapé où trônait la vieille dame, parlait d'une voix calme et paisible, pas plus intimidé qu'un tout petit enfant, et avec une sorte de charme enfantin - le charme attirant de la confiance. Confiant dans l'avenir, dont les voies impénétrables lui avaient été révélées entre les quatre murs d'une prison célèbre, il n'avait pas de raison de jeter sur quiconque des regards soupçonneux. S'il n'avait pu donner à la grande dame curieuse une idée très précise de ce qu'allait devenir le monde, il avait réussi sans effort à l'impressionner par sa foi sans amertume, par l'authenticité de son optimisme.

Une certaine simplicité de pensée est commune aux âmes sereines du haut en bas de l'échelle sociale. À sa façon, la grande dame était simple, elle aussi. Les idées et les opinions de Michaelis n'avaient en elles-mêmes rien pour la choquer ou l'étonner puisqu'elle les considérait sous l'angle de sa haute situation. En réalité, elle était prête à accorder sa sympathie à un homme de cette sorte. Elle-même n'était pas une capitaliste exploitant son prochain ; elle semblait être au-dessus du jeu des mouvements économiques ; et elle avait une grande capacité de compassion pour les formes les plus visibles de la misère humaine, précisément parce que cette misère lui était si étrangère qu'elle devait la transposer en termes de souffrance mentale pour pouvoir en comprendre les rigueurs cruelles. Le Commissaire Adjoint se rappelait très bien les paroles que ces deux êtres avaient échangées. Il avait écouté en silence. D'une certaine manière, c'était aussi intéressant, touchant même par son inévitable inutilité, que d'observer les efforts de communication morale entre les habitants de planètes lointaines. Mais cette incarnation incongrue des passions humanitaires faisait, on ne savait pourquoi, travailler l'imagination. Michaelis avait fini par se lever et, saisissant la main tendue de la grande dame, l'avait secouée, retenue un instant dans sa paume large et charnue avec une amitié sans timidité ; puis il avait tourné à ce coin du salon son dos vaste et carré, engoncé dans une veste courte en tweed. Enfin, regardant autour de lui avec une bienveillance sereine, il s'était dirigé sans hâte, passant entre les groupes des autres visiteurs, vers la porte de sortie éloignée. Les conversations s'arrêtaient à son passage. Il sourit avec innocence à une grande et belle jeune fille dont le regard avait croisé le sien par hasard ; et il sortit sans voir que tout le monde le suivait des yeux. La première apparition de Michaelis dans le monde était un succès, un succès d'estime que n'avait pas entaché un seul murmure de dérision. Les conversations interrompues avaient repris selon leur mode initial, grave ou léger. Seul un grand bel homme de quarante ans, à l'air actif, qui parlait avec deux dames à côté d'une fenêtre, avait observé à haute voix, avec une profondeur de sentiment inattendue :

- Il doit peser cent vingt kilos, alors qu'il ne mesure pas un mètre soixante. Pauvre garçon ! C'est terrible, terrible...

La maîtresse de maison regardait d'un œil absent le Commissaire Adjoint resté seul avec elle dans son coin privé derrière le paravent ; elle semblait mettre de l'ordre dans ses impressions sous l'immobilité pensive de son beau visage. Des hommes à la moustache grise, à l'apparence saine, vigoureuse et vaguement souriante, s'approchèrent du paravent, ainsi que deux femmes mûres du style matrones, gracieusement résolues, et un individu imberbe aux joues creuses, avec un monocle à monture d'or qui se balançait au bout d'un galon noir et produisait un effet démodé à la dandy. Un silence déférent mais plein de réticences régna un instant ; puis la grande dame s'écria, sans colère mais dans une sorte de protestation indignée :

- Et c'est ce que l'on prétend officiellement être un révolutionnaire !

Elle regardait fixement le Commissaire Adjoint, qui murmura sur un ton d'excuse :

- Peut-être pas très dangereux.

- Pas dangereux, c'est certain. C'est tout simplement un croyant. Il a le tempérament d'un saint, déclara la grande dame d'une voix ferme. Et il a croupi vingt ans en prison ! C'est d'une ineptie à faire frémir. Et maintenant, on le relâche, alors que tous les siens sont partis ou décédés. Ses parents sont morts ; la jeune fille qu'il devait épouser est morte pendant son incarcération ; il a perdu l'habileté manuelle nécessaire à l'exercice de son métier. Il m'a dit tout cela avec une douceur et une résignation infinies. Par contre, m'a-t-il dit, il a eu tout loisir de se faire des opinions personnelles. Belle compensation ! Si les révolutionnaires sont tous de la même trempe, certains d'entre nous devraient s'agenouiller devant eux, poursuivit-elle avec un peu de provocation dans la voix, tandis que les sourires mondains se figeaient sur les visages tournés vers elle avec une bonne éducation et une déférence de commande. Le pauvre diable est de toute évidence incapable de se débrouiller seul. Il faudra que quelqu'un veille sur lui.

- On devrait lui conseiller de suivre un régime amaigrissant, prononça de loin avec conviction la voix martiale de l'homme à l'apparence dynamique.

Il était dans une forme remarquable pour son âge, et sa longue jaquette elle-même avait la souplesse élastique d'un tissu vivant.

- Cet homme est un infirme, ajouta-t-il avec une compassion évidente.

Soulagées par cette diversion, d'autres personnes exprimèrent dans un murmure une pitié hâtive. « Ahurissant », « Monstrueux », « Très pénible à voir »... L'homme maigre au monocle pendu au bout d'un large ruban émit avec affectation le mot « ridicule », apparemment adéquat aux yeux de ceux qui l'entouraient. Des sourires furent échangés.

Le Commissaire Adjoint n'avait, ni sur le moment ni par la suite, donné son avis, sa situation ne lui permettant pas d'afficher une opinion personnelle sur un prisonnier en liberté conditionnelle. Mais en réalité, il pensait, comme l'amie et protectrice de sa femme, que Michaelis était un sentimental humanitaire un peu fou, mais somme toute incapable de faire du mal à une mouche de propos délibéré. C'est pourquoi, lorsque son nom surgit soudain dans cette irritante affaire de bombe, il comprit le danger que courait l'apôtre libéré, et sa pensée s'attarda aussitôt sur l'amitié bien établie que la vieille dame lui portait. Sa bonté despotique ne tolérerait pas que l'on menaçât la liberté de Michaelis. Elle avait pour lui une amitié profonde, convaincue, paisible. Elle n'avait pas seulement senti qu'il était inoffensif, mais elle l'avait dit ; et, par une confusion de son esprit obstiné, cela devenait une sorte de profession de foi irréversible. Comme si la montruosité physique de cet homme, avec ses yeux d'enfant candide et son gras sourire angélique, l'avait fascinée. Elle en était presque arrivée à adhérer à sa théorie de l'avenir, du moment que celle-ci ne s'opposait pas à ses préjugés. Elle n'appréciait pas les nouveaux éléments de ploutocratie du milieu social, et l'industrialisation en tant que méthode de développement humain lui déplaisait singulièrement par son caractère mécanique et insensible. Les espoirs humanitaires du doux Michaelis ne tendaient pas à une destruction totale, mais simplement à la ruine économique absolue du système. Et elle ne voyait là aucun mal moral. Cela permettrait d'en finir avec les parvenus, qui n'avaient ni sa sympathie ni sa confiance, non pas parce qu'ils étaient « arrivés » (cela, elle le niait), mais à cause de leur profonde incompréhension du monde, qui était la raison première de leur perception médiocre et de l'aridité de leur cœur. Avec l'anéantissement de tout capital, ils disparaîtraient aussi ; mais une ruine universelle (pourvu qu'elle fût universelle, ainsi que Michaelis en avait reçu la révélation) laisserait intactes les valeurs sociales. La disparition de la dernière pièce de monnaie ne pourrait affecter les gens de haute position. Elle ne voyait pas, notamment, comment cela pourrait affecter la sienne. Elle avait développé ses découvertes au Commissaire Adjoint avec toute l'assurance sereine d'une vieille femme épargnée par la sécheresse de l'indifférence. Il s'était fait une règle d'écouter les propos de ce genre dans un silence que, par inclination et diplomatie, il veillait à dépouiller de toute désapprobation. Il avait de l'amitié pour la disciple âgée de Michaelis, un sentiment complexe où se mêlaient le prestige de cette femme, sa personnalité et, par-dessus tout, un instinct de gratitude flattée. Il se sentait réellement apprécié dans cette maison. L'hôtesse était la bonté personnifiée. Et elle avait aussi une intelligence pratique, à la manière des femmes d'expérience. Elle rendait la vie conjugale du Commissaire bien plus facile qu'elle ne l'eût été sans la reconnaissance généreuse et absolue qu'elle avait de ses droits en tant que mari d'Annie. Son influence sur son épouse, femme dévorée par toutes sortes d'égoïsmes mesquins, de petites envies et jalousies, était excellente. Malheureusement, sa bonté et son intelligence étaient d'une nature déraisonnable, nettement féminine et difficile à manier. Tout au long de ses nombreuses années, elle était restée une femme parfaite, pas comme certaines le deviennent - vieux hommes en jupon, instables et détestables. Et lorsqu'il pensait à elle, c'était comme à une femme - comme à une incarnation de premier choix de la féminité, où se recrutent les tendres, habiles, féroces gardes du corps de toutes les catégories d'hommes qui parlent sous l'influence d'une émotion, sincère ou artificielle : prédicateurs, mages, prophètes ou réformateurs.

Appréciant ainsi l'amie loyale et distinguée de sa femme et de lui-même, le Commissaire Adjoint conçut de l'inquiétude pour le sort possible du repris de justice Michaelis. S'il était arrêté comme éventuel complice, direct ou indirect, de cet attentat, le pauvre diable ne pourrait guère éviter d'être pour le moins remis en prison jusqu'à la fin prévue de sa condamnation. Et cela le tuerait ; il n'en sortirait pas vivant. Le Commissaire Adjoint se fit alors une réflexion très peu compatible avec sa position officielle et que l'on ne pouvait raisonnablement attribuer à sa charité humaine.

- Si ce type est repris, songea-t-il, elle ne me le pardonnera jamais.

La franchise de cette pensée intérieurement exprimée ne pouvait aller sans une certaine dose d'autocritique ironique. Aucun homme engagé dans un travail qu'il n'aime pas ne peut conserver beaucoup d'illusions flatteuses sur son compte. La désaffection du métier, son manque d'attrait, déteignent sur la personnalité. C'est seulement lorsque nos activités professionnelles semblent par un heureux hasard correspondre aux sentiments profonds de notre tempérament que nous pouvons jouir du confort de nous tromper totalement sur notre compte. Or, le Commissaire Adjoint n'aimait pas son travail en métropole. L'activité policière qu'il avait exercée dans une région lointaine du globe avait la nature salvatrice d'une sorte de guérilla, ou comportait au moins les risques stimulants d'un sport de plein air. Ses aptitudes réelles, qui étaient surtout d'ordre administratif, se combinaient avec des goûts aventureux. Enchaîné à un bureau, au plus épais d'une foule de quatre millions d'êtres humains, il se considérait comme la victime d'un sort ironique, le même, sans doute, qui avait causé son mariage avec une femme attachant une importance exceptionnelle à la question du climat colonial, sans parler d'autres interdits témoignant de la fragilité de sa nature - et de ses goûts. Bien qu'il jugeât ridicule son inquiétude, il ne chassa pas de son esprit cette pensée inconvenante. Il avait un grand instinct de conservation. Et, non content de ne pas la chasser, il se la répéta en esprit avec une insistance coupable et une grande précision :

- Sacrebleu ! Si ce Heat infernal agit à sa guise, le gars mourra étouffé par sa graisse, en prison, et elle ne me le pardonnera jamais.

Sa mince silhouette sombre, avec la ligne blanche du col sous les reflets d'argent des cheveux coupés court sur la nuque, ne bougeait toujours pas. Le silence durait depuis si longtemps que l'Inspecteur en Chef Heat risqua un râclement de gorge. Ce bruit fut suivi d'effet. Son supérieur, qui lui tournait toujours le dos, demanda à l'officier intelligent et zélé :

- Vous croyez que Michaelis est mêlé à cette affaire ?

L'Inspecteur Heat se montra prudent, bien que très affirmatif.

- Voyez-vous, monsieur, dit-il, nous avons assez d'indices pour nous engager sur cette voie. De toute manière, un homme comme lui ne devrait pas être en liberté.

- Il vous manquera une preuve indiscutable, fut-il observé dans un murmure.

L'Inspecteur en Chef Heat haussa les sourcils en regardant le dos noir et étroit qu'il voyait sans cesse devant son intelligence et son zèle.

- Il ne sera pas difficile de trouver des preuves suffisantes contre *lui*, dit-il avec une complaisance vertueuse. Vous pouvez compter sur moi pour cela, monsieur, ajouta-t-il sans nécessité, simplement parce qu'il avait le cœur trop plein.

Car il considérait comme une très bonne chose d'avoir cet homme sous la main pour pouvoir le jeter en pâture à l'opinion publique si celle-ci s'avisait de manifester une indignation agressive au sujet de cet attentat. Il n'était pas possible de prévoir s'il y aurait agitation ou non. Cela dépendrait, bien sûr, de l'attitude de la presse ; mais, de toute façon, l'Inspecteur Heat, pourvoyeur des prisons par métier et par nature ami de la loi, croyait logiquement que l'incarcération était la mesure normale à prendre vis-à-vis de tout ennemi déclaré de la loi.

La force de sa conviction le poussa à une faute de goût. Avec un petit rire autosatisfait, il se permit de répéter :

- Faites-moi confiance, monsieur.

C'en fut trop pour la sérénité affectée sous laquelle le Commissaire Adjoint avait depuis près de dix-huit mois dissimulé l'irritation que lui inspiraient le système et les subordonnés de son service. Vis carrée plongée de force dans un trou rond, il avait considéré comme un outrage permanent cette rondeur sans aspérités, depuis longtemps adoptée, dans laquelle un homme moins anguleux que lui se fût coulé avec un assentiment voluptueux après un ou deux haussements d'épaules. Ce qu'il supportait le plus mal était la nécessité de croire tant de choses sur parole. En entendant le petit rire de l'Inspecteur Heat, il pivota vivement sur ses talons, comme si une secousse électrique l'avait soudain éloigné de la fenêtre. Il perçut sur le visage de son subordonné non seulement l'autosatisfaction qui couvait sous sa moustache, mais aussi une interrogation perplexe dans ses yeux ronds qu'il avait sûrement gardés tout le temps fixés sur son dos ; et il croisa une seconde son regard, dont il n'avait pas eu le temps de transformer en une simple expression de surprise le caractère d'intense fixité.

Le Commissaire de police adjoint était vraiment qualifié pour son poste. Ses soupçons s'éveillèrent soudain. Il n'est que justice de dire que ses soupçons sur les méthodes policières (sauf si la police était un corps semi-militaire organisé par lui-même) n'étaient pas difficiles à éveiller. Si jamais ils somnolaient, par pure lassitude, c'était d'un sommeil léger ; et son appréciation des compétences et du zèle de l'Inspecteur en Chef Heat, assez modeste, excluait toute notion de confiance morale. Il manigance quelque chose, s'écria-t-il intérieurement, et il sentit aussitôt monter sa colère. Il traversa la pièce à grands pas et s'assit à son bureau d'un geste violent. « Je suis là, noyé dans la paperasse, songea-t-il avec un ressentiment peu raisonnable, censé avoir tous les fils directeurs entre les mains, et tout ce que je puis faire est de tenir ce que l'on y met, rien d'autre. Et ils ont tout loisir de nouer les autres bouts des fils où ça leur chante. »

Il leva la tête et tourna vers son subordonné son long visage osseux aux traits accentués de don Quichotte entreprenant.

- Quelle idée avez-vous derrière la tête ?

L'autre le regarda fixement, sans ciller, dans une immobilité totale de ses yeux ronds, comme il avait coutume de regarder les divers échantillons de la classe criminelle lorsque, après avoir été dûment avisés des risques qu'ils couraient, ceux-ci faisaient leur déclaration sur un ton d'innocence offensée, de fausse sincérité ou de résignation morose. Mais derrière la fixité professionnelle de son regard, il y avait aussi un certain étonnement, car l'Inspecteur en Chef Heat, bras droit du service, n'avait pas l'habitude qu'on lui parlât sur un tel ton, où se mêlaient harmonieusement le mépris et l'impatience. Il commença à parler avec prudence, en homme pris de court par une expérience nouvelle et inopinée.

- Vous voulez parler de ce que j'ai contre ce Michaelis, monsieur ?

Le Commissaire Adjoint contemplait sa tête ronde comme une boule, les pointes de l'épaisse moustache de pirate nordique descendant plus bas que la lourde mâchoire, toute la physionomie pleine et pâle dont le caractère énergique était gâté par un excès de chair, les rides rusées aux coins des yeux, en forme de pattes d'oie ; et de cette contemplation délibérée de l'officier capable et fiable, il retira une conviction si instantanée qu'elle l'émut à la façon d'une inspiration.

- J'ai des raisons de penser que lorsque vous êtes entré dans cette pièce, dit-il sur un ton modéré, ce n'était pas à Michaelis que vous pensiez, pas particulièrement, peut-être même pas du tout.

- Vous avez des raisons de le penser, monsieur ? murmura l'Inspecteur Heat avec toute l'apparence de la surprise, ce qui était vrai jusqu'à un certain point.

Il avait trouvé à cette affaire un côté étrange et incompréhensible qui obligeait l'enquêteur à ne pas être totalement sincère, à ce manque de sincérité que, sous le nom de métier, prudence ou discrétion, l'on voit surgir à un moment ou un autre dans la plupart des affaires de l'humanité. Sur le moment, il éprouva ce que pourrait éprouver un funambule si, tout à coup, au milieu de son numéro, le directeur du cirque sortait de son rôle directorial et se mettait à secouer la corde. L'indignation, le sentiment du danger moral engendré par une telle traîtrise, joints à la peur soudaine de se rompre le cou, le mettraient, dans ce cas, dans tous ses états, dirait-on vulgairement. Il y aurait aussi une contrariété scandalisée concernant son art, car un être humain doit s'identifier à quelque chose de plus tangible que sa propre personnalité et fonder son orgueil sur sa situation sociale, ou sur la qualité du travail qu'il doit fournir, ou simplement sur la nature supérieure des loisirs dont il aura peut-être la chance de pouvoir jouir un jour.

- Oui, c'est exact, dit le Commissaire Adjoint. Je ne veux pas dire que vous n'ayez pas du tout pensé à Michaelis. Mais vous donnez au fait que vous m'avez cité une importance qui ne me semble pas tout à fait innocente, Inspecteur Heat. Si vous croyez que c'est la voie menant à la clef de l'énigme, pourquoi ne vous y êtes-vous pas engagé aussitôt, personnellement ou en envoyant l'un de vos hommes dans ce village ?

- Me soupçonnez-vous, monsieur, d'avoir manqué à mon devoir sur ce point ? demanda l'Inspecteur Heat sur un ton qu'il voulait simplement songeur.

Contraint, contre toute attente, à se concentrer sur la tâche de conserver son équilibre, il avait abordé ce côté de la question et s'attira une rebuffade ; car le Commissaire Adjoint fronça un peu les sourcils et lui dit que sa remarque était tout à fait déplacée.

- Néanmoins, puisque vous l'avez faite, poursuivit-il avec froideur, je vais vous dire que ce n'était pas là ce que je pensais.

Il se tut, avec un regard direct de ses yeux enfoncés qui équivalait à terminer sa phrase par les mots : « et vous le savez ». Le chef de ce que l'on appelait le Service Spécial Criminel, empêché par sa haute position d'aller lui-même à la recherche des secrets enfermés dans les cœurs coupables, avait une propension à exercer ses dons considérables sur ses subordonnés pour détecter en eux une vérité dénaturée. Cet instinct particulier ne peut guère être traité de faiblesse. C'était normal. Il était né détective. Cet instinct avait influé, sans qu'il en fût conscient, sur le choix de sa carrière, et s'il lui avait jamais fait défaut dans sa vie, cela avait peut-être été dans le cas exceptionnel de son mariage, ce qui était naturel. Puisqu'il ne pouvait déambuler au-dehors, il se nourrissait du matériel humain qui lui était apporté dans son isolement professionnel. On ne peut jamais cesser d'être ce que l'on est.

Un coude sur le bureau, ses jambes fines croisées et sa joue appuyée sur la paume de sa main osseuse, le Commissaire Adjoint responsable de la Branche Spéciale Criminelle commençait à comprendre avec un intérêt grandissant la réalité des choses. Tout en étant loin d'avoir sa pénétration, son Inspecteur principal était à tout le moins le plus valable de ceux qu'il avait sous la main. La méfiance des réputations établies s'accordait fort bien avec le don de détection dont jouissait le Commissaire Adjoint. Sa mémoire lui rappela un certain chef indigène des colonies lointaines, vieux, gras et riche, qu'il était de tradition chez les gouverneurs coloniaux successifs de considérer comme fiable et de traiter en ami sûr, en protecteur de l'ordre et de la légalité établis par les Blancs ; alors que, en l'observant avec scepticisme, on découvrait qu'il était surtout ami de lui-même, et de personne d'autre. Non pas exactement un traître, mais tout de même un homme dangereux par certaines réserves dans sa fidélité, provoquées par l'importance qu'il accordait à son propre intérêt, à son bien-être, à sa sécurité. Un type un peu simple dans sa duplicité naïve, mais néanmoins dangereux. Ce souvenir lui fit faire quelques découvertes. Sur le plan physique, c'était lui aussi un homme de grande taille, et (compte tenu, bien sûr, de la différence de couleur) l'Inspecteur en Chef Heat le lui rappelait. Ce n'étaient ni les yeux ni les lèvres. C'était indéfinissable. Mais Alfred Wallace ne raconte-t-il pas, dans son livre célèbre sur l'archipel malais, comment il découvrit parmi les îliens d'Aru, chez un vieil indigène nu et noir comme du charbon, une ressemblance étonnante avec l'un de ses meilleurs amis anglais ?

Pour la première fois depuis qu'il avait été affecté à ce poste, le Commissaire Adjoint eut l'impression qu'il allait vraiment pouvoir travailler pour gagner sa solde. Ce fut une sensation agréable. « Je vais le retourner comme un vieux gant », songea-t-il en regardant l'Inspecteur d'un air passif.

- Non, ce n'était pas là ma pensée, reprit-il. Je sais très bien que vous connaissez votre métier, je n'en doute pas ; et c'est précisément pourquoi je...

Il s'arrêta brusquement puis, changeant de ton :

- Qu'avez-vous pu récolter de substantiel contre Michaelis ? Je veux dire en dehors du fait que les deux suspects - vous êtes sûr qu'ils étaient deux ? - avaient pris le train dans une gare située à moins de trois kilomètres du village où réside Michaelis en ce moment.

- Cela suffit pour nous permettre de nous engager dans cette voie, monsieur, avec un individu de ce genre, dit l'Inspecteur en Chef, qui recouvrait son sang-froid.

Le petit signe de tête approbateur du Commissaire Adjoint apaisa grandement la surprise hargneuse du fameux policier. Car l'Inspecteur Heat était un homme bon, un excellent mari, un père aimant, et la confiance dont il jouissait de la part du public et de tout le Service, influant sur sa nature amène, le prédisposait à éprouver des sentiments amicaux pour les divers Commissaires Adjoints qu'il avait vus passer dans ce bureau. Il en avait connu trois. Le premier, brusque, très militaire, visage rouge, sourcils blancs et caractère emporté, pouvait être manœuvré avec un fil de soie. Il était parti, atteint par la limite d'âge. Le deuxième, gentleman accompli, connaissant à merveille sa place et celle de tous les autres, fut décoré grâce aux services rendus en réalité par l'Inspecteur Heat lorsqu'il quitta le service pour un poste plus important hors d'Angleterre.

Travailler avec lui avait été une fierté et un plaisir. Le troisième, tout de suite mal jugé, l'était encore par tout le Service au bout de dix-huit mois. Tout compte fait, l'Inspecteur en Chef Heat pensait que c'était le plus inoffensif. D'apparence bizarre, mais inoffensif. C'était lui qui parlait en ce moment, et l'Inspecteur l'écoutait, l'air attentif (ce qui ne signifie rien, car c'est une question de discipline), le jugeant en son for intérieur avec une tolérance bienveillante.

- Est-ce que Michaelis a signalé son départ de Londres pour la campagne ?

- Oui, monsieur, il l'a signalé.

- Et que peut-il bien faire là-bas ? poursuivit le Commissaire Adjoint, qui était très bien informé sur ce point.

Douloureusement à l'étroit dans un vieux fauteuil rustique, devant une table en chêne rongée des vers, dans une chambre à l'étage d'un cottage de quatre pièces au toit de tuiles couvertes de mousse, Michaelis écrivait nuit et jour, d'une écriture oblique et tremblée, cette *Autobiographie d'un prisonnier* qui devait être en quelque sorte un ouvrage de révélation dans l'histoire de l'humanité. L'espace confiné, la retraite et la solitude de cette petite maison étaient favorables à son inspiration. Cela ressemblait à la prison, sauf que l'on n'était jamais dérangé par la nécessité odieuse de faire de l'exercice comme l'exigeait la règle disciplinaire de son ancienne demeure au pénitencier. Il ne savait jamais s'il y avait ou non du soleil. La sueur de son labeur littéraire coulait sur son front. Il était stimulé par un enthousiasme délicieux. C'était la libération de sa vie intérieure, l'envolée du trop-plein de son âme dans le vaste univers. Et le zèle de sa vanité innocente (stimulé par l'offre de cinq cents livres que lui avait faite un éditeur) lui paraissait être une prédestination sacrée.

- Il serait bien sûr très désirable d'avoir à ce sujet des informations précises, insista le Commissaire Adjoint avec perversité.

L'Inspecteur en Chef Heat, de nouveau agacé par ce déploiement de détails, répondit que la police du comté avait tout de suite été avisée de l'arrivée de Michaelis, et qu'il était facile d'avoir en quelques heures un rapport détaillé. Un télégramme au chef local...

Pendant qu'il prononçait ces paroles, avec une certaine lenteur, il en envisageait déjà les conséquences. Un léger froncement de sourcils l'indiquait. Mais sa réflexion fut interrompue par une question :

- Vous avez déjà envoyé ce télégramme ?

- Non, monsieur, répondit-il d'un ton surpris.

Le Commissaire Adjoint décroisa soudain ses jambes. La vivacité de son geste s'accordait mal avec la manière négligeante dont il avança une hypothèse :

- Pensez-vous que Michaelis ait plus ou moins participé à la confection de la bombe, par exemple ?

L'Inspecteur en Chef adopta une attitude songeuse.

- Je ne dirais pas cela. Il n'est pas nécessaire de rien préciser pour le moment. Il est lié avec des hommes classés comme dangereux. Il a été nommé délégué du Comité rouge moins d'un an après sa mise en liberté conditionnelle. Une sorte de récompense, je suppose.

Et l'Inspecteur eut un rire un peu irrité, un peu méprisant. Avec un homme de cette catégorie, tout scrupule était mal placé, c'était même un sentiment contraire à la loi. La célébrité accordée à Michaelis, deux ans auparavant, lors de son élargissement, par un journaliste émotif en manque d'articles à sensation lui était encore pénible. Il était parfaitement légal d'arrêter cet homme sur un simple soupçon. C'était légal, et opportun, sans l'ombre d'un doute. Ses deux supérieurs précédents s'en seraient aussitôt rendu compte alors que celui-ci restait assis là, comme perdu dans un rêve, sans dire ni oui ni non. De plus, outre qu'elle était légale et opportune, l'arrestation de Michaelis résoudrait une petite difficulté personnelle qui tracassait un peu l'Inspecteur en Chef Heat. Cette difficulté concernait sa réputation, sa paix, et même l'accomplissement efficace de son devoir. Car s'il était évident que Michaelis connaissait certains éléments de cet attentat, l'Inspecteur était à peu près certain qu'il n'était pas au courant de grand-chose. Cela était préférable. Il en savait bien moins - l'Inspecteur était formel - que certains autres individus auxquels il songeait mais dont l'arrestation lui paraissait inopportune, l'affaire étant en outre compliquée, compte tenu des règles du jeu. Celles-ci protégeaient moins Michaelis, qui était un ancien condamné. Il serait stupide de ne pas profiter des facilités légales ; et les journalistes qui l'avaient monté en épingle dans un élan de sentimentalité seraient tout prêts à le descendre en flammes avec une indignation émue.

Cette perspective, envisagée avec confiance, attirait l'Inspecteur Heat comme un triomphe personnel. Et tout au fond de son cœur irréprochable de citoyen ordinaire marié, sa répugnance à être contraint par les événements à se mesurer avec la férocité désespérée du Professeur, répugnance presque inconsciente mais forte néanmoins, avait aussi son mot à dire. Elle avait été renforcée par sa rencontre inopinée dans la ruelle. Cette rencontre n'avait pas laissé à l'Inspecteur en Chef Heat ce sentiment agréable de supériorité qu'inspire aux membres de la police le caractère officieux mais intime de leurs relations avec les criminels, sentiment qui apaise l'ambition du pouvoir et flatte autant qu'elle le mérite la vile passion de domination sur ses semblables.

L'Inspecteur Heat ne voyait pas l'anarchiste parfait comme un de ses semblables. Il était impossible à manier, un chien enragé à laisser dans son coin. Non qu'il effrayât l'Inspecteur Heat, au contraire, il entendait bien le coincer un jour. Mais pas encore : il voulait le pincer à l'heure de son choix, d'une manière propre et efficace, conformément aux règles du jeu. L'heure présente n'était pas le moment propice pour tenter cet exploit, pour de multiples raisons, personnelles et relatives au service public. Cela étant la ferme conviction de l'Inspecteur Heat, il lui semblait normal et opportun de détourner cette affaire de sa piste obscure et désagréable qui menait Dieu seul savait où, et de lui faire suivre une paisible (et légale) voie de garage ayant nom Michaelis. Et il répéta, comme s'il reconsidérait consciencieusement l'hypothèse proposée :

- La bombe, non, je ne saurais le dire avec certitude. Peut-être ne le saurons-nous jamais. Mais il est clair qu'il est impliqué dans cette affaire d'une manière ou d'une autre, que nous pourrons découvrir sans prendre beaucoup de peine.

Son attitude lui donnait cette expression d'indifférence grave et hautaine jadis bien connue et très redoutée des voleurs de la meilleure catégorie. L'Inspecteur en Chef Heat, bien qu'il fût ce que l'on appelle un homme, n'était pas un animal souriant. Pourtant, dans son for intérieur, il était satisfait du comportement passivement réceptif du Commissaire Adjoint, qui murmura doucement :

- Et vous croyez vraiment que l'enquête devrait être faite dans cette direction ?

- Oui, monsieur.

- Vous en êtes tout à fait convaincu ?

- Oui, monsieur. C'est la piste à suivre.

Le Commissaire Adjoint retira à sa tête le support de sa main avec une soudaineté qui, compte tenu de son attitude nonchalante, sembla menacer d'écroulement toute sa personne. Au contraire, il se redressa, extrêmement alerte, derrière le vaste bureau sur lequel son poing s'était abattu avec un bruit sec.

- Ce que je veux savoir, c'est pourquoi cela vous était sorti de la tête jusqu'à maintenant.

- Sorti de la tête..., répéta très lentement l'Inspecteur en Chef.

- Oui. Jusqu'à ce que vous ayez été appelé dans ce bureau. Me comprenez-vous ?

L'Inspecteur eut l'impression que l'air contenu entre ses vêtements et sa peau devenait brûlant. Ce fut une sensation sans précédent, une expérience incroyable.

- Bien sûr, dit-il en exagérant la lenteur de son élocution jusqu'à l'extrême limite du possible, s'il existe une raison que j'ignore de ne pas poursuivre le repris de justice Michaelis, cela tombe peut-être bien que je n'aie pas lancé la police locale à ses trousses.

Il mit tellement de temps à prononcer cette phrase que l'attention sans faille du Commissaire Adjoint parut un exploit d'endurance peu commun. Sa réplique arriva sans délai :

- « Une raison que j'ignore... » Dites-moi, Inspecteur, cette manière de finasser avec moi est tout à fait incorrecte de votre part, tout à fait incorrecte. En outre, ce n'est pas loyal, vous savez. Vous ne devriez pas me laisser ainsi le soin de dénouer par moi-même cette énigme. Vraiment, vous me surprenez.

Il se tut, puis ajouta doucement :

- Je n'ai sans doute pas besoin de vous préciser que cette conversation n'a aucun caractère officiel.

Ces derniers mots n'apaisèrent pas l'Inspecteur en Chef. Son indignation de funambule trahi était grande. Dans sa fierté de subordonné estimé, il était troublé par la certitude que la corde n'était pas agitée dans le but de lui faire rompre le cou, mais par une insolence voulue. Comme si quelqu'un avait peur ! Les Commissaires Adjoints passent, mais un Inspecteur en Chef valable n'est pas un phénomène éphémère dans un service. Il n'avait pas peur de se rompre le cou. La perspective de voir gâcher sa performance suffisait à expliquer sa bouffée d'honnête indignation. Et comme la pensée ne respecte pas les personnes, celle de l'Inspecteur Heat emprunta une forme menaçante et prophétique :

- Toi, mon garçon, se dit-il en gardant ses yeux ronds, généralement mobiles, fixés sur le visage du Commissaire Adjoint, toi, mon garçon, tu ne connais pas ta place, et ta place ne te connaîtra pas non plus bien longtemps, j'en jurerais.

En réponse provocante à cette pensée, le fantôme d'un sourire aimable passa sur les lèvres du Commissaire Adjoint. Il conserva un ton aisé et professionnel en administrant à la corde une nouvelle secousse :

- Venons-en maintenant à ce que vous avez découvert sur les lieux, Inspecteur, dit-il.

- Un imbécile perd vite sa place, poursuivit la pensée prophétique dans la tête de l'Inspecteur Heat.

Mais suivit sans délai la réflexion qu'un haut fonctionnaire, même « foutu dehors » (telle était l'image précise), trouve encore le temps, en passant la porte, d'envoyer une méchante ruade dans les tibias d'un subordonné. Sans trop adoucir la nature légendaire de son regard, il dit, impassible :

- Nous arrivons à cette partie de mon enquête, monsieur.

- Parfait. Alors, qu'en avez-vous ramené ?

L'Inspecteur en Chef, qui avait pris la décision de sauter de la corde, arriva au sol avec une franchise morose.

- J'ai ramené une adresse, dit-il en tirant sans hâte de sa poche un lambeau de drap bleu marine. Ceci appartient au pardessus que portait l'homme qui s'est fait sauter. Bien sûr, le pardessus n'était peut-être pas à lui, pouvait même avoir été volé. Mais si vous voulez bien y jeter un coup d'œil, vous verrez que ce n'est guère probable.

L'Inspecteur avança jusqu'à la table et défripa avec soin le lambeau de drap bleu. Il l'avait pris au milieu du monticule répugnant de la morgue parce que l'on trouve parfois le nom d'un tailleur sous un col. Cela ne sert pas souvent à grand-chose, mais, quand même... Il ne s'attendait qu'à moitié à trouver un indice utile, mais il ne s'attendait certes pas du tout à trouver, non pas sous le col, mais solidement cousu sous le revers, un morceau de calicot portant une adresse écrite avec de l'encre à marquer.

L'Inspecteur en Chef retira sa main.

- Je l'ai emporté sans que personne l'ait remarqué, dit-il. J'ai pensé que c'était préférable. On pourra toujours le produire si c'est nécessaire.

Le Commissaire Adjoint se souleva légèrement sur son fauteuil et tira à lui le morceau de drap. Il le contempla en silence. Sur un bout de calicot à peine plus grand qu'une feuille de papier à cigarette, on lisait seulement le numéro 32 et le nom de Brett Street. Il fut sincèrement surpris.

- Je ne comprends pas pourquoi il s'est rendu là-bas aussi bien identifié, dit-il en regardant l'Inspecteur. C'est tout à fait extraordinaire.

- J'ai vu jadis dans le fumoir d'un hôtel un vieux monsieur qui circulait avec son nom et son adresse cousus à tous ses vêtements, en cas d'accident ou de maladie soudaine, dit l'Inspecteur en Chef. Il prétendait avoir quatre-vingt-quatre ans, mais il ne paraissait pas son âge. Il m'a dit qu'il avait aussi peur de perdre subitement la mémoire comme ces gens dont on parlait dans les journaux.

Ce souvenir fut brusquement interrompu par une question du Commissaire Adjoint, qui désirait savoir ce qu'il y avait au 32 de Brett Street. L'Inspecteur Heat, chassé de son perchoir par des artifices déloyaux, avait décidé d'emprunter la voie d'une franchise sans réserve. S'il était convaincu qu'il n'était pas bon pour le Service d'en savoir trop long, tout ce que sa fidélité osait se permettre pour le bien du Service était de garder judicieusement par-devers lui ce qu'il savait. Si le Commissaire Adjoint désirait traiter cette affaire avec maladresse, rien ne pourrait évidemment l'en empêcher. Mais, en ce qui le concernait personnellement, il n'apercevait aucune raison de faire étalage de loquacité. Il répondit donc brièvement :

- C'est un magasin, monsieur.

Les yeux baissés sur le lambeau de drap bleu, le Commissaire Adjoint attendait des précisions. Celles-ci ne venant pas, il décida de les provoquer par une série de questions posées avec patience et douceur. Il se fit ainsi une idée de la nature du commerce de Mr. Verloc, de son aspect physique, et il finit par entendre son nom. Au cours d'un silence, le Commissaire Adjoint leva les yeux et découvrit une certaine animation sur le visage de l'Inspecteur. Ils se regardèrent sans rien dire.

- Bien sûr, dit enfin celui-ci, le Service n'a pas de fiche sur cet homme.

- Est-ce que mes prédécesseurs ont eu connaissance de ce que vous venez de me dire ? demanda le Commissaire Adjoint en posant ses coudes sur la table et en joignant les mains devant son visage comme s'il allait faire une oraison, sauf que son regard n'avait pas une expression pieuse.

- Non, monsieur, assurément pas. À quoi cela eût-il servi ? Ce n'est jamais une bonne chose d'exposer ce genre d'homme sur le devant de la scène. Il me suffisait de savoir qui il était et de me servir de lui de façon à pouvoir le faire sans me cacher.

- Et vous croyez que cette sorte de connaissance privée est compatible avec la position officielle que vous occupez ?

- Tout à fait, monsieur. Je crois même qu'elle est tout indiquée. Je vais me permettre de vous dire, monsieur, que c'est ce qui fait de moi ce que je suis - et je suis considéré comme un homme qui connaît son métier. C'est une affaire privée qui me concerne seul. Un ami personnel de la police française m'a laissé entendre que ce type faisait de l'espionnage pour le compte d'une ambassade. Amitié personnelle, information personnelle, usage privé de cette information, c'est ainsi que je vois la chose.

Après avoir noté par-devers lui que l'état mental du fameux Inspecteur en Chef semblait affecter les contours de sa mâchoire inférieure comme si le sentiment vivace de sa haute distinction professionnelle était localisé dans cette partie de son anatomie, le Commissaire Adjoint mit de côté cette question pour l'instant et dit avec calme :

- Je vois.

Puis, appuyant sa joue sur ses mains jointes :

- Donc - officieusement, si vous le désirez -, depuis combien de temps êtes-vous en contact personnel avec cet espion d'ambassade ?

À cette question, la réponse privée de l'Inspecteur en Chef, tellement privée qu'elle ne se traduisit pas en paroles audibles, fut : « Bien avant que l'on ait même pensé à vous pour le poste que vous occupez. »

Mais la réponse pour ainsi dire officielle fut bien plus précise :

- Je l'ai vu pour la première fois il y a un peu plus de sept ans, lors de la visite ici de deux Altesses Impériales et du Chancelier Impérial. La responsabilité de toutes les dispositions à prendre pour leur sécurité me fut confiée. L'ambassadeur était alors le baron Stott-Wartenheim. C'était un vieux monsieur très nerveux. Un soir, trois jours avant le banquet au Guildhall, il me fit dire qu'il avait besoin de me voir un instant. J'étais en bas, les voitures étaient à la porte, prêtes à emmener les Altesses Impériales et le Chancelier à l'Opéra. Je montai aussitôt. Je trouvai le baron faisant les cent pas dans sa chambre, dans un état de détresse pitoyable, et se tordant les mains. Il m'affirma qu'il avait toute confiance en notre police et en mes capacités, mais qu'il avait là un homme venant d'arriver de Paris et dont on pouvait considérer les informations comme indiscutables. Il désirait me faire entendre ce que cet homme avait à dire. Il m'emmena aussitôt dans une antichambre voisine où je vis un individu massif vêtu d'un gros pardessus, assis tout seul sur une chaise et tenant son chapeau à la main, ainsi qu'une canne. Le baron lui dit en français : « Parlez, mon ami. » La pièce était peu éclairée. Je parlai avec lui cinq minutes environ. Il me fit part, c'est sûr, d'une nouvelle fort surprenante. À ce moment, le baron me prit à part avec nervosité pour me chanter les louanges de cet homme ; et lorsque je me retournai, je constatai qu'il s'était éclipsé comme un fantôme. Sans doute avait-il filé par un escalier dérobé. Je n'avais pas le temps de lui courir après, car je devais me hâter d'aller escorter l'ambassadeur dans le grand escalier et d'assurer la sécurité du groupe jusqu'à l'Opéra. Néanmoins, le soir même, je pris des dispositions en fonction de cette information. Qu'elle fût exacte ou non, elle paraissait assez sérieuse. Elle nous évita selon toute probabilité de graves ennuis le jour de la visite impériale à la City. Quelque temps après, un mois environ après ma nomination au poste d'Inspecteur en Chef, mon attention fut attirée par un homme grand et fort sortant en hâte d'une bijouterie du Strand et qu'il me semblait avoir déjà vu quelque part. Je le suivis, car il allait dans la même direction que moi, vers Charing Cross ; là, apercevant l'un de nos détectives de l'autre côté de la rue, je lui fis un signe, lui montrai l'individu et le chargeai de surveiller ses allées et venues pendant deux jours et de venir me faire son rapport. Dans l'après-midi du lendemain, mon détective vint me dire que ce bonhomme avait épousé le jour même, à onze heures trente, dans un bureau d'état civil, la fille de sa logeuse, et qu'il était parti avec elle passer une semaine à Margate. Notre employé avait vu charger les bagages sur le cab. Sur l'une des valises, il y avait de vieilles étiquettes de Paris. Je ne sais pourquoi je ne pouvais chasser ce type de mon esprit ; et, lorsque je retournai à Paris pour le service, je parlai de lui à cet ami parisien qui est dans la police. Il me répondit : « D'après ce que vous me dites, je pense qu'il s'agit d'un satellite et émissaire assez connu du Comité Rouge Révolutionnaire. Il dit qu'il est Anglais de naissance. Nous sommes persuadés qu'il est depuis plusieurs années maintenant agent secret de l'une des ambassades étrangères à Londres. » Cela raviva tout à fait mes souvenirs. C'était le gars évanescent que j'avais vu assis sur une chaise dans l'antichambre du baron Stott-Wartenheim. Je dis à mon ami qu'il avait vu juste. J'étais certain que cet homme était un agent secret. Par la suite, mon collègue prit la peine de me procurer un rapport complet sur lui. Je pensais que j'avais intérêt à être informé de tout ce qu'il y avait à savoir sur lui ; mais je suppose que vous ne souhaitez pas entendre son histoire maintenant, monsieur ?

Le Commissaire Adjoint fit un signe de tête négatif.

- Pour l'instant, ce qui m'importe seulement, c'est l'histoire de vos relations avec ce personnage utile, dit-il en fermant lentement ses yeux las et creux, puis les rouvrant rapidement sur un regard vif.

- Il n'y a rien d'officiel dans mes rapports avec lui, reprit l'Inspecteur en Chef sur un ton amer. Un soir, je suis entré dans sa boutique, lui ai dit qui j'étais et lui ai rappelé notre première rencontre. Il n'a pas sourcillé. Il m'a dit qu'il était désormais marié et établi, et qu'il souhaitait seulement pouvoir exploiter sans ennuis son petit commerce. J'ai alors pris sur moi de lui promettre que, tant qu'il ne participerait pas à une action manifestement subversive, la police le laisserait tranquille. C'était pour lui une promesse intéressante, car un mot de nous aux gens des douanes aurait suffi à faire ouvrir à Douvres certains des colis qu'il reçoit de Paris et de Bruxelles, avec confiscations assurées et peut-être des poursuites subséquentes.

- C'est un commerce très risqué, murmura le Commissaire Adjoint. Pourquoi s'est-il lancé là-dedans ?

L'Inspecteur Heat leva les sourcils avec indifférence.

- Sans doute avait-il des relations, des amis sur le continent parmi les gens qui font le commerce des marchandises de ce genre. Des gens de la même espèce que lui. De plus, c'est un paresseux - comme tous les autres.

- Qu'avez-vous obtenu de lui en échange de votre protection ?

L'Inspecteur en Chef n'avait nulle envie de faire valoir les services de Mr. Verloc.

- Il ne serait guère utile à d'autres qu'à moi. Il faut être au courant de bien des choses pour pouvoir utiliser un tel homme. Je suis en mesure de comprendre les indices qu'il est capable de me donner. Et lorsque j'ai besoin d'un renseignement, il a généralement la possibilité de me le fournir.

L'Inspecteur se retrancha soudain dans une attitude discrète et songeuse ; et le Commissaire Adjoint réprima un sourire en se demandant si la réputation de l'Inspecteur en Chef Heat n'avait pas été faite en grande partie par l'agent secret Verloc.

- Il nous est utile aussi sur un plan plus général, car tous nos hommes de la section criminelle spéciale en service à Charing Cross et Victoria ont ordre de noter avec soin tous les gens qu'ils voient avec lui. Il rencontre souvent les nouveaux arrivants et garde ensuite leurs traces. Il semble qu'il ait été chargé de faire ce genre de travail. Lorsque j'ai un besoin urgent d'une adresse, je peux toujours compter sur lui. Évidemment, je sais comment il faut se comporter avec lui. Je ne lui ai pas parlé trois fois au cours des deux années écoulées. Je lui envoie un mot, non signé, et il me répond de la même manière à mon adresse personnelle.

De temps en temps, le Commissaire Adjoint faisait un signe imperceptible d'acquiescement. L'Inspecteur en Chef ajouta que Mr. Verloc n'était sans doute pas dans les confidences des membres importants du Conseil Révolutionnaire International, mais qu'il jouissait certainement de la confiance générale.

- Chaque fois que j'ai eu des raisons de penser qu'il y avait quelque anguille sous roche, dit-il en conclusion, je me suis toujours aperçu qu'il pouvait me fournir un tuyau appréciable.

Le Commissaire Adjoint fit une remarque pertinente :

- Il y a manqué, cette fois.

- Mais je n'avais aucun indice par ailleurs, rétorqua Heat. Je ne lui ai rien demandé, il n'a donc rien eu à me dire. Ce n'est pas l'un de nos hommes. Ce n'est pas comme s'il touchait un salaire chez nous.

- Non, murmura le Commissaire Adjoint. C'est un espion à la solde d'un gouvernement étranger. Nous ne pourrions jamais le reconnaître.

- Il faut que je puisse faire mon travail comme je l'entends, déclara l'Inspecteur en Chef. S'il le fallait, je traiterais avec le diable en personne et j'en assumerais les conséquences. Il y a des choses que l'on ne peut pas dire à n'importe qui.

- Votre conception du secret me paraît consister à tenir le chef de votre département dans l'ignorance. C'est peut-être lancer le bouchon un peu loin, vous ne trouvez pas ? Il habite au-dessus de son magasin ?

- Qui ? Verloc ? Oui. Il habite au-dessus de sa boutique. Je crois que la mère de sa femme vit avec eux.

- La maison est surveillée ?

- Ciel, non ! Ce ne serait pas du tout indiqué. Certains de ceux qui fréquentent sa maison sont surveillés. À mon avis, il ignore tout de cette affaire.

- Comment vous expliquez-vous cela ? dit le Commissaire Adjoint en montrant le lambeau de tissu posé devant lui sur la table.

- Je ne me l'explique pas du tout, monsieur. C'est tout bonnement inexplicable. Rien de ce que je sais ne peut me donner la clef de cette énigme.

L'Inspecteur en Chef fit cet aveu avec la simplicité d'un homme qui sait sa réputation solide comme un roc.

- Tout au moins pour l'instant. Je pense que l'homme le plus impliqué dans l'affaire se révélera être Michaelis.

- Vous croyez ?

- Oui, monsieur, car je puis répondre de tous les autres.

- Et ce deuxième homme que l'on suppose avoir réussi à s'échapper du parc ?

- Il est sans doute déjà loin, décréta l'Inspecteur.

Le Commissaire Adjoint garda longuement les yeux fixés sur lui, puis se leva tout à coup, comme s'il venait de prendre sa décision. En réalité, il cédait à une tentation fascinante. L'Inspecteur en Chef fut expédié avec pour consigne de revenir voir son supérieur le lendemain matin à la première heure pour discuter de cette affaire. Il écouta avec un visage impénétrable et sortit de la pièce à pas lents.

Quels que fussent les projets du Commissaire Adjoint, ils n'avaient rien à voir avec ce travail de bureau qui était la malédiction de son existence en raison de sa nature confinée et de son manque apparent d'utilité. C'était sûr, sinon l'air alerte du Commissaire Adjoint eût été sans motif valable. Dès qu'il se retrouva seul, il prit machinalement son chapeau et le posa sur sa tête. Cela fait, il s'assit pour reconsidérer la question. Mais comme sa décision était déjà prise, cela ne dura pas longtemps. Et l'Inspecteur en Chef Heat n'avait pas fait beaucoup de chemin vers chez lui lorsque le Commissaire quitta le bâtiment à son tour.

7

Le Commissaire Adjoint s'engagea dans une courte ruelle semblable à une tranchée humide et boueuse, traversa une avenue importante, pénétra dans un édifice public et demanda à parler au jeune secrétaire particulier (sans appointements) d'un grand personnage.

Ce jeune homme blond au visage imberbe auquel la disposition symétrique de ses cheveux donnait l'aspect d'un grand écolier très soigné accueillit la requête du Commissaire Adjoint avec un regard sceptique et parla dans un souffle :

- S'il voudra vous recevoir ? Je l'ignore. Il est rentré à pied de la Chambre il y a une heure pour s'entretenir avec le sous-secrétaire permanent et il s'apprête maintenant à y repartir. Il aurait pu l'envoyer chercher, mais il voulait faire un peu d'exercice, je suppose. C'est la seule occasion qu'il ait d'en faire d'ici la fin de cette session. Je ne m'en plains pas : j'aime assez ces petites promenades. Il s'appuie sur mon bras, ne dit pas un mot. Mais je dois vous dire qu'il est très fatigué et, eh bien, pas d'excellente humeur en ce moment.

- Je désire lui parler au sujet de cette affaire de Greenwich.

Ah, je vois ! Il est très irrité contre vous autres. Mais si vous y tenez, je vais aller voir.

- Faites donc, ce sera aimable de votre part, dit le Commissaire Adjoint.

Le secrétaire sans appointements admira le courage de ce fonctionnaire. Se composant un visage candide, il ouvrit une porte et entra avec l'assurance d'un enfant sage et privilégié. Il reparut aussitôt, fit un signe au Commissaire Adjoint qui franchit la porte laissée ouverte et se trouva dans une vaste pièce en présence du haut personnage.

Grand et large, avec un long visage pâle qui, élargi à sa base par un important double menton, ressemblait à un œuf sous la frange de favoris grisonnants, le haut personnage avait l'air d'un homme corpulent. Regrettables du point de vue d'un tailleur, les plis transversaux dans le dos d'une redingote noire boutonnée ajoutaient à cette impression, comme si le vêtement était étiré à son maximum. Sa tête se dressait sur un cou épais, ses yeux dont les paupières inférieures formaient des poches laissaient tomber un regard appuyé et hautain de chaque côté d'un nez busqué agressif qui saillait avec noblesse dans le vaste ovale blanc de son visage. Un chapeau haut de forme luisant et une paire de gants usés qui l'attendaient au bout d'une longue table paraissaient eux aussi opulents, énormes.

Il se tenait debout devant l'âtre dans ses vastes souliers et ne prononça aucune phrase d'accueil.

- Je voudrais savoir si ceci est le début d'une nouvelle campagne à la dynamite, demanda-t-il d'une voix grave et égale. N'entrez pas dans les détails. Je n'ai pas le temps.

En face de cette copieuse Présence rustique, la silhouette du Commissaire Adjoint avait la minceur et la fragilité d'un roseau parlant à un chêne. En réalité, la généalogie sans rupture de l'ascendance de cet homme dépassait en nombre de siècles l'âge du plus vieux chêne du pays.

- Non. Autant que l'on puisse affirmer quoi que ce soit, je puis vous assurer que ce n'est pas le cas.

- Oui. Mais la façon dont vous émettez des affirmations, là-bas, dit le grand homme avec un geste dédaigneux de la main vers une fenêtre donnant sur la large avenue, me paraît consister principalement à faire passer le secrétaire d'État pour un imbécile. Il n'y a pas un mois, dans cette pièce même, l'on m'a dit formellement que rien de ce genre n'était possible.

Le Commissaire Adjoint jeta un regard paisible vers la fenêtre.

- Permettez-moi de vous faire observer, sir Ethelred, que je n'ai encore jamais eu l'occasion de vous affirmer quoi que ce soit.

Le regard hautain et plongeant était maintenant focalisé sur le Commissaire Adjoint.

- C'est vrai, concéda la douce voix grave. J'avais envoyé chercher Heat. Vous n'êtes pas dans votre nouveau poste depuis longtemps. Vous y plaisez-vous ?

- Je crois que j'apprends quelque chose chaque jour.

- Bien sûr, bien sûr. J'espère que vous réussirez.

- Merci, sir Ethelred. J'ai appris quelque chose aujourd'hui même, il y a environ une heure. Il y a dans cette affaire bien des éléments que l'on ne trouve pas dans les attentats anarchistes ordinaires, même en allant au fond des choses. C'est pourquoi je suis venu vous voir.

Le grand homme écarta les bras, posant sur ses hanches le dos de ses grandes mains.

- Très bien. Continuez. Mais pas de détails, s'il vous plaît. Épargnez-les-moi.

- Je ne vous en accablerai pas, sir Ethelred, commença le Commissaire Adjoint avec une assurance confiante et paisible.

Pendant qu'il parlait, les aiguilles de la pendule derrière le grand homme - un gros objet étincelant lourdement travaillé dans le même marbre sombre que la cheminée, émettant un tic-tac fantomatique, évanescent - avaient franchi l'espace de sept minutes. Il parla en adoptant un style émaillé de parenthèses, dans lesquelles chaque petit fait, c'est-à-dire chaque détail, s'insérait avec une délicieuse facilité. Pas un murmure, pas un geste, ne vint l'interrompre. Le Grand Personnage aurait aussi bien pu être la statue de l'un de ses ancêtres princiers dépouillé de son attirail de croisé et vêtu d'une jaquette mal coupée. Le Commissaire Adjoint avait l'impression d'être autorisé à parler pendant une heure. Mais il gardait son sang-froid et, au bout des sept minutes mentionnées plus haut, il termina soudain par une péroraison qui, reprenant sa déclaration initiale, surprit agréablement sir Ethelred par sa force et sa concision apparentes.

- Ce que nous trouvons sous la surface de cette affaire, par ailleurs sans gravité, est inhabituel, du moins sous cette forme précise, et exige un traitement spécial.

Sir Ethelred adopta un ton plus sérieux, plein de conviction :

- Je pense bien ! L'ambassadeur d'une puissance étrangère impliqué ?

- Oh ! l'ambassadeur ! protesta l'autre, droit et mince, se permettant seulement un demi-sourire. Il serait stupide de ma part d'avancer une chose pareille. Ce n'est d'ailleurs pas du tout nécessaire car, si mes suppositions sont fondées, que ce soit l'ambassadeur ou le concierge n'est qu'un infime détail.

Sir Ethelred ouvrit une bouche caverneuse dans laquelle le nez busqué semblait désirer plonger ; de là sortit comme d'un orgue lointain un son roulant et étouffé cessant sur une indignation pleine de mépris :

- Non ! Ces gens-là sont impossibles ! Qu'est-ce qu'ils ont à vouloir importer ici leurs méthodes criminelles de Tartares ? Un Turc aurait plus de décence.

- Vous oubliez, sir Ethelred, que, strictement parlant, nous n'avons - pour l'instant - aucune certitude.

- Non ! Mais comment définiriez-vous cela ? En bref ?

- Audace éhontée se résumant en une puérilité d'un genre particulier ?

- Nous ne pouvons nous accommoder de l'inconscience d'enfants insupportables, dit le haut et vaste personnage, semblant prendre encore plus d'ampleur.

Le regard hautain et plongeant s'abattit violemment sur le tapis devant les pieds du Commissaire Adjoint.

- Il faudra leur taper sérieusement sur les doigts pour cette affaire. Nous devons être en mesure de... Quelle est votre idée générale, brièvement exposée ? Inutile d'entrer dans le détail.

- En effet, sir Ethelred. Pour commencer, je décréterais que l'existence d'agents secrets ne doit pas être tolérée car ils ont pour effet d'augmenter les dangers réels du mal contre lequel ils sont censés être utilisés. Que l'espion fabrique son information est un lieu commun. Mais dans la sphère de l'action politique et révolutionnaire qui repose en partie sur la violence, l'espion professionnel a tout loisir de fabriquer les événements eux-mêmes et il répandra le double mal de l'émulation d'un côté, de la panique, de la légifération hâtive, de la haine irréfléchie de l'autre. Néanmoins, comme notre monde est imparfait...

La voix grave de la présence devant la cheminée, immobile, avec ses grands coudes écartés, dit vivement :

- Soyez clair, s'il vous plaît.

- Oui, sir Ethelred. Notre monde est imparfait. Donc, dès que j'ai perçu le caractère de cette affaire, j'ai pensé que nous devrions la traiter dans le plus grand secret et je me suis permis de venir vous voir.

- Exact, acquiesça le grand personnage en baissant les yeux avec complaisance sur son double menton. Je suis heureux de constater qu'il y a dans votre boutique quelqu'un qui pense que l'on peut de temps en temps faire confiance au secrétaire d'État.

Le Commissaire Adjoint eut un sourire amusé.

- Je pensais en réalité qu'il serait peut-être préférable, à ce stade, de remplacer Heat par...

- Quoi, Heat ? Un âne, hé ? s'écria le grand homme avec une nette animosité.

- Certes non. Je vous en prie, sir Ethelred, n'attribuez pas cette signification erronée à mes remarques.

- Quoi alors ? Beaucoup trop malin ?

- Non plus, du moins pas en règle générale. Mes suppositions sont toutes basées sur des indications que je tiens de lui. La seule chose que j'ai découverte par moi-même, c'est qu'il a utilisé cet homme en secret. Qui pourrait l'en blâmer ? C'est un vieux routier de la police. Il m'a dit, en somme, qu'il lui fallait des outils pour travailler. Il m'a paru que cet outil devrait être remis à l'ensemble de la Division Criminelle Spéciale au lieu de rester la propriété exclusive de l'Inspecteur en Chef Heat. J'ai élargi ma conception des devoirs de notre Département jusqu'à la suppression des agents secrets. Mais l'Inspecteur Heat est très ancien dans le Département. Il m'accuserait d'en pervertir la moralité et de nuire à son efficacité. Il dirait avec amertume que nous voulons étendre notre protection sur la classe criminelle des révolutionnaires. Cela ne signifierait que cela pour lui.

- Oui. Mais qu'entendez-vous par là ?

- Tout d'abord qu'il n'est pas très réconfortant de devoir déclarer que les actes de violence - contre les biens ou contre la vie - ne sont pas tous l'œuvre de l'anarchisme, mais d'une chose toute différente, d'une sorte de scélératesse tolérée. Cela, je crois, est bien plus fréquent que nous ne le supposons. Ensuite, il est évident que l'existence de ces hommes à la solde de gouvernements étrangers nuit dans une certaine mesure à l'efficacité de notre surveillance. Un espion de cette catégorie peut se permettre une plus grande témérité que le plus hardi des conspirateurs. Son travail n'est entravé par aucune contrainte. Il n'a ni la conviction nécessaire au nihilisme absolu ni le minimum d'esprit légal qu'implique l'illégalité. Troisièmement, la présence de ces espions dans les groupes révolutionnaires que l'on nous reproche de tolérer ici détruit toute certitude. Vous avez entendu récemment une déclaration rassurante de l'Inspecteur en Chef Heat ; elle n'était pas inexacte, et pourtant, cet incident a eu lieu. Je dis incident parce que cette affaire, j'ose le dire, est épisodique ; elle ne fait partie d'aucun projet sauvage de grande envergure. Les particularités qui laissent perplexe l'Inspecteur Heat sont justement celles qui, à mes yeux, révèlent son caractère. Je m'abstiens de vous citer les détails, sir Ethelred.

Devant la cheminée, le Personnage l'avait écouté avec une attention extrême.

- Très bien. Soyez aussi concis que possible.

Le Commissaire Adjoint indiqua d'un geste vif et déférent qu'il s'efforçait à la concision.

- Il y a dans la conduite de cet attentat une faiblesse et une stupidité notoire qui me donnent grand espoir de pouvoir aller au-delà et de découvrir autre chose que l'initiative individuelle d'un fanatique. Car c'est sans l'ombre d'un doute un acte qui a été programmé. Il semble que l'acteur principal de l'attentat ait été amené sur les lieux puis abandonné à son sort en toute hâte. L'on peut en déduire qu'il a été envoyé de l'étranger tout exprès pour perpétrer cet attentat. Et l'on en vient forcément à conclure qu'il ne connaissait pas assez bien l'anglais pour demander son chemin, à moins d'admettre l'hypothèse fantaisiste qu'il ait été sourd-muet. Je me demande maintenant... mais c'est sans intérêt. Il est certain qu'il s'est tué par accident. Ce n'est pas un accident extraordinaire. Mais il subsiste un petit fait qui, lui, est extraordinaire : l'adresse inscrite sur ses vêtements, découverte elle aussi par le plus grand des hasards. C'est un petit fait incroyable, tellement incroyable que, si nous parvenons à en trouver l'explication, nous connaîtrons le fond de l'affaire. Au lieu de donner l'ordre à Heat de poursuivre l'enquête, j'ai l'intention de rechercher moi-même cette explication - personnellement, j'entends - à l'endroit où elle a des chances de se trouver. C'est-à-dire dans certaine boutique de Brett Street et sur les lèvres de certain agent secret qui fut jadis l'espion de confiance particulier de feu le baron Stott-Wartenheim, ambassadeur d'une grande puissance auprès de la cour de St. James.

Le Commissaire Adjoint marqua une pause, puis ajouta :

- Ces individus sont une véritable calamité.

Afin de porter son regard tombant au niveau du visage de son interlocuteur, le Personnage devant la cheminée avait petit à petit rejeté la tête en arrière, ce qui lui donnait un aspect particulièrement altier.

- Pourquoi ne pas laisser cela à Heat ?

- Parce qu'il est l'un des anciens du service. Ils ont leur moralité particulière. Ma façon de mener cette enquête lui ferait l'effet d'une grave entorse à notre règle. Pour lui, le devoir tout simple est d'attribuer le délit au plus grand nombre possible d'anarchistes d'après les quelques petits indices qu'il a pu recueillir sur les lieux ; alors que moi, dirait-il, je penche pour leur innocence. Je m'efforce d'être aussi clair que je le puis en vous présentant cette affaire obscure sans vous encombrer de détails.

- Vous croyez qu'il penserait cela ? murmura l'orgueilleux visage de sir Ethelred du haut de sa taille.

- Je le crains, et avec une indignation et un dégoût que ni vous ni moi ne pouvons imaginer. C'est un excellent serviteur. Nous ne devons pas mettre sa fidélité à l'épreuve sans nécessité. C'est toujours une erreur. En outre, je désire avoir toute liberté d'action, davantage qu'il ne serait sans doute opportun d'en accorder à l'Inspecteur en Chef Heat. Je n'ai aucun désir d'épargner ce Verloc. J'imagine qu'il sera fort surpris de se voir reprocher aussi vite son rôle dans cette affaire, quel que soit ce rôle. Il ne sera pas très difficile de lui faire peur. Mais notre objectif véritable se situe quelque part au-dessus de lui. J'ai besoin de votre autorisation pour lui donner toutes assurances que je croirai nécessaires concernant sa sécurité personnelle.

- C'est certain, dit le Personnage devant la cheminée. Découvrez tout ce que vous pourrez ; et, pour ce faire, agissez comme vous l'entendrez.

- Je dois m'y employer sans perdre une minute, ce soir même, dit le Commissaire Adjoint.

Sir Ethelred glissa une main sous les basques de sa jaquette et releva la tête en fixant sur lui un regard attentif.

- La séance durera tard, ce soir, dit-il. Si nous ne sommes pas rentrés, venez jusqu'à la Chambre m'apporter vos découvertes. Je dirai à Toodles de vous guetter. Il vous fera entrer dans mon bureau.

La nombreuse famille et les relations du jeune secrétaire particulier nourrissaient pour lui l'espoir d'une haute et austère destinée. En attendant, le milieu social qu'il honorait de sa présence pendant ses heures de loisir lui donnait avec affection le surnom ci-dessus mentionné. Et sir Ethelred, qui l'entendait chaque jour (surtout à l'heure du *breakfast*) sur les lèvres de sa femme et de ses filles, lui avait accordé la dignité d'une véritable adoption.

Le Commissaire Adjoint fut surpris et très reconnaissant.

- Je vous apporterai sûrement mes découvertes à la Chambre, en espérant que vous aurez le temps de...

- Je n'aurai pas le temps, coupa le grand personnage. Mais je vous verrai. Pour l'heure, je dois partir. Et vous aussi ?

- Oui, sir Ethelred. Je crois que c'est la meilleure manière de faire.

Le Personnage avait tellement rejeté la tête en arrière que, pour garder le Commissaire Adjoint dans son champ de vision, il devait presque fermer les yeux.

- Hem ! Ah ! Et comment avez-vous le projet de... ? Avez-vous l'intention de vous déguiser ?

- Pas vraiment ! Je changerai de vêtements, bien sûr.

- Bien sûr, répéta le grand homme avec une hauteur distraite.

Il tourna lentement sa large tête et jeta par-dessus son épaule un regard oblique vers la lourde pendule de marbre au tic-tac faible et subreptice. Les aiguilles dorées avaient pris la liberté de progresser dans son dos de vingt-cinq bonnes minutes.

Le Commissaire Adjoint, qui ne pouvait les voir, était entre-temps devenu un peu nerveux. Mais le grand homme lui présenta un visage calme et serein.

- Très bien, dit-il.

Et il se tut, comme s'il dédaignait délibérément la pendule officielle. Mais, qu'est-ce qui vous a aiguillé dans cette direction, au début ?

- Mon opinion a toujours été..., commença le Commissaire Adjoint.

- Ah oui ! L'opinion. Bien entendu. Mais quel motif précis ?

- Comment vous dire, sir Ethelred ? La méfiance d'un homme neuf envers les vieilles méthodes. Un désir de renseignements de première main. Un peu d'impatience. C'est mon travail de toujours, mais l'entourage est différent. Cela m'a un peu chatouillé en un ou deux points sensibles.

- J'espère que vous réussirez là-bas, dit avec bonté le grand homme en lui tendant la main, douce au toucher mais vaste et puissante comme celle d'un cultivateur professionnel.

Le Commissaire Adjoint la serra et se retira.

Dans l'antichambre, Toodles, qui attendait, perché sur un coin de table, s'avança vers lui en mettant un frein à sa fougue naturelle.

- Alors ? Vous êtes satisfait ? demanda-t-il avec une importance désinvolte.

- Très. Vous avez acquis ma gratitude éternelle, répondit le Commissaire Adjoint dont le long visage paraissait de bois par contraste avec la nature particulière de la gravité de l'autre, qui semblait toujours sur le point de se résoudre en fossettes et en éclats de rire.

- Tant mieux. Mais, sérieusement, vous ne pouvez savoir comme il est exaspéré par les attaques contre sa loi sur la nationalisation des Pêcheries. On prétend que c'est un début de révolution sociale. Bien sûr, c'est une mesure révolutionnaire. Mais ces gens n'ont aucune correction. Les attaques personnelles...

- Je lis les journaux, observa le Commissaire Adjoint.

- Détestable, n'est-ce pas ? Et vous n'avez pas idée de la somme de travail qu'il doit fournir chaque jour ! Il fait tout par lui-même. Il semble incapable de faire confiance à quiconque pour ces Pêcheries.

- Et pourtant, il a consacré une grande demi-heure à s'occuper de mon très menu fretin, jeta le Commissaire Adjoint.

- Si menu que ça, vraiment ? Je suis heureux de l'apprendre. Mais, dans ce cas, il est dommage que vous ne vous soyez pas abstenu de venir. Ce combat le met tout à fait hors de lui. Cet homme est épuisé. Je m'en rends compte à la manière dont il pèse sur mon bras en marchant. Et, dites-moi, est-il en sécurité dans les rues ? Mullins a déployé ses hommes ici cet après-midi. Il y a un agent en faction à chaque réverbère, et la moitié des gens que l'on croise entre ici et Palace Yard sont de toute évidence des flics en civil. Cela va le rendre nerveux. Dites-moi, ces sales étrangers ne vont-ils pas lui lancer une bombe ? Ce serait une catastrophe nationale. Le pays a absolument besoin de lui.

- Sans parler de vous. Il vous donne le bras, glissa tranquillement le Commissaire Adjoint. Vous sauteriez tous les deux.

- Ce serait une manière facile d'entrer dans l'Histoire, pour un jeune homme. Il n'y a pas eu assez de ministres anglais assassinés pour que l'on puisse qualifier cela d'incident mineur. Mais, sérieusement... ?

- J'ai peur, si vous tenez à entrer dans l'Histoire, que vous ne soyez obligé de réaliser quelque chose par vous-même. Sérieusement, il n'y a pour vous deux d'autre danger que celui d'un excès de travail.

L'aimable Toodles salua avec joie cette invitation à rire.

- Les Pêcheries ne me tueront pas. Je suis habitué à travailler tard, déclara-t-il avec une légèreté candide.

Puis, pris d'une componction soudaine, il arbora un air morose d'homme d'État, comme quelqu'un enfile ses gants.

- Sa puissante intelligence lui permet d'assumer n'importe quelle tâche. Ce sont ses nerfs qui m'inquiètent. La bande des réactionnaires, avec ce détestable animal de Cheeseman à sa tête, l'insulte chaque soir.

- S'il s'entête à amorcer une révolution ! murmura le Commissaire Adjoint.

- Le moment est propice, et il est le seul homme capable d'accomplir ce travail, protesta le révolutionnaire Toodles, s'enflammant sous le regard calme et réfléchi du Commissaire Adjoint.

Quelque part dans un couloir, une sonnette lointaine émit un tintement pressant et, avec une vigilance fidèle, le jeune homme dressa l'oreille.

- Le voici prêt à partir, dit-il dans un murmure.

Puis il saisit son chapeau et disparut de la pièce.

Le Commissaire Adjoint sortit par une autre porte, d'un pas moins élastique. Il traversa de nouveau la large avenue, suivit une rue étroite et pénétra rapidement dans le bâtiment de son service. Il maintint ce pas accéléré jusqu'à la porte de son bureau personnel. Il l'avait à peine refermée que son regard inspecta la table. Il resta un instant immobile puis s'en approcha, jeta un regard circulaire sur le sol, s'assit dans son fauteuil, sonna et attendit.

- L'Inspecteur en Chef Heat est déjà parti ?

- Oui, monsieur. Il y a une demi-heure.

D'un signe, il dit :

- Vous pouvez disposer.

Et, restant assis sans bouger, son chapeau rejeté en arrière, il songea que cela ressemblait bien à Heat de s'être permis d'emporter la seule pièce à conviction. Mais il pensa cela sans animosité. Les vieux serviteurs estimés s'autorisent des libertés. Le fragment de pardessus, où figurait l'adresse, n'était assurément pas une chose à laisser traîner n'importe où. Chassant de son esprit cette manifestation de méfiance de l'Inspecteur Heat, il rédigea et fit porter un mot à sa femme, la priant de l'excuser auprès de la grande dame de Michaelis, qui les avait invités à dîner pour ce soir-là.

Dans une sorte d'alcôve fermée par un rideau, où il y avait un lavabo, une rangée de patères et une étagère, il endossa une veste courte et un petit chapeau rond qui accentuait la longueur de son grave visage brun. Il revint dans la pleine lumière du bureau, incarnation d'un don Quichotte pondéré, réfléchi, avec les yeux enfoncés d'un enthousiaste sombre et une allure très décidée. Il quitta la scène de son labeur quotidien, rapide comme un fantôme discret. Sa descente dans la rue faisait penser à un plongeon dans un aquarium gluant dont on aurait vidé l'eau. Une humidité noirâtre et sinistre l'enveloppa. Les murs des maisons étaient mouillés, la boue luisait sur la chaussée avec des lueurs phosphorescentes et lorsque, abandonnant une petite rue, il déboucha sur le Strand près de la gare de Charing Cross, il s'intégra au génie des lieux. On eût pu le prendre pour l'un de ces curieux spécimens étrangers qui rôdent par là dans les recoins obscurs.

Il s'arrêta au bord du trottoir et attendit. Son regard avisé avait distingué l'approche rampante d'un *cab* au milieu du mouvement confus des lumières et des vitrines de l'artère. Il ne fit aucun signe ; mais lorsque le marchepied glissa le long du trottoir jusqu'à ses pieds, il se faufila avec agilité à côté de la grande roue qui tournait encore et, par la petite trappe, il jeta un ordre avant que l'homme juché sur son perchoir eût réalisé qu'il avait embarqué un client.

Ce ne fut pas un long parcours. Il se termina par un signal soudain, en aucun lieu précis, entre deux réverbères et devant un magasin de drapier - une longue rangée de boutiques déjà protégées pour la nuit par des grilles de fer forgé. Le client tendit une pièce de monnaie par la trappe et disparut, laissant au cocher l'impression d'avoir transporté un curieux fantôme excentrique. La taille de la pièce de monnaie lui parut satisfaisante au toucher et, n'ayant pas de connaissances littéraires, il ne fut pas troublé par la crainte de la voir se transformer en une feuille morte dans sa poche. Situé par la nature de son métier au-dessus du niveau de ses clients, il n'observait leur comportement qu'avec un intérêt limité. Le demi-tour brusque qu'il fit opérer à son cheval exprima sa philosophie.

Pendant ce temps, le Commissaire Adjoint passait déjà sa commande à un serveur dans un petit restaurant italien au coin de la rue - un de ces attrape-nigauds pour les affamés, pièce longue et étroite dotée d'une perspective de miroirs et de nappes blanches, sans air, mais avec une atmosphère particulière, une atmosphère de mauvaise cuisine prenant l'humanité abjecte au piège du plus pressant de ses besoins. Dans cette ambiance délétère, le Commissaire Adjoint, qui songeait à son entreprise, sembla perdre encore un peu plus son identité. Il avait un sentiment de solitude, de liberté volée. C'était assez agréable. Lorsque, ayant payé son bref repas, il se leva pour attendre la monnaie, il se vit dans l'un des miroirs et fut surpris de ne pas se reconnaître. Il contempla son image avec un regard interrogateur et mélancolique puis, pris d'une inspiration subite, releva le col de sa veste. Cette modification lui parut opportune, et il la compléta en retournant vers le haut les pointes de sa moustache noire. Le changement subtil apporté à sa personne par ces petites nouveautés lui donna satisfaction. « Ça ira très bien, se dit-il. Je vais me mouiller, attraper quelques éclaboussures... »

Il prit conscience de la présence du serveur à son côté et de la petite pile de pièces d'argent au bord de la table devant lui. Le serveur le regardait d'un œil, tandis que de l'autre il suivait le dos élancé d'une grande fille pas très jeune qui se dirigeait vers une table éloignée avec l'air de ne rien voir et d'être tout à fait inabordable. Il semblait que ce fût une habituée de l'établissement.

Pendant qu'il sortait, le Commissaire Adjoint songea que les clients de ce restaurant avaient perdu par la fréquentation de sa cuisine frelatée toutes leurs caractéristiques nationales et personnelles. Et c'était étrange, les restaurants italiens étant une institution typiquement britannique. Mais, par toutes les conditions d'une respectabilité non estampillée, ces gens avaient perdu leur nationalité, comme les plats posés devant eux. D'ailleurs, leur personnalité n'était estampillée d'aucune façon, ni professionnelle, ni sociale, ni raciale. Ils semblaient créés pour le restaurant italien, à moins que par hasard le restaurant italien eût été créé pour eux. Mais cette dernière hypothèse était impensable, car il était impossible de les localiser ailleurs que dans ces établissements particuliers. On ne rencontrait jamais ailleurs ces personnages énigmatiques. Il était impossible d'imaginer leurs occupations dans la journée, pas plus que le lieu où ils dormaient la nuit. Or, lui-même se trouvait aussi déplacé. Nul n'aurait pu deviner sa profession. Quant au lieu où il dormirait, lui-même l'ignorait ; non en ce qui concernait son domicile, mais en raison de l'heure à laquelle il lui serait possible d'y retourner. Un sentiment agréable d'indépendance le posséda lorsqu'il entendit la porte vitrée se refermer derrière lui avec un bruit sourd et étouffé.

Il se plongea aussitôt dans une immensité de boue gluante et de plâtre humide parsemée de lampes et enveloppée, opprimée, pénétrée, oppressée, suffoquée, par l'obscurité d'une nuit londonienne pluvieuse composée de suie et de gouttes de pluie.

Brett Street n'était pas très loin. Étroite, elle débutait sur un côté d'un espace triangulaire entouré de maisons sombres et mystérieuses, temples de petits commerces désertés pour la nuit. Seul l'étalage d'un marchand de fruits, à l'angle, faisait une tache de couleur violemment éclairée. Plus loin, tout était noir, et les quelques passants allant dans cette direction disparaissaient en une seule enjambée au-delà des tas colorés d'oranges et de citrons. On n'entendait - et on n'entendrait plus jamais - le bruit de leurs pas. Le chef audacieux de la Section Criminelle Spéciale suivait de loin leur disparition d'un regard intéressé. Il se sentait le cœur léger comme s'il était seul en embuscade dans la jungle, à des milliers de kilomètres des bureaux et des encriers du service. Cette joie et cette dispersion de ses pensées devant un travail d'une certaine importance semblent prouver que notre petit univers n'est somme toute pas une affaire bien sérieuse. Car le Commissaire Adjoint n'avait pas un tempérament enclin à la légèreté.

L'agent de police de garde profila sa sombre silhouette mouvante contre l'éclat lumineux des oranges et des citrons, puis s'enfonça sans hâte dans Brett Street. Comme s'il faisait partie de la classe criminelle, le Commissaire Adjoint resta dans l'ombre pour attendre son retour. Mais ce policier semblait perdu à jamais. Il ne reparut pas : sans doute était-il sorti de Brett Street à son autre extrémité.

Parvenu à cette conclusion, le Commissaire Adjoint entra à son tour dans la rue, où il vit un grand véhicule arrêté devant la vitrine faiblement éclairée d'un bistrot pour charretiers. L'homme se désaltérait à l'intérieur, et les chevaux, leur longue tête baissée jusqu'au sol, mangeaient assidûment dans leur musette. Plus loin, de l'autre côté de la rue, une autre tache de lumière faible éclairait la vitrine de Verloc, pleine de journaux suspendus, d'amas informes de boîtes de carton et de livres. Le Commissaire Adjoint observa tout cela du trottoir opposé. Il ne pouvait y avoir erreur. À côté de la vitrine centrale, occupée par les ombres d'objets indéfinissables, la porte entrebâillée laissait échapper sur la chaussée l'étroite bande lumineuse d'un bec de gaz allumé à l'intérieur.

Derrière le Commissaire Adjoint, le véhicule et les chevaux formaient une masse compacte et ressemblaient à une chose vivante - un monstre noir au dos carré bloquant la moitié de la rue, avec de soudains piétinements de sabots ferrés, des cliquetis métalliques et de lourds soupirs. On voyait à l'autre bout de Brett Street, au-delà d'une rue large, la lumière outrageusement alléchante d'une grande et prospère taverne. Cette barrière éclatante, contrastant avec l'ombre accumulée autour de l'humble demeure du bonheur conjugal de Mr. Verloc, semblait refouler l'obscurité dans la rue, la rendre plus triste, inquiétante, lugubre.

8

À force de les importuner, la mère de Mrs. Verloc avait réussi à introduire un peu de chaleur dans l'intérêt glacial qu'elle inspirait à plusieurs épiciers en gros (les relations, jadis, de feu son pauvre mari) et avait fini par se faire admettre dans l'un des établissements de bienfaisance qu'un riche aubergiste avait fondés pour les veuves démunies de leurs anciens confrères.

Ce but, conçu dans la sagesse de son cœur insatisfait, la vieille femme l'avait poursuivi en secret et avec détermination. C'était l'époque où sa fille Winnie ne pouvait s'empêcher de dire à Mr. Verloc que « Maman a dépensé la semaine dernière plus de cinq shillings par jour pour des courses en fiacre ». Cette remarque n'était pas un reproche. Winnie respectait les fatigues de sa mère. Elle était seulement un peu surprise de ce besoin soudain de circuler. Mr. Verloc, qui était assez large à sa façon, avait repoussé avec impatience cette information qui troublait ses méditations. Celles-ci étaient fréquentes, profondes et prolongées ; elles avaient trait à une question plus importante que cinq shillings. Nettement plus importante et incomparablement plus difficile à considérer sous tous ses aspects avec une sérénité philosophique.

Une fois son but atteint en cachette et avec astuce, l'héroïque vieille dame avait tout avoué à Mrs. Verloc. Son cœur battait, et son âme était triomphante. En son for intérieur, elle tremblait, car elle craignait et admirait la nature calme et réservée de sa fille Winnie dont les contrariétés s'exprimaient par une grande diversité de silences redoutables. Mais elle n'autorisa pas ses appréhensions inexprimées à lui ôter l'avantage de la placidité vénérable conférée à sa personne par son triple menton, l'ampleur mouvante de son vieux corps et l'impotence de ses jambes.

Le choc causé par cette information fut tellement imprévu que, contrairement à son habitude lorsqu'on lui parlait, Winnie interrompit la tâche ménagère qu'elle était en train d'accomplir. Elle époussetait les meubles de l'arrière-boutique. Elle se retourna vers sa mère.

- Pourquoi diable as-tu fait cela ? s'écria-t-elle avec une surprise scandalisée.

Il fallait que le choc eût été sévère pour qu'elle se fût départie de cette résignation distante aux événements qui était sa force et sa sauvegarde dans la vie.

- N'étais-tu pas bien ici ?

Elle s'était laissée aller à poser ces questions ; mais, aussitôt après, elle retrouva la cohérence de son attitude et reprit son dépoussiérage tandis que la vieille dame, muette et craintive, restait assise sous son bonnet d'un blanc douteux et sa terne perruque brune.

Winnie termina l'époussetage des sièges et passa son chiffon le long du dossier d'acajou du canapé rembourré de crin sur lequel Mr. Verloc aimait prendre ses aises avec son pardessus et son chapeau. Elle était attentive à son travail ; pourtant, elle se permit bientôt une nouvelle question :

- Comment as-tu pu réussir, Maman ?

Comme cela n'affectait pas le fond des choses, que Mrs. Verloc avait pour principe d'ignorer, cette curiosité était excusable. Elle ne portait que sur les moyens utilisés. La vieille femme l'accueillit avec satisfaction, car c'était une chose dont on pouvait parler sans détours.

Elle gratifia sa fille d'une réponse exhaustive pleine de noms, enrichie de commentaires annexes sur les ravages du temps qui se révèlent par la modification des comportements. Les noms étaient surtout ceux d'épiciers en gros, « les amis de ton pauvre papa, ma chérie ». Elle s'attarda avec un plaisir particulier sur la bonté et la gentillesse d'un gros brasseur de bière, Baronet et M.P., président des membres directeurs de la Bienfaisance. Si elle s'exprimait avec une telle chaleur, c'est qu'elle avait pu s'entretenir, sur rendez-vous, avec son secrétaire particulier, « un monsieur très poli, tout en noir, avec une voix douce et triste, mais si maigre et si calme ! On eût cru voir une ombre, ma chérie. »

Winnie, qui avait continué d'épousseter jusqu'à la fin du récit, passa comme d'habitude de l'arrière-boutique dans la cuisine (deux marches à descendre) sans le moindre commentaire.

Après avoir versé quelques larmes en signe de satisfaction devant la mansuétude de sa fille dans cette affaire d'importance, la mère de Mrs. Verloc donna libre cours à sa sagacité en dirigeant la répartition de ses meubles, car le mobilier lui appartenait ; et elle eût parfois souhaité que ce ne fût pas le cas. L'héroïsme, c'est parfait, mais il y a des circonstances où la possession de quelques tables, fauteuils, lits de cuivre, etc. peut être lourde de conséquences lointaines désastreuses. Elle avait besoin de quelques meubles car la Fondation qui, sur ses instances réitérées, la prenait dans son sein charitable, ne fournissait aux objets de sa sollicitude que quelques planches nues et des briques revêtues de papiers bon marché. La délicatesse qui lui fit porter son choix sur les pièces de mobilier de moindre valeur et en mauvais état passa inaperçue parce que la philosophie de Winnie consistait à ne pas s'attarder sur le fond des choses ; elle tint pour acquis que sa mère prenait ce qui lui convenait le mieux. Quant à Mr. Verloc, l'intensité de sa méditation, telle une sorte de muraille de Chine, l'isolait totalement des péripéties de cet univers d'efforts vains et d'apparences illusoires.

Son choix fait, elle fut embarrassée d'une manière particulière au sujet du mobilier restant. Elle le laissait à Brett Street, bien évidemment. Mais elle avait deux enfants. Winnie avait tout le nécessaire, en raison de son union raisonnable avec cet excellent mari, Mr. Verloc. Stevie n'avait rien - et était un peu spécial. Sa situation devait être considérée au-delà des droits de la justice légale, et même des impulsions de partialité. La possession des meubles ne serait en aucun cas un don ; il devait les avoir, le pauvre garçon. Mais les lui donner équivaudrait à modifier sa situation de dépendance totale. C'était une sorte de droit qu'elle redoutait d'affaiblir. En outre, Mr. Verloc serait peut-être vexé de devoir à son beau-frère les sièges sur lesquels il s'asseyait. Par sa longue expérience des pensionnaires, la mère de Mrs. Verloc s'était fait une opinion triste mais résignée des côtés étranges de la nature humaine. Qu'arriverait-il si, tout à coup, à cause de cela, Mr. Verloc prenait la fantaisie de dire à Stevie d'emporter ailleurs ses bouts de bois ? D'un autre côté, un partage, même fait avec le plus grand soin, pourrait offenser Winnie. Non, Stevie devait rester démuni et dépendant. Donc, au moment de quitter Brett Street, elle avait dit à sa fille :

- Inutile d'attendre que je sois morte, n'est-ce pas. Tout ce que je laisse ici est à toi désormais, ma chérie.

Son chapeau sur la tête, silencieuse derrière sa mère, Winnie finissait d'arranger le col du manteau de la vieille dame. Elle prit son sac et son parapluie, le visage impassible. Le moment était venu de dépenser la somme de trois shillings six pence pour régler ce qui pourrait bien être pour la mère de Mrs. Verloc la dernière course en fiacre de sa vie. Elles franchirent la porte du magasin.

Le véhicule qui les attendait aurait fort bien pu illustrer l'adage affirmant que « la réalité peut être plus cruelle que la caricature », si un tel adage existait. Rampant derrière un cheval boîteux, une guimbarde de la ville s'arrêta sur des roues branlantes, avec sur le siège un cocher amputé d'un bras. Ce dernier détail se révéla un peu embarrassant. Quand elle découvrit un crochet de métal dépassant de la manche gauche de l'homme, la mère de Mrs. Verloc perdit soudain son courage héroïque. Elle n'était pas sûre de pouvoir affronter cela.

- Qu'en penses-tu, Winnie ?

Elle hésitait à avancer. Les protestations véhémentes du cocher au gros visage semblaient émaner d'une gorge fermée. Penché hors de son siège, il murmurait avec une indignation mystérieuse. Qu'est-ce qu'il y avait ? Était-il possible de traiter un homme de cette façon ? Sa figure énorme et mal lavée jetait des flammes au-dessus de la rue boueuse. Lui aurait-on accordé sa licence, demandait-il désespérément, si...

L'agent de police de service l'apaisa d'un regard amical ; puis, s'adressant aux deux femmes sans trop de considération, il dit :

- Il y a vingt ans qu'il conduit un fiacre. Je ne l'ai jamais vu avoir un accident.

- Un accident ! cria le cocher dans un murmure méprisant.

Le témoignage du *policeman* régla la question. Le petit attroupement de sept personnes, des adolescents pour la plupart, se dispersa. Winnie monta dans le fiacre avec sa mère. Stevie grimpa sur le siège. Son regard éploré et sa bouche béante révélaient son état d'esprit dans cette circonstance. Dans les rues étroites, les passagères de la voiture purent se rendre compte de sa progression en voyant les façades des maisons proches défiler en cahotant dans un grand tintamarre de cliquetis, comme si elles étaient prêtes à s'écrouler derrière le fiacre ; les harnais de la haridelle ballottaient sur sa colonne vertébrale saillante, lui battant les jambes et paraissant limer ses sabots avec une patience infinie. Ensuite, dans l'espace plus vaste de Whitehall, tout mouvement devint imperceptible. Le tintamarre continua sans trêve tout au long du bâtiment du Trésor, et le temps lui-même parut s'arrêter.

Winnie dit enfin :

- Ce n'est pas un très bon cheval.

Son regard immobile brillait dans la pénombre du fiacre. Sur le siège, Stevie commença par fermer la bouche avant de pouvoir prononcer d'une voix ferme :

- Non.

Le cocher, qui tenait haut les rênes enroulées autour du crochet de fer, ne répondit rien. Peut-être n'avait-il pas entendu. La poitrine de Stevie se gonfla.

- Pas le fouet.

L'homme tourna lentement son visage marbré, émaillé de poils blancs. Ses petits yeux rouges larmoyaient. Ses lèvres étaient violettes. Il ne les ouvrit pas. Du dos de la main sale qui tenait le fouet, il essuya la toison qui germait sur son énorme menton.

- Il ne faut pas, bégaya violemment Stevie. Ça fait mal.

- Il ne faut pas ? murmura l'autre pensivement, et il abattit instantanément son fouet.

Il le fit, non parce que son âme était cruelle et son cœur mauvais, mais parce qu'il lui fallait gagner le prix de sa course. Et, pendant un moment, l'édifice de St. Stephen, avec ses clochers et ses pignons, contempla en silence et dans l'immobilité un fiacre cahotant, qui avançait pourtant. Mais, sur le pont, il y eut une secousse. Stevie entreprenait tout à coup de descendre du siège. On entendit des cris sur le trottoir, des gens s'approchèrent en courant, le cocher tira sur les rênes en marmonnant des jurons de surprise et d'indignation.

Winnie baissa la glace, passa la tête au-dehors, blême comme un fantôme. Dans le fond de la voiture, sa mère, inquiète, s'écria :

- Est-ce que le petit est blessé ? Est-ce que le petit est blessé ?

Stevie n'était pas blessé ; il n'était même pas tombé, mais comme toujours l'énervement lui ôtait le pouvoir de parler de manière cohérente. Il ne sut que bredouiller à la portière :

- Trop lourd. Trop lourd.

Winnie lui posa la main sur l'épaule :

- Stevie ! Remonte tout de suite sur le siège et ne t'avise plus d'en descendre.

- Non. Non. Marcher. Il faut marcher.

En s'efforçant d'expliquer la nature de cette nécessité, il tomba dans l'incohérence totale. Aucune impossibilité physique ne l'empêchait de satisfaire son caprice. Stevie aurait été capable de marcher au pas du cheval bancal sans perdre souffle. Mais sa sœur maintint son interdiction formelle. Quelle idée ! A-t-on jamais vu chose pareille ! Courir à côté d'un fiacre ! Sa mère, effrayée et impuissante au fond de la guimbarde, supplia :

- Oh ! ne le laisse pas faire, Winnie ! Il se perdra. Ne le laisse pas faire.

- Sûrement pas. Et quoi encore ? Mr. Verloc sera très mécontent d'apprendre cette bêtise, Stevie, je peux te le dire. Il ne sera pas du tout content.

L'idée de la contrariété et du chagrin de Mr. Verloc pesant comme de coutume de tout son poids sur la nature essentiellement docile de Stevie, il renonça à toute résistance et remonta sur le siège avec une expression désespérée.

Le cocher tourna vers lui son gros visage furieux et congestionné :

- Ne t'avise pas d'essayer de rejouer à ce petit jeu imbécile, jeune homme.

Soulagé par ce murmure sévère et étranglé, il continua de mener son cheval, songeur et solennel. Cet incident lui demeurait obscur. Mais son intelligence, bien qu'elle eût perdu son ancienne vivacité au cours des années abrutissantes d'exposition au mauvais temps, ne manquait ni de bon sens ni d'indépendance. Il chassa gravement de son esprit l'hypothèse que Stevie fût un petit voyou ayant trop bu.

À l'intérieur du *cab*, le silence dans lequel les deux femmes avaient enduré épaule contre épaule le bruit et les cahots de la course avait été rompu par l'incartade de Stevie. Winnie éleva la voix :

- Tu as fait comme tu l'entendais, maman. Tu ne pourras t'en prendre qu'à toi si plus tard tu es malheureuse. Et je pense que tu le seras ; je le crains. N'étais-tu pas bien, à la maison ? Qu'est-ce que les gens vont penser de nous en voyant que tu as ainsi recours à la Bienfaisance ?

- Ma chérie, cria ardemment la vieille femme pour dominer le bruit, tu as été la meilleure des filles. Quant à Mr. Verloc, là...

Incapable de trouver des mots susceptibles d'exprimer la perfection de Mr. Verloc, elle leva son vieux regard plein de larmes vers le toit du fiacre. Puis elle détourna la tête, affectant de regarder par la portière pour voir si l'on avançait ; la progression du véhicule était insignifiante et se déroulait tout contre le trottoir. La nuit, la précoce nuit sale, la sinistre, bruyante, désespérante nuit agitée du sud de Londres, l'avait rattrapée pendant son dernier parcours en fiacre. Dans la lueur de l'éclairage au gaz des boutiques basses, ses grosses joues prenaient une teinte orangée sous son bonnet noir et mauve.

Le teint de la mère de Mrs. Verloc avait viré au jaune avec l'âge et par suite d'une fragilité de son foie favorisée par les épreuves d'une existence difficile, d'abord comme épouse, ensuite comme veuve. Elle avait une peau qui, lorsqu'elle rougissait, prenait un ton orangé. Et cette femme, vraiment simple mais endurcie par l'adversité, d'un âge en outre où l'on ne rougit plus guère, avait positivement rougi devant sa fille. Dans l'intimité d'une voiture, en route pour un logis de bienfaisance (parmi bien d'autres) qui, par son exiguïté et son équipement rudimentaire, aurait pu être conçu par bonté comme un lieu préparant aux dimensions encore plus étroites du cercueil, elle se vit contrainte de dissimuler à sa propre enfant qu'elle avait rougi de honte et de remords.

Que penseraient les gens ? Elle savait fort bien ce qu'ils pensaient, les gens auxquels songeait Winnie - les vieux amis de son mari, d'autres aussi dont elle avait sollicité l'intérêt avec un succès si flatteur. Elle n'avait jamais cru être aussi douée pour demander la charité. Mais elle devinait très bien ce que l'on avait déduit de sa démarche réussie. À cause de cette pudeur qui coexiste avec une brutalité agressive dans la nature masculine, on n'avait pas poussé très loin le questionnaire sur sa situation financière. Elle y avait mis un terme en pinçant ostensiblement les lèvres et en manifestant une émotion que le silence rendait éloquente. Et, soudain, les hommes n'avaient plus montré de curiosité, à leur façon masculine. Elle s'était plus d'une fois félicitée de ne pas avoir affaire à des femmes qui, étant par nature plus cruelles et avides de détails, eûssent désiré être exactement informées des méchancetés de sa fille et de son gendre qui l'avaient réduite à une telle extrémité. En la seule présence du secrétaire du grand brasseur M.P. et président de la Bienfaisance qui, agissant en ses lieu et place, se sentait tenu en conscience de se renseigner sur la situation réelle de la demanderesse, elle avait éclaté en bruyants sanglots, comme peut pleurer une femme aux abois. Après l'avoir contemplée, l'air soudain sidéré, ce monsieur mince et courtois avait changé d'attitude, avec des remarques apaisantes. Elle ne devait pas s'inquiéter. Le règlement de la Bienfaisance ne stipulait pas expressément « des veuves sans enfants ». En réalité, cela ne la disqualifiait pas. Mais la discrétion du Comité se devait d'être une discrétion informée. On pouvait fort bien comprendre son désir de ne pas être un fardeau, etc. Sur quoi, à la grande déconvenue de cet homme, les larmes de la mère de Mrs. Verloc avaient redoublé.

Les pleurs de cette grosse femme avec sa perruque brune poussiéreuse et sa vieille robe de soie bordée de dentelle de coton d'un blanc douteux étaient les pleurs d'une détresse authentique. Elle avait pleuré parce qu'elle était courageuse, sans scrupules et pleine d'amour pour ses deux enfants. Les filles sont souvent sacrifiées au bénéfice des garçons. Dans ce cas particulier, elle sacrifiait Winnie. En dissimulant la vérité, elle la calomniait. Bien sûr, Winnie était libre et n'avait pas à se soucier de l'opinion de personnes qu'elle ne connaîtrait jamais et qui ne la connaîtraient jamais ; alors que le pauvre Stevie n'avait rien sur cette terre dont il pût revendiquer la possession, sinon l'héroïsme et l'absence de scrupules de sa mère.

Le sentiment de sécurité qui avait suivi le mariage de Winnie s'était émoussé avec le temps (car rien ne dure) et, dans la solitude de sa chambre sur la cour, la mère de Mrs. Verloc s'était souvenue de l'enseignement de cette expérience que la vie donne aux veuves. Mais elle s'en était souvenue sans vaine amertume ; sa réserve de résignation atteignait presque à la dignité. Elle songea stoïquement que tout s'use et se dégrade en ce bas monde ; qu'il fallait aplanir les chemins de la bonté pour ceux qui y avaient de bonnes dispositions ; que sa fille Winnie était une sœur très aimante et une épouse vraiment pleine d'assurance. En ce qui concernait l'amour fraternel de Winnie, son scepticisme flanchait. Elle n'appliquait pas à ce sentiment la règle qui décrète la ruine de toutes choses humaines, et même de certaines choses divines. Elle ne pouvait s'en empêcher ; le contraire l'eût trop effrayée. Mais lorsqu'elle considéra les conditions de la vie conjugale de sa fille, elle repoussa avec fermeté toute illusion optimiste. Elle songea froidement, avec bon sens, que moins l'on demanderait à la bonté de Mr. Verloc, plus longtemps celle-ci aurait des chances de s'exercer. Cet excellent homme aimait sa femme, bien sûr, mais il préférerait sans nul doute ne conserver autour de lui qu'un nombre restreint des membres de sa famille, afin de ne pas nuire à l'expression convenable de ce sentiment. Il serait préférable que le pauvre Stevie fût le seul à en bénéficier. Et l'héroïque vieille femme se décida à quitter ses enfants comme à un acte d'amour et un geste de subtile politique.

La « vertu » de cette politique résidait en ceci (la mère de Mrs. Verloc était fine à sa manière) que les droits moraux de Stevie s'en trouveraient renforcés. Le pauvre garçon - un brave garçon, utile, bien qu'un peu particulier - n'occupait pas une place suffisante. On l'avait pris avec sa mère, un peu comme on avait pris le mobilier de la demeure de Belgravia et parce qu'il n'appartenait qu'à elle. Que se passerait-il, se demandait-elle, lorsqu'elle mourrait ? - car la mère de Mrs. Verloc n'était pas dépourvue d'une certaine imagination. Et cette question l'emplissait de terreur. Il était également redoutable de penser qu'elle n'aurait plus alors aucun moyen de savoir ce que devenait le pauvre enfant. En s'en allant ainsi, en le mettant sous la responsabilité de sa sœur, elle lui donnait l'avantage d'une situation dépendante indiscutable. Telle était l'exigence subtile de l'héroïsme et de l'absence de scrupules de la mère de Mrs. Verloc. Cet abandon apparent était en réalité une manière d'établir définitivement son fils dans la vie. D'autres personnes faisaient dans ce but des sacrifices financiers ; elle, elle les faisait de cette façon, qui était la seule possible. En outre, elle pourrait savoir comment cela fonctionnerait. Que cela tournât bien ou mal, elle s'éviterait une terrible incertitude à l'heure de la mort. Pourtant, c'était pénible, pénible, très douloureux.

Le fiacre craquait, trépidait, cahotait en tous sens ; ces ébranlements étaient vraiment extraordinaires. Par leur ampleur et leur violence anormales, ils excluaient toute sensation de marche en avant, et l'on eût pu se croire secoué dans un appareil immobile semblable à quelque méthode médiévale de châtiment des criminels, ou penser à quelque nouvelle découverte de thérapeutique pour les foies paresseux. C'était très angoissant ; et la voix de la mère de Mrs. Verloc, en s'élevant, sonna comme un cri de douleur.

- Dis-moi, ma chérie, tu viendras me voir aussi souvent que possible, n'est-ce pas ?

- Bien sûr, répondit brièvement Winnie, les yeux fixés devant elle.

Le fiacre passa en cahotant devant la façade enfumée et graisseuse d'une boutique éclairée où régnait une forte odeur de poisson frit.

La vieille femme émit une nouvelle plainte :

- Et, ma chérie, il faudra que je voie le petit tous les dimanches. Il acceptera bien de venir passer une journée avec sa vieille mère...

Winnie s'écria avec fermeté :

- Accepter ? Certes ! Tu vas cruellement manquer à ce malheureux enfant. Je regrette que tu n'aies pas pensé à cela, maman.

Ne pas y penser ! La courageuse femme eut l'impression d'avaler un méchant objet semblable à une boule de billard, qui avait tenté de sortir de sa gorge. Winnie resta un instant muette, regardant l'avant du *cab* d'un air morose, puis elle jeta sur un ton coléreux qui ne lui était pas habituel :

- Il va me donner du fil à retordre, au début. Il va être très agité...

- Quoi que tu fasses, ma chérie, ne le laisse pas importuner ton mari.

La discussion se poursuivit ainsi sur les conséquences familiales de cette situation nouvelle. Et le fiacre cahotait. La mère de Mrs. Verloc exprima un peu d'inquiétude. Pouvait-on être certain que Stevie serait capable d'effectuer seul un aussi long trajet ? Winnie dit qu'il était maintenant beaucoup moins « distrait ». Elles tombèrent d'accord sur ce point. C'était indéniable. Beaucoup moins, presque plus. Elles criaient ces propos dans les secousses avec une relative sérénité. Mais, tout à coup, l'anxiété maternelle reprit le dessus. Il y avait deux omnibus à prendre et un bout de route à faire à pied entre les deux. C'était trop difficile ! La vieille femme donna libre cours à sa peine et à sa désolation.

Winnie regardait toujours droit devant elle.

- Tu te fais beaucoup trop de souci, maman. Il est évident qu'il faudra que tu le voies.

- Tu as raison, ma chérie. Je vais m'efforcer de ne pas m'inquiéter.

Elle essuya des larmes abondantes.

- Mais tu n'auras pas le temps de venir avec lui, et s'il allait perdre la tête, s'égarer, ou si quelqu'un lui parlait avec rudesse, cela pourrait lui faire oublier son nom et son adresse, et l'on ne le retrouverait peut-être pas avant de longs jours...

La vision d'un dispensaire d'usine pour le pauvre Stevie, même si ce n'était que pendant le temps des recherches, lui déchirait le cœur. Car c'était une femme fière. Le regard de Winnie était devenu dur, intense, imaginatif.

- Je ne pourrai pas te l'amener moi-même chaque semaine, cria-t-elle. Mais ne te tracasse pas, maman. Je prendrai des dispositions pour que, s'il s'égare, cela ne dure pas longtemps.

Elles sentirent un grand choc ; des piliers de brique s'immobilisèrent devant les glaces des portières ; les deux femmes furent ahuries par l'arrêt soudain des secousses atroces et du bruit infernal. Que s'était-il passé ? Elles ne bougèrent pas, effrayées ; puis la portière s'ouvrit et elles entendirent un murmure rauque :

- Vous y voilà !

Une rangée de petites maisons à pignons, chacune avec une fenêtre jaune pâle au rez-de-chaussée, entourait un espace sombre planté d'arbustes, clôturé au niveau des jeux d'ombre et de lumière de la route large où bruissait sourdement la circulation. Devant la porte de l'une de ces maisonnettes, une dont la petite fenêtre du rez-de-chaussée n'était pas éclairée, le fiacre s'était immobilisé. La mère de Mrs. Verloc descendit la première, à reculons, une clef à la main. Winnie s'attarda sur l'allée dallée pour payer le cocher. Stevie aida à porter à l'intérieur plusieurs petits paquets, puis ressortit et resta debout dans la lumière d'un bec de gaz appartenant à la Bienfaisance. Le cocher examina les pièces d'argent qui, tombant l'une après l'autre dans sa large main sale, symbolisaient les résultats infimes du labeur et du courage ambitieux d'une humanité dont les jours sont comptés sur cette terre de misère.

Il avait été correctement payé - quatre pièces d'un shilling, qu'il contemplait dans une immobilité absolue, comme si elles étaient la solution surprenante d'un problème mélancolique. Le lent transfert de ce trésor dans une poche intérieure nécessita un laborieux tâtonnement dans les profondeurs d'un vêtement usagé. Sa silhouette était massive et sans souplesse. Mince, les épaules hautes, les mains plongées dans les poches de son pardessus confortable, Stevie boudait, debout au bord de l'allée.

Le cocher parut frappé par quelque souvenir brumeux et interrompit son geste lent.

- Ah, tu es là, gamin, murmura-t-il. Tu le reconnaîtras, n'est-ce pas ?

Stevie regardait fixement le cheval, dont l'arrière-main paraissait anormalement haute par l'effet de la liberté retrouvée. Sa petite queue raide avait l'air d'avoir été rajoutée en guise de plaisanterie cruelle et, à l'autre extrémité, l'encolure plate et décharnée, semblable à une planche recouverte de vieux cuir de cheval, s'affaissait sous le poids d'une énorme tête osseuse. Les oreilles pendaient, lamentables, à des angles différents ; des côtes et de la colonne vertébrale du corps macabre de cet habitant muet de la terre montait de la vapeur dans l'immobilité trouble de l'air.

Le cocher effleura la poitrine de Stevie avec le crochet de fer saillant d'une manche graisseuse et déchirée.

- Écoute-moi, mon garçon. Dis-moi si ça te plairait, à toi, d'être assis derrière cette rosse jusqu'à deux heures du matin ?

Stevie plongea un regard absent dans les petits yeux irrités aux paupières rouges.

— Il n'est pas boîteux, poursuivit l'autre en murmurant avec énergie. Il n'a aucune blessure. Il est comme ça. Alors, ça te plairait, à toi, dis...

Sa voix éteinte, enrouée, émettait ses propos sur un ton secret et véhément. Petit à petit, le regard vide de Stevie se chargea de terreur.

- Tu peux me regarder ! Jusqu'à trois ou quatre heures du matin. Avec le froid et la faim. Courir après les clients, pour la paie, pour des verres.

Sur ses joues empourprées et rusées brillaient des poils blancs ; et, tel le Silenus de Virgile qui, le visage barbouillé de jus de raisin, faisait aux pâtres naïfs de la Sicile des discours sur les dieux de l'Olympe, il parla à Stevie de questions matérielles et des soucis des hommes dont les souffrances sont grandes et l'immortalité très incertaine.

- Je suis cocher de nuit, moi, chuchota-t-il avec une sorte d'exaspération orgueilleuse. Je suis obligé d'accepter ce que la loi veut bien me donner. J'ai ma bourgeoise et quatre mioches à la maison.

La nature monstrueuse de cette déclaration de paternité parut frapper l'univers de mutisme. Un silence suivit, durant lequel les flancs du vieux cheval, coursier d'une misère apocalyptique, fumaient dans la lumière du bec de gaz de la Bienfaisance.

Le cocher grommela, puis ajouta dans un murmure mystérieux :

- Ce monde n'est pas facile.

Le visage de Stevie se contractait depuis un moment, et ses sentiments finirent par exploser sous leur forme concise coutumière :

- Méchant ! Méchant !

Son regard restait fixé sur les côtes du cheval, sombre et timide, comme s'il avait peur de voir autour de lui surgir la méchanceté du monde. Et sa minceur, ses lèvres roses, son teint frais et limpide, lui donnaient l'apparence d'un petit garçon délicat, nonobstant la toison de poils blonds hirsutes sur ses joues. Il fit, comme un enfant, une grimace d'effroi. Le cocher, court et trapu, l'observait de ses petits yeux irrités qui semblaient baigner dans un liquide corrosif transparent.

- Méchant pour les rosses, mais sacrément plus pour les pauvres bougres comme moi, siffla-t-il d'une voix à peine audible.

- Pauvre ! Pauvre ! bégaya Stevie en enfonçant plus profondément ses mains dans ses poches avec une compassion convulsive.

Il était hors d'état de parler ; car sa tendresse pour toute misère et toute souffrance, son désir de rendre le cheval et le cocher heureux, s'amplifiaient au point de lui donner envie de les prendre avec lui dans son lit. Et cela, il savait que ce n'était pas possible. Car Stevie n'était pas fou. C'était pour ainsi dire une envie symbolique, mais néanmoins très nette, parce que née de l'expérience, mère de la sagesse. Lorsqu'il était petit et se cachait dans un recoin obscur, apeuré, malheureux, blessé et accablé par toute la noire, noire misère de son âme, sa sœur Winnie venait le chercher et l'emportait avec elle dans son lit, comme dans un paradis de paix et de consolation. Stevie, qui oubliait facilement certains faits, tels que, par exemple, son nom et son adresse, avait une mémoire fidèle pour les sensations. Être recueilli dans un lit compatissant était le remède suprême, dont le seul inconvénient était d'être d'un usage difficile pour les vastes dimensions. Et, regardant le cocher, Stevie réalisa cela clairement, car il était raisonnable.

Le cocher continua ses préparatifs sans hâte, comme si Stevie n'existait pas. Il parut prêt à se hisser sur le siège puis, au dernier moment, pour une raison obscure, peut-être par simple ennui de rouler en voiture, il y renonça. Il s'approcha du partenaire immobile de son travail et, se baissant pour saisir le bridon, souleva la lourde tête lasse à hauteur de son épaule, avec un effort de son bras droit, comme si c'était une épreuve de force.

- Allez, viens ! chuchota-t-il.

Et il entraîna le fiacre en boîtant. Il y avait de la rudesse dans ce départ, le gravier crissa sous les roues qui tournaient lentement, les membres raides du cheval l'éloignèrent de la lumière avec une stoïque détermination, pour plonger dans l'obscurité de l'espace découvert, vaguement délimité par les toits pointus et la faible lueur des fenêtres des petites maisons de la Bienfaisance. La plainte du gravier fit lentement le tour de l'allée. Entre les lampes du portail, le lent cortège reparut, éclairant un instant le gros petit bonhomme claudiquant avec peine et tenant dressée sur son poing la tête du cheval, l'animal étique marchant avec une dignité raide et désolée, la sombre caisse se balançant comiquement derrière sur ses roues. Ils tournèrent à gauche. Il y avait un pub au bout de la rue, à moins de cinquante mètres du portail.

Laissé seul à côté du réverbère de la Bienfaisance, les mains enfouies dans ses poches, Stevie avait le regard fixe, absent, mécontent. Au fond des poches, ses mains faibles, incapables, étaient serrées en deux poings furieux. En présence de tout ce qui affectait directement ou indirectement sa terreur morbide de la douleur, il finissait par devenir méchant. Une indignation magnanime gonflait à la faire éclater sa poitrine frêle et faisait loucher ses yeux candides. Une sagesse infinie lui révélait son impuissance, mais ne lui permettait pas de dominer ses passions. La tendresse de sa charité universelle avait deux faces, liées de manière aussi indissoluble que l'avers et le revers d'une médaille. À l'angoisse d'une pitié immodérée succédait la souffrance d'une fureur innocente mais impitoyable. Ces deux états s'exprimant par les mêmes signes d'agitation physique, sa sœur Winnie calmait son excitation sans jamais soupçonner la dualité de sa nature. Mrs. Verloc ne perdait pas une minute de sa vie éphémère à rechercher des informations essentielles. C'est là une sorte d'économie qui a toutes les apparences et certains des avantages de la prudence. Il est évident que l'on a parfois intérêt à ne pas en savoir trop. Et un tel point de vue s'accorde très bien avec une indolence naturelle.

En cette soirée durant laquelle on pourrait dire que la mère de Mrs. Verloc, en quittant ses enfants, quittait aussi cette vie, Winnie Verloc ne s'interrogea pas sur la psychologie de son frère. Le pauvre garçon était excité, bien sûr. Après avoir encore une fois affirmé à la vieille femme, sur le pas de la porte, qu'elle saurait éviter à Stevie le risque de se perdre au cours de ses pèlerinages de piété filiale, elle prit le bras de son frère pour s'en aller. Stevie ne marmonna même pas mais, avec l'intuition particulière de l'amour fraternel contracté et développé dès sa petite enfance, elle sentit que l'adolescent était vraiment très excité. Elle lui tint fermement le bras, comme pour y prendre appui, et se mit en quête de mots adaptés à la situation.

- Maintenant, Stevie, il faut que tu veilles bien sur moi en traversant les rues et que tu montes le premier dans le bus, comme un bon petit frère.

Cet appel à sa protection virile fut accueilli par Stevie avec sa docilité coutumière. Il en fut flatté. Il releva la tête et bomba le torse.

- Ne sois pas nerveuse, Winnie ! Tu ne dois pas être nerveuse ! Le bus est parfait, répondit-il en un bégaiement brusque et indistinct mêlant la timidité d'un enfant à la résolution d'un homme fait.

Il avançait sans crainte avec une femme à son bras, mais sa mâchoire inférieure pendait. Néanmoins, sur le trottoir de la large et sinistre avenue, où l'absence de toutes les douceurs de la vie était sottement mise en lumière par une profusion incroyable de réverbères, leur ressemblance était assez prononcée pour frapper les passants.

Devant la porte du *pub* au coin de la rue, où l'éclairage atteignait une violence vraiment agressive, un fiacre à quatre roues était arrêté le long du trottoir ; il n'y avait personne sur le siège et le véhicule semblait avoir été abandonné là pour y parfaire sa décrépitude inéluctable. Mrs. Verloc le reconnut. Il avait l'air si lamentable, avec une telle perfection de misère grotesque et de détails macabres étranges, comme si c'était le char de la Mort, que Mrs. Verloc, avec la prompte pitié des femmes pour les chevaux (lorsqu'elles ne sont pas assises derrière eux dans les voitures), s'écria en pensant à autre chose :

- Pauvre animal !

Stevie, s'arrêtant brusquement, infligea une secousse à sa sœur.

- Pauvre ! Pauvre ! acquiesça-t-il. Cocher pauvre, aussi. Il me l'a dit.

La contemplation du cheval infirme et solitaire l'accabla. Tremblant mais obstiné, il n'avançait plus, cherchant à exprimer le nouveau point de vue révélé à sa compassion par la misère de l'homme et du cheval étroitement associés. Mais c'était très difficile. « Pauvre bête ! Pauvre bête ! » était tout ce qu'il savait répéter. Cela ne lui parut pas assez expressif, et il s'arrêta tout à fait en bafouillant avec colère :

- Honteux !

Stevie n'était pas doué pour assembler des mots, et c'est peut-être pour cette raison même que sa pensée manquait de clarté et de précision. Mais sa sensibilité était aiguë et assez profonde. Ce seul mot évoquait son sentiment d'horreur et d'indignation devant cette sorte de malheur qui devait se nourrir de la souffrance de l'autre, comme le pauvre cocher fouettant le pauvre cheval au bénéfice des pauvres enfants de son foyer. Et Stevie savait ce que c'était que d'être battu. Il le savait d'expérience. C'était un monde méchant. Méchant ! Méchant !

Mrs. Verloc, son unique sœur, tutrice et protectrice, ne pouvait prétendre à de telles profondeurs d'intuition. En outre, elle n'avait pas subi la magique éloquence du cocher. Elle ne perçut pas le sens caché du mot « honteux », et elle dit avec placidité :

- Viens donc, Stevie. Tu n'y peux rien.

Docile, Stevie se remit en marche ; mais il avançait maintenant sans fierté, d'un pas traînant, en marmonnant des fragments de mots, ou même des mots qui eussent été complets s'ils n'avaient été composés de deux moitiés ne s'accordant pas entre elles. Comme s'il s'efforçait d'appliquer à ses sentiments tous les mots qu'il connaissait de manière à parvenir à l'idée correspondante. En fin de compte, il réussit. Il s'arrêta aussitôt pour l'exprimer à voix haute :

- Monde méchant pour pauvres gens.

Aussitôt cette pensée énoncée, il se rendit compte qu'elle lui était déjà familière, ainsi que toutes les conséquences qu'elle impliquait. Ce fait renforça considérablement sa conviction, mais augmenta aussi son indignation. Il lui semblait que quelqu'un devrait être puni pour cet état de choses, puni avec une grande sévérité. N'étant pas un sceptique mais un être moral, il était en quelque sorte à la merci de ses passions vertueuses.

- Ignoble ! ajouta-t-il sans commentaires.

Mrs. Verloc comprit qu'il était réellement dans une grande agitation.

- Personne n'y peut rien, dit-elle. Allons, viens ! Est-ce ainsi que tu prends soin de moi ?

Stevie obéit et allongea le pas. Il était fier d'être un bon frère. Son sens moral, très développé, exigeait cela de lui. Et pourtant, il fut peiné par la déclaration de sa sœur Winnie, qui était bonne. Personne n'y pouvait rien ? Il restait sombre ; mais peu après, son visage s'éclaira. Comme le reste de l'humanité, perplexe devant le mystère de l'univers, il avait ses moments de foi consolante dans les pouvoirs constitués de la terre.

- Police, avança-t-il avec confiance.

- La police n'est pas faite pour ça, observa Mrs. Verloc sans développer sa pensée, en hâtant le pas.

Le visage de Stevie s'allongea. Il réfléchissait. Plus l'intensité de sa réflexion était grande, plus sa mâchoire inférieure pendait. Et ce fut avec un air d'absence sans espoir qu'il renonça à son entreprise intellectuelle.

- Pas faite pour ça ? marmonna-t-il, résigné mais surpris. Pas faite pour ça ?

Il s'était forgé une conception idéale de la police métropolitaine, en laquelle il voyait une sorte d'institution généreuse destinée à abolir le mal. Sa notion de la générosité, surtout, était étroitement associée à son sentiment du pouvoir des hommes en bleu. Il avait de la tendresse pour tous les agents de police et une sincère confiance en eux. Alors, il était peiné. Irrité aussi d'imaginer de la duplicité chez les membres de la force policière. Car Stevie était franc, et limpide comme le jour. Pourquoi donc faisaient-ils semblant ? Contrairement à sa sœur, qui accordait sa foi aux valeurs apparentes, il désirait aller au fond des choses. Il poursuivit son interrogation au moyen d'une provocation coléreuse :

- Alors, à quoi servent-ils, Winnie ? À quoi servent-ils, dis-le-moi.

Winnie n'aimait pas la discussion. Elle ne s'y déroba pourtant pas, car elle craignait surtout une crise de profonde dépression chez Stevie, à qui sa mère allait beaucoup manquer les premiers jours. Innocente du péché d'ironie, elle répondit néanmoins d'une manière assez normale pour l'épouse de Mr. Verloc, délégué du Comité rouge central, ami personnel de plusieurs anarchistes et partisan d'une révolution sociale.

- Ne sais-tu pas à quoi sert la police, Stevie ? Elle est là pour empêcher que l'on prenne quoi que ce soit à ceux qui ont des biens.

Elle évita le verbe « voler » parce que ce mot inquiétait toujours son frère. Car Stevie était d'une honnêteté scrupuleuse. On lui avait inculqué quelques principes simples avec une telle inquiétude (à cause de sa « bizarrerie ») que la seule mention de certaines transgressions l'emplissait d'horreur. Il se laissait facilement impressionner par les paroles. En ce moment, il était surpris et impressionné, son intelligence était très alerte.

- Quoi ? interrogea-t-il aussitôt anxieusement. Même pas si l'on a faim ? Il ne faut pas ?

Ils avaient tous deux cessé d'avancer.

- Non. Même pas dans ce cas, dit Mrs. Verloc sur le ton égal d'une personne que ne trouble pas le problème de la répartition des richesses, tout en scrutant la perspective de l'avenue pour chercher à voir arriver un autobus de la couleur voulue. Assurément pas. Mais quelle utilité y a-t-il à parler de tout ça ? Tu n'as jamais faim.

Elle jeta un coup d'œil rapide sur le jeune garçon à son côté. Elle le vit aimable, plaisant, affectueux et seulement un peu, très peu, particulier. Elle ne pouvait le voir autrement, car il était lié au seul grain de passion qui pouvait épicer sa vie insipide, la passion d'indignation, de courage, de compassion et même de sacrifice. Elle n'ajouta pas : « Et il est vraisemblable que tu n'auras jamais faim tant que je vivrai » ; mais elle aurait fort bien pu le faire puisqu'elle avait pris toutes dispositions nécessaires pour cela. Mr. Verloc était un très bon mari. Elle avait sincèrement l'impression que personne ne pouvait s'empêcher d'aimer le gamin. Elle s'écria soudain :

- Vite, Stevie ! Fais arrêter le bus vert.

Et Stevie, important et tremblant, avec sa sœur Winnie à son bras, leva son autre bras au-dessus de sa tête à l'approche du bus, avec un succès total.

Une heure plus tard, Mr. Verloc leva les yeux du journal qu'il lisait, ou du moins qu'il regardait, derrière le comptoir, et dans le tintement mourant de la clochette, il vit Winnie, sa femme, entrer et traverser la boutique vers l'escalier, suivie de Stevie, son beau-frère. Mr. Verloc fut content de voir sa femme. Il était ainsi fait. Il n'aperçut même pas la silhouette de son beau-frère, en raison de la morosité pensive qui s'était abattue comme un voile entre Mr. Verloc et les apparences du monde sensible. Il regarda fixement sa femme sans dire un mot, comme si elle était un fantôme. À la maison, il avait une voix placide et nébuleuse, mais ce jour-là, elle ne se fit pas entendre. Pas plus que pendant le dîner, auquel sa femme le convia d'un mot bref, comme de coutume : « Adolf ! » Il s'assit et mangea sans entrain, son chapeau en arrière sur la tête. Ce n'était pas par goût de sa vie à l'extérieur mais par la fréquentation des cafés d'outre-Manche qu'il avait pris cette habitude donnant à la fidélité de Mr. Verloc à son foyer un caractère de familiarité éphémère. À deux reprises, entendant sonner la cloche fêlée, il se leva sans un mot, disparut dans le magasin, puis revint en silence. Pendant ce temps, Mrs. Verloc, qui ressentait douloureusement l'absence de sa mère à sa droite, gardait un visage de pierre ; tandis que Stevie, pour la même raison, ne cessait d'agiter ses pieds, comme si le sol sous la table était d'une chaleur intolérable. Lorsque Mr. Verloc, personnification du silence, regagna sa place, le regard de Mrs. Verloc se modifia de façon subtile, et Stevie cessa de piétiner, retenu par sa grande déférence craintive pour le mari de sa sœur. Il lui lança des coups d'œil pleins de compassion respectueuse. Mr. Verloc avait de la peine. Sa sœur Winnie l'avait prévenu (dans le bus) qu'ils trouveraient chez eux Mr. Verloc préoccupé et qu'il ne faudrait pas l'ennuyer. Les colères de son père, l'irritabilité des pensionnaires et la prédisposition de Mr. Verloc aux chagrins sans mesure avaient été les éléments essentiels de la réserve de Stevie. De ces trois choses, faciles à provoquer mais pas toujours à comprendre, c'était la dernière la plus efficace. Car Mr. Verloc était *bon*. Sa mère et sa sœur avaient établi ce fait en principe indiscutable. Elles l'avaient établi, édifié, consacré, hors la présence de Mr. Verloc, pour des raisons qui n'avaient rien à voir avec une morale abstraite. Et Mr. Verloc n'en avait pas conscience. Il n'est que justice de dire qu'il ne savait pas du tout que Stevie le croyait bon. C'était pourtant la vérité. Il était même le seul homme que Stevie qualifiât ainsi car les pensionnaires éphémères de jadis n'avaient plus rien à ses yeux de très distinct, sinon peut-être leurs souliers ; la désolation de ses mère et sœur se refusait à parler de la bonté de son père devant la victime de ses mesures disciplinaires. C'eût été trop cruel. Et Stevie ne les aurait sans doute même pas crues. En ce qui concernait Mr. Verloc, rien ne venait s'opposer à la conviction de Stevie. Il était évident que, bien que mystérieux, Mr. Verloc était *bon*. Et le chagrin d'un homme bon est auguste.

Stevie jetait à son beau-frère des regards de compassion déférente. Mr. Verloc avait du chagrin. Le frère de Winnie ne s'était encore jamais senti en une telle communion avec le mystère de la bonté de cet homme. C'était un chagrin compréhensible ; et Stevie lui-même avait de la peine. Beaucoup de peine. La même sorte de peine. Son attention se polarisant sur cet état désagréable, Stevie agita ses pieds. Il avait l'habitude d'exprimer ses sentiments en agitant ses membres.

- Laisse tes pieds tranquilles, mon chéri, dit Mrs. Verloc avec tendresse et autorité.

Puis elle se tourna vers son mari et, sur un ton neutre né d'un tact instinctif :

- Est-ce que tu sors ce soir ? demanda-t-elle.

Cette seule idée parut déplaire à Mr. Verloc. Il hocha négativement la tête, puis resta sombre, les yeux baissés, à contempler pendant une longue minute le morceau de fromage qu'il avait dans son assiette. Cette minute écoulée, il se leva et sortit en faisant tinter la clochette de la porte du magasin. Cette attitude inconséquente ne provenait d'aucun désir de se montrer désagréable mais d'une instabilité irrésistible. Cela ne servait à rien de sortir. Nulle part dans Londres il ne trouverait ce qu'il voulait. Mais il sortit. Il promena un cortège de pensées sinistres dans les rues sombres, dans les rues éclairées, dans deux cafés, comme s'il envisageait de passer la nuit dehors, puis finit par rentrer dans son foyer menacé, où il s'assit, épuisé, derrière le comptoir, assailli sans ménagement par ses pensées comme par une meute de chiens noirs affamés. Il ferma la maison, éteignit le gaz et les emmena avec lui à l'étage - terrible escorte pour quelqu'un qui va se coucher. Sa femme était déjà au lit et, avec ses formes amples vaguement dessinées sous les draps, la tête sur l'oreiller, une main sous sa joue, elle offrait à son égarement le spectacle d'un début de sommeil témoignant de la possession d'une âme sereine. Ses grands yeux étaient ouverts, inertes et sombres contre la blancheur neigeuse du drap. Elle ne bougea pas.

Elle avait une âme égale. Elle sentait avec certitude que rien ne supporte longtemps un regard approfondi. Elle tirait sa force et sa sagesse de cet instinct. Mais il y avait pas mal de temps que le silence de Mr. Verloc lui pesait. Cela finissait par mettre ses nerfs à l'épreuve. Allongée, immobile et placide, elle dit :

- Tu vas prendre froid à marcher ainsi en chaussettes.

Ces paroles, témoignant de la sollicitude de l'épouse et de la prudence de la femme, prirent Mr. Verloc au dépourvu. Il avait laissé ses souliers en bas mais avait oublié de passer ses pantoufles, et il tournait sans bruit dans la chambre comme un ours en cage. En entendant la voix de sa femme, il s'arrêta et la fixa d'un regard inexpressif de somnambule, si prolongé que Mrs. Verloc remua un peu ses jambes sous les draps. Mais elle ne bougea ni sa tête brune enfouie dans l'oreiller blanc, ni sa main sous sa joue, ni ses grands yeux noirs qui ne cillaient pas.

Devant le regard atone de son mari, elle songea à la chambre vide de sa mère de l'autre côté du palier et ressentit douloureusement sa solitude. Elle ne s'était jamais séparée de sa mère. Elles se soutenaient l'une l'autre. Elle en eut conscience et pensa que sa mère, maintenant, était partie, partie pour de bon. Alors, elle dit :

- Maman a fait ce qu'elle a voulu. Mais je ne comprends vraiment pas pour quelle raison. Je suis sûre qu'elle n'a pas pu croire que tu étais las de sa présence. C'est très mal de sa part de nous avoir quittés ainsi.

Mr. Verloc n'était pas un homme cultivé ; son stock de références était limité, mais il y avait dans la situation une atmosphère particulière qui le fit songer à des rats quittant un navire en perdition. Il faillit le dire. Il était devenu amer et soupçonneux. Était-il possible que la vieille femme eût une telle intuition ? Mais cette hypothèse était par trop invraisemblable, et Mr. Verloc s'abstint de la formuler ; pas tout à fait, néanmoins, car il marmonna d'un ton grave :

- Peut-être cela vaut-il mieux.

Il entreprit de se déshabiller. Mrs. Verloc restait immobile, son regard était fixe et songeur. Pendant une seconde, son cœur parut s'immobiliser lui aussi. Ce soir, elle n'était pas « dans son assiette », comme l'on dit, et elle fut assaillie avec force par l'idée qu'une simple phrase peut avoir plusieurs significations différentes, la plupart déplaisantes. *En quoi* cela valait-il mieux ? Et pourquoi ? Mais elle ne se laissa pas aller à la vanité d'une spéculation stérile. Elle fut plutôt confirmée dans sa conviction que les choses ne méritent pas un regard approfondi. Pratique, et subtile à sa manière, elle ramena Stevie au premier plan sans perdre de temps, car l'unité de pensée avait chez elle la force et la nature infaillible de l'instinct.

- Je ne sais vraiment pas ce que je vais pouvoir faire les premiers jours pour distraire ce petit. Jusqu'à ce qu'il se soit habitué à l'absence de maman, il va se morfondre du matin au soir. Et c'est un si bon petit ! Je ne pourrais pas me passer de lui.

Mr. Verloc continuait d'ôter ses vêtements avec une concentration intérieure indifférente à son environnement, comme s'il se trouvait dans la solitude sans espoir d'un vaste désert. Car notre belle planète, notre héritage commun, se présentait à la vision mentale de Mr. Verloc sous un aspect plutôt inhospitalier. Tout était tellement silencieux au-dedans et au-dehors que le tic-tac solitaire de la pendule résonnait dans la chambre comme pour lui offrir de la compagnie.

Mr. Verloc se mit au lit et resta muet derrière le dos de Mrs. Verloc. Ses gros bras gisaient inertes sur le drap comme des armes abandonnées, des outils rejetés. En cet instant, il était sur le point de tout révéler à sa femme. Le moment paraissait propice. Il la regarda du coin de l'œil et vit ses larges épaules drapées de blanc, sa nuque et ses cheveux disposés pour la nuit en trois tresses aux bouts noués de rubans noirs. Alors, il renonça. Mr. Verloc aimait sa femme comme on doit aimer une épouse, c'est-à-dire maritalement, avec les égards que l'on a pour son bien le plus précieux. Sa coiffure de nuit, ses larges épaules, avaient un caractère familier et sacré - sacré comme la paix du foyer. Elle ne bougeait pas, massive et informe comme un gisant inachevé ; il se rappela ses yeux grands ouverts regardant la chambre vide. Elle était mystérieuse, comme tous les êtres vivants. Le fameux agent secret △ des dépêches alarmantes de feu le baron Stott-Wartenheim n'était pas homme à disséquer de tels mystères. Il devenait vite craintif. Et il était indolent aussi, de cette indolence qui est souvent le secret d'une bonne nature. C'est par amour, par crainte, par paresse, qu'il renonça à toucher à ce mystère. Il serait toujours temps de le faire. Pendant plusieurs minutes, il supporta ses souffrances sans rien dire, dans le silence somnolent de la chambre. Puis il le rompit par une déclaration résolue :

- Je pars demain pour le continent.

On eût pu croire que sa femme dormait déjà. Il l'ignorait. En réalité, Mrs. Verloc l'avait entendu. Elle avait toujours les yeux grands ouverts, et elle ne faisait pas un geste, encore confirmée dans sa conviction instinctive qu'il ne fallait pas trop aller au fond des choses. D'ailleurs, ce voyage n'était pas du tout contraire aux habitudes de Mr. Verloc. Il renouvelait son stock à Paris et à Bruxelles. Il allait souvent faire ses achats sur place. Un petit réseau d'amateurs choisis se formait autour du magasin de Brett Street, un réseau secret éminemment compatible avec les affaires entreprises par Mr. Verloc qui, par une communion mystique entre son tempérament et la nécessité, avait été sélectionné pour être agent secret toute sa vie.

Il attendit un peu, puis ajouta :

- Je serai absent une semaine, peut-être deux. Fais venir Mrs. Neale toute la journée.

Mrs. Neale était la femme de ménage de Brett Street. Victime de son mariage avec un menuisier débauché, elle était aux prises avec les dépenses occasionnées par plusieurs enfants en bas âge. Les bras rouges, cuirassée jusqu'aux aisselles dans un tablier de grosse toile, elle exhalait l'angoisse des pauvres dans une haleine de savon et de rhum, dans le fracas des nettoyages, le tintamarre des seaux métalliques.

En pleine cogitation, Mrs. Verloc parla sur le ton de l'indifférence la plus distraite :

- Je n'ai pas besoin d'avoir cette femme ici toute la journée. Je me débrouillerai très bien avec Stevie.

Elle laissa la pendule solitaire du palier égrener quinze tintements dans les abîmes éternels et demanda :

- J'éteins ?

Mr. Verloc lâcha confusément :

- Éteins.

9

À son retour du continent dix jours plus tard, les plaisirs d'un voyage à l'étranger n'avaient apparemment pas modifié l'état d'esprit de Mr. Verloc, et son attitude ne fut pas égayée par la joie de revenir au foyer. Il rentra dans le magasin au tintement de la clochette avec un air d'épuisement sombre et mécontent. Sa valise à la main, la tête basse, il alla directement derrière le comptoir et se laissa tomber sur la chaise, comme s'il avait fait à pied tout le trajet depuis Douvres. C'était le début de la matinée. Stevie, qui époussetait divers objets dans la vitrine, se retourna pour le regarder avec crainte et respect.

- Tiens ! dit Mr. Verloc en poussant du pied la petite valise posée par terre.

Et Stevie se précipita pour la prendre et l'emporter avec un zèle triomphant. Son geste fut si prompt que Mr. Verloc parut surpris.

Lorsque la cloche avait tinté, Mrs. Neale, qui nettoyait à genoux la grille de la cheminée de l'arrière-boutique, avait jeté un coup d'œil par la porte et s'était relevée pour aller à la cuisine, en tablier et salie par son incessant labeur, dire à Mrs. Verloc que « le maître était rentré ».

Winnie vint seulement jusqu'à la porte et dit de loin :

- Tu as sans doute envie de prendre ton petit déjeuner.

Mr. Verloc fit un geste infime comme si cette proposition l'accablait. Néanmoins, lorsqu'il fut dans l'arrière-boutique, il ne refusa pas la nourriture posée devant lui. Il mangea comme s'il était dans un lieu public, son chapeau en arrière de son front, les pans de son gros pardessus pendant en triangles de chaque côté de sa chaise. À l'autre bout de la table recouverte d'une toile cirée brune, Winnie, sa femme, lui tenait d'une voix égale le discours normal d'une épouse, sans nul doute aussi opportunément adapté aux circonstances de son retour que celui de Pénélope à l'arrivée d'Ulysse après son odyssée. Mrs. Verloc n'avait cependant pas brodé de tapisserie durant l'absence de son mari. Mais elle avait fait nettoyer à fond toutes les pièces de l'étage, avait vendu quelques marchandises et vu plusieurs fois Mr. Michaelis. À sa dernière visite, celui-ci lui avait dit qu'il allait partir vivre dans un cottage à la campagne, quelque part sur la ligne Londres-Chatham-Douvres. Karl Yundt était venu aussi, une fois accompagné de « son méchant logeur ». C'était un « répugnant vieillard ». Du camarade Ossipon, qu'elle avait reçu sèchement, retranchée derrière le comptoir avec un visage de pierre et un regard distant, elle ne dit rien, car sa référence mentale au robuste anarchiste était marquée par une pause brève et un soupçon de rougeur. Puis elle inséra aussi vite que possible Stevie dans le courant des événements familiaux et mentionna que le gamin avait été assez déprimé.

- C'est le départ de maman qui en est cause.

Mr. Verloc ne dit ni « La barbe ! » ni « Que Stevie aille au diable ! » ; et Mrs. Verloc, qui n'était pas dans le secret de ses pensées, ne put apprécier la générosité de sa réserve verbale.

- Ce n'est pas qu'il ait moins bien travaillé que d'habitude, poursuivit-elle. Il s'est rendu très utile. On dirait qu'il pense n'en faire jamais assez pour nous.

Mr. Verloc dirigea un regard vague et somnolent sur Stevie assis à sa droite, pâle, frêle, sa bouche rose béante. Ce n'était pas un regard critique, intentionnel. Et si Mr. Verloc pensa un instant que le frère de sa femme avait l'air d'une inutilité peu commune, ce ne fut qu'une morose pensée fugitive, dépourvue de cette force et de cette pérennité qui permettent parfois à une pensée d'ébranler la terre. Mr. Verloc s'appuya au dossier de sa chaise et ôta son chapeau. Il n'eut pas le temps d'allonger le bras pour le poser que Stevie avait bondi pour l'emporter respectueusement à la cuisine. De nouveau, Mr. Verloc fut étonné.

- Tu pourrais en faire ce que tu voudrais, de ce garçon, Adolf, dit Mrs. Verloc avec son éternel calme imperturbable. Il se jetterait au feu pour toi. Il...

Elle se tut, attentive, l'oreille tendue vers la porte de la cuisine.

Mrs. Neale frottait le sol. Lorsqu'elle vit arriver Stevie, elle gémit d'un air lamentable car elle avait remarqué qu'il était facile de l'amener à se séparer au profit de ses enfants en bas âge du shilling que lui donnait de temps à autre sa sœur Winnie. À quatre pattes dans les flaques d'eau, sale et mouillée, semblable à une sorte d'animal amphibie vivant dans l'eau crasseuse et les déchets de cendre, elle entama son discours par le préambule habituel :

- Vous avez de la chance d'être entretenu à ne rien faire comme un gentleman.

Et elle poursuivit par l'éternelle plainte des pauvres, tendancieuse et pathétique, misérablement authentifiée par une horrible haleine de rhum bon marché et d'eau savonneuse. Elle frottait de toutes ses forces en reniflant tout le temps et en parlant avec volubilité. Elle était sincère. Et de chaque côté de son petit nez rouge, ses yeux chassieux et embrumés étaient noyés de larmes parce qu'elle ressentait réellement le manque d'un stimulant quelconque dans la matinée.

Dans l'arrière-boutique, Mrs. Verloc, qui savait de quoi il retournait, observa :

- Voilà Mrs. Neale qui recommence ses rengaines au sujet de ses enfants. Ils ne peuvent pas être tous aussi petits qu'elle le dit. Certains d'entre eux doivent être assez grands maintenant pour essayer de se suffire à eux-mêmes. Cela ne sert qu'à irriter Stevie.

Cette affirmation fut confirmée par le bruit d'un coup de poing sur la table de la cuisine. Dans l'évolution normale de sa compassion, Stevie s'était mis en colère en s'apercevant qu'il n'avait pas le moindre shilling dans sa poche. Incapable de remédier sans délai aux privations des « petits » de Mrs. Neale, il trouvait que quelqu'un devait en être puni. Mrs. Verloc se leva et descendit dans la cuisine pour « faire cesser ces âneries ». Et elle le fit, avec douceur mais fermeté. Elle savait fort bien que, sitôt ses gages encaissés, Mrs. Neale allait au coin de la rue boire des alcools forts dans un café de dixième ordre, station inévitable dans la « *via dolorosa* » de sa vie. Le commentaire que fit Mrs. Verloc sur cette habitude fut d'une profondeur inattendue de la part d'une personne qui n'aimait pas regarder sous la surface des choses :

- Évidemment, que pourrait-elle faire d'autre pour se donner du courage ? Si j'étais dans la situation de Mrs. Neale, je pense que je ferais comme elle.

Dans l'après-midi du même jour, alors que Mr. Verloc s'éveillait en sursaut du dernier d'une longue série de petits sommeils devant la cheminée de l'arrière-boutique et annonçait son intention d'aller se promener, Winnie lui dit, du magasin :

- Tu devrais emmener le petit, Adolf.

Pour la troisième fois de la journée, Mr. Verloc fut surpris. Il regarda sa femme d'un air hébété. Elle poursuivit calmement. Quand il ne faisait rien, le gamin s'ennuyait à la maison. Elle s'en inquiétait et avouait que cela la rendait nerveuse. Venant de la paisible Winnie, cela semblait être une exagération. Il était cependant exact que Stevie se traînait comme un animal malheureux. Il montait jusqu'au palier obscur et s'asseyait par terre au pied de la haute pendule, les genoux relevés, la tête dans les mains. Voir son visage pâle, avec ses gros yeux qui luisaient dans l'ombre, était démoralisant ; penser qu'il était là-haut était très désagréable.

Mr. Verloc s'habitua à la surprenante nouveauté de cette idée. Il aimait sa femme comme un mari doit le faire, c'est-à-dire avec générosité. Mais une objection de poids se présenta à lui, et il la formula :

- Il risquerait de me perdre de vue et de s'égarer dans les rues.

Mrs. Verloc hocha négativement la tête avec assurance.

- Non. Tu ne le connais pas. Cet enfant t'adore tout simplement. Mais si, par hasard, tu ne le vois plus...

Elle marqua une pause, très brève.

- ... Continue ta promenade sans te préoccuper. Tout se passera bien. Il reviendra ici sain et sauf avant longtemps.

Cet optimisme procura à Mr. Verloc sa quatrième surprise de la journée.

- Tu crois ? grommela-t-il, sceptique.

Mais, après tout, son beau-frère n'était peut-être pas aussi idiot qu'il en avait l'air. Sa femme devait le savoir mieux que lui. Il détourna son regard lourd en disant d'une voix sourde :

- Eh bien, alors, qu'il vienne.

Et il retomba dans les griffes des noirs soucis qui préfèrent peut-être s'asseoir derrière un cocher mais savent également coller aux trousses des gens insuffisamment aisés pour posséder des chevaux, comme Mr. Verloc, par exemple.

Winnie, de la porte du magasin, ne vit pas cette escorte fatale des promenades de Mr. Verloc. Elle regarda les deux silhouettes qui s'éloignaient dans la rue sale, l'une haute et massive, l'autre courte et frêle, avec un cou menu, des épaules pointues saillant légèrement sous de grandes oreilles presque diaphanes. Le tissu de leurs manteaux était le même, leurs chapeaux étaient noirs et ronds. Inspirée par la similitude de leur équipement, Mrs. Verloc lâcha la bride à son imagination.

- On croirait le père et le fils, se dit-elle.

Elle songea aussi que Stevie n'avait jamais rien connu qui ressemblât davantage à un père que Mr. Verloc. Et elle savait bien que c'était grâce à elle. Avec une fierté paisible, elle se félicita de certaine décision prise quelques années auparavant, décision qui lui avait demandé des efforts, et même quelques larmes.

Elle se félicita encore davantage les jours suivants en constatant que Mr. Verloc prenait goût à la compagnie de Stevie. Dorénavant, lorsqu'il était prêt à sortir, Mr. Verloc appelait le gamin à voix haute, assurément à la manière d'un homme invitant le chien de la maison à le suivre, mais avec une nuance différente. À la maison, elle voyait souvent Mr. Verloc observer Stevie avec curiosité. Lui-même avait changé d'attitude. Taciturne toujours, mais moins absent. Il semblait à Mrs. Verloc que, par moments, il s'animait. On était peut-être en droit de considérer cela comme une amélioration. Quant à Stevie, il ne se morfondait plus au pied de la pendule ; au lieu de quoi, il murmurait pour lui-même dans les coins sur un ton de menace. Quand on lui demandait : « Que dis-tu, Stevie ? », il se bornait à ouvrir la bouche et à regarder sa sœur en louchant. De temps à autre, il serrait les poings sans cause apparente et, lorsqu'on le surprenait dans la solitude, il vitupérait les murs tandis que la feuille de papier et le crayon destinés à dessiner des cercles étaient délaissés, intacts, sur la table de la cuisine. Cela, si c'était un changement, n'était pas une amélioration. Mrs. Verloc, qui englobait tous ses caprices sous le terme d'« excitation », commença à craindre que Stevie ne fût trop mêlé aux conversations de son mari avec ses amis, ce qui n'était pas bon pour lui. Pendant ses « promenades », Mr. Verloc rencontrait évidemment diverses personnes avec lesquelles il causait. Il ne pouvait guère en être autrement. Ses promenades faisaient partie de ses activités à l'extérieur, auxquelles sa femme n'avait guère prêté attention. Mrs. Verloc comprit que la situation était délicate, mais elle l'affronta avec le calme imperturbable qui en imposait aux habitués du magasin et faisait garder leurs distances aux autres visiteurs surpris. Oui ! Elle savait que Stevie ne devrait pas entendre certaines choses, et elle s'en ouvrit à son mari. Cela agitait le pauvre petit parce qu'il ne pouvait rien y changer. Personne ne pouvait rien y changer.

Cela se passait dans le magasin. Mr. Verloc ne fit pas de commentaires. Il ne répondit rien bien qu'il existât une réponse facile. Mais il se garda de faire remarquer à sa femme que l'idée d'emmener Stevie avec lui était son idée à elle, et à elle seule. Aux yeux d'un observateur impartial, Mr. Verloc eût pu paraître en cet instant-là d'une magnanimité surhumaine. Il prit une petite boîte en carton sur une étagère, en vérifia le contenu d'un coup d'œil et la déposa doucement sur le comptoir. Alors seulement, il rompit le silence pour dire qu'il serait peut-être opportun d'envoyer Stevie quelque temps à la campagne ; mais il supposait que sa femme ne pouvait pas se passer de lui.

- Ne pas pouvoir me passer de lui ? répéta lentement Mrs. Verloc. Comme si je ne me priverais pas de sa présence si ce devait être pour son bien ! Quelle idée ! Je peux très bien me passer de lui. L'ennui, c'est que l'on ne saurait où l'envoyer.

Mr. Verloc prit du papier d'emballage et une pelote de ficelle ; en même temps, il murmura que Michaelis logeait dans un petit cottage à la campagne. Il accepterait certainement de lui prêter une chambre. Là, il n'y avait ni visiteurs ni conversations à entendre. Michaelis écrivait un livre.

Mrs. Verloc déclara qu'elle aimait bien Michaelis, mentionna qu'elle abhorrait Karl Yundt, ce « méchant vieillard » ; d'Ossipon, elle ne dit rien. Quant à Stevie, il serait assurément très content ; Mr. Michaelis était toujours si bon et si gentil avec lui. Il avait l'air de bien aimer le petit. Mais c'est que c'était un bon petit.

- Toi aussi, tu as l'air de t'entendre fort bien avec lui depuis quelque temps, ajouta-t-elle après un silence, avec son assurance imperturbable.

Mr. Verloc emballait la boîte en carton pour l'envoyer par la poste ; il cassa la ficelle d'un geste malencontreux et jura à voix basse. Puis, reprenant le diapason habituel de ses murmures crépusculaires, il se déclara disposé à emmener lui-même Stevie à la campagne pour le laisser en toute sécurité chez Michaelis.

Il réalisa ce projet dès le lendemain. Stevie ne fit aucune objection. Il avait l'air assez heureux de partir, bien qu'un peu éberlué. À de fréquents intervalles, il fixa un candide regard interrogateur sur la personne imposante de Mr. Verloc, en général lorsque sa sœur ne le regardait pas. Il avait une expression fière, concentrée, attentive, comme un enfant à qui l'on confie enfin une boîte d'allumettes avec la permission d'en gratter une. Mrs. Verloc, heureuse de la docilité de son frère, lui recommanda de ne pas trop salir ses vêtements à la campagne. Sur quoi Stevie lança à sa sœur, tutrice et ange gardien, un regard qui, pour la première fois de sa vie, ne reflétait pas une totale confiance enfantine. Ce regard était sombre et hautain. Mrs. Verloc sourit.

- Dieu du Ciel ! Tu n'as pas besoin de te vexer. Tu sais bien que tu es sale et désordonné si l'on te lâche la bride, Stevie.

Mr. Verloc était déjà dans la rue.

Par suite des démarches héroïques de sa mère et de la villégiature de son frère, Mrs. Verloc se trouva seule plus souvent que de coutume, non seulement dans le magasin mais aussi dans la maison. Car Mr. Verloc devait faire ses promenades. Elle se trouva seule encore plus longtemps le jour de l'attentat dans le parc de Greenwich car Mr. Verloc était parti très tôt le matin et n'était rentré que juste avant la nuit. Peu lui importait d'être seule. Elle n'avait aucun désir de sortir ; le temps était trop mauvais et la boutique était plus confortable que les rues. Lorsque Mr. Verloc rentra, dans le tintement agressif de la cloche, elle était assise derrière le comptoir avec un ouvrage de couture, et elle ne leva pas les yeux. Elle avait entendu et reconnu son pas sur le trottoir.

Elle ne leva pas les yeux, mais tandis que Mr. Verloc se dirigeait en silence vers l'arrière-boutique avec son chapeau enfoncé jusqu'aux yeux, elle dit d'une voix sereine :

- Quelle sale journée ! Peut-être es-tu allé voir Stevie ?

- Non, je n'y suis pas allé, dit doucement Mr. Verloc.

Et il claqua la porte vitrée de l'arrière-boutique avec une énergie inattendue.

Mrs. Verloc resta un moment inactive, son ouvrage abandonné sur ses genoux ; puis elle le glissa sous le comptoir et se leva pour allumer le gaz. Cela fait, elle traversa l'arrière-boutique pour gagner la cuisine. Mr. Verloc voudrait bientôt prendre son thé. Confiante dans le pouvoir de ses charmes, Winnie n'attendait de son mari dans la quotidienneté de leur vie conjugale ni affabilité cérémonieuse ni manières galantes - démonstrations vaines et démodées dans la meilleure hypothèse, sans doute jamais bien respectées, abandonnées de nos jours jusque dans les plus hautes sphères, et toujours étrangères aux standards de sa classe sociale. Elle n'attendait pas de lui des attentions courtoises. Mais c'était un bon mari, et elle respectait loyalement ses prérogatives.

Mrs. Verloc allait traverser l'arrière-boutique pour accomplir ses tâches familières dans la cuisine avec toute la sérénité d'une épouse assurée du pouvoir de ses charmes. Mais elle perçut un petit, un tout petit, grincement. Bizarre et incompréhensible, il retint l'attention de Mrs. Verloc. Puis, comme la nature de ce bruit devenait évidente, elle s'arrêta brusquement, surprise et inquiète. Elle gratta une allumette et alluma au-dessus de la table l'un des deux becs de gaz qui, défectueux, commença par siffler comme s'il était étonné, puis se mit à ronronner à la façon d'un chat heureux.

Contrairement à son habitude, Mr. Verloc avait jeté son manteau sur le sofa. Son chapeau, qu'il avait aussi ôté, était posé à l'envers au bord du canapé. Il avait tiré une chaise devant l'âtre et, les pieds tendus au-delà des chenêts, la tête dans les mains, il était penché très bas au-dessus du feu ardent. Il claquait des dents avec une violence incoercible, et son dos énorme tremblait à la même cadence. Mrs. Verloc fut ahurie.

- Tu t'es beaucoup mouillé, dit-elle.

- Non, pas trop, réussit à bredouiller Mr. Verloc avec un grand frisson.

Au prix d'un immense effort, il cessa de claquer des dents.

- Il va falloir que tu restes au lit et que je te soigne, dit-elle avec une sincère inquiétude.

- Je ne crois pas, renifla Mr. Verloc.

Il avait certainement réussi à attraper un rhume abominable entre sept heures du matin et cinq heures du soir. Mrs. Verloc contempla son dos courbé.

- Où as-tu été aujourd'hui ? demanda-t-elle.

- Nulle part, répondit Mr. Verloc d'une voix lasse, oppressée, nasillarde.

Son attitude faisait penser à une bouderie chagrine ou à une sévère migraine. L'insuffisance et l'insincérité de sa réponse devinrent claires et pénibles dans le silence morne de la pièce. Il renifla comme pour s'excuser et ajouta :

- J'ai été à la banque.

Mrs. Verloc devint attentive.

- Vraiment ? dit-elle avec calme. Pour quoi y faire ?

Mr. Verloc marmonna avec une mauvaise volonté marquée, le nez sur la grille :

- Pour retirer l'argent !

- Qu'est-ce que tu dis ? Tout l'argent ?

- Oui. Tout l'argent.

Mrs. Verloc étendit avec soin la nappe modeste, prit deux couteaux et deux fourchettes dans le tiroir et interrompit soudain son travail méthodique :

- Pourquoi as-tu fait ça ?

- On pourrait en avoir besoin sous peu, souffla vaguement Mr. Verloc, qui arrivait au terme de ses révélations calculées.

- J'ignore ce que tu veux dire, observa sa femme sur un ton très neutre, mais figée entre la table et le buffet.

- Tu sais que tu peux me faire confiance, dit Mr. Verloc en regardant le feu, avec une conviction rude.

Mrs. Verloc se tourna lentement vers le buffet et dit avec décision :

- Oh oui ! Je puis avoir confiance en toi.

Et elle reprit méthodiquement son travail. Elle disposa deux assiettes, apporta le pain, le beurre, allant et venant sans hâte entre table et buffet dans la paix et le silence de son foyer. Prête à apporter la confiture, elle pensa, avec son esprit pratique : « Il doit avoir faim, après être resté dehors toute la journée », et elle revint au buffet pour y prendre le bœuf froid. Elle le déposa sous le gaz ronronnant et, jetant au passage un coup d'œil à son mari immobile qui couvait le feu, elle passa (deux marches à descendre) dans la cuisine. Elle ne parla que lorsqu'elle revint, couvert à découper en main :

- Si je n'avais pas eu confiance en toi, je ne t'aurais pas épousé.

Courbé sous le manteau de la cheminée, Mr. Verloc tenait sa tête entre ses mains et semblait s'être endormi. Winnie fit le thé et l'appela à mi-voix :

- Adolf !

Mr. Verloc se leva aussitôt et tituba un peu avant de prendre sa place à table. Sa femme vérifia le fil du couteau à découper, le déposa dans le plat et attira l'attention de son mari sur la viande froide. Cette offre le laissa insensible et ne lui fit même pas lever la tête.

- Il faut nourrir ton rhume, dit Mrs. Verloc, péremptoire.

Il la regarda et fit un signe de tête négatif. Il avait le visage rouge et les yeux injectés de sang. Il avait passé la main dans ses cheveux, qui étaient en désordre. Son aspect peu reluisant exprimait tout à fait le malaise, l'irritation et la tristesse subséquentes à une grande débauche. Or, Mr. Verloc n'était pas un débauché. Sa conduite était respectable. Peut-être sa mauvaise mine était-elle due à un accès de fièvre. Il but trois tasses de thé mais s'abstint de toute nourriture. Il repoussa avec dégoût l'insistance de Mrs. Verloc, qui finit par dire :

- Tu n'as pas les pieds mouillés ? Tu devrais mettre tes pantoufles. Tu ne vas plus sortir ce soir.

Au moyen de signes et de grognements, Mr. Verloc, morose, indiqua qu'il n'avait pas les pieds mouillés et que d'ailleurs peu lui importait. La proposition de mettre ses pantoufles ne lui parut même pas digne d'attention. Mais la question de sortir dans la soirée connut un développement inattendu. Ce n'était pas à sortir ce soir-là que Mr. Verloc songeait. Sa pensée travaillait sur une entreprise plus vaste. Des phrases incomplètes et bourrues révélèrent que Mr. Verloc se demandait s'il ne serait pas opportun de partir à l'étranger. Il était difficile de savoir s'il souhaitait aller en France ou en Californie.

L'improbabilité inconcevable d'un tel événement ôta tout poids à cette déclaration vague. Mrs. Verloc, avec autant de placidité que si son mari avait brandi la menace de la fin du monde, dit :

- Quelle idée !

Mr. Verloc se déclara las et écœuré de tout et de plus... Elle l'interrompit :

- Tu as pris un mauvais refroidissement.

Il était en effet clair que Mr. Verloc n'était pas dans son état normal, ni de corps ni d'esprit. Une sombre irrésolution le laissa un moment silencieux. Puis il marmonna quelques généralités redoutables sur le thème de la nécessité.

- Nous y serons obligés ! répéta Winnie en s'asseyant de nouveau, les bras croisés, en face de son mari. Je voudrais bien savoir qui pourrait t'y obliger. Tu n'es pas un esclave. Nul n'est esclave dans ce pays. Alors, ne te conduis pas comme si tu l'étais.

Elle marqua une pause puis, avec une candeur persistante et invincible :

- Les affaires ne marchent pas trop mal, poursuivit-elle. Tu as un foyer agréable.

Elle promena son regard sur toute la pièce, du buffet dans l'angle jusqu'au bon feu dans la cheminée. Douillettement installée derrière le magasin avec ses marchandises suspectes, sa vitrine sombre et mystérieuse et sa porte prudemment entrebâillée sur l'étroite rue obscure, c'était, en tant que possession et confort domestique, une maison respectable. Il y manquait à sa fidèle affection la présence de son frère Stevie actuellement en villégiature mouillée sur les routes du Kent, sous la garde de Mr. Michaelis. Elle déplorait douloureusement son absence, avec toute la force de sa passion protectrice. C'était son foyer, à lui aussi - le toit, le buffet, la grille de charbon. Cette pensée poussa Mrs. Verloc à se lever, à aller jusqu'à l'autre bout de la table et à dire du fond du cœur :

- Et tu ne t'es pas lassé de moi.

Mr. Verloc n'émit pas un son. Derrière lui, Winnie se pencha sur son épaule et lui déposa un baiser sur le front. Elle s'y attarda. Pas un souffle du monde extérieur ne parvenait jusqu'à eux. Dans l'ombre discrète du magasin s'éteignait le bruit des pas sur le trottoir. Seul le bec de gaz au-dessus de la table émettait son ronronnement régulier dans le silence pesant de l'arrière-boutique.

Pendant ce long baiser imprévu, Mr. Verloc, les deux mains agrippées au bord de sa chaise, conserva une immobilité hiératique. Lorsqu'il n'en sentit plus le contact, il relâcha la pression de ses mains sur la chaise, se leva et se campa debout devant la cheminée. Il ne tournait plus le dos à la pièce. Avec son air drogué et ses traits bouffis, il suivait des yeux les gestes de sa femme.

Celle-ci débarrassait la table avec sérénité. Elle commenta l'idée qu'il avait émise, sur un ton raisonnable et quotidien. Ce projet ne méritait même pas d'être discuté. Elle le condamnait à tous points de vue. Son véritable souci était le bien-être de Stevie. Il lui semblait que, à cet égard, il était assez « particulier » pour qu'on ne l'emmenât pas à l'étranger sur un coup de tête. Point final. Mais, tournant autour de cette question vitale, elle atteignit presque à la véhémence dans l'expression de son opinion. Tout en parlant, elle se harnacha d'un tablier pour laver les tasses. Et, comme excitée par le son de sa voix sans écho ni contradiction, elle alla jusqu'à dire sur un ton presque définitif :

- Si tu pars à l'étranger, tu partiras sans moi.

- Tu sais bien que je m'y refuserais, dit Mr. Verloc de sa voix rude et mate, qui tremblait d'une émotion énigmatique.

Mrs. Verloc regrettait déjà d'avoir prononcé ces paroles. Elles avaient été plus brutales qu'elle ne le souhaitait. Comme toute chose non indispensable, elles manquaient de sagesse. En réalité, ce n'était pas du tout ce qu'elle avait voulu dire. C'était le genre de propos que vous souffle un démon d'inspiration perverse. Mais elle savait ce qu'elle devait faire pour en effacer les conséquences.

Elle tourna la tête et posa sur cet homme lourd planté devant la cheminée un regard mi-rusé, mi-cruel - un regard dont les grands yeux de la Winnie de l'époque de Belgravia eussent été incapables, en raison de sa respectabilité et de son ignorance. Mais maintenant cet homme était son mari et elle n'était plus ignorante. Elle garda encore le silence quelques instants, avec un visage grave et immobile comme un masque, puis elle dit légèrement :

- Tu ne pourrais pas. Je te manquerais trop.

Mr. Verloc s'avança.

- Exactement, dit-il plus fort en lui tendant les bras et en s'approchant d'un pas.

Une sorte de sauvagerie équivoque dans son expression ne permettait pas de deviner s'il voulait étrangler sa femme ou l'étreindre. Mais l'attention de Mrs. Verloc fut détournée de ce geste par le tintement de la clochette du magasin.

- On sonne au magasin, Adolf. Vas-y.

Il s'immobilisa et laissa lentement retomber ses bras.

- Vas-y, répéta Mrs. Verloc. J'ai mon tablier.

Mr. Verloc obtempéra avec un regard de pierre, semblable à un automate dont on aurait peint le visage en rouge. Et cette ressemblance était telle qu'il avait l'air absurde d'un automate ayant conscience d'avoir un mécanisme dans le corps.

Il ferma la porte de l'arrière-boutique, et Mrs. Verloc, d'un geste vif, emporta le plateau à la cuisine. Elle lava les tasses et diverses autres choses, puis interrompit son travail pour écouter. Aucun son ne lui parvint. Le client resta longtemps. C'était bien un client, sinon Mr. Verloc l'aurait fait entrer dans la maison. Elle ôta brusquement son tablier, le jeta sur une chaise et regagna sans hâte l'arrière-boutique.

À cet instant précis, Mr. Verloc revint du magasin.

Il y était parti très rouge ; il en revint livide comme une feuille de papier. Sa stupeur fiévreuse et droguée s'était dissipée, son visage avait pris en ce peu de temps une expression harassée et abasourdie. Il alla directement jusqu'au canapé et resta là, les yeux baissés sur son manteau, comme s'il redoutait de le toucher.

- Qu'est-ce qu'il y a ? demanda Mrs. Verloc à voix basse.

Par la porte restée entrebâillée, elle voyait que le client n'était pas encore parti.

- Il faut que je sorte, dit Mr. Verloc sans faire un geste pour prendre son pardessus.

Winnie ne proféra pas une parole et alla se placer derrière le comptoir, après avoir refermé la porte derrière elle. Elle attendit d'être installée sur sa chaise pour regarder ouvertement le client. Mais elle avait déjà noté qu'il était grand et mince, et qu'il avait une moustache aux pointes relevées vers le haut. Il était justement en train de les relever. Un long visage osseux émergeait d'un col relevé. Il était mouillé, éclaboussé de boue. Un homme brun, aux pommettes très saillantes sous un front plutôt plat. Un parfait inconnu. Et ce n'était pas un client.

Mrs. Verloc le considéra avec calme.

- Vous arrivez du continent ? demanda-t-elle au bout d'un petit moment.

L'inconnu long et svelte, sans regarder Mrs. Verloc en face, répondit seulement par un petit sourire étrange.

Le regard appuyé, sans curiosité, de Mrs. Verloc ne le quittait pas.

- Vous comprenez l'anglais, je suppose ?

- Oh oui ! Je comprends l'anglais.

Il n'avait pas d'accent étranger mais parlait avec une telle lenteur qu'il semblait chercher ses mots. Et Mrs. Verloc, par ses expériences variées, en était venue à la conclusion que certains étrangers parlaient l'anglais mieux que les autochtones. Elle regarda fixement la porte de l'arrière-boutique en disant :

- Peut-être n'avez-vous pas le projet de vous installer définitivement en Angleterre ?

L'inconnu répondit de nouveau par un sourire. Il avait une bouche aimable et des yeux perçants. Il hocha la tête avec, semblait-il, une certaine tristesse.

- Mon mari s'occupera de vous. Entre-temps, pour quelques jours, le mieux serait que vous logiez chez Mr. Guigliani. Hôtel Continental. Un hôtel privé. Tranquille. Mon mari vous y amènera.

- C'est une bonne idée, dit le mince visiteur brun, dont le regard s'était soudain durci.

- Vous avez sans doute déjà rencontré Mr. Verloc ? En France, peut-être ?

- J'ai entendu parler de lui, répondit l'homme dans son parler lent et laborieux, où perçait néanmoins quelque sécheresse.

Il y eut un silence. Puis il reprit la parole, sur un ton bien moins évasif :

- Votre mari ne serait pas, par hasard, allé m'attendre dans la rue ?

- Dans la rue ! répéta Mrs. Verloc, surprise. Ce ne serait pas possible. Cette porte est la seule qui donne à l'extérieur.

Elle resta un instant immobile, puis quitta son siège pour aller jeter un coup d'œil à travers la porte vitrée. Soudain, elle l'ouvrit et disparut dans l'arrière-boutique.

Mr. Verloc avait seulement enfilé son manteau ; mais elle ne comprit pas pourquoi il restait les coudes appuyés sur la table comme s'il avait un malaise ou un étourdissement.

- Adolf ! dit-elle à mi-voix.

Et, lorsqu'il se fut redressé :

- Tu connais cet homme ? demanda-t-elle rapidement.

- J'en ai entendu parler, chuchota Mr. Verloc, gêné, avec un regard affolé vers la porte.

Les jolis yeux sans curiosité de Mrs. Verloc furent traversés par un éclair d'animosité :

- Un ami de Karl Yundt, cet horrible vieillard !

- Non, non ! protesta Mr. Verloc, occupé à chercher son chapeau.

Et, lorsqu'il l'eut trouvé sous le canapé, il le garda à la main comme s'il ignorait ce qu'il devait en faire.

- Eh bien, il t'attend, finit par dire Mrs. Verloc. Dis-moi, Adolf, est-ce qu'il ne fait pas partie de ces gens d'ambassade qui t'ont tracassé récemment ?

- Tracassé par des gens d'une ambassade ? répéta Mr. Verloc en sursautant de peur et de surprise. Qui t'a parlé d'ambassade ?

- Toi.

- Moi ? Moi ? Je t'ai parlé d'ambassade ?

Mr. Verloc paraissait effrayé et éberlué au-delà de toute expression. Sa femme lui expliqua :

- Tu as un peu parlé dans ton sommeil ces temps-ci, Adolf.

- Et... qu'est-ce que j'ai dit ? Que sais-tu ?

- Pas grand-chose. Cela n'avait guère de sens. Mais assez pour me faire deviner que tu étais préoccupé par quelque chose.

Mr. Verloc fourra son chapeau sur sa tête. Son visage s'empourpra de colère.

- Pas de sens, dis-tu ? Les gens de l'ambassade ? Je leur arracherais volontiers les tripes. Mais qu'ils se méfient ! J'ai une langue !

Il écumait de rage et marchait de long en large entre la table et le canapé, accrochant son manteau ouvert contre tous les angles. La rougeur de son visage s'éteignit, le laissant livide, les narines palpitantes. Le sens pratique de Mrs. Verloc lui fit attribuer ces signes à un refroidissement.

- Bon, dit-elle, qui que soit cet homme, débarrasse-toi de lui le plus vite possible et reviens me trouver à la maison. Tu auras besoin de soins pendant un ou deux jours.

Mr. Verloc se calma et, son visage pâle exprimant de la détermination, il avait déjà ouvert la porte lorsque sa femme le rappela dans un souffle :

- Adolf ! Adolf !

Il revint, ahuri.

- Et cet argent que tu as retiré ? Tu l'as dans ta poche ? Ne ferais-tu pas mieux... ?

Mr. Verloc regarda d'un air stupide la main tendue de sa femme, puis se frappa enfin le front :

- L'argent ? Ah oui ! Je ne comprenais pas de quoi tu parlais.

Il tira de sa poche de poitrine un portefeuille neuf en peau de porc. Mrs. Verloc le prit sans un mot et ne bougea plus jusqu'à ce que la clochette eût fini de tinter après le départ de Mr. Verloc et de son visiteur. Alors seulement, elle retira les billets du portefeuille pour les compter. Cette inspection terminée, elle regarda autour d'elle pensivement, comme si elle ne se fiait pas à la solitude et au silence de la maison. Cette demeure de sa vie conjugale lui semblait aussi peu sûre et aussi isolée que le cœur d'une forêt. Elle ne voyait, dans le lourd et solide mobilier, aucune cachette qui ne fût dérisoire ou tentante pour l'image qu'elle se faisait d'un cambrioleur. C'était une image abstraite, conçue avec un sublime bon sens et une extraordinaire intuition. Le tiroir, il n'y fallait pas songer : c'était le premier endroit vers lequel se dirigerait un voleur. Mrs. Verloc ouvrit en hâte son corsage et y glissa le portefeuille. Ayant ainsi disposé du capital de son mari, elle fut plutôt satisfaite d'entendre sonner la cloche annonçant un visiteur. Adoptant le regard fixe, ferme, inexpressif qu'elle réservait aux clients, elle s'avança derrière le comptoir.

Debout au milieu du magasin, un homme promenait autour de lui un regard rapide, froid, inquisiteur. Ses yeux balayèrent les murs, le plafond, le sol, le tout en un seul instant. Les pointes d'une longue moustache blonde descendaient en dessous de son menton. Il sourit à la façon d'une vieille mais lointaine connaissance, et Mrs. Verloc se souvint de l'avoir déjà vu. Ce n'était pas un client. Son « regard commercial » arbora une expression d'indifférence et affronta celui de l'homme par-dessus le comptoir.

Celui-ci s'approcha avec confiance, mais réserve.

- Votre mari est là, Mrs. Verloc ? questionna-t-il d'une voix chaude et aisée.

- Non. Il est sorti.

- C'est dommage. J'étais venu lui demander une petite information personnelle.

C'était l'exacte vérité. L'Inspecteur en Chef Heat avait fait tout le trajet jusque chez lui et avait même songé à mettre ses pantoufles, puisqu'on l'avait en fait évincé de cette affaire. Il s'était laissé aller à quelques pensées méprisantes et irritées, et avait trouvé cette occupation si peu satisfaisante qu'il avait résolu de chercher du soulagement hors de chez lui. Rien ne l'empêchait d'aller faire, comme par hasard, une visite amicale à Mr. Verloc. C'était en homme privé qu'il empruntait l'itinéraire de son choix. Sa direction générale l'amenait vers la maison de Mr. Verloc. L'Inspecteur en Chef Heat tenait à tel point à son caractère de citoyen ordinaire qu'il prit la peine d'éviter tous les agents de police en faction ou en patrouille aux abords de Brett Street. Cette précaution était bien plus nécessaire pour un homme dans sa situation que pour un obscur Commissaire Adjoint. Le citoyen ordinaire Heat pénétra dans la rue d'une manière qu'on aurait, pour un membre des classes criminelles, qualifiée de subreptice. Il avait dans sa poche le morceau de drap ramassé à Greenwich. Non qu'il eût la moindre intention de le produire au cours de sa visite privée. Au contraire, il voulait seulement savoir ce que Mr. Verloc serait disposé à lui dire spontanément. Il espérait que les propos de Mr. Verloc seraient de nature à incriminer Michaelis. C'était, dans l'ensemble, un espoir de conscience professionnelle, non dépourvu néanmoins de valeur morale. Car l'Inspecteur en Chef Heat était un serviteur de la justice. L'absence de Mr. Verloc le déçut.

- Si j'étais sûr qu'il ne tarderait pas trop, je l'attendrais volontiers un moment, dit-il.

Mrs. Verloc ne pouvait rien lui affirmer.

- L'information dont j'ai besoin est tout à fait personnelle, répéta-t-il. Vous comprenez ce que je veux dire ? Ne pourrais-je savoir où il est allé ?

Mrs. Verloc fit un signe de tête négatif :

- Je l'ignore.

Elle se détourna pour ranger quelques boîtes sur les étagères derrière le comptoir. L'Inspecteur en Chef Heat l'observa un moment d'un air songeur.

- Je suppose que vous savez qui je suis ? dit-il.

Mrs. Verloc le regarda par-dessus son épaule. L'Inspecteur Heat fut ahuri de son sang-froid.

- Allons ! Vous savez bien que je fais partie de la police ! dit-il sèchement.

- Cela ne m'importe guère, observa Mrs. Verloc en reprenant ses rangements.

- Mon nom est Heat. Inspecteur en Chef Heat, de la Section Criminelle Spéciale.

Mrs. Verloc rangea avec soin une petite boîte en carton ; puis elle se retourna, lui fit face de nouveau, le regard lourd, les mains pendantes. Le silence régna quelques minutes.

- Ainsi, votre mari est sorti il y a un quart d'heure ! Et il ne vous a pas dit à quelle heure il rentrerait ?

- Il n'est pas parti seul, laissa tomber négligemment Mrs. Verloc.

- Avec un ami ?

Mrs. Verloc passa une main sur ses cheveux. Ils étaient en ordre.

- Avec un inconnu qui était venu le voir.

- Je comprends. Quelle sorte d'homme était cet inconnu ? Cela vous ennuierait-il de me le décrire ?

Mrs. Verloc n'y voyait pas d'inconvénient. Lorsque l'Inspecteur Heat entendit qu'il s'agissait d'un homme brun et mince avec un visage allongé et une moustache aux pointes relevées en crocs, il parut perturbé et s'écria :

- J'aurais dû m'en douter ! Il n'a pas perdu de temps !

Dans le secret de son cœur, il était dégoûté par la conduite irrégulière de son supérieur immédiat. Mais il était réaliste. Il perdit tout désir d'attendre le retour de Mr. Verloc. Il ignorait pourquoi ils étaient sortis ensemble, mais il ne croyait pas impossible qu'ils revinssent ensemble. « Cette affaire n'est pas menée correctement, tout est faussé », songea-t-il avec amertume.

- Je crois que je ne vais pas pouvoir attendre votre mari, dit-il.

Mrs. Verloc accueillit distraitement cette déclaration. Son détachement avait frappé l'Inspecteur tout au long de leur entretien. En cet instant précis, il stimula sa curiosité. L'Inspecteur en Chef Heat balançait dans le vent de ses passions comme n'importe quel citoyen ordinaire.

- Je crois, dit-il avec calme, que si vous le vouliez vous pourriez me donner une idée de ce qui se passe.

Mrs. Verloc obligea ses beaux yeux inertes à lui retourner son regard, et elle murmura :

- Ce qui se passe ! Mais *qu'est-ce* qui se passe ?

- Eh bien, l'affaire dont j'étais venu parler à votre mari.

Ce jour-là, comme d'habitude, Mrs. Verloc avait jeté un coup d'œil sur le journal du matin. Mais elle n'était pas sortie de chez elle, et les crieurs de journaux ne s'aventuraient jamais dans Brett Street. Ce n'était pas une rue pour leur travail. Et l'écho de leurs cris, errant dans les voies peuplées, expirait entre les murs de brique sale avant d'atteindre le seuil de la boutique. Son mari n'avait rapporté aucun journal du soir. Ou du moins elle n'en avait pas vu. Mrs. Verloc ignorait tout d'une quelconque affaire. Et elle le dit avec, dans sa voix paisible, un accent de sincère surprise.

L'Inspecteur en Chef Heat ne put croire un seul instant à tant d'ignorance. D'un ton sec, peu aimable, il lui exposa les faits.

Mrs. Verloc détourna les yeux.

- Je trouve cela idiot, dit-elle lentement.

Elle se tut, puis ajouta :

- Nous ne sommes pas des esclaves maltraités ici.

L'Inspecteur attendit attentivement la suite. Mais rien de plus ne fut dit.

- Et votre mari ne vous en a pas parlé en rentrant chez lui ?

Mrs. Verloc se borna à tourner la tête de droite à gauche en signe de dénégation. Un silence morne, déroutant, régna dans le magasin. L'Inspecteur en Chef Heat fut exaspéré au-delà des limites du possible.

- Il y avait une autre petite question, commença-t-il négligemment, dont je voulais entretenir votre mari. Nous avons entre les mains un... un... ce que nous pensons être un manteau volé.

- Nous n'avons perdu aucun vêtement, dit-elle sans se troubler.

- C'est étrange, poursuivit le citoyen Heat. Je vois que vous avez là de l'encre à marquer...

Il s'empara d'un petit flacon et l'examina à la lumière du bec de gaz, au centre du magasin.

- Elle est rouge, n'est-ce pas ? dit-il en reposant la fiole. Je répète que c'est étrange. Parce que ce manteau avait sous un revers une étiquette cousue qui portait votre adresse avec de l'encre à marquer.

Mrs. Verloc se pencha sur le comptoir en s'exclamant à voix basse :

- C'est donc celui de mon frère.

- Où est votre frère ? Puis-je le voir ? demanda vivement l'Inspecteur en Chef...

Mrs. Verloc se pencha un peu plus bas sur le comptoir.

- Non. Il n'est pas ici. C'est moi qui ai écrit cette adresse.

- Où est votre frère en ce moment ?

- À la campagne, chez un ami.

- Ce manteau est arrivé de la campagne. Quel est le nom de cet ami ?

- Michaelis, avoua Mrs. Verloc en un murmure terrifié.

L'Inspecteur en Chef laissa échapper un sifflement. Ses paupières battirent.

- C'est bien ça. C'est capital. Et votre frère, comment est-il ? Un garçon trapu, brun, n'est-ce pas ?

- Oh non ! protesta avec ferveur Mrs. Verloc. Celui-là doit être le voleur. Stevie est mince et blond.

- Bon, approuva l'Inspecteur Heat.

Et, tandis que Mrs. Verloc, hésitant entre l'alarme et la surprise, le regardait fixement, il cherchait des informations. Pourquoi avait-elle cousu son adresse à l'intérieur de ce manteau ? Et il apprit que les restes déchiquetés qu'il avait examinés le matin même avec une négligence extrême étaient ceux d'un adolescent nerveux, distrait, un peu particulier ; et aussi que la femme qui lui parlait avait élevé cet enfant depuis son plus jeune âge.

- Très émotif ? suggéra-t-il.

- Oh oui ! Très. Mais comment a-t-il pu égarer son manteau ?

L'Inspecteur Heat tira soudain de sa poche un journal rose qu'il avait acheté moins d'une heure auparavant. Il s'intéressait aux chevaux. Contraint par son métier de nourrir des doutes et des soupçons sur ses semblables, l'Inspecteur en Chef donnait libre cours à l'instinct de crédulité commun à tous les êtres humains en accordant une confiance sans limites aux prophètes sportifs de cette publication spécialisée du soir. Il laissa tomber le journal sur le comptoir, plongea de nouveau sa main dans sa poche et en retira le lambeau de drap que le destin lui avait offert, au milieu d'un amoncellement de débris paraissant récoltés chez un chiffonnier, et qu'il tendit à Mrs. Verloc pour qu'elle l'examinât.

- Je pense que vous reconnaissez ceci ?

Elle le prit machinalement entre ses deux mains. Ses yeux parurent s'agrandir tandis qu'elle le regardait.

- Oui, murmura-t-elle.

Puis elle releva la tête et recula d'un pas en vacillant.

- Pourquoi est-il tout déchiré ?

L'Inspecteur en Chef lui arracha des mains le bout de tissu, et elle se laissa lourdement tomber sur la chaise. Il pensa : l'identification est indiscutable. Et, au même instant, il entrevit l'incroyable vérité. Verloc était l'« autre homme ».

- Mrs. Verloc, dit-il, je suis sûr que vous en savez plus long sur cette affaire de bombe que vous n'en avez vous-même conscience.

Mrs. Verloc, éberluée, restait assise sans bouger, éperdue de surprise. Comment tout cela se raccordait-il ? Toute sa personne se figea à un point tel qu'elle fut incapable de tourner la tête en entendant tinter la cloche, tandis que l'enquêteur privé Heat se retournait. Mr. Verloc avait refermé la porte et, pendant un instant, les deux hommes se regardèrent.

Mr. Verloc, n'ayant même pas conscience de la présence de sa femme, s'avança vers l'Inspecteur, qui était soulagé de voir qu'il était seul.

- Vous ici ! murmura-t-il sur un ton pesant. Qui cherchez-vous ?

- Personne, répondit l'Inspecteur Heat à voix basse. Je voudrais vous dire un mot.

Mr. Verloc, toujours pâle, avait l'air résolu. Ignorant encore sa femme, il dit :

- Alors, entrez ici.

Et il l'emmena dans l'arrière-boutique.

À peine la porte refermée, Mrs. Verloc bondit pour la rouvrir, mais se ravisa et se laissa tomber à genoux, l'oreille collée contre le trou de la serrure. Les deux hommes avaient dû s'arrêter sitôt dans la pièce, car elle entendit nettement la voix de l'Inspecteur, sans voir toutefois qu'il appliquait un doigt vengeur sur la poitrine de son mari.

- Vous êtes le deuxième homme, Verloc. On a vu deux hommes pénétrer dans le parc.

Et la voix de Mr. Verloc répondit :

- Eh bien, emmenez-moi tout de suite. Qu'est-ce qui vous en empêche ? Vous en avez le droit.

- Oh ! que non ! Je sais trop bien à qui vous vous êtes livré. Il devra se débrouiller tout seul de cette petite affaire. Mais ne vous y trompez pas : c'est moi qui vous ai démasqué.

Puis elle n'entendit plus que des chuchotements. Sans doute l'Inspecteur Heat avait-il montré à Mr. Verloc le fragment du manteau de Stevie, car la sœur, tutrice et protectrice de Stevie entendit son mari dire un peu plus fort :

- Je ne me suis pas aperçu qu'elle avait découvert le pot aux roses.

De nouveau, Mrs. Verloc ne perçut plus que des murmures inintelligibles, moins cauchemardesques que les terribles suggestions des paroles claires. Puis l'Inspecteur en Chef Heat, de l'autre côté de la porte, éleva la voix :

- Il faut que vous soyez devenu fou !

Et Mr. Verloc répondit, avec une sombre fureur :

- J'ai été fou pendant plus d'un mois, mais je ne le suis pas en ce moment. C'est fini. Je déballerai tout, et au diable les conséquences !

Il y eut un silence, puis le citoyen privé Heat murmura :

- Qu'est-ce que vous déballerez ?

- Tout ! s'écria Mr. Verloc d'une voix forte, qui s'enroua.

Au bout d'un instant, elle s'éleva de nouveau :

- Vous me connaissez depuis plusieurs années maintenant, et vous m'avez trouvé utile. Vous savez que je suis un homme droit. Oui, droit.

Ce rappel de leurs vieilles relations dut être fort désagréable à l'Inspecteur. Il adopta un ton menaçant :

- Ne vous fiez pas trop à ce que l'on vous a promis. À votre place, je filerais. Je ne crois pas que nous vous courrons après.

Mr. Verloc eut un petit rire.

- Bien sûr ! Vous espérez que *les autres* se débarrasseront de moi, n'est-ce pas ? Non, non, vous ne serez pas quitte ainsi. J'ai été trop longtemps correct avec ces gens ; maintenant, il faut que tout soit révélé.

- Bon. À votre guise, acquiesça la voix indifférente de l'Inspecteur en Chef Heat. Mais dites-moi comment vous avez réussi à vous échapper.

- Je me dirigeais vers Chesterfield Walk, perçut Mrs. Verloc, lorsque j'ai entendu l'explosion. Alors, je me suis mis à courir. Il y avait du brouillard. Je n'ai vu personne jusqu'au bout de George Street. N'allez pas croire que j'aie rencontré quiconque jusque-là.

- Si simple que ça ! s'émerveilla la voix de l'Inspecteur Heat. L'explosion vous a surpris, hein ?

- Oui. Elle arrivait trop tôt, avoua la voix sombre et grave de Mr. Verloc.

Mrs. Verloc appuya son oreille contre le trou de la serrure ; elle avait les lèvres bleues, les mains glacées, et il lui semblait que son visage livide, dans lequel les yeux n'étaient que des trous noirs, était environné de flammes.

Derrière la porte, les voix devenaient presque inaudibles. Elle saisissait un mot par-ci par-là, tantôt prononcé par son mari, tantôt par la voix égale de l'Inspecteur. Elle entendit ce dernier dire :

- Nous avons pensé qu'il avait trébuché sur une racine.

Elle perçut un murmure confus et volubile qui se prolongea un peu ; puis l'Inspecteur, répondant sans doute à une question, parla en détachant chaque mot :

- Évidemment. Réduit en miettes. Des fragments de membres, du gravier, des vêtements, des os, des éclats de bois, tout mélangés. Je vous dis qu'il a fallu aller chercher une pelle pour rassembler les débris.

Mrs. Verloc se leva d'un bond, se boucha les oreilles, tituba entre le comptoir et les étagères jusqu'à la chaise. Son regard égaré tomba sur la feuille sportive abandonnée par l'Inspecteur en Chef ; elle se cogna contre le comptoir et la ramassa, s'écroula sur la chaise, déchira de haut en bas le journal rose en essayant de l'ouvrir, puis le jeta par terre. Derrière la porte, l'Inspecteur en Chef Heat disait à Mr. Verloc, l'agent secret :

- Donc, votre défense consistera en une confession complète ?

- Oui. Je raconterai toute l'histoire.

- On ne vous croira peut-être pas autant que vous le supposez.

Et l'Inspecteur resta songeur. Le tour que prenait cette affaire impliquait la révélation de bien des choses - le gaspillage d'un champ d'informations qui, exploité par un homme capable, avait une grande valeur pour la société et les particuliers. C'était un gâchis lamentable, lamentable. Michaelis ne serait pas inquiété, la petite industrie du Professeur serait mise au grand jour, tout le système de surveillance serait désorganisé. Il y aurait un scandale interminable dans les articles des journaux qui, vus sous cet angle, lui parurent, par une illumination soudaine, invariablement écrits par des ânes et lus par des imbéciles. En lui-même il tomba d'accord avec les mots que finit par prononcer Mr. Verloc en réponse à sa dernière remarque :

- Peut-être. Mais cela changera quand même bien des choses. J'ai été régulier et je le resterai en cette...

- S'ils vous le permettent, dit l'Inspecteur en Chef avec cynisme. On vous cuisinera sûrement avant de vous inculper. Et, pour finir, vous écoperez peut-être d'une condamnation qui vous surprendra. À votre place, je ne me fierais pas trop au gentleman à qui vous avez parlé.

Mr. Verloc écoutait en fronçant les sourcils.

- Je vous conseille de filer tant que c'est possible. Je n'ai pas reçu d'instructions. Certains d'entre eux, poursuivit l'Inspecteur Heat en appuyant sur le mot « eux », pensent que vous n'êtes déjà plus de ce monde.

- Vraiment ! ne put s'empêcher de dire Mr. Verloc.

Bien que depuis son retour de Greenwich il eût passé presque tout son temps dans l'arrière-salle d'un petit bistrot obscur, il n'eût pas osé espérer une nouvelle aussi favorable.

- C'est ce que l'on croit, affirma l'Inspecteur. Disparaissez. Filez.

- Où ? railla Mr. Verloc.

Il leva la tête et, regardant la porte fermée de l'arrière-boutique, il murmura avec conviction :

- Tout ce que je souhaite, c'est que vous m'emmeniez ce soir même. Je ne ferai pas de difficultés pour vous suivre.

- Je m'en doute, opina sarcastiquement l'Inspecteur Heat en suivant la direction de son regard.

Le front de Mr. Verloc se couvrit de sueur. Il baissa confidentiellement sa voix crépusculaire devant l'Inspecteur impassible.

- Ce gamin était à moitié idiot, irresponsable. N'importe quel tribunal aurait vu ça tout de suite. Bon pour l'asile. Et c'est ce qui lui serait arrivé si...

La main sur le loquet, l'Inspecteur en Chef murmura contre le visage de Mr. Verloc :

- Peut-être était-il à moitié innocent ; mais vous, il faut que vous ayez été fou. Qu'est-ce qui vous a fait perdre la tête à ce point ?

Songeant à Mr. Vladimir, Mr. Verloc ne mâcha pas ses mots :

- Un porc hyperboréen, siffla-t-il avec conviction. Ce que d'aucuns appelleraient un... gentleman.

Le regard inexpressif, l'Inspecteur en Chef indiqua d'un signe bref qu'il comprenait et il ouvrit la porte. Mrs. Verloc, derrière le comptoir, entendit peut-être mais ne vit pas son départ accompagné du tintement agressif de la clochette. Elle était à son poste de travail. Droite et rigide sur sa chaise, avec deux feuilles souillées de papier rose étalées à ses pieds. Ses mains étreignaient convulsivement son visage, le bout des doigts contractés sur son front, comme si sa peau était un masque qu'elle se préparait à arracher avec violence. L'immobilité absolue de son attitude exprimait l'agitation de la rage et du désespoir, la violence potentielle des passions tragiques, mieux que n'aurait pu le faire une avalanche de cris ou une tête égarée se cognant contre les murs. En traversant le magasin de son pas actif et souple, l'Inspecteur en Chef Heat ne lui accorda qu'un regard rapide. Et lorsque la cloche fêlée eut cessé de tinter au bout de son fil de fer recourbé, rien ne bougea plus autour de Mrs. Verloc, comme si son attitude avait le pouvoir paralysant d'un envoûtement. Jusqu'aux flammes en forme d'ailes de papillon du bec de gaz fixé sur son support en T, qui brûlaient sans un frémissement. Dans ce magasin de marchandises douteuses équipé d'étagères peintes en brun qui absorbaient toute la lumière, le cercle d'or de l'alliance de Mrs. Verloc étincelait sur sa main gauche avec toute la splendeur éclatante d'un bijou prélevé dans un magnifique trésor et tombé dans une poubelle.

10

Rapidement transporté par un fiacre du quartier de Soho jusqu'aux abords de Westminster, le Commissaire Adjoint se trouva au centre même de l'empire sur lequel le soleil ne se couche jamais. Quelques agents robustes, que n'avait pas l'air d'impressionner la garde de ce lieu auguste, le saluèrent. Pénétrant par un portail sans majesté dans le territoire de la Chambre, qui est aux yeux de millions d'individus *la Chambre* par excellence, il fut enfin accueilli par le fringant révolutionnaire Toodles.

Cet élégant et charmant jeune homme dissimula sa surprise de voir arriver aussi tôt le Commissaire Adjoint, qu'il avait été chargé d'attendre aux environs de minuit. Il vit dans cette arrivée précoce le signe que les choses, quelles qu'elles fussent, n'avaient pas bien tourné. Avec la sympathie spontanée qui, chez les aimables jouvenceaux, accompagne souvent un caractère gai, il fut navré pour l'Éminente Présence qu'il appelait le Chef, et aussi pour le Commissaire Adjoint dont le visage lui parut inquiétant et plus fermé que jamais. « Quel drôle de type, et comme il a l'air d'un étranger », se dit-il en lui souriant de loin avec chaleur. Et dès qu'ils se furent rejoints, il se mit à parler dans l'intention louable de noyer la gêne d'un échec sous un déluge de mots. Il semblait que la grande attaque prévue pour cette nuit allait éclater. Un médiocre partisan de « cet animal de Cheeseman » était en train de lasser impitoyablement une Chambre très peu garnie avec des statistiques honteusement trafiquées. Lui, Toodles, espérait qu'il allait partir sans tarder, mais il faudrait attendre encore un peu pour laisser cet ogre de Cheeseman dîner à loisir. De toute façon, il n'était pas question de décider le Chef à rentrer chez lui.

- Je pense qu'il va vous recevoir tout de suite. Il est seul dans son bureau à rêver à tous les poissons de la mer, conclut légèrement Toodles. Venez.

En dépit de ses aimables dispositions, le jeune secrétaire particulier (sans appointements) était sujet aux erreurs communes à tous les hommes. Il ne voulait pas blesser les sentiments du Commissaire Adjoint, qui avait toutes les apparences d'un homme ayant raté son affaire. Mais sa curiosité était trop forte pour se laisser arrêter par la seule compassion. Il ne put s'empêcher, tout en marchant, de jeter négligemment par-dessus son épaule :

- Et votre poisson à vous ?

- Je l'ai eu, répondit le Commissaire Adjoint avec une concision qui n'était pas réticence.

- Bravo ! Vous ne pouvez pas savoir comme ces grands hommes détestent être déçus dans les petites choses.

Après cette remarque profonde, Toodles, qui avait de l'expérience, parut réfléchir. Du moins ne dit-il rien pendant deux bonnes secondes. Puis :

- Cela me fait plaisir. Mais, dites-moi, est-ce réellement une aussi petite affaire que vous le dites ?

- Savez-vous ce que l'on peut faire d'un petit poisson ? demanda à son tour le Commissaire Adjoint.

- On le met parfois dans une boîte de conserve, pouffa Toodles dont l'érudition relative aux industries de la pêche était récente et, comparée à son ignorance de toutes les autres questions industrielles, immense. Il y a sur la côte espagnole des conserveries qui...

Le Commissaire Adjoint interrompit le futur homme d'État :

- Oui, oui. Mais on rejette parfois du fretin pour attraper une baleine.

- Une baleine ! Sapristi ! s'écria Toodles, le souffle coupé. Vous êtes donc après une baleine ?

- Pas exactement. Ce que je vise ressemble plutôt à un requin. Vous ne savez peut-être pas comment est fait un requin...

- Oh, si ! Nous sommes plongés jusqu'au cou dans des livres spécialisés - il y en a de pleines étagères - avec des illustrations... C'est un animal nuisible, affreux à voir, tout à fait détestable, avec un visage lisse et une moustache.

- Description parfaite, complimenta le Commissaire Adjoint. Sauf que le mien est totalement imberbe. Vous l'avez vu. C'est un poisson astucieux.

- Je l'ai vu ? dit Toodles, incrédule. Je me demande bien où j'aurais pu le voir !

- À l'*Explorer's*, lâcha paisiblement le Commissaire Adjoint.

En entendant le nom de ce club très fermé, Toodles parut effaré et se tut.

- Quelle blague, protesta-t-il enfin, mais sur un ton frappé de stupeur. Que voulez-vous dire ? Un membre du club ?

- Membre d'honneur, murmura le Commissaire Adjoint entre ses dents.

- Ciel !

Toodles avait l'air si abasourdi que le Commissaire Adjoint eut un vague sourire.

- Ce que je vous dis là doit rester strictement entre nous, précisa-t-il.

- Je n'ai jamais rien entendu de plus choquant, déclara Toodles d'une voix faible, comme si la surprise l'avait en une seconde dépouillé de toute son ardeur optimiste.

Le Commissaire Adjoint le regarda sans sourire. Jusqu'à la porte du bureau du Grand Homme, Toodles garda un silence grave et scandalisé, comme s'il en voulait au Commissaire Adjoint de lui avoir révélé un fait aussi troublant et répugnant. Cela bouleversait son opinion de l'extrême sélectivité de l'*Explorer's Club*, de son haut niveau social. Toodles n'était révolutionnaire qu'en politique ; il entendait bien conserver intactes ses opinions sociales et sa sensibilité personnelle pendant toutes ses années de vie sur cette terre que, somme toute, il trouvait un lieu assez agréable.

Il s'effaça.

- Entrez sans frapper, dit-il.

Des abat-jour de soie verte sur toutes les lampes donnaient un peu à la pièce l'apparence triste et obscure d'une forêt. Physiquement, ses yeux hautains étaient le point faible du Grand Homme. Ce fait était soigneusement tenu secret. Lorsqu'il en avait l'occasion, il leur donnait du repos. En entrant, le Commissaire Adjoint ne vit tout d'abord qu'une grande main pâle soutenant une tête importante et dissimulant la partie supérieure d'un long visage blanc. Il y avait sur le bureau une corbeille à courrier, quelques feuilles de papier rectangulaires et une poignée de plumes éparses. Rien d'autre sur cette surface plate, sinon une statuette de bronze drapée dans une toge, mystérieusement attentive dans son immobilité nébuleuse. Invité à prendre un siège, le Commissaire Adjoint s'assit. Dans la pénombre, les caractéristiques principales de sa personne, son long visage, ses cheveux noirs, sa maigreur, lui donnaient l'air plus étranger que jamais.

Le Grand Homme ne manifesta ni surprise, ni curiosité, ni sentiment d'aucune sorte. L'attitude dans laquelle il donnait du repos à sa vue fragile était celle d'une méditation profonde.

Il ne changea pas de position. Sa voix, pourtant, n'avait rien de rêveur.

- Alors, qu'avez-vous déjà découvert ? Dès le début, vous êtes tombé sur quelque chose d'inattendu.

- Pas exactement inattendu, sir Ethelred. Ce que j'ai découvert est surtout un cas psychologique.

La Grande Présence fit un petit geste.

- Soyez clair, s'il vous plaît.

- Oui, sir Ethelred. Vous n'ignorez évidemment pas que la plupart des criminels éprouvent à un moment ou à un autre un besoin irrésistible de faire des aveux, des aveux complets, à quelqu'un, à n'importe qui. Et, souvent, c'est à la police qu'ils s'adressent. En ce Verloc que Heat désirait tant protéger, j'ai trouvé un homme dans cet état psychologique particulier. Il s'est, métaphoriquement parlant, jeté dans mes bras. Il m'a suffi de lui dire à voix basse qui j'étais et d'ajouter : « Je sais que vous êtes à l'origine de cette affaire. » Il a dû lui paraître de l'ordre du miracle que nous le sachions déjà, mais il a marché dans la foulée. Le caractère prodigieux de la chose ne l'a pas arrêté un instant. Il ne me restait plus qu'à lui poser deux questions : « Qui vous a embarqué là-dedans ? Et qui était l'exécutant ? » Il a répondu d'abondance à la première question. Quant à la deuxième, j'ai cru comprendre que le type à la bombe était son beau-frère, un gamin, une créature à l'esprit faible... C'est une affaire assez étrange, trop longue peut-être pour vous l'exposer maintenant dans le détail.

- Qu'avez-vous appris d'autre ? demanda le Grand Homme ?

- D'abord, que le repris de justice Michaelis n'avait joué aucun rôle là-dedans alors que l'adolescent était en fait depuis quelques jours chez lui à la campagne, et jusqu'à huit heures ce matin. Il est plus que probable que Michaelis ne sait encore rien.

- Vous en êtes sûr ? demanda le Grand Homme.

- Tout à fait sûr, sir Ethelred. Le fameux Verloc est allé là-bas et a emmené le gamin, sous prétexte d'aller se promener dans la campagne. Comme ce n'était pas la première fois qu'il le faisait, Michaelis n'a pas pu trouver cela étrange. Quant au reste, sir Ethelred, l'indignation de ce Verloc n'a laissé subsister aucun doute, pas le moindre doute. Il s'est laissé affoler par une extraordinaire performance que vous ou moi aurions difficilement pu prendre au sérieux, mais qui lui a, à l'évidence, produit une très forte impression.

Le Commissaire Adjoint rapporta alors brièvement au grand homme, toujours immobile sur son siège et abritant ses yeux de sa main, l'opinion de Verloc sur la personnalité et les agissements de Mr. Vladimir. Le Commissaire Adjoint semblait lui reconnaître une certaine pertinence. Mais le haut personnage observa :

- Tout cela me paraît fantastique.

- N'est-ce pas ? Cela a l'air d'une plaisanterie diabolique. Mais notre homme y a cru. Il s'est senti menacé. Jadis, vous savez, il était en relation directe avec le vieux Stott-Wartenheim en personne et il en était venu à se croire indispensable. Ce fut un réveil très brutal. Je pense qu'il a perdu la tête. Il a été irrité et effrayé. Ma parole, j'ai l'impression qu'il croyait ces gens de l'ambassade très capables non seulement de le renvoyer, mais aussi de le dénoncer d'une manière ou d'une autre...

- Combien de temps êtes-vous resté avec lui ? interrompit la Présence derrière sa grande main.

- Quarante minutes environ, sir Ethelred, dans une maison mal famée qui a nom *Hôtel Continental*, enfermés dans une chambre, que j'ai d'ailleurs gardée pour la nuit. Je l'ai trouvé sous l'influence de cette réaction qui suit la tension du crime. On ne peut définir cet homme comme un criminel endurci. Il est évident qu'il n'avait pas prévu la mort du malheureux gamin, son beau-frère. Cela lui a fait un choc - j'ai pu m'en rendre compte. C'est peut-être un homme à forte sensibilité. Peut-être même aimait-il bien ce gosse - qui peut savoir ? Il devait espérer qu'il pourrait s'échapper, auquel cas il eût été presque impossible à quiconque de découvrir le pot aux roses. De toute façon, il pensait ne risquer lui-même rien de plus qu'une arrestation.

Le Commissaire Adjoint interrompit un instant ses spéculations pour réfléchir.

- Bien que, dans ce cas, je me demande comment il pouvait espérer dissimuler sa participation à l'affaire, reprit-il, dans l'ignorance où il était de la dévotion du pauvre Stevie pour Mr. Verloc (qui était *bon*) et de son mutisme particulier qui, lors de l'ancienne histoire des pétards dans l'escalier, avait résisté aux pressions, supplications, colères et autres moyens d'investigation utilisés par sa sœur bien-aimée - car Stevie était loyal... Non, je ne puis l'imaginer. Il est possible qu'il n'y ait même pas songé. Cela peut paraître une interprétation extravagante, sir Ethelred, mais son désarroi m'a fait penser à celui d'un homme qui a tenté de se suicider en croyant que cela mettrait un terme à tous ses ennuis et s'aperçoit après coup que cela n'a rien résolu.

Le Commissaire Adjoint donna cette explication comme pour se disculper. Mais il y a en réalité une persuasion propre au langage extravagant, et le Grand Homme ne s'en offusqua pas. Un petit mouvement saccadé de son corps imposant à demi noyé dans la pénombre des abat-jour de soie verte et de sa grosse tête appuyée sur sa grande main accompagna un bruit étouffé et intermittent mais sonore. Le Grand Homme avait ri.

- Qu'avez-vous fait de lui ?

Le Commissaire Adjoint répondit sans hésiter :

- Comme il avait l'air très désireux d'aller retrouver sa femme au magasin, je l'ai laissé partir, sir Ethelred.

- Ah ? Mais il va disparaître.

- Pardonnez-moi, mais je ne le crois pas. Où pourrait-il aller ? De plus, il ne faut pas oublier qu'il doit aussi songer au danger que représentent ses camarades. Là, il est à son poste. Comment pourrait-il se justifier de l'avoir déserté ? Mais, même si rien n'entravait sa liberté d'action, il ne ferait rien. Il n'a pas en ce moment assez de force morale pour prendre une décision quelconque. Et permettez-moi de vous faire observer que, si je l'avais retenu, nous nous serions trouvés engagés dans une voie que je ne voulais pas emprunter avant de connaître vos intentions exactes.

Le Haut Personnage souleva lourdement sa personne imposante, nébuleuse dans la pénombre glauque de la pièce.

- Je verrai le Procureur Général ce soir et vous enverrai chercher demain matin. N'y a-t-il rien d'autre que vous désiriez me dire maintenant ?

Le Commissaire Adjoint s'était levé aussi, souple et élancé.

- Je ne crois pas, sir Ethelred, à moins que vous ne souhaitiez connaître d'autres détails qui...

- Non. Pas de détails, s'il vous plaît.

La grande ombre sembla se rétracter comme par crainte physique des détails ; puis elle s'avança, énorme et puissante, en tendant une main vaste.

- Et vous dites que cet homme a une épouse ?

- Oui, sir Ethelred, dit le Commissaire Adjoint en serrant avec déférence la main tendue. Une vraie épouse et des rapports conjugaux normaux, respectables. Il m'a dit que, après son entretien à l'ambassade, il aurait volontiers tout envoyé promener, aurait essayé de vendre son magasin et de quitter le pays s'il n'avait été convaincu que sa femme ne voudrait même pas entendre parler de partir à l'étranger. Rien ne peut être plus caractéristique de ces liens respectables, poursuivit avec une nuance de réprobation le Commissaire Adjoint, dont la propre femme avait refusé de partir outre-mer. Oui, une véritable épouse. Et la victime a été son véritable beau-frère. À un certain point de vue, nous sommes ici en présence d'un drame de famille.

Le Commissaire Adjoint eut un petit rire ; mais la pensée du grand homme semblait avoir dérivé très loin, peut-être vers la question de l'administration intérieure de sa patrie, champ de bataille de sa vaillance de croisé contre le païen Cheeseman. Le Commissaire Adjoint se retira doucement, ignoré, sans doute déjà oublié.

Il avait ses propres instincts de croisé. Cette affaire qui, pour quelque raison, dégoûtait l'Inspecteur en Chef Heat, lui apparaissait comme un point de départ providentiel pour une croisade. Et il avait à cœur de la commencer. Il rentra lentement chez lui, à pied, en méditant sur cette entreprise et en songeant à la psychologie de Mr. Verloc avec un mélange de répugnance et de satisfaction. Il fit tout le trajet à pied. Il trouva le salon sans lumière, monta et mit un certain temps, entre la chambre et le cabinet de toilette, à changer de vêtements, allant et venant comme un somnambule pensif. Puis il se secoua avant d'aller rejoindre sa femme chez la grande dame protectrice de Michaelis.

Il savait qu'il y serait le bienvenu. En pénétrant dans le plus petit des deux salons, il vit sa femme au milieu d'un petit groupe à côté du piano. Un assez jeune compositeur en passe de devenir célèbre était assis devant l'instrument et tenait un discours à deux gros hommes dont les dos semblaient vieux et à trois femmes minces dont les dos paraissaient jeunes. Derrière le paravent, la grande dame n'avait auprès d'elle que deux personnes : un homme et une femme assis côte à côte dans des fauteuils au pied de sa couche. Elle tendit la main au Commissaire Adjoint :

- Je n'espérais pas vous voir ici ce soir. Annie m'avait dit...

- En effet, je ne croyais pas avoir terminé mon travail aussi rapidement.

Plus bas, le Commissaire Adjoint ajouta :

- J'ai le plaisir de vous informer que Michaelis est libre de tout soupçon au sujet de cette...

La protectrice du repris de justice accueillit cette déclaration avec indignation :

- Quoi ? Est-ce que vos hommes étaient assez bêtes pour le soupçonner de... ?

- Pas assez bêtes, coupa le Commissaire Adjoint, protestant avec déférence. Assez intelligents, tout à fait assez intelligents pour cela.

Il y eut un silence. L'homme au pied du lit avait cessé de parler à sa voisine et regardait devant lui avec un vague sourire.

- Je ne sais pas si vous vous connaissez, dit la grande dame.

Présentés l'un à l'autre, Mr. Vladimir et le Commissaire Adjoint prirent note de leurs existences respectives avec une courtoisie réservée.

- Il m'a fait peur, déclara soudain la dame assise à côté de Mr. Vladimir en l'indiquant d'un signe de tête.

Le Commissaire Adjoint connaissait cette dame.

- Vous n'avez pas l'air bien effrayée, dit-il après l'avoir examinée de son regard las et soutenu.

Dans le même temps, il se disait que, un jour ou l'autre, on rencontrait tout le monde dans cette maison. Le visage rose de Mr. Vladimir était tout sourire parce qu'il était astucieux, mais ses yeux restaient graves comme ceux d'un homme avisé.

- Du moins, il a essayé, rectifia la dame.

- La force de l'habitude, peut-être, lança le Commissaire Adjoint, poussé par une impulsion irrésistible.

- Il a menacé la société de toutes sortes d'horreurs, reprit la dame, dont l'élocution était lente et caressante, à propos de cette explosion dans Greenwich Park. Selon lui, nous devrions trembler de tous nos membres à la perspective de ce qui va se passer si le monde entier n'élimine pas tous ces gens-là. Je ne me doutais pas que c'était une affaire aussi grave.

Mr. Vladimir affectait de ne pas écouter, penché vers le canapé et parlant à voix basse d'un air aimable ; mais il entendit le Commissaire Adjoint dire :

- Je suis sûr que Mr. Vladimir a une idée très nette de l'importance de cette affaire.

Mr. Vladimir se demanda quelles étaient les intentions de ce maudit policier indiscret. Issu de plusieurs générations victimes d'un pouvoir arbitraire, sa race, sa nationalité et son tempérament lui avaient inculqué la peur de la police. C'était une faiblesse héréditaire, contre laquelle son jugement, sa raison, son expérience, restaient impuissants. Cette crainte était innée en lui. Mais ce sentiment, non sans analogie avec la répulsion irraisonnée qu'inspirent les chats à certaines personnes, ne l'empêchait pas d'avoir un immense mépris pour la police anglaise. Il termina sa phrase à la grande dame et se tourna légèrement sur son siège.

- Vous voulez dire que nous avons une grande expérience de ces gens-là ? Oui, car en fait nous souffrons beaucoup de leur activité, tandis que vous...

Mr. Vladimir hésita un instant avec une perplexité souriante :

- Tandis que vous, vous supportez allégrement leur présence parmi vous, conclut-il en creusant deux fossettes dans ses joues imberbes.

Puis il ajouta, avec plus de gravité :

- Je pourrais même dire : parce qu'elle est votre œuvre.

Lorsque Mr. Vladimir eut fini de parler, le Commissaire Adjoint baissa les yeux, et la conversation en resta là. Presque aussitôt, Mr. Vladimir prit congé. Dès qu'il eut tourné les talons, le Commissaire Adjoint se leva aussi.

- Je pensais que vous alliez rester pour raccompagner Annie, dit la protectrice de Michaelis.

- Je m'aperçois que j'ai encore un petit travail à faire ce soir.

- En rapport avec... ?

- Oui, dans un sens.

- Dites-moi, qu'est-ce que c'est... cette horreur ?

- Il est difficile de dire ce que c'est, mais cela pourrait devenir une *cause célèbre* [1], dit le Commissaire Adjoint.

Il quitta en hâte le salon et trouva Mr. Vladimir encore dans le hall, en train d'enrouler avec soin autour de sa gorge une longue écharpe de soie. Derrière lui, un valet de pied attendait avec son manteau. Un autre se tenait prêt à lui ouvrir la porte. Le Commissaire Adjoint reçut également son manteau et sortit aussitôt. Il descendit les marches, puis s'arrêta comme s'il hésitait sur la direction à prendre. Voyant cela par la porte que l'on tenait ouverte pour lui, Mr. Vladimir s'attarda dans le hall pour prendre un cigare et demander du feu, qui lui fut donné avec un air de paisible sollicitude par un homme âgé. L'allumette s'éteignit ; le valet de pied ferma alors la porte, et Mr. Vladimir alluma son gros havane sans se presser. Lorsqu'il sortit enfin, il eut la contrariété de voir que « ce maudit policier » était encore sur le trottoir.

- Est-ce que par hasard il m'attendrait ? songea Mr. Vladimir en cherchant des yeux un fiacre.

Il n'en vit aucun. Deux voitures de maître attendaient, rangées contre le trottoir, leurs lanternes allumées, les chevaux immobiles comme des statues de pierre, les cochers assis dans leurs larges capes de fourrure, sans que le moindre frisson agitât les mèches blanches de leurs grands fouets. Mr. Vladimir commença à marcher, et le « maudit policier » lui emboîta le pas. Sans rien dire. Au quatrième pas, Mr. Vladimir s'inquiéta et devint furieux. Cela ne pouvait pas durer.

- Sale temps ! grommela-t-il d'un air féroce.

---

1. En français dans le texte.

- Il ne fait pas froid, dit le Commissaire Adjoint sans passion.

Il garda quelques instants le silence, puis laissa tomber négligemment :

- Nous avons mis la main sur un homme du nom de Verloc.

Mr. Vladimir ne trébucha pas, ne vacilla pas, ne changea pas d'allure ; mais il ne put se retenir de s'écrier :

- Quoi ?

Le Commissaire Adjoint ne réitéra pas son information.

- Vous le connaissez, poursuivit-il sur le même ton.

Mr. Vladimir s'arrêta et sa voix devint gutturale.

- Qu'est-ce qui vous fait dire cela ?

- Ce n'est pas moi qui le dis, c'est Verloc.

- Un chien menteur, dit Mr. Vladimir, empruntant à la terminologie orientale.

Mais au fond de son cœur, il s'inclinait avec admiration devant l'habileté incroyable de la police anglaise. Ce changement d'opinion était si soudain qu'il en eut une légère nausée. Il jeta son cigare et se remit en marche.

- Ce qui m'a fait le plus de plaisir dans cette affaire, poursuivit le Commissaire Adjoint en parlant lentement, c'est qu'elle me procure un excellent point de départ pour un travail qui, à mon sens, doit être réalisé, à savoir l'élimination de ce pays de tous les espions et policiers politiques étrangers, de toute cette catégorie de... de... chiens. C'est à mon avis une engeance répugnante, et aussi un élément dangereux. Mais nous ne pouvons guère les rechercher un à un. La seule solution est de rendre leur utilisation gênante pour leurs employeurs. Cet état de choses devient indécent et dangereux pour nous, ici.

Mr. Vladimir s'arrêta de nouveau un instant.

- Que voulez-vous dire ?

- Le procès de ce Verloc révélera au public et le risque, et l'incorrection.

- Nul ne croira ce que pourra dire un homme de ce genre, dit Mr. Vladimir avec mépris.

- L'abondance et la précision des détails persuaderont la majeure partie du public, avança sans animosité le Commissaire Adjoint.

- C'est vraiment ce que vous avez l'intention de faire ?

- Nous avons pris l'homme : nous n'avons pas le choix.

- Vous ne réussirez qu'à stimuler l'âme assoupie de ces brigands d'anarchistes, protesta Mr. Vladimir. Pourquoi voulez-vous provoquer un scandale ? Par souci de morale ou quoi ?

L'angoisse de Mr. Vladimir était évidente. S'étant ainsi assuré qu'il y avait du vrai dans les déclarations sommaires de Verloc, le Commissaire Adjoint dit sur un ton indifférent :

- Il y a aussi un intérêt pratique à la chose. Nous avons réellement assez à faire à surveiller les spécimens authentiques. Vous ne pouvez pas dire que nous ne sommes pas efficaces. Mais nous ne pouvons sous aucun prétexte nous laisser déborder par les contrefaçons.

Le ton de Mr. Vladimir se fit hautain :

- En ce qui me concerne, je ne puis partager votre point de vue. Il est égoïste. Mes sentiments envers ma patrie ne peuvent être mis en doute, mais j'ai toujours pensé que nous devons aussi être de bons Européens, les gouvernements et les hommes, j'entends.

- Oui, dit simplement le Commissaire Adjoint. Seulement, poursuivit-il d'un ton bon enfant, les gouvernements étrangers ne peuvent se plaindre de l'inefficacité de notre police. Voyez cette affaire : un cas particulièrement difficile à démêler, étant donné que c'était une contrefaçon. En moins de douze heures, nous avons identifié un homme littéralement désintégré, nous avons découvert l'organisateur de la tentative d'attentat, et nous avons eu un aperçu de celui qui était derrière lui. Et nous aurions pu aller plus loin ; mais nous nous sommes arrêtés aux limites de notre territoire.

- Donc, ce crime instructif a été conçu à l'étranger, dit vivement Mr. Vladimir. Vous reconnaissez qu'il a été préparé à l'étranger ?

- Théoriquement. Théoriquement seulement, sur un territoire étranger. Étranger par une fiction, dit le Commissaire Adjoint, faisant allusion au caractère des ambassades, qui sont censées être une parcelle du pays auquel elles appartiennent. Mais c'est un détail. Je vous ai parlé de cette affaire parce que c'est votre gouvernement qui grogne le plus contre notre police. Vous voyez que nous ne sommes pas aussi incompétents que vous le pensiez. Je voulais particulièrement vous informer de notre succès.

- Je vous en suis vraiment reconnaissant, marmonna Mr. Vladimir entre ses dents.

- Nous sommes en mesure de mettre la main sur tous les anarchistes qui sont ici, poursuivit le Commissaire Adjoint comme s'il citait les paroles de l'Inspecteur en Chef Heat. Tout ce que nous voulons maintenant, pour que la sécurité soit totale, c'est en finir avec l'*agent provocateur*[2].

Mr. Vladimir fit signe à un fiacre qui passait.

- Vous n'allez donc pas là, nota le Commissaire Adjoint en regardant un immeuble de nobles proportions et d'aspect engageant, dont on voyait par la porte vitrée les lumières du hall éclairer un escalier imposant.

Avec un visage de pierre, Mr. Vladimir s'éloigna dans son fiacre sans un mot.

Le Commissaire Adjoint n'entra pas lui non plus dans le noble bâtiment. C'était l'*Explorer's Club*. La pensée lui traversa l'esprit que Mr. Vladimir, qui en était un membre d'honneur, ne s'y montrerait plus très souvent dans l'avenir. Il consulta sa montre du regard. Dix heures et demie seulement. Il avait eu une soirée bien remplie.

---

2. En français dans le texte.

11

Lorsque l'Inspecteur en Chef Heat l'eut quitté, Mr. Verloc marcha de long en large dans l'arrière-boutique. De temps à autre, il jetait un coup d'œil sur sa femme par la porte ouverte. Elle sait tout, maintenant, songea-t-il avec de la compassion pour son chagrin et avec une certaine satisfaction en ce qui le concernait personnellement. L'âme de Mr. Verloc, si elle manquait peut-être de grandeur, était capable de tendres sentiments. La perspective de devoir lui annoncer la nouvelle l'avait rendu malade. L'Inspecteur Heat l'avait déchargé de cette besogne. Jusque-là, tout allait bien. Mais il lui restait à affronter sa douleur.

Mr. Verloc n'avait jamais prévu de devoir l'affronter à cause d'une mort, dont le caractère catastrophique ne peut être dissipé par les raisonnements d'une éloquence persuasive sophistiquée. Mr. Verloc n'avait jamais envisagé que Stevie pût périr, et avec une violence aussi soudaine. Il n'avait même pas été effleuré par l'idée qu'il pût mourir. Stevie mort était infiniment plus encombrant qu'il ne l'avait jamais été de son vivant. Mr. Verloc avait prévu l'issue favorable de son entreprise en se basant non pas sur l'intelligence de Stevie, car l'intelligence vous joue parfois des tours étranges, mais sur l'aveugle docilité et la dévotion non moins aveugle du gamin. Bien que piètre psychologue, Mr. Verloc avait mesuré la profondeur du fanatisme de Stevie. Il avait osé nourrir l'espoir que Stevie pourrait sortir de l'enceinte de l'Observatoire comme il lui avait expliqué de le faire en empruntant le chemin qu'il lui avait montré à plusieurs reprises, et qu'il rejoindrait son beau-frère, le bon et sage Mr. Verloc, hors des limites du parc. Un quart d'heure aurait dû suffire au plus parfait crétin pour déposer l'engin et s'en aller. Or le Professeur avait garanti plus de quinze minutes. Mais Stevie avait trébuché sur une racine moins de cinq minutes après avoir été livré à lui-même. Et Mr. Verloc était moralement réduit en miettes. Il avait tout prévu sauf cela. Il avait envisagé que Stevie perdît la tête et s'égarât, que l'on dût partir à sa recherche, qu'on le retrouvât finalement dans un commissariat de police ou dans quelque dispensaire de banlieue. Il avait aussi songé que Stevie pût se faire arrêter ; mais cela ne l'inquiétait pas, car Mr. Verloc avait une haute opinion de la loyauté de Stevie, que l'on avait persuadé, au cours de nombreuses promenades, de l'absolue nécessité du silence. À la façon d'un disciple d'Aristote, Mr. Verloc, en marchant dans les rues de Londres, avait modifié l'opinion de Stevie sur la police, par des conversations pleines de raisonnements subtils. Jamais sage n'eut disciple plus attentif et admiratif. Sa soumission et sa vénération étaient si évidentes que Mr. Verloc en était venu à éprouver une espèce d'affection pour cet enfant. Mais en aucun cas il n'avait supposé que l'on pût découvrir aussi rapidement leur parenté. Que sa femme eût pris la précaution de coudre l'adresse du gamin à l'intérieur de son manteau était la dernière chose à laquelle Mr. Verloc eût songé. On ne peut pas penser à tout. C'était ce qu'elle avait voulu dire lorsqu'elle l'avait rassuré sur le risque de perdre Stevie au cours de leurs promenades. Elle lui avait affirmé que cela finirait sans encombres. Et voilà que cela finissait par une catastrophe !

- Quoi, quoi ! murmura Mr. Verloc dans sa stupéfaction. Qu'entendait-elle par là ? Lui éviter l'ennui de surveiller constamment Stevie d'un œil inquiet ? Très probablement, elle avait eu de bonnes intentions ; seulement elle aurait dû le prévenir de la précaution qu'elle avait prise.

Mr. Verloc avança jusqu'au comptoir. Il n'avait pas le projet d'accabler sa femme de reproches amers. Mr. Verloc n'avait pas de rancune. Le déroulement inattendu des événements l'avait converti à la doctrine du fatalisme. On n'y pouvait plus rien, maintenant. Il dit :

- Je ne voulais pas qu'il arrivât rien au petit.

Mrs. Verloc frémit en entendant la voix de son mari. Elle ne découvrit pas son visage. L'agent secret de confiance de feu le baron Stott-Wartenheim posa un certain temps sur elle un regard pesant, persistant, incompréhensif. Le journal déchiré gisait à ses pieds. Il ne pouvait pas lui avoir appris grand-chose. Mr. Verloc sentit qu'il devait parler à sa femme.

- C'est ce maudit Heat, n'est-ce pas ? dit-il. Il t'a bouleversée. Il faut que ce soit une brute pour avoir lâché ça tout d'un coup à une pauvre femme. Je me suis rendu malade à force de chercher comment t'apprendre la nouvelle. Je me suis torturé pendant des heures dans la petite salle du *Cheshire Cheese* pour essayer de trouver la moins mauvaise manière. Tu comprends bien que je n'ai jamais voulu qu'il arrivât malheur à ce petit ?

Mr. Verloc, l'agent secret, disait la vérité. C'était son affection sincère pour sa femme qui avait le plus souffert de l'explosion prématurée. Il ajouta :

- Je n'étais pas très gai, là-bas, en pensant à toi.

Il remarqua que sa femme avait de nouveau un petit frisson, ce qui affecta sa sensibilité. Comme elle persistait à cacher son visage dans ses mains, il se dit qu'il ferait mieux de la laisser seule un moment. Sur cette impulsion délicate, Mr. Verloc revint dans l'arrière-boutique, où le bec de gaz ronronnait comme un chat heureux. Par prévenance conjugale, Mrs. Verloc avait laissé sur la table le bœuf froid avec le couteau à découper, une fourchette et une demi-miche de pain pour le dîner de Mr. Verloc. Ce fut seulement à cette minute qu'il le remarqua ; il coupa alors un morceau de viande et de pain et se mit à manger.

Ce n'était pas par dureté de cœur qu'il avait envie de manger. Mr. Verloc n'avait pas pris de petit déjeuner ce jour-là. Il avait quitté la maison à jeun. N'étant pas un homme énergique, il puisait sa résolution dans une excitation nerveuse, qui le tenait surtout à la gorge. Il n'eût été capable d'absorber aucune nourriture. Le cottage de Michaelis était aussi dépourvu de provisions qu'une cellule de prisonnier. L'apôtre en liberté conditionnelle vivait d'un peu de lait et de croûtons de pain rassis. En outre, à l'arrivée de Mr. Verloc, il avait déjà regagné l'étage après son repas frugal. Absorbé par son délicieux effort de composition littéraire, il n'avait même pas répondu à ce que lui avait crié Mr. Verloc du pied de l'escalier étroit.

- J'emmène le gamin à la maison pour un ou deux jours.

Mr. Verloc n'attendait d'ailleurs pas de réponse et avait aussitôt quitté le cottage, suivi du docile Stevie.

Maintenant qu'il n'avait plus à agir et que son destin lui avait été ôté des mains avec une célérité incroyable, Mr. Verloc éprouvait une terrible sensation de vide physique. Il coupa sa viande, son pain, et dévora son dîner debout à côté de la table, en jetant de temps en temps un coup d'œil vers sa femme. Sa méditation était troublée par l'immobilité prolongée de cette dernière. Il revint dans le magasin, tout près d'elle. Ce chagrin d'un visage voilé inquiétait Mr. Verloc. Il n'était pas surpris, bien sûr, que sa femme fût extrêmement bouleversée, mais il voulait qu'elle reprît son équilibre. Il avait besoin de son concours et de sa fidélité dans ces nouvelles conjonctures que son fatalisme avait déjà acceptées.

- On n'y peut plus rien, dit-il sur un ton de compassion affligée. Allons, Winnie, il faut que nous pensions à demain. Tu auras besoin de toute ta lucidité quand on m'aura emmené.

Il se tut. La poitrine de Mrs. Verloc se soulevait convulsivement. Cela ne rassura pas Mr. Verloc, convaincu que la situation nouvellement créée nécessitait, chez les deux êtres les plus concernés, du calme, de la décision et autres qualités incompatibles avec le désordre mental d'un chagrin passionnel. Mr. Verloc était humain ; il était rentré chez lui prêt à laisser toute latitude à l'affection de sa femme pour son frère. Seulement, il ne saisissait ni la nature ni l'étendue de ce sentiment. En quoi il était excusable, car il était incapable de le comprendre sans cesser d'être lui-même. Il était déçu et décontenancé, et cela se traduisit dans ses paroles par une certaine rudesse d'intonation.

- Tu pourrais me regarder quand je te parle, observa-t-il après quelques secondes d'attente.

La réponse vint, amortie, presque pitoyable, comme poussée de force entre les mains qui couvraient le visage de Mrs. Verloc :

- Je ne veux plus te regarder, aussi longtemps que je vivrai.

- Quoi ? Qu'est-ce que tu dis ?

Mr. Verloc était seulement ahuri par le sens littéral et superficiel de cette déclaration. C'était manifestement déraisonnable, le simple cri d'un chagrin excessif. Il l'enterra sous le manteau de son indulgence maritale. L'esprit de Mr. Verloc manquait de profondeur. Sous l'impression erronée que la valeur des êtres consiste en ce qu'ils sont, il était tout à fait incapable de comprendre la valeur que représentait Stevie aux yeux de Mrs. Verloc. Elle prenait la chose diablement à cœur, songea-t-il à part lui. Tout cela était de la faute de ce maudit Heat. Pourquoi avait-il ainsi bouleversé cette femme ?

Mais, dans son propre intérêt, il ne fallait pas lui permettre de continuer ainsi jusqu'à en perdre la tête.

- Écoute-moi ! Tu ne peux pas rester assise là, comme ça, dit-il avec une sévérité affectée mêlée d'une réelle contrariété - car il y avait des questions matérielles urgentes à débattre, même si l'on devait y passer toute la nuit. Quelqu'un peut arriver à tout moment, ajouta-t-il.

Et il attendit encore. Cela ne donna aucun résultat, et la pensée de la mort traversa l'esprit de Mr. Verloc au cours de ce silence. Il changea de ton :

- Allons ! Cela ne le fera pas revenir, dit-il avec douceur, prêt à la prendre dans ses bras et à la serrer contre son cœur, où l'impatience et la pitié siégeaient côte à côte.

Mais, à part un bref frisson, Mrs. Verloc ne parut pas atteinte par ce terrible truisme. C'était Mr. Verloc lui-même qui était ému. Dans sa simplicité, il voulait la ramener à la modération en faisant valoir ses droits prioritaires.

- Je t'en prie, sois raisonnable, Winnie. Que ferais-tu donc si c'était moi que tu avais perdu ?

Il s'était vaguement attendu à l'entendre se récrier. Mais elle ne broncha pas. Elle s'appuya au dossier de sa chaise, effondrée, dans une immobilité totale, impénétrable. Mr. Verloc sentit son cœur battre plus vite, d'exaspération, et même avec une sorte d'angoisse. Il lui posa la main sur l'épaule en disant :

- Ne sois pas stupide, Winnie.

Pas un geste. Il était impossible de parler de quoi que ce fût avec une femme qui cachait son visage. Mr. Verloc saisit un des poignets de sa femme ; mais ses mains semblaient soudées l'une à l'autre. La secousse tira son corps en avant, et elle faillit tomber de son siège. Surpris de la sentir si faible, il essaya de l'aider à retrouver son équilibre ; mais elle se raidit brusquement, s'arracha à son emprise et partit en courant dans la cuisine. Ce fut très rapide. Il entrevit à peine son visage mais suffisamment pour savoir qu'elle ne l'avait pas regardé.

On eût pu croire qu'il s'agissait d'une lutte pour la possession de la chaise, car Mr. Verloc y prit aussitôt la place de sa femme. Il ne mit pas son visage dans ses mains, mais une sombre réflexion voila ses traits. Il ne pourrait éviter d'aller en prison pour un certain temps. Il ne souhaitait même plus l'éviter. La prison était, comme la tombe, un lieu abrité de certaines vengeances injustes - avec l'avantage que, dans la prison, il y a place pour l'espoir. Ce qu'il voyait devant lui était une incarcération provisoire, un élargissement rapide, puis l'installation à l'étranger ainsi qu'il l'avait déjà envisagé en cas d'échec. Or c'était un échec, même si celui-ci n'était pas exactement du genre qu'il avait redouté. Cela avait été si près de réussir qu'il aurait positivement pu faire cesser les sarcasmes féroces d'un Mr. Vladimir terrifié par cette preuve de son efficience occulte. Du moins c'est ce qu'il semblait à présent à Mr. Verloc. Son prestige auprès de l'ambassade eût été immense si... si sa femme n'avait pas eu l'idée malencontreuse de coudre l'adresse de Stevie à l'intérieur de son manteau. Mr. Verloc, qui n'était pas un imbécile, avait vite perçu le caractère extraordinaire de son influence sur Stevie, bien qu'il n'en comprît pas bien l'origine - la doctrine de sa sagesse suprême et de sa bonté, inculquée par deux femmes inquiètes. Dans toutes les éventualités qu'il avait envisagées, Mr. Verloc avait tablé avec une intuition exacte sur la loyauté instinctive et la discrétion aveugle de Stevie. L'éventualité qu'il n'avait pas prévue avait accablé l'homme sensible et le mari affectueux qu'il était. À tout autre point de vue, l'affaire était plutôt réussie. Rien ne peut égaler la discrétion éternelle de la mort. Perplexe et effrayé, dans la petite salle du *Cheshire Cheese*, Mr. Verloc n'avait pu se le dissimuler, car sa sensibilité n'entravait pas son jugement. La désintégration brutale de Stevie, bien pénible à imaginer, ne faisait qu'assurer le succès ; car, bien sûr, le but des menaces de Mr. Vladimir n'était pas la destruction des murs, mais un effet moral. Avec bien des préoccupations et de la détresse pour Mr. Verloc, on pouvait dire que l'effet avait été produit. Lorsque, de façon tout à fait imprévisible, le choc en retour tomba sur Brett Street, Mr. Verloc, qui avait lutté comme dans un cauchemar pour sauvegarder sa situation, l'accepta à la manière d'un fataliste invétéré. Dans la perte de sa situation, il n'y avait vraiment aucune faute de sa part. C'était l'œuvre d'un petit fait infime. Comme de se casser une jambe en glissant dans le noir sur une peau de banane.

Mr. Verloc poussa un soupir las. Il n'avait aucun ressentiment contre sa femme. Il songea : « Il faudra qu'elle s'occupe du magasin pendant que je serai en prison. » Et, songeant aussi combien Stevie lui manquerait au début, il se sentit très inquiet pour l'état physique et moral de Mrs. Verloc. Comment supporterait-elle la solitude, sa solitude totale dans la maison ? Pourvu qu'elle ne « craquât » pas pendant sa captivité ! Dans ce cas, que deviendrait le magasin ? Cette boutique était un atout. Le fatalisme de Mr. Verloc acceptait sa déroute d'agent secret mais n'avait nulle envie de se trouver complètement ruiné, surtout - il fallait le reconnaître - à cause de sa femme.

Silencieuse, hors de sa vue dans la cuisine, elle l'effrayait. Si seulement sa mère eût été avec elle... Mais cette vieille sotte... Un désarroi coléreux envahit Mr. Verloc. Il devait absolument parler avec sa femme. Il pouvait assurément lui dire que, dans certaines circonstances, un homme devient la proie du désespoir. Toutefois, il n'alla pas incontinent lui faire part de cette information. De toute façon, il était clair que cette soirée n'était pas faite pour négocier. Il se leva pour aller fermer la porte de la rue et éteindre le gaz dans le magasin.

Ayant ainsi écarté les importuns de son foyer, Mr. Verloc entra dans l'arrière-boutique et jeta un coup d'œil dans la cuisine. Mrs. Verloc était assise à la place où le pauvre Stevie s'installait d'habitude le soir avec papier et crayon pour s'amuser à tracer ces cercles innombrables suggérant le chaos et l'éternité. Elle avait posé ses avant-bras sur la table et y appuyait sa tête. Mr. Verloc contempla quelques instants son dos et la disposition de ses cheveux, puis il s'éloigna de la porte de la cuisine. Le manque de curiosité philosophique presque dédaigneux de Mrs. Verloc, base de leur vie conjugale, rendait tout contact avec elle très difficile, alors que cette nécessité tragique s'était révélée. Mr. Verloc ressentit vivement cette difficulté. Il tourna autour de la table de l'arrière-boutique avec son air habituel de gros ours en cage.

La curiosité étant l'une des formes de l'ouverture aux autres, une personne systématiquement dépourvue de curiosité conserve toujours une part de mystère. Chaque fois qu'il passait près de la porte, Mr. Verloc coulait un regard inquiet sur sa femme. Non qu'il la craignît. Mr. Verloc se croyait aimé de cette femme ; mais elle ne l'avait pas habitué à lui faire des confidences. Et celle qu'il avait à lui faire était de nature essentiellement psychologique. Comment, avec son manque d'expérience en la matière, pouvait-il lui expliquer ce qu'il ne concevait pas clairement : qu'il y a des complots fatals du destin, qu'une idée prend parfois de l'ampleur au point d'acquérir une existence propre, un pouvoir indépendant et même une voix persuasive ? Il était incapable de lui dire qu'un homme peut être obsédé par la vision d'un visage imberbe, plein, intelligent, jusqu'au moment où l'expédient le plus insensé pour s'en débarrasser apparaît comme un fruit de la sagesse.

Cette référence mentale au premier secrétaire d'une importante ambassade arrêta Mr. Verloc dans la porte et, baissant les yeux vers la cuisine, les poings serrés et le visage irrité, il s'adressa à sa femme :

- Tu ignores quelle brute j'ai dû affronter !

Il reprit ses déambulations autour de la table puis, lorsqu'il se retrouva près de la porte, il s'arrêta en haut des deux marches avec un regard flamboyant :

- Un animal sardonique, insensé, dangereux, sans plus de bon sens que... Après tant d'années ! Un homme comme moi ! Et j'ai risqué ma tête à ce petit jeu. Tu ne le savais pas. Cela valait mieux. À quoi aurait servi de te dire que, à chaque instant des sept années de notre vie commune, je pouvais recevoir un coup de poignard ? Je ne suis pas homme à vouloir inquiéter une femme qui m'aime. Tu n'avais nul besoin de le savoir.

Écumant de rage, Mr. Verloc refit le tour de l'arrière-boutique.

- Un animal venimeux, reprit-il sur le seuil. Me pousser dans un fossé pour y crever de faim, à cause d'une blague. Je voyais bien qu'il trouvait sa blague diablement bonne. Un homme comme moi ! Tu te rends compte ? Certains des personnages les plus éminents du monde me doivent de marcher encore sur leurs deux jambes. Voilà l'homme que tu as épousé, ma petite !

Il vit que sa femme s'était redressée. Ses bras étaient toujours posés sur la table. Mr. Verloc observa son dos, comme s'il pouvait y lire l'effet produit par ses paroles.

- Il n'y a pas eu, au cours des onze dernières années, un seul complot d'assassinat que je n'aie découvert au péril de ma vie. J'ai renvoyé des dizaines de ces anarchistes se faire pincer à la frontière avec leurs maudites bombes dans leurs poches. Le vieux baron était bien conscient de mon utilité dans ce pays. Puis, soudain, arrive ce salaud, un salaud ignorant, hautain.

Mr. Verloc descendit lentement les marches, pénétra dans la cuisine, prit un verre sur le buffet et s'approcha de l'évier, sans regarder sa femme.

- Ce n'est pas le vieux baron qui aurait fait la folie malveillante de me convoquer dans son bureau à onze heures du matin ! J'en connais deux ou trois, dans cette ville, qui n'auraient pas hésité, s'ils m'avaient vu y entrer, à me descendre tôt ou tard. C'était une initiative dangereuse et stupide d'exposer ainsi, pour rien, un homme comme moi.

Mr. Verloc tourna le robinet et avala coup sur coup trois verres d'eau pour apaiser l'échauffement dû à son indignation. L'attitude de Mr. Vladimir était comme un brandon qui enflammait tout son organisme. Il ne pouvait admettre cette déloyauté. Cet homme, qui refusait les tâches rudes que la société impose à ses membres les plus humbles, avait exercé son activité secrète avec un zèle inlassable. Il y avait en Mr. Verloc un fond de fidélité. Il avait été fidèle à ses employeurs, à la cause de la stabilité sociale - à ses affections, aussi, ainsi qu'il apparut lorsque, après avoir déposé le gobelet dans l'évier, il se retourna pour dire :

- Si je n'avais pas pensé à toi, j'aurais pris cette brute malfaisante à la gorge et lui aurais cogné la tête contre la cheminée. Je n'aurais fait qu'une bouchée de ce visage rasé de près, de ce...

Mr. Verloc négligea de terminer sa phrase, comme si le mot final ne pouvait faire de doute. Pour la première fois de sa vie, il mettait cette femme sans curiosité dans sa confidence. La singularité de ce fait, la force et l'ampleur des sentiments que cet aveu avait éveillés en lui, avaient fait totalement disparaître le sort de Stevie de l'esprit de Mr. Verloc. Il avait pour un temps chassé l'image de l'existence craintive et indignée du gamin bégayant, et de sa mort violente. C'est pourquoi, levant les yeux sur sa femme, il fut ahuri par la nature anormale de son regard. Ce n'était pas une expression égarée, inattentive ; mais son attention était étrange, peu satisfaisante, étant donné que ce regard se fixait au-delà de la personne de Mr. Verloc. Cette impression fut si nette que Mr. Verloc se retourna pour jeter un coup d'œil derrière lui : il n'y avait que le mur blanc. L'excellent mari de Winnie Verloc ne vit aucune inscription sur le mur. Il regarda sa femme en répétant avec insistance :

- Je l'aurais pris à la gorge. Aussi vrai que je suis là, si je n'avais alors songé à toi ; j'aurais à moitié étranglé ce saligaud avant de le laisser se relever. Et ne va pas te figurer qu'il aurait eu envie d'appeler la police, oh non ! Il s'en serait bien gardé ! Tu comprends pourquoi, n'est-ce pas ?

Il clignait des yeux d'un air entendu.

- Non, dit Mrs. Verloc d'une voix sourde, sans le regarder. Qu'est-ce que tu racontes ?

Un profond découragement, dû à la fatigue, s'abattit sur Mr. Verloc. Il avait eu une journée très lourde, et ses nerfs avaient été tendus à l'extrême. Après un mois de souci à rendre fou, se terminant par une catastrophe incroyable, l'esprit de Mr. Verloc, ballotté par la tempête, aspirait au repos. Sa carrière d'agent secret s'était terminée d'une manière que nul n'aurait pu prévoir ; il pourrait peut-être au moins jouir d'une nuit de sommeil. Toutefois, à voir sa femme, il en douta. Elle prenait vraiment la chose très mal - cela ne lui ressemblait pas du tout, pensa-t-il. Il fit un effort pour parler.

- Il va falloir que tu te reprennes, mon petit, dit-il avec compassion. Ce qui est fait ne peut se défaire.

Mrs. Verloc eut un léger sursaut, sans que frémît un seul muscle de son visage livide. Mr. Verloc, qui ne la regardait pas, poursuivit lourdement :

- Va te coucher, maintenant. Ce dont tu as besoin, c'est de pleurer un bon coup.

Rien ne justifiait cette opinion, sinon l'avis unanime de l'humanité. Il est universellement admis que chaque émotion féminine, comme s'il ne s'agissait de rien de plus substantiel que de vapeurs flottant dans le ciel, se termine inévitablement par une ondée. Il est d'ailleurs fort probable que, si Stevie était mort dans son lit sous son regard désespéré, dans ses bras protecteurs, le chagrin de Mrs. Verloc eût trouvé de l'apaisement dans un flot de larmes pures et amères. Comme tous les êtres humains, Mrs. Verloc avait un fond de résignation inconsciente suffisant pour affronter les manifestations normales de la vie. Sans « se casser la tête » à cet égard, elle savait que « cela ne méritait pas un regard trop approfondi ». Mais les circonstances lamentables de la mort de Stevie, qui, pour Mr. Verloc, n'étaient qu'un détail épisodique d'un désastre plus important, avaient tari les larmes de sa femme à leur source même. Elle avait l'impression qu'on lui passait un fer rouge sur les yeux ; dans le même temps, son cœur durci transformé en bloc de glace faisait frissonner intérieurement tout son corps, contractait ses traits dans une immobilité contemplative figée devant un mur blanc sans inscriptions. Les exigences du tempérament de Mrs. Verloc, qui, libéré de ses réticences philosophiques, était maternel et violent, la poussaient à brasser toute une série de pensées dans sa tête inerte. Ces pensées étaient plutôt imaginées qu'exprimées. Mrs. Verloc était une femme de singulièrement peu de mots, en public comme en privé. Avec la fureur et le désarroi d'une femme trahie, elle retraçait l'ensemble de sa vie, pour la plus grande part en images relatives à la difficile existence de Stevie depuis sa petite enfance. Elle n'avait jamais eu qu'un seul but et une noble unité d'inspiration, comme ces destinées rares qui impriment leur sceau sur les pensées et les sentiments de la gent humaine. Seulement, les visions de Mrs. Verloc manquaient de grandeur et de magnificence. Elle se revoyait couchant l'enfant à la lueur d'une bougie à l'étage supérieur d'une « maison d'affaires », sombre sous le toit et scintillant outrageusement de lumières et de verres biseautés au niveau de la rue comme un palais de féérie. Cette splendeur de mauvais aloi était la seule splendeur des visions de Mrs. Verloc. Elle se voyait brossant les cheveux du petit garçon et lui nouant ses tabliers, elle-même encore en tablier ; elle se souvenait des consolations prodiguées à un petit être terrifié par une autre créature à peine plus grande mais un peu moins effrayée ; elle avait la vision des coups détournés (souvent par sa propre tête), d'une porte désespérément maintenue fermée (pas très longtemps) pour résister à la rage d'un homme, d'un tisonnier lancé une fois (pas très loin) qui avait transformé l'orage d'un genre particulier en ce silence muet et redoutable qui succède parfois à un coup de tonnerre. Et toutes ces scènes de violence allaient et venaient, accompagnées du bruit grossier des vociférations d'un homme blessé dans son orgueil paternel, se déclarant assurément maudit puisque l'un de ses enfants était « un innocent baveux et l'autre une méchante diablesse ». C'était elle qu'il avait ainsi qualifiée bien des années auparavant.

Mrs. Verloc entendit de nouveau ces mots prononcés comme par un spectre ; puis l'ombre sinistre de la maison de Belgravia descendit sur ses épaules. C'était un souvenir écrasant, une vision épuisante d'innombrables plateaux de petits déjeuners transportés dans des escaliers interminables, de pièces de monnaie comptées et recomptées, de l'obligation sans fin de balayer, épousseter, récurer, du rez-de-chaussée aux combles, pendant que sa mère impotente, vacillant sur ses jambes enflées, cuisinait chichement et que le pauvre Stevie, générateur inconscient de tout ce labeur, cirait les chaussures des messieurs dans l'office. Mais cette vision comportait aussi un souffle d'été londonien, avec pour motif central un jeune homme dans ses plus beaux habits du dimanche, avec un chapeau de paille sur sa tête brune et une pipe à la bouche. Gai et affectueux, c'était un compagnon fascinant pour un voyage le long du fleuve étincelant de la vie ; seulement, son bateau était tout petit. Il y avait place pour une jeune fille ramant en cadence avec lui, mais pas pour des passagers. On le laissa donc s'éloigner de la maison de Belgravia tandis que Winnie détournait des yeux pleins de larmes. Ce n'était pas un pensionnaire. Le pensionnaire, c'était Mr. Verloc, paresseux, se levant tard, somnolent et plaisantin le matin sous ses couvertures, avec des lueurs de désir dans ses yeux aux paupières épaisses, et qui avait toujours de l'argent dans ses poches. Il n'y avait de scintillement d'aucune sorte sur le fleuve indolent de sa vie ; son flot s'écoulait dans des lieux secrets. Mais sa barque paraissait être une embarcation spacieuse, et sa magnanimité taciturne avait accepté comme allant de soi la présence de passagers.

Ensuite, Mrs. Verloc eut la vision des sept années de sécurité pour Stevie, dont elle avait loyalement payé le prix, d'une sécurité devenant de la confiance, d'une impression de vie de famille, stagnante et profonde comme un étang paisible, dont la surface frémissait à peine au passage épisodique du camarade Ossipon, le robuste anarchiste dont le regard éhonté, provocant et corrupteur était assez parlant pour être compris par toute femme n'étant pas totalement imbécile.

Quelques secondes seulement s'étaient écoulées depuis que le dernier mot avait été prononcé dans la cuisine, et Mrs. Verloc revoyait déjà en pensée un épisode qui datait de quinze jours à peine. De ses yeux dilatés à l'extrême, elle contempla la vision de son mari et du pauvre Stevie quittant le magasin et remontant Brett Street. C'était la dernière scène d'une existence créée par le génie de Mrs. Verloc, une existence dépourvue de tout charme et de toute grâce, sans beauté et presque sans décorum, mais admirable par la constance des sentiments et la ténacité des desseins. Et cette ultime vision avait un tel relief, une telle netteté de contours, une telle fidélité de détails suggestifs, qu'elle arracha à Mrs. Verloc un faible gémissement exprimant l'illusion suprême de sa vie, un murmure éperdu qui s'éteignit sur ses lèvres exsangues.

- On croirait le père et le fils.

Mr. Verloc s'arrêta et leva un visage rongé par le souci.

- Quoi ? Qu'as-tu dit ? demanda-t-il.

Ne recevant pas de réponse, il reprit sa déambulation sinistre. Puis, brandissant un gros poing menaçant, il explosa :

- Oui. Les gens de l'ambassade ! Une belle équipe, je te jure ! D'ici huit jours, grâce à moi, certains d'entre eux regretteront de ne pas être à vingt pieds sous terre. Eh ? Quoi ?

Il la regarda de biais, la tête basse. Mrs. Verloc fixait le mur blanc. Le mur vide, sans la moindre inscription. Un vide à donner envie de courir s'y cogner la tête. Mrs. Verloc restait obstinément assise. Elle ne bougeait pas plus que ne le ferait, pétrifiée de surprise, la moitié de la population du globe si le soleil disparaissait soudain d'un ciel d'été, par la perfidie d'une providence révérée.

- L'ambassade, reprit Mr. Verloc après une grimace préliminaire qui découvrit des dents de loup, je voudrais être lâché là-dedans pendant une demi-heure avec un bon gourdin. Je taperais jusqu'à ce que tous les os de l'équipe entière soient brisés. Mais, n'importe, je vais leur apprendre à essayer de jeter un homme comme moi à la rue. J'ai encore une langue. Tout le monde saura ce que j'ai fait pour eux. Je n'ai pas peur. Je m'en fiche. Je dirai tout. TOUT. Qu'ils prennent garde !

Mr. Verloc déclara en ces termes sa soif de vengeance. C'était une vengeance très adéquate. Elle était en harmonie avec les impulsions du tempérament de Mr. Verloc. Elle avait en outre l'avantage d'être dans ses moyens et de s'adapter facilement aux activités de sa vie, qui avaient précisément consisté à trahir les secrets et les agissements illégaux de ses semblables. Terroristes et diplomates ne faisaient qu'un à ses yeux. Sa nature ne portait pas Mr. Verloc à respecter les personnes. Il répartissait son mépris indifféremment sur tout le champ de ses opérations. Mais, en tant que membre du prolétariat révolutionnaire - ce qu'il était assurément -, il nourrissait une animosité particulière contre toute distinction sociale.

- Rien au monde ne pourra m'arrêter, maintenant, ajouta-t-il avant de se taire en regardant fixement sa femme qui, elle, regardait fixement le mur vide.

Le silence se prolongea dans la cuisine, ce qui déçut Mr. Verloc. Il avait cru que sa femme dirait quelque chose. Mais les lèvres de Mrs. Verloc, conservant leur forme habituelle, avaient une immobilité de pierre, comme le reste de son visage. Et Mr. Verloc fut désappointé. Bien que, il le reconnaissait, la circonstance n'exigeât pas qu'elle fît un discours. Pour des raisons inhérentes à la base même de sa psychologie, Mr. Verloc était enclin à accorder sa confiance à une femme qui s'était donnée à lui. Donc, il avait confiance en sa femme. Leur entente était parfaite, bien qu'imprécise. C'était un accord tacite, reposant sur le manque de curiosité de Mrs. Verloc et sur les habitudes mentales de Mr. Verloc, qui étaient indolentes et secrètes. Ils s'abstenaient tous deux de regarder au fond des faits et motifs.

Cette réserve, qui exprimait d'une certaine manière leur confiance réciproque, introduisait en même temps dans leur intimité un élément d'imprécision. Aucun système de relations conjugales n'est parfait. Mr. Verloc supposa que sa femme l'avait compris, mais il eût aimé lui entendre dire ce qu'elle pensait en ce moment. Cela l'aurait réconforté.

Il y avait plusieurs raisons pour que ce réconfort lui fût refusé. Il y avait un obstacle physique : Mrs. Verloc n'avait pas une maîtrise suffisante de sa voix. Elle ne se sentait capable que de hurler ou de se taire, et elle choisit instinctivement le silence. Winnie Verloc était par nature une personne silencieuse. En outre, elle était paralysée par la pensée atroce qui l'occupait tout entière. Ses joues étaient blêmes, ses lèvres couleur de cendre, son immobilité ahurissante. Et, sans regarder Mr. Verloc, elle songeait : cet homme a emmené le petit pour l'assassiner. Il l'a emmené de la maison pour le tuer. Il l'a éloigné de moi pour le tuer !

Son être tout entier était mis à la torture par cette idée incertaine et affolante. Elle la sentait dans ses veines, dans ses os, à la racine de ses cheveux. Elle adoptait en esprit l'attitude biblique du deuil - le visage voilé, les vêtements déchirés ; le son des lamentations et des gémissements emplissait son crâne. Mais elle serrait les dents avec fureur, et ses yeux secs étaient brûlants de rage, car elle n'était pas une créature soumise. La protection qu'elle avait exercée sur son frère avait été, à l'origine, d'un caractère violent et indigné. Elle avait besoin de l'aimer d'un amour agissant. Elle avait combattu pour lui - contre elle-même, aussi. Sa perte était amère comme une défaite, douloureuse comme une passion bafouée. Ce n'était pas le choc d'une mort ordinaire. De plus, ce n'était pas la mort qui lui avait enlevé Stevie, c'était Mr. Verloc. Elle l'avait vu. Elle l'avait regardé emmener l'enfant, et elle n'avait pas levé le petit doigt. Elle l'avait laissé faire comme une idiote, une idiote aveugle. Et, après avoir assassiné le gamin, il était venu la retrouver à la maison. Il était rentré chez lui, comme n'importe qui va rejoindre sa femme dans son foyer...

Entre ses dents crochetées, Mrs. Verloc marmonna vers le mur :

- Et moi qui croyais qu'il avait pris froid !

Mr. Verloc perçut ces mots et crut qu'elle s'adressait à lui.

- Ce n'était rien, dit-il d'un air sombre. J'étais bouleversé. Bouleversé à cause de toi.

Mrs. Verloc tourna lentement la tête, et son regard, quittant lentement le mur, se porta sur la personne de son mari. Mr. Verloc, le bout des doigts entre ses lèvres, avait les yeux baissés sur le sol.

- On n'y peut plus rien, marmonna-t-il en laissant retomber sa main. Il faut que tu reprennes tes esprits. Tu vas avoir besoin de tous tes moyens. C'est toi qui nous as mis la police sur le dos. N'importe, on n'en parlera plus, poursuivit Mr. Verloc, magnanime. Tu ne pouvais pas savoir.

- Je ne pouvais pas, souffla Mrs. Verloc, comme si c'était un cadavre qui parlait.

Mr. Verloc reprit le fil de son discours :

- Je ne te blâme pas. Je vais les secouer. Une fois sous clef, je pourrai parler sans risque, tu comprends. Tu peux t'attendre à passer deux ans sans moi, continua-t-il, l'air sincèrement chagriné. Ce sera plus facile pour toi que pour moi. Tu auras de quoi t'occuper, tandis que moi... Écoute-moi, Winnie, ce que tu devras faire, c'est maintenir ce commerce en activité pendant deux ans. Tu en es très capable. Tu as la tête solide. Je te préviendrai quand le moment sera venu d'essayer de le vendre. Tu devras être très prudente. Les camarades t'auront à l'œil tout le temps. Tu devras être habile comme tu sais l'être, et aussi secrète que la tombe. Personne ne devra deviner tes projets. Je n'ai pas envie de recevoir un coup sur la tête ou un poignard dans le dos à ma sortie de prison !

Ainsi parla Mr. Verloc, concentrant son esprit avec candeur et prévoyance sur les problèmes à venir. Sa voix était grave, car il avait un sentiment décent de la situation. Tout ce qu'il n'avait pas voulu voir se produire s'était produit. L'avenir était désormais précaire. Peut-être son jugement avait-il été momentanément obscurci par sa terreur de l'agression imbécile de Mr. Vladimir. Un homme ayant dépassé la quarantaine est excusable de s'affoler à la perspective de perdre son emploi, surtout si cet homme est un agent secret de la police politique, se croyant en sécurité grâce à la conscience de sa grande valeur et à l'estime de hauts personnages. Il était excusable.

Et l'affaire s'était terminée par une catastrophe. Mr. Verloc avait son sang-froid, mais il n'était pas gai. Un agent secret qui jette ses secrets par-dessus les moulins par désir de vengeance et étale ses activités au grand jour devient l'objet d'animosités désespérées et sanguinaires. Sans s'exagérer le danger, Mr. Verloc tentait d'en faire prendre conscience à sa femme. Il répéta qu'il n'avait pas l'intention de permettre aux révolutionnaires de se débarrasser de lui.

Il regarda sa femme droit dans les yeux. Les pupilles agrandies de celle-ci reçurent son regard dans leur profondeur insondable.

- Je t'aime trop pour ça, dit-il avec un petit rire nerveux.

Une légère rougeur colora le visage spectral et figé de Mrs. Verloc. Elle en avait terminé avec les visions du passé et avait non seulement entendu mais compris le sens des paroles de son mari. Par leur extrême désaccord avec son état d'esprit, elles l'avaient un peu suffoquée. L'état d'esprit de Mrs. Verloc avait le mérite de la simplicité ; mais il n'était pas sain. Il était trop dominé par une idée fixe. Chaque méandre, chaque recoin de son cerveau était envahi par la pensée que l'homme avec lequel elle avait vécu sans déplaisir pendant sept ans avait emmené « ce pauvre enfant » pour le tuer ; l'homme auquel elle s'était accoutumée, au physique comme au moral, l'homme en qui elle avait eu confiance, avait emmené le gamin pour le tuer ! Par sa forme, sa substance, son action universelle modifiant jusqu'à l'apparence des choses inanimées, c'était une pensée ahurissante et paralysante à jamais. Mrs. Verloc resta assise, immobile. Et à travers cette pensée (pas à travers la cuisine), Mr. Verloc allait et venait, comme de coutume avec son chapeau et son manteau, lui écrasant le cerveau sous ses souliers. Sans doute parlait-il aussi ; mais la pensée de Mrs. Verloc recouvrait presque complètement le bruit de sa voix.

De temps à autre, cependant, cette voix se faisait entendre. Quelques lambeaux de phrases émergeaient. Leur sens était dans l'ensemble optimiste. Chaque fois, les pupilles dilatées de Mrs. Verloc perdaient leur fixité lointaine et suivaient les mouvements de son mari avec une apparence de sombre souci et d'attention impénétrable. Bien informé sur toutes les questions relatives à sa mission secrète, Mr. Verloc était optimiste quant au succès de ses plans et de ses combinaisons. Il croyait vraiment qu'il lui serait, somme toute, facile d'échapper au couteau des anarchistes en fureur. Il avait trop souvent (dans des buts professionnels) exagéré la puissance de leurs colères et la longueur de leurs bras pour avoir encore beaucoup d'illusions dans un sens ou dans l'autre. Car, pour exagérer judicieusement, il faut commencer par juger de façon précise. Il savait aussi combien l'on oublie d'infâmies et de vertus en deux ans - deux longues années. Son premier discours réellement confidentiel à sa femme était optimiste par conviction. Il croyait aussi de bonne politique d'étaler toute l'assurance dont il pouvait disposer. Cela donnerait du courage à cette pauvre femme. À sa libération qui, s'harmonisant à toute sa vie, serait évidemment secrète, ils disparaîtraient ensemble sans perdre de temps. Pour ce qui était de brouiller les pistes, il priait sa femme de s'en remettre à lui. Il savait comment procéder pour que le diable lui-même...

Il eut un geste de la main. Il avait l'air de se vanter. Il voulait seulement lui insuffler du courage. C'était une intention bienveillante ; mais Mr. Verloc eut la malchance de ne pas être à l'unisson de son public.

Son ton d'autosatisfaction emplit les oreilles de Mrs. Verloc, qui laissaient échapper la plupart des mots ; car, désormais, que lui importaient les mots ? Quel bien, quel mal, pouvaient lui apporter des mots, face à la présence de son idée fixe ? Son regard noir suivait cet homme qui croyait à son impunité, l'homme qui avait éloigné le pauvre Stevie de la maison pour aller le tuer plus loin. Mrs. Verloc ne se rappelait plus exactement où, mais son cœur commençait à battre nettement plus vite.

Sur un ton doux et conjugal, Mr. Verloc exprimait maintenant sa ferme conviction qu'ils avaient encore devant eux quelques bonnes années de vie paisible. Il n'entra pas dans le détail des moyens pour y parvenir. Ce serait une vie tranquille, nichée dans l'ombre, dissimulée parmi les hommes dont la chair est comme l'herbe, modeste comme la vie des violettes. Les termes employés par Mr. Verloc furent les suivants :

« se tenir cois pendant quelque temps ». Loin de l'Angleterre, bien sûr. On ne savait pas très bien si Mr. Verloc songeait à l'Espagne ou à l'Amérique du Sud - en tout cas, à l'étranger.

Ce dernier mot, tombant dans l'oreille de Mrs. Verloc, y produisit une impression très précise. L'homme parlait de partir à l'étranger. Cette impression ne se reliait à rien ; et telle est la force de l'habitude que Mrs. Verloc se demanda aussitôt, machinalement : « Et Stevie ? »

Ce fut comme un trou de mémoire ; mais elle se rappela immédiatement qu'elle n'aurait plus jamais l'occasion de s'inquiéter à son sujet. Plus jamais. Le pauvre enfant avait été enlevé et assassiné. Le pauvre enfant était mort.

L'ébranlement causé par cet instant d'oubli stimula l'intelligence de Mrs. Verloc. Elle commença à percevoir certaines conséquences qui auraient étonné Mr. Verloc. Il n'y avait plus pour elle aucune nécessité à rester ici, dans cette cuisine, dans cette maison, avec cet homme, puisque l'enfant était parti à jamais. Pas la moindre nécessité. Là-dessus, Mrs. Verloc se leva, comme mue par un ressort. Mais elle ne voyait pas non plus quelle nécessité il y avait à ce qu'elle restât sur terre. Et cette incapacité l'arrêta. Mr. Verloc l'observait avec la sollicitude d'un bon mari.

- Tu as l'air de te reprendre un peu, dit-il, mal à l'aise.

Une lueur particulière dans les yeux sombres de sa femme troublait son optimisme. À cet instant précis, Mrs. Verloc commença à se considérer comme libre de tout lien terrestre. Elle était libre. Son contrat avec l'existence, représenté par cet homme penché au-dessus d'elle, arrivait à son terme. Elle était une femme libre. Si ce point de vue eût été perçu par Mr. Verloc, il en eût été extrêmement choqué. Dans ses affaires de cœur, Mr. Verloc avait toujours été négligemment généreux, avec le seul désir d'être aimé pour lui-même. Sur ce point, ses principes moraux étant en accord avec sa vanité, il était tout à fait incorrigible. Que ce fût le cas dans son union vertueuse et légale était pour lui une certitude. Il avait vieilli, grossi, épaissi, demeurant convaincu qu'il avait toute la séduction voulue pour être aimé pour lui-même. Lorsqu'il vit Mrs. Verloc quitter la cuisine sans un mot, il fut déçu.

- Où vas-tu ? cria-t-il assez vivement. En haut ?

Au son de sa voix, Mrs. Verloc se retourna sur le seuil. Un instinct de prudence, né de la crainte, d'une crainte excessive d'être approchée et touchée par cet homme, la poussa à lui faire un petit signe de tête (du haut des deux marches) avec un mouvement des lèvres que l'optimisme conjugal de Mr. Verloc prit pour un sourire pâle et hésitant.

- Tu as raison, l'encouragea-t-il d'une voix bourrue. Tu as besoin de calme et de repos. Va. Je te rejoindrai bientôt.

Mrs. Verloc, la femme libre qui ne savait pas du tout où elle allait, obéit à son conseil avec une décision rigide.

Mr. Verloc la suivit des yeux. Elle disparut dans l'escalier. Il s'en trouva désappointé. Quelque chose en lui eût préféré qu'elle fût poussée à se jeter dans ses bras. Mais il était indulgent et généreux. Winnie était toujours silencieuse et peu démonstrative. Mr. Verloc lui-même n'était d'ailleurs en général pas prodigue de paroles et de caresses. Mais ce n'était pas un soir ordinaire. C'était l'une de ces occasions où un homme a besoin d'être fortifié et encouragé par des manifestations de compréhension et de tendresse. Il soupira et éteignit le gaz dans la cuisine. La compassion de Mr. Verloc pour sa femme était sincère et intense. Il en eut presque les larmes aux yeux tandis que, debout dans l'arrière-boutique, il réfléchissait à la solitude qui attendait sa femme. Cet état d'esprit lui inspira le regret que Stevie eût quitté ce monde difficile. Il pensa à sa mort avec tristesse. Si seulement ce garçon ne s'était pas stupidement tué !

Une sensation de faim inextinguible, que connaissent après la tension d'une entreprise hasardeuse des aventuriers à la fibre plus rude que Mr. Verloc, l'envahit de nouveau. Le rôti de bœuf, préparé comme un repas pour les obsèques de Stevie, attira son regard. Et Mr. Verloc se servit avec avidité, sans modération ni décence, coupa des tranches épaisses avec le couteau à découper bien aiguisé et les dévora sans pain. Pendant qu'il se restaurait ainsi, Mr. Verloc se rendit compte qu'il n'entendait pas sa femme remuer dans leur chambre comme il eût été normal. La pensée qu'il la trouverait peut-être assise sur le lit dans le noir lui coupa l'appétit, lui ôta même le désir d'aller tout de suite la rejoindre. Mr. Verloc posa le couteau et tendit l'oreille avec une attention soucieuse.

Il l'entendit enfin remuer et en fut soulagé. Elle traversa tout à coup la chambre et ouvrit la fenêtre. Après un temps de silence pendant lequel il l'imagina la tête penchée au-dehors, il l'entendit la refermer sans hâte. Puis elle fit quelques pas et s'assit. Chaque bruit, dans cette maison, était familier à Mr. Verloc, qui était un véritable homme d'intérieur. Lorsqu'il entendit de nouveau le pas de sa femme au-dessus de sa tête, il sut, avec autant de certitude que s'il la voyait, qu'elle mettait ses chaussures de marche. Ce symptôme inquiétant lui fit hausser les épaules ; il s'éloigna de la table et se planta le dos à la cheminée, la tête penchée de côté, en se rongeant les ongles avec perplexité. Par l'oreille, il suivait les mouvements qu'elle faisait. Elle allait çà et là à grands pas, avec des arrêts brusques tantôt devant la commode, tantôt devant sa garde-robe. Un énorme fardeau de lassitude, récolte d'une journée de chocs et de surprises, anéantit toute l'énergie de Mr. Verloc.

Il ne leva les yeux que lorsqu'il entendit sa femme descendre l'escalier. Comme il l'avait deviné, elle s'était habillée pour sortir.

Mrs. Verloc était une femme libre. Elle avait ouvert la fenêtre pour crier : « À l'assassin ! Au secours ! » ou pour se jeter dans le vide. Car elle ne savait pas au juste quoi faire de sa liberté. Sa personnalité semblait avoir été cassée en deux morceaux dont les activités mentales ne se raccordaient pas entre elles. La rue, déserte et silencieuse de bout en bout, la repoussait, paraissant prendre parti pour cet homme si assuré de son impunité. Elle n'osait pas crier, de peur que personne ne vînt. Nul ne viendrait, assurément. Et son instinct de conservation la faisait reculer devant la profondeur de la chute dans cette sorte de tranchée gluante. Mrs. Verloc referma la fenêtre et s'habilla pour aller dans la rue d'une autre façon. Elle était une femme libre. Elle s'était vêtue de pied en cap, avait fixé un voile noir devant son visage. Lorsqu'elle apparut devant lui dans la lumière de l'arrière-boutique, Mr. Verloc remarqua qu'elle avait même son petit sac à main pendu au poignet gauche... Elle filait retrouver sa mère, très certainement.

La pensée que les femmes étaient somme toute des créatures lassantes se présenta à son cerveau épuisé. Mais il était trop généreux pour l'accueillir plus d'un instant. Cet homme, cruellement blessé dans sa vanité, resta magnanime dans sa conduite et ne s'autorisa pas la satisfaction d'un sourire amer ou d'un geste de mépris. Avec une véritable grandeur d'âme, il se contenta de jeter un coup d'œil à la pendule en disant avec calme, mais autorité :

- Il est huit heures vingt-cinq, Winnie. Cela n'a pas le sens commun d'aller là-bas à cette heure-ci. Tu ne pourras pas trouver le moyen de rentrer ce soir.

Devant sa main tendue, Mrs. Verloc s'était brusquement arrêtée. Il ajouta d'une voix pesante :

- Ta mère sera couchée quand tu arriveras. C'est un type de nouvelle qui peut attendre.

Rien n'était plus éloigné de la pensée de Mrs. Verloc que d'aller voir sa mère. Elle se refusait même à y songer ; et, sentant une chaise derrière elle, elle obéit à l'invitation de ce contact et s'assit. Elle avait simplement eu le projet de partir pour toujours. Et si cette idée était normale, elle prit une forme vulgaire conforme à son origine et à sa situation. « Je préférerais marcher toute ma vie par les rues », songea-t-elle. Mais cette créature, qui avait été soumise dans l'ordre moral à un choc auprès duquel, dans l'ordre physique, le plus violent séisme de tous les temps n'était qu'une faible secousse languissante, était à la merci de choses insignifiantes, de contacts inattendus. Donc, elle s'assit. Avec son chapeau et son voile, elle avait l'air d'une visiteuse venue passer quelques moments chez Mr. Verloc. Celui-ci fut encouragé par son obéissance immédiate bien que cet acquiescement silencieux et apparemment temporaire l'inquiétât un peu.

- Permets-moi de te dire, Winnie, énonça-t-il avec autorité, que ta place est ici ce soir. Que diable ! C'est toi qui m'as mis toute cette foutue police sur le dos ! Je ne te fais pas de reproches, mais c'est quand même entièrement de ta faute. Enlève donc ce chapeau. Je ne puis te permettre de sortir, ma chérie, ajouta-t-il d'une voix radoucie.

Mrs. Verloc enregistra cette déclaration avec une détermination morbide. L'homme qui avait emmené Stevie sous ses yeux pour aller le tuer dans un lieu dont le nom lui échappait pour l'instant ne lui permettait pas de sortir. Bien sûr ! Maintenant qu'il avait assassiné Stevie, il ne la laisserait jamais partir. Il voudrait la garder gratuitement. Et, après ce raisonnement, caractéristique, qui avait toute la force de la logique des fous, l'esprit dérangé de Mrs. Verloc se mit à fonctionner sur le plan pratique. Elle pouvait passer rapidement à côté de lui, ouvrir la porte et partir en courant ; mais il se précipiterait à sa suite, la prendrait à bras le corps et la traînerait dans la boutique. Elle pourrait mordre, griffer, donner des coups de pied, de couteau aussi ; mais pour cela il lui fallait un couteau. Mrs. Verloc resta assise sans bouger sous son voile noir, dans sa propre maison, tel un mystérieux visiteur masqué aux intentions impénétrables.

La magnanimité de Mr. Verloc n'était pas surhumaine. Il finissait par être exaspéré.

- Tu ne pourrais pas dire quelque chose ? Ah, tu sais t'y prendre pour irriter les gens ! Oui ! Je connais bien tes mines de sourde-muette. J'en ai déjà fait l'expérience. Mais ce soir, ça ne prend pas. Et pour commencer, enlève-moi ce chapeau. On ne sait pas si l'on parle à une femme ou à un mannequin !

Il s'avança, allongea la main et arracha le voile, démasquant un visage toujours impénétrable, contre lequel son exaspération nerveuse se brisa comme un embrun sur un rocher.

- Ça va mieux comme ça, dit-il pour dissimuler sa gêne momentanée - puis il alla reprendre sa station devant la cheminée.

Il ne lui vint pas un instant à l'esprit que sa femme pouvait vouloir le quitter. Il eut un peu honte de lui-même car il l'aimait et avait de la générosité. Que pouvait-il faire ? Tout avait déjà été dit. Il protesta avec véhémence :

- Sacrebleu ! Tu sais que j'ai cherché partout. J'ai risqué de me démasquer en essayant de trouver quelqu'un pour ce maudit travail. Et je te répète que je n'ai pu dénicher personne qui fût assez fou ou assez affamé. Pour qui me prends-tu ? Pour un assassin ou quoi ? Le gosse est mort. Penses-tu que je souhaitais le voir se faire sauter ? Il est mort. Ses ennuis sont terminés. Les nôtres vont commencer, je te le répète, justement parce qu'il s'est fait sauter. Je ne te fais pas de reproches. Mais essaie quand même de comprendre que cela a été un accident, exactement comme s'il s'était fait écraser par un bus en traversant la rue.

Sa générosité n'était pas infinie, car il était un être humain - pas un monstre, comme le croyait Mrs. Verloc. Il se tut, et un petit ricanement souleva sa moustache au-dessus de l'éclat de ses dents blanches, lui donnant l'expression d'un animal songeur pas très dangereux, un animal lent, avec une tête lisse, plus triste qu'un marsouin, et une voix ténébreuse.

- Et si l'on y songe, c'est ton œuvre autant que la mienne. Oui, c'est vrai. Tu peux écarquiller les yeux autant que tu voudras. Je sais de quoi tu es capable à cet égard. Que je sois pendu si j'aurais jamais pensé au gamin pour ce travail ! C'est toi qui l'as poussé à sortir avec moi alors que je devenais à moitié fou pour essayer de nous préserver tous de tout souci. Qu'est-ce qui s'est passé dans ta tête ? On croirait que tu l'as fait exprès. Je me demande même si ce n'est pas le cas. Comment savoir si tu n'avais pas compris ce qui se passait, avec ton infernale manière je - m'en - fichiste de regarder dans le vague et de ne pas dire un mot...

Sa voix grave et familière cessa un temps de résonner. Mrs. Verloc ne répondit rien. Devant son silence, il eut honte de ce qu'il avait dit ; mais, ainsi qu'il arrive souvent aux hommes paisibles dans les querelles familiales, justement parce qu'il avait honte, il poussa l'avantage.

- Tu as quelquefois une façon diabolique de te taire, reprit-il sans élever la voix. À rendre fou. Tu as de la chance que je ne perde pas la tête comme d'autres le feraient devant tes bouderies silencieuses. Je t'aime beaucoup. Mais ne dépasse pas les bornes. Ce n'est pas le moment. Nous devons réfléchir à ce que nous avons à faire. Je ne puis te laisser aller courir ce soir chez ta mère pour lui raconter des choses abracadabrantes sur mon compte. Je ne le veux pas. Ne t'y trompe pas : si tu crois que j'ai tué le petit, alors tu l'as tué autant que moi.

Par leur sincérité et la franchise de leur expression, ces paroles allaient bien au-delà de toutes celles qui avaient jamais été prononcées dans cette maison entretenue par les appointements d'un travail secret complétés par la vente de marchandises plus ou moins mystérieuses : misérables expédients imaginés par des hommes médiocres pour préserver la société imparfaite de leurs semblables des risques de corruption physique et morale - expédients eux aussi mystérieux. Ces mots avaient été dits parce que Mr. Verloc s'était senti vraiment outragé ; mais les décences réticentes de sa vie familiale nichée dans une rue sombre derrière une boutique où n'entrait jamais le soleil n'en semblaient pas pour autant perturbées. Mrs. Verloc l'écouta jusqu'au bout avec une politesse parfaite, puis elle se leva, avec son manteau et son chapeau, à la manière d'un visiteur prêt à se retirer. Elle s'avança vers son mari, un bras tendu comme pour prendre congé. Son voile pendu par un bout sur le côté gauche de son visage donnait un air de cérémonie mal réglée à ses gestes contenus. Mais lorsqu'elle atteignit la cheminée, Mr. Verloc n'y était plus : il s'était éloigné vers le canapé sans lever les yeux pour observer les effets de sa tirade. Il était fatigué, résigné, très marital. Mais il était blessé au point sensible de sa faiblesse secrète. Si elle voulait continuer à bouder et à garder cet affreux silence pesant, eh bien, à sa guise. Elle était maîtresse en cet art domestique. Mr. Verloc se laissa lourdement tomber sur le canapé, comme il en avait l'habitude, sans se préoccuper de son chapeau qui, sans doute accoutumé à se débrouiller seul, s'était glissé sous l'abri sûr de la table.

Il était fatigué. Il avait épuisé jusqu'aux dernières parcelles de sa résistance nerveuse dans les surprises et les angoisses de cette journée pleine d'échecs inattendus, survenant au bout d'un mois harassant de cogitations et d'insomnies. Il était fatigué. Un homme n'est pas un roc ! Que tout aille au diable ! Mr. Verloc se reposait à sa façon caractéristique, dans ses vêtements d'extérieur. Un pan de son manteau déboutonné balayait presque le sol. Mr. Verloc gisait sur le dos. Mais il aspirait à un repos plus complet, au sommeil, à quelques heures d'un oubli délicieux. Le reste viendrait plus tard. Pour l'instant, il se reposait. Et il songeait : « Je voudrais qu'elle en finisse avec ces sottises. C'est exaspérant. »

Il devait y avoir quelque imperfection dans le sentiment de liberté retrouvée de Mrs. Verloc. Au lieu de se diriger vers la porte, elle appuya ses épaules contre la cheminée, comme un voyageur se repose accoudé à une barrière. Son aspect présentait quelques signes d'égarement à cause du voile noir, pendant comme une guenille contre sa joue, et de la fixité de son regard noir posé sur le coin de la pièce que la lumière n'atteignait pas. Cette femme capable d'une transaction dont le moindre soupçon eût infiniment choqué l'idée que Mr. Verloc se faisait de l'amour, restait irrésolue, comme si elle comprenait qu'il lui manquait quelque chose pour en finir avec ce contrat d'une façon définitive.

Sur son canapé, Mr. Verloc cherchait une position confortable et, dans la plénitude de son cœur, formait un vœu assurément aussi pieux que possible en provenance d'une telle source.

- Je donnerais n'importe quoi, grommela-t-il, pour n'avoir jamais vu Greenwich Park et tout ce qui le concerne.

Ce son voilé emplit la petite pièce de son faible volume, bien adapté à la nature modeste de ce souhait. Des ondes de la longueur voulue se propagèrent selon les formules mathématiques idoines autour des objets inanimés et vinrent frapper la tête de Mrs. Verloc comme si c'était celle d'une statue. Et, aussi incroyable que cela puisse paraître, les yeux de Mrs. Verloc semblèrent s'agrandir encore. Le vœu exprimé par le cœur débordant de Mr. Verloc plongea dans un lieu banni de la mémoire de sa femme. Greenwich Park ! Un parc, des branches brisées, des feuilles arrachées, du gravier, des lambeaux de chair et d'os fraternels, tout cela jaillit d'un seul bloc comme un feu d'artifice. Elle se souvint alors de ce qu'elle avait entendu et en eut la vision. On avait dû le ramasser à la pelle. Tremblant toute de frissons irrépressibles, elle eut devant les yeux le spectacle de cet effroyable chargement récupéré sur le sol. Mrs. Verloc ferma désespérément les yeux, jetant sur cette vision l'opacité de ses paupières, où après une avalanche de membres en bouillie restait seule en suspens la tête arrachée de Stevie, qui disparut avec lenteur comme la fusée ultime d'un spectacle pyrotechnique. Mrs. Verloc rouvrit les yeux.

Son visage n'était plus de pierre. N'importe qui eût remarqué le changement subtil de ses traits, de son regard fixe, de son expression nouvelle et surprenante - une expression rarement observée par des personnes compétentes dans les conditions de loisir et de sécurité qu'exige une analyse complète, mais dont le sens sautait aux yeux sans erreur possible. Mrs. Verloc n'avait plus aucun doute sur la conclusion de sa transaction ; sa lucidité retrouvée travaillait sous le contrôle de sa volonté. Mais Mr. Verloc ne remarqua rien. Il se reposait dans cet état d'euphorisme pathétique qu'engendre un excès de fatigue. Il ne voulait plus discuter, même avec sa femme - moins qu'avec quiconque. Sa justification avait été indiscutable. Il était aimé pour lui-même. Il interprétait favorablement le mutisme présent de son épouse. Il était temps de faire la paix avec elle. Le silence avait assez duré. Il le rompit en l'appelant à mi-voix :

- Winnie !

- Oui, répondit docilement Mrs. Verloc, la femme libre.

Elle commandait désormais à son esprit, à ses organes vocaux ; elle sentait qu'elle contrôlait avec une perfection presque surnaturelle chaque fibre de son corps. Son corps lui appartenait entièrement puisque le marché était venu à son terme. Elle y voyait clair. Elle était devenue rusée. Ce fut dans un but très précis qu'elle lui répondit avec une telle promptitude. Elle ne voulait pas que cet homme modifiât en rien sa position, qui convenait fort bien aux circonstances. Elle réussit : l'homme ne bougea pas. Après lui avoir répondu, elle resta néanmoins négligemment appuyée à la cheminée dans l'attitude d'un marcheur au repos. Elle prenait son temps. Son front était sans contractions. La tête et les épaules de Mr. Verloc lui étaient cachées par le dossier du canapé. Elle garda les yeux fixés sur ses pieds.

Elle resta ainsi mystérieusement immobile et concentrée jusqu'au moment où Mr. Verloc se déplaça légèrement pour lui faire place au bord du canapé et dit avec une autorité toute maritale :

- Viens ici, sur un ton particulier, un peu brutal, mais où Mrs. Verloc reconnut sans peine les accents du désir.

Elle s'avança aussitôt, comme si elle était encore une femme fidèle liée à cet homme par un contrat en cours. Son flanc droit avait frôlé le bout de la table et, lorsqu'elle se dirigea vers le canapé, le couteau à découper avait disparu du plat sans le moindre bruit. Mr. Verloc entendit craquer le plancher et fut satisfait. Il attendit. Mrs. Verloc approchait. Comme si l'âme errante de Stevie était venue tout droit chercher refuge dans le sein de sa sœur, gardienne et protectrice, la ressemblance du visage de celle-ci avec celui de son frère augmenta à chaque pas, jusqu'à l'affaissement de la lèvre inférieure, jusqu'au léger strabisme du regard. Mais Mr. Verloc ne le vit pas. Il était allongé sur le dos et avait les yeux levés. Il distingua au plafond le vague reflet d'une main refermée sur le manche d'un couteau à découper. Cette main monta puis redescendit dans un geste lent. Assez lent pour que Mr. Verloc reconnût la main, et l'arme.

Assez lent pour qu'il saisît toute l'ampleur du danger et qu'il sentît le goût de la mort dans sa gorge. Sa femme était devenue folle, une folle criminelle. Assez lent pour que le premier effet paralysant de cette découverte fît place à une détermination résolue de sortir vainqueur d'une lutte atroce contre cette aliénée munie d'une arme. Assez lent pour laisser à Mr. Verloc le temps d'élaborer un plan de défense comportant un bond de l'autre côté de la table et la chute de la femme provoquée par une chaise en bois massif. Pas assez lent toutefois pour permettre à Mr. Verloc de remuer une main ou un pied. Le couteau était déjà planté dans sa poitrine. Il n'avait rencontré aucune résistance. Le hasard permet de telles précisions. Dans ce coup plongeant lancé par-dessus le bras du canapé, Mrs. Verloc avait dépensé tout son héritage d'origines obscures et immémoriales, la férocité sans complexe de l'âge des cavernes et l'immense fureur nerveuse de l'âge des bars. Mr. Verloc, l'agent secret, pivota sur le côté sous la violence du choc, expira sans un geste, en murmurant le seul mot : « Non ! » en guise de protestation.

Mrs. Verloc avait lâché le couteau et sa ressemblance extraordinaire avec son frère s'atténua, redevenant tout à fait banale. Elle poussa un profond soupir, le premier soupir d'aise depuis que l'Inspecteur en Chef Heat lui avait exhibé le lambeau du manteau de Stevie où figurait son adresse. Les bras repliés, elle s'appuya sur l'accoudoir du canapé. Elle adopta cette position aisée, non pour jouir du spectacle du corps de Mr. Verloc, mais à cause des mouvements ondulatoires de la pièce, qui ressembla quelques instants à un océan dans la tempête. Elle était chancelante, mais calme. C'était désormais une femme libre, d'une liberté totale qui ne lui laissait rien à désirer et absolument rien à faire puisque l'appel urgent de Stevie à son amour n'existait plus. Mrs. Verloc, qui pensait en images, n'était plus troublée par des visions, car elle ne pensait plus du tout. Et elle ne bougeait pas. C'était une femme qui jouissait d'une irresponsabilité complète et d'un loisir sans fin, presque à la façon d'un cadavre. Elle ne bougeait pas, elle ne pensait pas. Pas plus que la dépouille mortelle de feu Mr. Verloc gisant sur le canapé. À l'exception du fait que Mrs. Verloc respirait, ces deux êtres étaient en accord parfait : cet accord de réserve prudente sans mots superflus, aux gestes rares, qui avait été le fondement de leur vie de famille respectable. Car elle avait été respectable, couvrant par une réticente décence les problèmes que risquaient de soulever une profession secrète et le commerce de marchandises équivoques. Jusqu'au bout, son décorum n'avait pas été perturbé par des cris peu convenables ou autres attitudes sincères déplacées.

Et, une fois le coup porté, leur respectabilité se perpétua dans l'immobilité et le silence.

Rien ne changea dans l'arrière-boutique jusqu'à l'instant où Mrs. Verloc leva la tête pour regarder avec surprise et incrédulité la pendule. Elle avait perçu un petit bruit dans la pièce. Elle l'entendit de nouveau, de plus en plus fort, alors qu'elle se rappelait avec certitude que la pendule accrochée au mur était silencieuse, que son mouvement n'était pas audible. Que signifiait qu'elle se mît soudain à émettre un tic-tac aussi fort ? Elle indiquait neuf heures moins dix. Mrs. Verloc ne se souciait pas de savoir l'heure ; et le tic-tac se faisait toujours entendre. Elle en conclut que ce bruit ne provenait pas de la pendule, et son regard morne erra le long des murs, hésita, devint vague, tandis qu'elle tendait l'oreille pour localiser ce bruit. Tic, tic, tic.

Mrs. Verloc écouta un moment, puis baissa avec décision les yeux sur le cadavre de son mari. Il avait une position si familière qu'elle put le regarder sans être troublée par quelque importante nouveauté dans les éléments de la vie de son foyer. Mr. Verloc prenait ses aises comme de coutume. Il avait l'air installé confortablement.

Le corps était posé de telle sorte que le visage de Mr. Verloc n'était pas visible pour Mrs. Verloc, sa veuve. Elle baissa ses jolis yeux somnolents dans la direction du bruit et parut perplexe lorsque son regard rencontra un objet plat et dur qui dépassait un peu du canapé. C'était le manche du couteau à découper de la maison, qui n'avait rien d'étrange si ce n'est sa position perpendiculaire au gilet de Mr. Verloc et le fait qu'un liquide s'en écoulait. Des gouttes sombres tombaient l'une après l'autre sur le revêtement du sol avec un bruit d'horlogerie devenant de plus en plus rapide et furieux, comme le tic-tac d'une pendule folle. Quand il eut atteint sa vitesse maximale, le tic-tac devint un bruit d'écoulement continu. Mrs. Verloc observa cette transformation, et une ombre d'inquiétude apparut sur son visage. C'était un écoulement ténu, rapide, sombre... Du sang !

Devant cette circonstance imprévue, Mrs. Verloc abandonna son attitude d'oisiveté irresponsable.

Rassemblant soudain sa jupe, elle courut à la porte avec un petit cri, comme si cet écoulement était le signe précurseur d'une inondation dangereuse. Rencontrant la table sur sa route, elle lui donna une poussée des deux mains comme à un être vivant, avec une force telle que la table glissa sur ses quatre pieds en râclant bruyamment le sol tandis que le grand plat du rôti était violemment projeté par terre et se brisait.

Puis tout redevint silencieux. Parvenue à la porte, Mrs. Verloc s'arrêta. Un chapeau rond, au milieu de la pièce, dévoilé par le déplacement de la table, oscillait un peu sur sa calotte dans le vent de sa fuite.

12

Winnie Verloc, veuve de Mr. Verloc et sœur de feu le fidèle Stevie (désintégré en état d'innocence avec la conviction de participer à une œuvre humanitaire), n'alla pas plus loin que la porte de l'arrière-boutique. En réalité, elle avait seulement couru jusque-là pour fuir un écoulement de sang, mais ce n'était qu'un geste de répulsion instinctive. Elle s'était arrêtée, la tête basse et l'œil fixe. Comme si sa fuite à travers la petite pièce avait duré de longues années, la Mrs. Verloc debout à côté de la porte était très différente de la femme qui s'était appuyée contre le canapé, un peu vertigineuse mais à part cela libre de jouir du calme profond de l'inaction et de l'irresponsabilité. Mrs. Verloc n'avait plus le vertige. Sa tête était solide. Par contre, elle n'était plus calme. Elle avait peur.

Si elle évitait de regarder dans la direction de son mari au repos, ce n'était pas parce qu'elle avait peur de lui. Mr. Verloc n'était pas effrayant à voir. Il avait l'air à son aise. En outre, il était mort. Mrs. Verloc ne nourrissait pas de vains fantasmes au sujet des morts. Rien ne les fait revenir, ni l'amour ni la haine. Ils ne peuvent rien vous faire. Ils ne sont plus rien. Son état d'esprit comportait une sorte de mépris sévère pour cet homme qui s'était laissé tuer aussi facilement.

Il avait été le maître d'une maison, le mari d'une femme et l'assassin de son Stevie. Désormais, il n'avait plus d'importance à aucun point de vue. Il en avait moins que les vêtements qui couvraient son corps, que son manteau ou ses souliers, que ce chapeau gisant au sol. Il n'était rien. Cela ne valait pas la peine de le regarder. Il n'était même plus l'assassin du pauvre Stevie. Lorsqu'on viendrait chercher Mr. Verloc, le seul assassin que l'on trouverait dans la pièce serait elle-même !

Ses mains tremblaient si fort que, à deux reprises, elle ne put parvenir à rattacher son voile. Mrs. Verloc n'était plus une personne oisive et irresponsable. Elle avait peur. Poignarder Mr. Verloc n'avait été que porter un coup. Cela l'avait délivrée de la souffrance des hurlements étranglés dans sa gorge, des larmes desséchées dans ses yeux brûlants, de sa rage furieuse et affolante devant le rôle joué par cet homme, qui était désormais moins que rien, en la dépouillant de l'enfant. Ce coup avait été provoqué par une impulsion mystérieuse. Le sang s'écoulant le long du manche du couteau en avait fait un cas évident de meurtre. Mrs. Verloc, qui s'était toujours interdit de regarder au fond des choses, se trouva contrainte de plonger son regard dans l'abîme profond de cette circonstance. Elle n'y distingua ni visage de revenant, ni ombre de reproche, ni vision de remords, aucune sorte d'idée générale. Elle y vit une conséquence. Cette conséquence était la potence. Mrs. Verloc avait peur de la potence.

Elle en était terrifiée dans l'abstrait. N'ayant jamais contemplé l'ultime argument de la justice des hommes sinon sur les coupures illustrées d'un certain type de publications, elle se la représenta d'abord dressée sur un arrière-plan noir et orageux, bordée de chaînes et d'ossements humains, entourée d'oiseaux venant piquer les yeux des morts. C'était assez effrayant ; mais, bien que n'étant pas une femme instruite, Mrs. Verloc avait une connaissance suffisante des institutions de son pays pour savoir que l'on n'érigeait plus les potences romantiquement sur les berges de rivières sombres ou sur des collines balayées par le vent, mais dans les cours des prisons. Là, entre quatre grands murs, comme au fond d'un puits, à l'aube, on amenait le criminel pour l'exécuter avec un calme horrifiant et, comme on disait toujours dans les journaux, « en présence des autorités ». Le regard rivé au sol, les narines frémissant d'angoisse et de honte, elle s'imagina toute seule au milieu d'étranges messieurs en chapeaux hauts de forme, qui s'apprêtaient tranquillement à lui passer la corde au cou. Ça, jamais ! jamais ! Et comment procédait-on ? L'impossibilité de se représenter les détails de ce genre d'exécution ajoutait un élément affolant à sa terreur abstraite. Les journaux ne donnaient jamais de détails, sauf un, et celui-là avec délectation, en conclusion d'un récit succinct. Mrs. Verloc se rappela ce détail. Il lui causa une cruelle brûlure dans la tête, comme si les mots « le corps fit une chute de quatorze pieds » étaient gravés dans sa cervelle avec une pointe rougie. « Le corps fit une chute de quatorze pieds »...

Ces mots l'affectèrent aussi dans son corps. Sa gorge se contracta par vagues pour résister à l'asphyxie ; et son appréhension de la secousse fut si vive qu'elle se prit la tête à deux mains comme pour l'empêcher d'être arrachée de ses épaules. « Le corps fit une chute de quatorze pieds. » Non ! Cela ne serait pas. Elle ne pourrait pas supporter *cela*. Cette seule pensée lui était intolérable. Elle se refusait même à y songer. Mrs. Verloc prit donc la décision d'aller instantanément se jeter dans la rivière du haut d'un pont.

Cette fois, elle réussit à rattacher son voile. Avec son visage ainsi masqué, toute en noir des pieds à la tête (sauf quelques fleurs sur son chapeau), elle jeta un coup d'œil machinal à la pendule et crut qu'elle s'était arrêtée. Elle ne pouvait croire qu'il ne s'était écoulé que deux minutes depuis qu'elle l'avait regardée. Bien sûr que non. Elle avait sans doute été arrêtée tout le temps. En réalité, trois petites minutes séparaient le moment où Mrs. Verloc avait poussé son premier soupir de soulagement après son coup de couteau et celui où elle avait pris la décision d'aller se noyer dans la Tamise. Mais Mrs. Verloc ne put s'en convaincre. Il lui semblait avoir lu ou entendu dire que les montres et pendules s'arrêtaient toujours à l'instant d'un meurtre, afin de pouvoir confondre le meurtrier. Cela ne la tracassait pas. « Jusqu'au pont... et puis je passe par-dessus bord... » Mais ses gestes étaient lents.

Elle se traîna péniblement dans le magasin et dut s'accrocher au loquet afin de rassembler le courage nécessaire pour ouvrir la porte. La rue l'effrayait car elle menait soit à la potence, soit à la rivière. Elle franchit le seuil la tête la première, les bras en avant, comme une personne se jetant du parapet d'un pont. Cette incursion dans l'air extérieur avait un avant-goût de noyade ; une humidité gluante l'enveloppa, pénétra dans ses narines, s'agrippa à ses cheveux. Il ne pleuvait pas vraiment. Mais les réverbères étaient entourés d'un petit halo de bruine rouillée. La charrette et les chevaux étaient partis, la fenêtre aux rideaux tirés de la taverne des charretiers projetait jusqu'aux pavés de la rue noire une tache rectangulaire de faible lumière rouge sang. En se traînant lentement vers cette lueur, Mrs. Verloc songea qu'elle était une femme sans amis. C'était vrai. C'était si vrai que, dans son désir de voir un visage amical, elle ne put penser qu'à Mrs. Neale, la femme de ménage. Elle n'avait pas de relations personnelles. Personne ne la regretterait. Il ne faudrait pas croire que la veuve Verloc avait oublié l'existence de sa mère. Ce n'était pas le cas. Winnie avait été une bonne fille, comme elle avait été une sœur dévouée ; mais sa mère s'était toujours appuyée sur elle. Elle ne pouvait donc en attendre ni conseil ni consolation. Maintenant que Stevie était mort, le lien semblait rompu. Elle n'avait pas la force d'affronter la vieille femme et de l'informer de l'effroyable nouvelle. D'ailleurs, c'était trop loin. La rivière était sa seule destination. Mrs. Verloc s'efforça d'oublier sa mère.

Chaque pas exigeait un effort de volonté qui lui paraissait le dernier en son pouvoir. Mrs. Verloc s'était traînée au-delà de la lueur rouge de la fenêtre de la taverne. « Au pont, et je saute », se répétait-elle avec obstination. Elle allongea une main juste à temps pour éviter de tomber. « Je n'y arriverai jamais avant l'aube », pensa-t-elle. La peur de la mort paralysait ses efforts pour échapper à la pendaison. Elle avait l'impression de tituber dans cette rue depuis des heures. « Jamais je n'y arriverai, se répéta-t-elle. On me trouvera errant dans les rues. C'est trop loin. » Elle s'accrocha au réverbère, haletante sous son voile noir.

« Le corps a fait une chute de quatorze pieds »... D'un geste violent, elle se détacha du réverbère et se rendit compte qu'elle marchait. Mais une nouvelle faiblesse s'abattit sur elle comme une vague énorme, lui donnant l'impression que son cœur était balayé hors de son corps. « Je n'y arriverai jamais, murmura-t-elle, arrêtée soudain, vacillant légèrement sur place. Jamais. »

Et devant l'impossibilité absolue de marcher jusqu'au pont le plus proche, Mrs. Verloc songea à s'enfuir à l'étranger.

Cette idée lui vint tout à coup. Les assassins s'enfuient. À l'étranger. Espagne ou Californie. De simples noms. Le vaste univers créé pour la gloire de l'homme n'était pour Mrs. Verloc qu'un vide immense. Elle ne savait de quel côté se tourner. Les assassins avaient des amis, des relations, des gens pour les aider, et ils avaient de l'instruction. Elle n'avait rien. Elle était le plus isolé des meurtriers ayant jamais porté un coup de couteau mortel. Elle était seule dans Londres ; et toute la ville de boue et de merveilles, avec son labyrinthe de rues et ses masses lumineuses, était plongée dans une nuit sans espoir, reposait au fond d'un abîme duquel une femme ne pouvait espérer sortir sans aide.

Elle faillit tomber en avant et se remit en marche comme une aveugle, avec une peur atroce de s'affaler ; mais, après avoir fait quelques pas, elle éprouva de façon inattendue une sensation d'appui, de sécurité. En levant la tête, elle vit un visage d'homme, la regardant de tout près à travers son voile. Le camarade Ossipon n'avait pas peur des femmes bizarres, et aucun scrupule de délicatesse ne l'empêchait d'aborder une femme apparemment ivre. Le camarade Ossipon s'intéressait aux femmes. Il saisit celle-ci entre ses deux larges mains et la regarda d'une manière non équivoque ; puis il l'entendit murmurer d'une voix faible : « Mr. Ossipon ! » et il faillit la laisser s'écrouler.

- Mrs. Verloc ! s'exclama-t-il. Vous ici !

Il lui paraissait impossible qu'elle fût ivre. Mais sait-on jamais ? Il ne s'appesantit pas sur cette question. Mais, attentif à ne pas décourager le sort favorable qui lui livrait la veuve du camarade Verloc, il tenta de l'attirer contre lui. À sa surprise, elle se laissa faire sans résistance et s'appuya même un instant contre son épaule avant d'essayer de se libérer. Le camarade Ossipon ne voulut pas se montrer brusque envers le sort favorable. Il retira son bras d'un air naturel.

- Vous m'avez reconnue... bégaya-t-elle, debout devant lui, assez solide sur ses jambes.

- Bien sûr, dit Ossipon avec une parfaite spontanéité. J'ai cru que vous alliez tomber. J'ai trop pensé à vous ces derniers temps pour ne pas vous reconnaître n'importe où, n'importe quand. Je n'ai jamais cessé de penser à vous depuis la première fois que je vous ai vue.

Mrs. Verloc ne semblait pas l'entendre. Elle dit nerveusement :

- Vous veniez au magasin ?

- Oui, aussitôt après avoir vu les journaux.

En réalité, le camarade Ossipon avait erré pendant deux bonnes heures dans le voisinage de Brett Street sans avoir le courage de se décider. Le robuste anarchiste n'était pas un conquérant hardi. Il se rappelait que Mrs. Verloc n'avait jamais accueilli ses œillades par le moindre signe d'encouragement. De plus, il pensait que la boutique était peut-être surveillée par la police, et le camarade Ossipon ne tenait pas à ce que celle-ci eût une idée trop précise de ses sympathies révolutionnaires. En cet instant même, il ne savait pas exactement que faire. Comparée à ses entreprises galantes habituelles, celle-ci était importante et grave. Il ignorait ce qu'elle éprouvait au juste, et jusqu'où il devrait s'engager pour obtenir ce qu'il voulait, à supposer qu'il eût une seule chance de succès. Cette perplexité refroidit son enthousiasme et lui fit adopter un ton d'une sobriété s'accordant aux circonstances.

- Puis-je vous demander où vous alliez ainsi ? s'enquit-il à voix basse.

- Ne me le demandez pas ! s'écria Mrs. Verloc dans un gémissement violent et contenu.

Toute sa vitalité se rétractait à la pensée de la mort.

- Peu importe où j'allais...

Ossipon conclut qu'elle était très énervée mais parfaitement sobre. Elle resta quelques instants silencieuse à côté de lui, puis fit tout à coup un geste auquel il ne s'attendait pas : elle glissa sa main sous son bras. Il fut surpris bien sûr par le geste lui-même, et tout autant par son caractère résolu et sans ambiguïté. Mais ceci étant une affaire délicate, le camarade Ossipon se comporta avec délicatesse. Il se contenta de presser légèrement cette main contre ses côtes robustes. Dans le même temps, il se sentit tiré en avant et ne résista pas à cette impulsion. À l'extrémité de Brett Street, il vit qu'on l'orientait vers la gauche. Il obéit.

La marchande de fruits à l'angle de la rue avait rentré l'étalage rutilant de ses oranges et citrons, et Brett Place n'était que ténèbres parsemées de halos brumeux par les quelques réverbères délimitant sa forme triangulaire, avec trois becs de gaz groupés sur un seul pied en son centre. Les silhouettes sombres de l'homme et de la femme longèrent lentement les murs, bras dessus bras dessous, image parfaite d'amoureux sans abri dans la nuit sinistre.

- Que penseriez-vous si je vous disais que je partais à votre recherche ? demanda Mrs. Verloc en lui serrant le bras avec force.

- Que nul plus que moi ne pourrait être prêt à vous aider dans vos ennuis, répondit Ossipon avec l'impression de faire un redoutable pas en avant.

De fait, la progression de cette affaire délicate lui coupait un peu le souffle.

- Dans mes ennuis ! répéta lentement Mrs. Verloc.

- Oui.

- Et savez-vous en quoi consistent ces ennuis ? chuchota-t-elle avec une étrange intensité.

- Dix minutes après avoir lu le journal du soir, expliqua Ossipon avec ardeur, j'ai rencontré quelqu'un que vous avez peut-être vu une ou deux fois au magasin et j'ai eu avec lui un entretien qui ne m'a laissé aucun doute. Alors, je me suis mis en route, me demandant si vous... Je vous aime au-delà de toute expression depuis que mon regard s'est posé sur votre visage, s'écria-t-il comme s'il ne pouvait dissimuler ses sentiments.

Le camarade Ossipon pensait avec raison que nulle femme n'est capable de mettre vraiment en doute une telle déclaration. Mais il ignorait que Mrs. Verloc l'accueillait avec la frénésie que donne l'instinct de conservation à une femme partie pour aller se noyer. Pour la veuve de Mr. Verloc, le robuste anarchiste était porteur d'un merveilleux message de vie.

Ils marchaient sans hâte, leurs pas accordés.

- Je m'en étais aperçue, murmura très bas Mrs. Verloc.

- Vous l'avez lu dans mes yeux, suggéra Ossipon avec une grande assurance.

- Oui, souffla-t-elle dans son oreille inclinée vers elle.

- Un amour tel que le mien ne pouvait rester ignoré d'une femme comme vous, enchaîna-t-il, tout en s'efforçant de détacher son esprit de considérations matérielles telles que la valeur du magasin et le montant de l'argent que Mr. Verloc avait sans doute à la banque.

Il chercha à envisager le côté sentimental de l'aventure. Tout au fond de son cœur, il était un peu choqué par son succès facile. Verloc avait été un bon camarade et sûrement un mari très convenable, autant que l'on pût en juger. Toutefois, le camarade Ossipon n'entendait pas bouder sa chance à cause d'un homme qui était mort. Il mit résolument un frein à sa sympathie pour l'ombre du camarade Verloc et poursuivit :

- J'étais incapable de le cacher. Je ne songeais qu'à vous. Il était inévitable que vous le lisiez dans mes yeux. Mais je ne pouvais pas le savoir. Vous étiez toujours si distante...

- Qu'attendiez-vous d'autre ? explosa Mrs. Verloc. J'étais une femme respectable...

Elle marqua une pause, puis ajouta comme pour elle-même, avec un ressentiment sinistre :

- Jusqu'à ce qu'il ait fait de moi ce que je suis.

Ossipon ne fit pas de commentaire et reprit le fil de son discours :

- Il ne m'a jamais paru tout à fait digne de vous, commença-t-il, jetant toute loyauté au gré des vents. Vous méritiez un meilleur destin.

Mrs. Verloc l'interrompit avec hargne :

- Un meilleur destin ! Il m'a volé sept années d'existence.

- Vous aviez l'air d'être heureuse avec lui.

Ossipon cherchait ainsi à se faire pardonner la tiédeur de son attitude passée.

- C'est ce qui m'a rendu timide. Vous paraissiez l'aimer. Cela m'étonnait... et me rendait jaloux, ajouta-t-il.

- L'aimer ! s'exclama Mrs. Verloc dans un murmure plein de rage et de mépris. L'aimer ! J'étais une bonne épouse. Je suis une femme respectable. Et vous avez cru que je l'aimais ! Vraiment ? Écoutez-moi, Tom...

En entendant ce diminutif, le camarade Ossipon frémit d'orgueil. Car il s'appelait Alexandre, et seuls ses amis les plus intimes l'appelaient Tom. C'était le diminutif de l'amitié, des moments d'expansion. Il ignorait qu'elle l'eût jamais entendu. Il était évident qu'elle l'avait non seulement entendu, mais précieusement conservé dans sa mémoire, peut-être même dans son cœur.

- Écoutez-moi, Tom ! J'étais jeune, découragée. J'étais fatiguée. Deux personnes dépendaient de ce que je pouvais faire, et j'avais l'impression de ne plus rien pouvoir, d'être au bout du rouleau. Deux personnes - ma mère et mon petit frère. C'était mon fils plus que celui de ma mère. Je passais des nuits à le tenir sur mes genoux, seule à l'étage, alors que j'avais moi-même à peine huit ans. Et puis... c'était mon enfant, je vous assure... Vous ne pouvez pas comprendre ça. Un homme ne peut pas le comprendre. Que devais-je faire ? Il y avait un jeune homme...

Le souvenir de son roman de jadis avec le jeune boucher survivait, tenace, image d'un idéal entrevu, dans ce cœur assailli par la terreur de la potence et plein de révolte contre la mort.

- C'était ce jeune homme que j'aimais, poursuivit la veuve de Mr. Verloc. Je suppose que lui aussi le lisait dans mes yeux. Il gagnait vingt-cinq shillings par semaine, et son père menaçait de le renvoyer de son commerce s'il était assez bête pour épouser une fille avec une mère infirme et un idiot dégénéré sur les bras. Pourtant, il rôdait toujours autour de moi, jusqu'au jour où j'ai eu le courage de lui fermer la porte au nez. Je devais le faire. Je l'aimais de tout mon cœur. Mais vingt-cinq shillings par semaine ! Et puis il y avait l'autre, un bon client. Que peut faire une pauvre fille ? Devais-je aller me prostituer dans les rues ? Il paraissait bon. De toute façon, il me voulait. Que faire, avec maman et ce pauvre petit ? Hein ? J'ai accepté. Il avait l'air d'avoir une bonne nature, il était généreux, avait de l'argent, ne disait jamais rien. Sept années - pendant sept années, bonne épouse pour cet homme bon, gentil, généreux... Et il m'aimait. Oh oui ! Il m'aimait tant que je souhaitais parfois... Sept ans. Sa femme pendant sept ans. Et savez-vous ce qu'il était réellement, votre cher ami ? Savez-vous ce qu'il était ? Le diable !

La véhémence extraordinaire de cette tirade chuchotée stupéfia positivement le camarade Ossipon. Winnie Verloc pivota sur elle-même, le tenant par les deux bras, et lui fit face sous la bruine, dans l'obscurité déserte de Brett Place, d'où toute vie semblait s'être évanouie dans un puits triangulaire d'asphalte et de brique, de maisons aveugles et de pierres indifférentes.

- Non, je ne le savais pas, déclara-t-il avec une platitude stupide dont la femme hantée par la potence ne perçut pas l'aspect comique. Mais je le sais maintenant. Je... je comprends, bredouilla-t-il, tandis qu'il s'interrogeait sur le genre d'atrocités auxquelles avait pu se livrer Verloc, sous ses dehors placides et somnolents de bon mari.

C'était vraiment affreux.

- Je comprends, répéta-t-il.

Puis une inspiration soudaine lui fit ajouter un « Pauvre, pauvre femme ! » plein de noble compassion, au lieu du plus familier « Pauvre chérie ! » qu'il utilisait de coutume. Or ce n'était pas un cas habituel. Il sentait qu'il se passait quelque chose d'anormal, mais il ne perdait pas de vue l'importance de l'enjeu. « Pauvre femme courageuse ! »

Il fut heureux d'avoir trouvé cette variante, mais ne put rien découvrir à ajouter. « Oui, mais il est mort, maintenant », fut tout ce qu'il trouva. Et il mit une bonne dose d'animosité prudente dans cette exclamation. Mrs. Verloc lui serra le bras avec une sorte de frénésie.

- Vous avez donc deviné qu'il est mort, murmura-t-elle, égarée. Vous... vous avez deviné ce que j'ai été obligée de faire... Obligée !

Il y avait du soulagement, du triomphe, de la gratitude, dans le ton indéfinissable de ses paroles. Ce fut le ton qui retint l'attention d'Ossipon, au détriment du sens des mots. Il se demanda ce qu'elle avait, pourquoi elle s'était mise dans cet état d'excitation sauvage. Il commença même à se demander si les causes mystérieuses de l'affaire de Greenwich Park ne résidaient pas dans les circonstances déplorables de la vie conjugale des Verloc. Il alla jusqu'à soupçonner Verloc d'avoir choisi cette façon extravagante de se suicider. Seigneur ! Cela expliquerait l'inutilité totale et le montage maladroit de cet attentat. La situation ne justifiait aucune manifestation anarchiste. Bien au contraire - et Verloc le savait aussi bien que tous les autres révolutionnaires de son niveau. Quelle énorme blague si Verloc s'était tout bonnement payé la tête de l'Europe entière, de l'univers révolutionnaire, de la police, de la presse, et même du prétentieux Professeur. Oui, songeait Ossipon surpris, c'était sans doute, presque certainement, ce qui s'était passé. Pauvre type ! Et l'idée lui vint que, dans cette famille de deux personnes, ce n'était peut-être pas en réalité l'homme qui était le diable.

Alexandre Ossipon, *alias* le Docteur, était par nature enclin à l'indulgence envers ses amis masculins. Il coula un œil sur Mrs. Verloc pendue à son bras. Ses amies féminines, il y songeait d'un point de vue purement pratique. Que Mrs. Verloc fût surprise d'apprendre qu'il était au courant de la mort de Mr. Verloc, alors que ce n'était pas un mystère, ne l'étonna pas outre mesure. Les femmes disent toujours des choses qui n'ont pas de sens. Mais il était curieux de savoir comment elle-même en avait été informée. Les journaux n'avaient rien pu lui apprendre en dehors de l'événement lui-même : l'homme déchiqueté dans Greenwich Park n'avait pas pu être identifié. Il était, en toute hypothèse, impensable que Verloc lui eût laissé entrevoir ses projets, quels qu'ils eussent été. Ce problème intéressait infiniment le camarade Ossipon. Il s'arrêta net. Ils avaient fait le tour des trois faces de Brett Place et se trouvaient de nouveau à l'entrée de Brett Street.

- Comment l'avez-vous appris ? demanda-t-il en s'efforçant d'approprier son ton à la nature des révélations que venait de lui faire cette femme.

Elle eut le corps secoué d'un violent tremblement avant de pouvoir répondre d'un ton languissant :

- Par la police. Un inspecteur en chef est venu. Il m'a dit qu'il était l'Inspecteur en Chef Heat. Il m'a montré...

La voix de Mrs. Verloc s'étrangla.

- Oh, Tom ! On a été obligé de le ramasser à la pelle !

Sa poitrine était soulevée par des sanglots secs. En un instant, Ossipon retrouva sa voix :

- La police ! Vous voulez dire que la police est venue, déjà ? Que l'Inspecteur en Chef Heat est venu en personne pour vous le dire ?

- Oui, confirma-t-elle de la même voix morne. Il est venu. Comme ça. Il est venu. Je ne savais rien. Il m'a montré un lambeau de tissu de son manteau et... comme ça, il m'a dit : « Connaissez-vous ceci ? »

- Heat ! Heat ! Et qu'a-t-il fait ensuite ?

Mrs. Verloc baissa la tête.

- Rien. Il n'a rien fait. Il est reparti. La police était du bord de cet homme, murmura-t-elle d'un air tragique. Il en est aussi venu un autre.

- Un autre ? Un autre inspecteur ? demanda Ossipon, très agité, avec une voix d'enfant épouvanté.

- Je ne sais pas. Il est venu. Il avait l'air d'un étranger. Peut-être faisait-il partie de ces gens de l'ambassade.

Le camarade Ossipon faillit s'évanouir sous ce nouveau choc.

- L'ambassade ? Vous rendez-vous compte de ce que vous dites ? Quelle ambassade ? Qu'entendez-vous par l'ambassade ?

- Cet immeuble de Chesham Square. Ces gens contre lesquels il vitupérait tant. Je ne sais pas. Quelle importance cela a-t-il ?

- Et ce type, qu'a-t-il fait ? Que vous a-t-il dit ?

- Je ne m'en souviens pas... Rien... Ça m'est égal. Ne me le demandez pas, supplia-t-elle d'une voix lasse.

- Bon. Je n'insiste pas, acquiesça Ossipon affectueusement.

Et il était sincère ; non parce qu'il était touché par le pathos de cette voix implorante, mais parce qu'il avait l'impression de perdre pied dans les profondeurs de cette affaire ténébreuse. La police ! L'ambassade ! Pouah ! Craignant d'aventurer son intelligence dans des voies où ses lumières personnelles ne sauraient sans doute pas la guider, il écarta délibérément de son esprit toute hypothèse, supposition ou conjecture. Cette femme était là, se jetait positivement à sa tête, et c'était la considération principale. Mais après tout ce qu'il avait entendu, rien ne pouvait plus l'étonner. Et lorsque Mrs. Verloc, sortant soudain de son illusion de sécurité, insista avec énergie sur la nécessité de filer sans délai sur le continent, il ne protesta pas. Il dit simplement avec un regret non affecté qu'il n'y avait pas de train avant le matin et il contempla pensivement son visage voilé de noir, à la lueur d'un réverbère voilé d'une gaze de brume.

À ses côtés se dressait dans la nuit sa silhouette noire semblable à un corps sculpté dans de la pierre noire. Impossible de dire ce qu'elle savait, l'étendue de ses relations avec les policiers et les ambassades. Mais si elle voulait partir, ce n'était pas à lui de l'en dissuader. Il désirait lui-même partir. Il sentait que ce commerce, ce magasin si étrangement familier aux inspecteurs en chef et autres membres d'ambassades étrangères, n'était pas un bon endroit pour lui. Cela, il fallait y renoncer. Mais il y avait le reste. Les économies. L'argent !

- Il faut que vous me cachiez quelque part jusqu'à demain matin, dit-elle d'une voix affolée.

- En fait, ma chère, je ne puis vous emmener là où je vis. Je partage ma chambre avec un ami.

Il était lui aussi un peu désemparé. Le lendemain matin, il y aurait sans doute de sales flics dans toutes les gares. Et, si elle était pincée, de toute manière, elle serait perdue pour lui.

- Mais il le faut ! Vous ne tenez donc pas du tout à moi ? À quoi pensez-vous ?

Elle dit cela avec violence, mais laissa retomber ses bras de découragement. Il y eut un silence tandis que la bruine tombait et que les ténèbres régnaient, indifférentes, sur Brett Place. Pas une âme, pas même celle, vagabonde, indépendante ou amoureuse, d'un chat, ne s'approcha de l'homme et la femme se faisant face.

- Il ne serait pas impossible de trouver un abri sûr, finit par dire Ossipon. Mais pour vous dire la vérité, ma chérie, je n'ai pas assez d'argent pour chercher cet abri, je n'ai que quelques pence. Nous autres, révolutionnaires, ne sommes pas riches.

Il avait quinze shillings dans sa poche. Il ajouta :

- Et il faut aussi songer au voyage, la première chose à faire, dès l'aube.

Elle ne broncha pas, ne dit rien, et le camarade Ossipon se sentit près de défaillir. Elle n'avait apparemment aucune suggestion à faire. Puis, soudain, elle porta la main à sa poitrine, comme si une douleur aiguë l'étouffait.

- Mais moi, j'ai de l'argent, haleta-t-elle. J'ai de l'argent. J'en ai suffisamment, Tom ! Allons-nous-en d'ici.

- Combien avez-vous ? s'enquit-il en résistant à sa traction, car c'était un homme prudent.

- J'ai de l'argent, je vous dis, tout l'argent.

- Qu'entendez-vous par là ? Tout l'argent qu'il avait en banque ? demanda-t-il, incrédule, mais décidé à ne s'étonner d'aucun coup de chance.

- Oui, oui, dit-elle avec nervosité. Tout ce qu'il y avait. Je l'ai tout.

- Comment diable vous êtes-vous débrouillée pour l'avoir eu aussi vite ? s'étonna-t-il.

- Il me l'a donné, murmura-t-elle, soudain soumise et tremblante.

- Dans ce cas, nous sommes sauvés, prononça-t-il avec lenteur.

Elle se pencha en avant et s'affala contre sa poitrine. Il l'y accueillit de bon gré. Elle avait tout l'argent. Son chapeau était en position de grand abandon, son voile aussi. Il répondit normalement à ses effusions, mais sans plus. Elle ne s'insurgea pas, accueillit ses avances sans résistance, mais sans abandon, passive, comme si elle n'éprouvait rien. Elle se dégagea sans difficulté de sa tiède étreinte.

- Vous allez me sauver, Tom, dit-elle, sur la défensive mais le tenant toujours par les revers de son pardessus humide. Sauvez-moi. Cachez-moi. Ne les laissez pas m'attraper. Tuez-moi avant. Je n'aurais jamais le courage de le faire moi-même. Non, je ne pourrais pas, en dépit de ce qui m'épouvante.

Il songea qu'elle était vraiment très bizarre. Elle commençait à lui inspirer une inquiétude indéfinissable. Il dit d'une voix morne car il brassait des pensées importantes :

- Mais de *quoi* diable avez-vous peur ?

- Vous n'avez donc pas deviné ce que j'ai été amenée à faire ! s'écria la femme.

Affolée par l'image vivace de ses terribles appréhensions, la tête bourdonnante de mots redoutables qui maintenaient présente à son esprit l'atrocité de sa situation, elle avait cru que son incohérence était la clarté même. Elle ne se rendait pas compte qu'elle avait exprimé bien peu de choses par ses phrases inachevées, complétées seulement dans sa tête. Elle avait été soulagée comme par un aveu complet et elle attribuait un sens à chaque parole du camarade Ossipon, dont la connaissance des faits était toute différente de la sienne.

- Vous n'avez donc pas deviné ce que j'ai été amenée à faire !

La voix lui manqua.

- Sinon vous auriez vite compris de quoi j'ai peur, continua-t-elle en un murmure sombre et amer. Je ne veux pas. Non. Non. Je ne veux pas. Il faut que vous me promettiez de me tuer avant !

Elle le secoua par les revers de son manteau.

- Il ne faut pas que ça arrive !

Il lui affirma qu'aucune promesse de sa part n'était nécessaire mais se garda de la contredire, car il avait souvent eu affaire à des femmes hystériques et il préférait en général laisser son expérience guider sa conduite, plutôt que d'exercer sa perspicacité dans chaque cas particulier. En cette occasion, sa perspicacité se déployait dans d'autres directions. Les paroles des femmes se perdaient dans l'eau, mais les exigences des horaires demeuraient. Le caractère insulaire de la Grande-Bretagne retint son attention sous une forme détestable. « Nous pouvons être mis sous clef d'une heure à l'autre », pensa-t-il avec irritation, aussi perplexe que s'il lui fallait escalader un mur avec cette femme sur le dos. Tout à coup, il se frappa le front. À force de réfléchir, il venait de penser au service Southampton - Saint-Malo. Le bateau partait vers minuit. Il y avait un train à vingt-deux heures trente. Il retrouva son enjouement et fut prêt à agir.

- Il part de Waterloo. Nous avons tout le temps. Finalement, tout va bien... Mais qu'est-ce que vous avez ? Ce n'est pas par là, protesta-t-il.

Mrs. Verloc avait coincé son bras sous le sien et essayait de l'entraîner dans Brett Street.

- J'ai oublié de fermer la porte du magasin en partant, chuchota-t-elle dans une agitation terrible.

Le magasin, et tout ce qu'il contenait, avait cessé d'intéresser le camarade Ossipon. Il savait mettre un frein à ses désirs. Il fut sur le point de dire : « Qu'est-ce que ça fait, laissez comme ça », mais il s'abstint. Il détestait discuter pour des riens. Il hâta même le pas, songeant qu'elle avait peut-être laissé l'argent dans un tiroir. Mais sa bonne volonté restait à la traîne de l'impatience fébrile de sa compagne.

Tout d'abord, le magasin parut obscur. La porte était entrebâillée. Appuyée contre la façade, Mrs. Verloc haleta :

- Personne n'est entré ? Regardez ! La lumière, la lumière de l'arrière-boutique.

Ossipon allongea le cou et aperçut une lueur dans les ténèbres de la boutique.

- Oui, il y a de la lumière, dit-il.

- J'ai oublié de l'éteindre.

La voix de Mrs. Verloc traversait difficilement l'épaisseur de son voile. Comme il s'effaçait pour la laisser entrer la première, elle dit plus fort :

- Entrez et éteignez, ou je vais devenir folle.

Il ne fit pas d'objection à cette suggestion, motivée d'une façon si étrange.

- Où est tout cet argent ? demanda-t-il.

- Je l'ai sur moi ! Allez, Tom, vite ! Éteignez la lumière... Entrez donc ! s'écria-t-elle en le poussant aux épaules.

Le camarade Ossipon, qui ne s'attendait pas à ce déploiement de force physique, trébucha sous sa poussée jusqu'au milieu du magasin. Il était surpris par la vigueur de cette femme et scandalisé par sa façon de faire. Mais il ne revint pas sur ses pas pour aller lui faire des reproches dans la rue. Il commençait à être désagréablement impressionné par sa conduite extravagante. Par ailleurs, c'était le moment ou jamais de complaire à cette femme. Le camarade Ossipon évita sans encombres l'angle du comptoir et s'approcha sans hâte de la porte vitrée de l'arrière-boutique. Comme les rideaux étaient un peu écartés sur les vitres, il jeta le plus innocemment du monde un regard à l'intérieur, la main sur le loquet de la porte. Il regarda dans la pièce sans penser à rien, sans intention, sans curiosité d'aucune sorte. Il regarda à l'intérieur parce que ce fut un réflexe. Il regarda - et découvrit Mr. Verloc se reposant paisiblement sur le canapé.

Un hurlement venu du tréfonds de sa poitrine mourut sans se faire entendre, se transformant en un goût gluant et nauséeux sur les lèvres. Dans le même temps, la personnalité mentale du camarade Ossipon exécuta un bond en arrière frénétique. Mais son corps, ainsi laissé sans guide mental, continua de tenir le loquet avec la force inconsciente de l'instinct. Le robuste anarchiste ne vacilla même pas. Son visage tout contre la vitre, il regardait, les yeux hors de la tête. Il eût donné tout au monde pour s'en aller, mais sa raison renaissante l'informa qu'il ne devait pas lâcher le loquet. Qu'était-ce donc ? Folie, cauchemar ou piège dans lequel il aurait été entraîné par une machination diabolique ? Pourquoi, dans quel but ? Il l'ignorait. Sans le moindre scrupule, la conscience en paix en ce qui concernait ces gens, l'idée qu'il serait assassiné pour des raisons mystérieuses par le ménage Verloc lui traversa non pas tant l'esprit que le creux de l'estomac, puis se dissipa, laissant derrière elle une faiblesse vertigineuse - une indisposition. Pendant un instant, un long instant, le camarade Ossipon ne se sentit pas bien du tout, d'une manière particulière. Et il regardait toujours. Mr. Verloc reposait tout à fait immobile, simulant le sommeil pour des raisons personnelles, pendant que cette femme sauvage montait la garde à la porte, invisible et silencieuse dans la rue noire et déserte. Tout cela était-il un effroyable montage imaginé à son intention par la police ? Sa modestie recula devant cette hypothèse.

Mais la signification réelle du spectacle qu'il avait sous les yeux fut révélée à Ossipon lorsqu'il remarqua le chapeau. Il avait l'air d'un objet extraordinaire et de mauvais augure, d'un signe. Noir, posé à l'envers, il gisait devant le sofa comme pour attendre les aumônes des personnes qui allaient venir contempler Mr. Verloc dans la plénitude de son confort domestique, se reposant sur son canapé. Du chapeau, le regard du robuste anarchiste remonta sur la table déplacée, s'attarda un instant sur le plat cassé et reçut un choc optique en observant une ligne blanche entre les paupières imparfaitement closes de l'homme étendu sur le canapé. Mr. Verloc, maintenant, ne semblait pas vraiment dormir mais, la tête penchée, regarder avec insistance le côté gauche de sa poitrine. Et lorsque le camarade Ossipon découvrit le manche du couteau, il se détourna de la porte vitrée et eut une violente envie de vomir.

Il entendit claquer la porte de la rue, et la panique le gagna. Cette maison, avec son propriétaire inoffensif, pouvait se transformer en piège, en piège d'un genre redoutable. Le camarade Ossipon ne savait pas très bien ce qui lui arrivait. Il fit demi-tour, se cogna la cuisse contre l'angle du comptoir, chancela en poussant une exclamation de douleur et, la clochette tintant d'une manière affolante, sentit ses bras cloués contre ses flancs tandis que les lèvres glacées d'une femme s'approchaient à tâtons de son oreille pour dire :

- Le *policeman* ! Il m'a vue !

Il cessa de lutter : elle ne le lâcherait pas. Elle l'avait entouré de ses bras. Entendant les pas se rapprocher, poitrine contre poitrine, leur souffle se précipitant, pénible, douloureux, dans une attitude de lutte à mort, alors que c'était en réalité l'attitude d'une terreur mortelle, ils attendirent. Et le temps leur parut long.

En réalité, l'agent de service avait entrevu Mrs. Verloc ; seulement, venant de l'avenue éclairée, à l'autre bout de Brett Street, il n'avait distingué qu'une mouvance dans l'obscurité. Et il n'était même pas certain d'avoir rien vu. Il n'avait pas de raison de se hâter. En passant devant le magasin, il avait remarqué qu'on l'avait fermé de bonne heure. Cela n'avait rien de très inhabituel. Cet homme avait des instructions spéciales au sujet de ce magasin : n'intervenir que s'il s'y produisait de véritables désordres ; mais tout ce que l'on y observait devait faire l'objet d'un rapport. Or il n'avait aucun rapport à faire ; toutefois, par conscience professionnelle, et en raison de ce vague mouvement dans les ténèbres, le constable traversa la rue pour vérifier la fermeture de la porte. Le verrou à ressort, dont la clef reposait à jamais dans la poche du gilet de feu Mr. Verloc, était fermé comme d'habitude. Pendant que le fonctionnaire consciencieux secouait le loquet, Ossipon sentit de nouveau les lèvres froides de la femme lui murmurer dans l'oreille :

- S'il entre, tuez-moi, tuez-moi, Tom !

Le constable s'éloigna et, pour la forme, braqua en passant sa lanterne sur la vitrine. Pendant encore quelques instants, l'homme et la femme restèrent sans bouger, haletants, l'un contre l'autre ; puis elle dénoua ses mains et laissa ses bras retomber lentement. Ossipon prit appui sur le comptoir ; le robuste anarchiste avait grand besoin d'un soutien. C'était atroce. Il était trop écœuré pour parler. Il réussit néanmoins à émettre une pensée pénible, prouvant au moins qu'il avait conscience de sa situation.

- Une minute de plus, et vous me jetiez à la tête de ce type qui braquait sa lanterne sur nous.

Immobile au milieu du magasin, la veuve de Mr. Verloc dit de façon pressante :

- Allez éteindre cette lumière, Tom. Elle me rendra folle.

Elle perçut vaguement qu'il faisait un geste véhément de dénégation. Rien au monde n'aurait pu décider Ossipon à rentrer dans l'arrière-boutique. Il n'était pas superstitieux, mais il y avait trop de sang par terre - une mare répugnante tout autour du chapeau. Il considéra qu'il ne s'était déjà que trop approché du cadavre pour la paix de son esprit - pour la sécurité de sa tête, peut-être !

- Au compteur, alors ! Là. Regardez. Dans ce coin.

L'ombre de la silhouette robuste du camarade Ossipon traversa le magasin à grandes enjambées saccadées, s'accroupit docilement dans le coin ; mais cette docilité manquait de grâce. Il chercha nerveusement à tâtons, et tout à coup, en émettant un son semblable à un juron chuchoté, la lumière, derrière la porte vitrée, vacilla et s'éteignit avec un soupir de femme hystérique. La nuit, récompense inéluctable de la constance laborieuse de l'homme ici-bas, la nuit était tombée sur Mr. Verloc, le révolutionnaire éprouvé, « un vieux de la vieille », l'humble protecteur de la société, l'inestimable agent secret △ des dépêches du baron Stott-Wartenheim, le serviteur de la loi et de l'ordre, fidèle, apprécié, ponctuel, admirable, avec peut-être une seule faiblesse plaisante : sa conviction idéaliste d'être aimé pour lui-même.

Ossipon retrouva son chemin à tâtons jusqu'au comptoir, dans la touffeur de l'atmosphère, désormais noire comme de l'encre. La voix de Mrs. Verloc debout au milieu du magasin vibra derrière lui dans ces ténèbres en une protestation désespérée.

- Je ne veux pas être pendue, Tom. Je ne veux pas...

Elle se tut. À côté du comptoir, Ossipon ordonna :

- Ne criez pas ainsi.

Puis il parut s'abîmer dans ses réflexions.

- Vous avez fait ça toute seule ? demanda-t-il d'une voix caverneuse, mais avec une apparence de calme et de maîtrise de soi qui emplit le cœur de Mrs. Verloc d'une confiance reconnaissante en sa force protectrice.

- Oui, murmura-t-elle, invisible.

- Je n'aurais jamais cru la chose possible, marmonna-t-il. Personne ne le croirait.

Elle entendit qu'il se déplaçait et fermait à clef la porte de l'arrière-boutique. Le camarade Ossipon avait fermé la porte sur le repos de Mr. Verloc, non par respect pour le caractère définitif de ce repos ou pour tout autre considération sentimentale obscure, mais pour la raison qu'il ignorait s'il n'y avait pas quelqu'un d'autre caché dans la maison. Il ne croyait pas ce que lui disait cette femme ; ou, du moins, il était incapable pour l'instant de déterminer ce qu'il pouvait y avoir de vrai, de possible ou même de probable dans cet univers stupéfiant. Il était terrifié au point de perdre toute faculté de confiance ou de méfiance au sujet de cette affaire extraordinaire, qui avait commencé avec des inspecteurs de police et des ambassades et se terminerait Dieu seul savait où et comment - sur l'échafaud pour quelqu'un. Il était terrifié à la pensée qu'il serait incapable de fournir la preuve de son emploi du temps après sept heures du soir, car il avait seulement erré aux alentours de Brett Street. Il était terrifié par cette femme hystérique qui l'avait traîné là et l'accuserait sans doute de complicité s'il ne prenait pas de grandes précautions. Il était terrifié par la rapidité avec laquelle il avait été plongé dans un tel péril, plongé par traîtrise. Vingt minutes environ s'étaient écoulées depuis qu'il l'avait rencontrée, pas davantage.

La voix de Mrs. Verloc s'éleva, modérée, implorant pitoyablement :

- Ne les laissez pas me prendre, Tom ! Faites-moi quitter ce pays. Je travaillerai pour vous. Je serai votre esclave. Je vous aimerai. Je n'ai personne au monde... Qui s'inquiétera de moi, si vous ne le faites pas ?

Elle se tut un instant ; puis, dans le gouffre de solitude creusé autour d'elle par un insignifiant filet de sang s'écoulant le long du manche d'un couteau, elle trouva une inspiration redoutable pour elle, qui avait été la vertueuse jeune fille de la demeure de Belgravia, la respectable et fidèle épouse de Mr. Verloc :

- Je ne vous demanderai pas de m'épouser, souffla-t-elle d'une voix pleine de honte.

Elle avança d'un pas dans l'obscurité. Elle lui faisait peur. Il n'eût pas été surpris de la voir tout à coup brandir un couteau destiné à sa poitrine. Il n'eût certainement opposé aucune résistance. Il n'avait, à ce moment-là, même pas le courage de la contrarier. Mais il l'interrogea d'une voix enrouée, étrange :

- Il dormait ?

- Non, s'écria-t-elle.

Et elle enchaîna vivement :

- Non pas. Que croyez-vous ? Il m'avait dit que rien ne pouvait plus l'affecter. Après avoir emmené le gosse sous mes yeux pour aller le tuer, ce pauvre enfant aimant, innocent, inoffensif. Mon enfant, je vous dis. Il était allongé sur le canapé, très paisible, après avoir tué le gosse, mon enfant. J'étais prête à aller traîner dans les rues pour ne plus le voir. Et voilà qu'il me dit, comme ça : « Viens me trouver », après m'avoir dit que c'était aussi de ma faute si le gamin avait été tué. Vous entendez ça, Tom ? Il me dit, comme ça : « Viens me trouver », après m'avoir arraché le cœur pour le jeter avec l'enfant dans la boue.

Elle se tut puis, rêveuse, répéta par deux fois :

- Dans le sang et la boue. Le sang et la boue.

Ce fut une illumination pour le camarade Ossipon : c'était le pauvre idiot qui avait péri dans le Park. Et la mystification de tout le monde alentour lui parut plus complète que jamais - colossale. Dans l'ampleur de sa stupéfaction, il s'exclama, en langage scientifique :

- Le dégénéré ! Grands dieux !

- Allons !

La voix de Mrs. Verloc s'élevait de nouveau.

- De quoi croyait-il que j'étais faite ? Dites-le-moi, Tom ! Allons ! Moi ! Comme ça ! Je regardais le couteau ; et je me suis dit que j'allais y aller, oui, puisqu'il me voulait tant. Oh oui ! J'y suis allée, pour la dernière fois... avec le couteau !

Elle lui inspirait un effroi extrême - la sœur du dégénéré, dégénérée elle-même, dégénérée meurtrière... ou alors menteuse. On aurait pu dire que le camarade Ossipon éprouvait une terreur scientifique, s'ajoutant à toutes les autres sortes de terreur. C'était un affolement complexe et incommensurable qui, par son excès même, lui donnait dans l'obscurité la fausse apparence d'une réflexion calme et raisonnable. Car il remuait et parlait avec difficulté, esprit et volonté paralysés, et nul ne pouvait voir son visage de spectre. Il se sentait à demi mort.

Il fit un bond énorme. Contre toute prévision, Mrs. Verloc avait transgressé la correction réservée et constante de son foyer en poussant un effroyable cri perçant :

- Aidez-moi, Tom ! Sauvez-moi. Je ne veux pas être pendue !

Il se rua en avant, lui mit à tâtons la main sur la bouche, et le cri s'éteignit. Mais dans sa précipitation, il l'avait fait tomber. Il la sentit s'accrocher à ses jambes, et sa frayeur atteignit son point culminant, devint une idée fixe, engendra des mirages, avec toutes les caractéristiques du *delirium tremens*. Il vit positivement des serpents. Il vit la femme enroulée autour de lui comme un boa, impossible à chasser. Elle n'*apportait* pas la mort : elle *était* la mort même, compagne de la vie.

Soulagée par cet éclat, Mrs. Verloc ne faisait maintenant plus aucun bruit. Elle était pitoyable.

- Tom, vous ne pouvez plus me rejeter, murmura-t-elle, toujours par terre. À moins d'écraser ma tête sous votre talon. Je ne vous quitterai pas.

- Levez-vous, dit Ossipon.

Son visage était si pâle qu'il était visible dans l'obscurité complète du magasin, alors que Mrs. Verloc, voilée, n'avait pas de visage, et que l'on ne distinguait même pas sa silhouette. Seule l'oscillation d'une petite chose blanche, une des fleurs de son chapeau, indiquait son emplacement et ses gestes.

Cette chose monta dans les ténèbres. Elle s'était relevée, et Ossipon regretta de n'être pas aussitôt parti en courant dans la rue. Mais il comprit que ce n'était pas à faire. Non. Elle courrait derrière lui. Elle le poursuivrait en criant, tous les policiers l'entendraient et se joindraient à sa poursuite. Alors, que n'irait-elle pas dire sur son compte... Il était tellement effrayé que l'idée folle de l'étrangler dans le noir traversa son esprit. Et il eut encore plus peur ! Elle le tenait. Il s'imagina vivant dans une terreur abjecte, dans quelque village inconnu d'Espagne ou d'Italie, jusqu'à ce que, pour finir, on le trouvât un beau matin mort lui aussi, un couteau dans la poitrine, comme Mr. Verloc. Il poussa un grand soupir. Il n'osait pas faire un geste. Et Mrs. Verloc attendait en silence le bon plaisir de son sauveur, trouvant du réconfort dans son attitude pensive.

Il se remit soudain à parler, d'une voix presque normale. Il était arrivé au terme de sa réflexion.

- Il faut partir, sinon nous allons manquer le train.

- Où allons-nous, Tom ? demanda-t-elle, timidement.

Mrs. Verloc n'était plus une femme libre.

- À Paris, pour commencer, si nous pouvons... Sortez la première et regardez si la route est libre.

Elle obéit. Il entendit sa voix amortie, par la porte ouverte avec précaution :

- Tout va bien.

Ossipon sortit. En dépit de ses efforts pour ne pas faire de bruit, la cloche fêlée tinta dans la boutique vide, derrière la porte refermée, comme pour essayer sans succès d'aviser

Mr. Verloc au repos du départ définitif de son épouse, accompagnée de son ami.

Dans le fiacre où ils montèrent peu après, le robuste anarchiste exposa son plan. Il était encore livide, ses yeux semblaient s'être enfoncés de plus d'un centimètre dans sa figure contractée. Mais il parut avoir pensé à tout avec une méthode remarquable.

- Quand nous arriverons à la gare, débita-t-il d'une étrange voix monocorde, vous y entrerez avant moi, comme si nous ne nous connaissions pas. Je prendrai les billets et vous glisserai le vôtre en passant devant vous. Vous irez alors dans la salle d'attente de première classe des dames et vous y resterez jusqu'à dix minutes avant le départ du train. À ce moment-là, vous sortirez. Je serai à l'extérieur. Vous passerez la première sur le quai, comme si vous ne me connaissiez pas. Il pourrait y avoir des regards curieux. Seule, vous n'êtes qu'une femme qui prend le train ; moi, je suis connu. Si vous étiez avec moi, on pourrait deviner que vous êtes Mrs. Verloc et que vous vous enfuyez. Comprenez-vous, ma chérie ? ajouta-t-il avec effort.

- Oui, dit Mrs. Verloc assise à ses côtés dans le fiacre, paralysée par la terreur de la potence et la crainte de la mort. Oui, Tom.

Et elle ajouta mentalement son redoutable refrain : « Le corps fit une chute de quatorze pieds. »

Le visage semblable à un moulage venant d'être fait après une grave maladie, Ossipon dit sans la regarder :

- À propos, il faudrait que j'aie l'argent pour prendre les billets.

Tout en gardant les yeux fixés devant elle, Mrs. Verloc dégrafa son corsage et lui tendit le portefeuille neuf en peau de porc. Il le prit sans un mot et l'enfourna au plus profond de sa poche de poitrine, puis frappa sa veste de la main.

Tout cela fut fait sans un échange de regards ; ils avaient tous deux l'air de chercher à apercevoir le but désiré. Ossipon n'ouvrit la bouche que lorsque le fiacre tourna sur le pont.

- Savez-vous quelle somme il y a là-dedans ? demanda-t-il comme s'il parlait lentement à quelque sorcière assise entre les oreilles du cheval.

- Non, dit Mrs. Verloc. Il me l'a remis. Je n'ai pas compté. À ce moment-là, ça ne m'intéressait pas... Ensuite...

Sa main droite fit un petit geste. Un petit geste si expressif, de cette même main qui avait plongé un couteau dans le cœur d'un homme moins d'une heure auparavant, qu'Ossipon ne put réprimer un frisson. Il l'amplifia à dessein et murmura :

- J'ai froid. Je suis glacé.

Mrs. Verloc contemplait devant elle la perspective de sa fuite. De temps à autre, comme une plume noire voltigeant en travers de la route, les mots « le corps fit une chute de quatorze pieds » passaient devant son regard tendu. Sous son voile noir, le blanc de ses grands yeux luisait comme sous un masque.

La raideur d'Ossipon avait un caractère professionnel, une étrange expression cérémonieuse. Tout à coup, il se fit entendre de nouveau, comme s'il avait poussé un verrou pour pouvoir parler :

- Dites-moi ! Savez-vous si votre... s'il avait mis son compte à la banque sous son nom ou sous un autre ?

Mrs. Verloc tourna vers lui son visage masqué et l'éclat blanc de ses yeux.

- Un autre nom ? dit-elle sans comprendre.

- Répondez avec précision, ordonna Ossipon dans le balancement rapide du fiacre. C'est d'une importance capitale. Je vais vous expliquer pourquoi : la banque a les numéros des billets. S'il les a touchés en son propre nom, quand sa... sa mort sera découverte, les billets risquent de nous faire pincer, puisque nous n'avons que cet argent-là. Vous n'en avez pas sur vous ?

Elle hocha négativement la tête.

- Pas du tout ? insista-t-il.

- Juste un peu de monnaie.

- Dans ce cas, ce pourrait être dangereux. Il faudrait s'en occuper d'une manière particulière. Très particulière. Nous risquerions de perdre plus de la moitié de la somme pour nous faire échanger les billets à un endroit sûr que je connais à Paris. Dans l'autre cas - j'entends si son compte figurait et a été débité sous un autre nom, Smith, par exemple -, on peut utiliser l'argent sans risques. Vous comprenez ? La banque n'a aucun moyen de savoir que Mr. Verloc et, disons Smith, sont une seule et même personne. Voyez-vous combien il est important de ne pas vous tromper en répondant à ma question ? Êtes-vous seulement en mesure d'y répondre ? Peut-être pas, hein ?

Après réflexion, elle dit :

- Je me rappelle maintenant ! Son compte bancaire n'était pas à son nom. Il m'a dit un jour que l'argent était déposé sous le nom de Prozor.

- Vous en êtes certaine ?

- Certaine.

- Et vous ne pensez pas que la banque ait eu connaissance de son vrai nom ? Soit quelqu'un de la banque, soit...

Elle haussa les épaules :

- Comment voulez-vous que je le sache ? Mais est-ce que ça vous paraît vraisemblable, Tom ?

- Non, je ne pense pas. J'aurais quand même préféré en être sûr... Ah ! Nous arrivons. Descendez la première et entrez directement dans la gare. Marchez d'un bon pas.

Il s'attarda et paya le cocher avec son argent personnel. Le programme qu'il avait élaboré avec précision se déroula sans encombres. Lorsque Mrs. Verloc, son billet pour Saint-Malo à la main, fut entrée dans la salle d'attente, le camarade

Ossipon pénétra dans la buvette et, en sept minutes, absorba trois verres de grog.

- Pour essayer d'enrayer un rhume, expliqua-t-il à la serveuse avec un geste amical et un sourire grimaçant.

Puis il sortit, ramenant de cet interlude de fête le visage d'un homme ayant bu à la fontaine même du malheur. Il leva les yeux sur l'horloge. C'était l'heure. Il attendit.

Ponctuelle, Mrs. Verloc sortit à son tour, voilée, toute noire - noire comme la mort ordinaire, couronnée de quelques fleurs pâles et médiocres. Elle passa tout près d'un groupe d'hommes qui riaient et dont on aurait pu étouffer les rires d'un seul mot. Elle allait d'un pas indolent mais se tenait très droite, et le camarade Ossipon la suivit des yeux avec effroi avant de se mettre en marche.

Le train arriva, sans beaucoup de monde dans ses compartiments aux portières ouvertes. En raison de la saison et du temps abominable, il y avait peu de passagers. Mrs. Verloc longea pas à pas, lentement, les voitures vides jusqu'au moment où Ossipon lui effleura le coude par derrière :

- Là !

Elle monta, et il resta sur le quai, regardant autour de lui. Elle se pencha pour chuchoter :

- Qu'y a-t-il, Tom ? Du danger ?

- Attendez un instant. Voici le contrôleur.

Elle le vit accoster un homme en uniforme. Ils parlèrent un petit moment. Elle entendit le contrôleur dire : « Très bien, monsieur » et le vit toucher sa casquette. Puis Ossipon revint :

- Je lui ai dit de ne laisser monter personne dans votre compartiment.

Elle se pencha en avant sur sa banquette :

- Vous pensez à tout... Vous me ferez filer, Tom ? demanda-t-elle avec une bouffée d'angoisse - et elle leva tout à coup son voile pour regarder son sauveur.

Elle montrait un visage livide et impénétrable, dans lequel les yeux le contemplaient, grands, secs, sans éclat, éteints, semblables à deux trous noirs au milieu des globes blancs et brillants.

- Il n'y a aucun danger, dit-il en y plongeant un regard presque envoûté qui, pour Mrs. Verloc fuyant la potence, parut plein de force et de tendresse.

Cet attachement l'émut profondément, et son visage fermé perdit l'austère rigidité de la terreur. Le camarade Ossipon le contempla comme aucun amant ne contempla jamais le visage de sa maîtresse. Alexandre Ossipon, l'anarchiste, *alias* le Docteur, auteur d'un opuscule médical (erroné), ex-conférencier sur les aspects sociaux des associations d'ouvriers, n'était pas entravé par la morale conventionnelle, mais il se soumettait aux lois de la science. C'était un scientifique, et c'est d'un œil scientifique qu'il regardait cette femme, sœur d'un dégénéré, dégénérée elle-même aux instincts meurtriers. Il la regarda et invoqua Lombroso, comme un paysan italien en appelle à son saint préféré. Il la regarda scientifiquement. Il regarda ses joues, son nez, ses yeux, ses oreilles... Mauvais !... Fatal ! Les lèvres de Mrs. Verloc s'entrouvrant, se séparant un peu sous son regard passionnément attentif, il regarda aussi ses dents... Il ne lui resta plus l'ombre d'un doute... Une dégénérée meurtrière... Si le camarade Ossipon ne recommanda pas son âme épouvantée à Lombroso, ce fut seulement parce que, d'un point de vue scientifique, il ne pouvait imaginer qu'il possédât cette chose que l'on appelle une âme. Mais il y avait en lui un esprit scientifique qui le poussa à affirmer, sur un quai de gare, en phrases nerveuses et saccadées :

- C'était un garçon extraordinaire, votre frère. Très intéressant à étudier. Un type parfait, d'une certaine façon. Parfait !

Dans sa peur secrète, il employa des termes scientifiques. Et Mrs. Verloc, en entendant ces paroles élogieuses sur son enfant chéri défunt, se pencha en avant avec une lueur dans ses yeux sombres, quelque chose comme un rayon de soleil annonçant un déluge.

- C'est tout à fait exact, murmura-t-elle avec douceur, les lèvres tremblantes. Vous lui manifestiez beaucoup d'intérêt, Tom. C'est pour cela que je vous aimais.

- Vous vous ressembliez, tous deux, d'une manière incroyable, poursuivit Ossipon, exprimant ainsi la frayeur qui l'habitait et s'efforçant de dissimuler son impatience morbide et nerveuse de voir le train s'ébranler. Oui, il vous ressemblait.

Ces mots n'étaient pas spécialement touchants ni compatissants. Mais le fait qu'il insistât sur cette ressemblance suffit à agir avec force sur ses sentiments. Mrs. Verloc poussa une petite exclamation, allongea les bras et éclata enfin en sanglots.

Ossipon monta dans le compartiment, ferma la portière et se pencha au-dehors pour regarder l'heure à l'horloge de la gare. Encore huit minutes. Pendant les trois premières, Mrs. Verloc sanglota avec violence, irrésistiblement, sans interruption. Puis elle se reprit un peu et versa plus doucement un torrent de larmes. Elle voulut parler à son sauveur, à l'homme qui était le messager de la vie.

- Oh, Tom ! Comment ai-je pu avoir peur de mourir alors qu'il m'avait été enlevé avec une telle cruauté ! Comment ai-je pu ! Comment ai-je pu être aussi lâche !

Elle se lamenta sur son amour de la vie, cette vie sans grâce ni charme, presque sans décence, mais exaltée par la fidélité à son but, allant jusqu'au meurtre. Et comme il arrive souvent dans les lamentations d'une pauvre humanité riche en souffrance mais pauvre en mots, la Vérité - le cri même de la Vérité - surgit sous une forme éculée et artificielle, découverte on ne sait où dans la phraséologie des sentiments faux.

- Comment pouvais-je avoir tellement peur de mourir ? Tom, j'ai essayé. Mais j'ai eu peur. J'ai voulu en finir. Je n'ai pas pu. Aurais-je donc le cœur dur ? Je suppose que la coupe de l'horreur n'était pas encore assez pleine pour un être comme moi. Et puis, vous êtes arrivé !

Elle s'interrompit. Puis, dans un élan de confiance et de gratitude :

- Je vous consacrerai chaque jour de ma vie, Tom ! dit-elle en pleurant.

- Allez vous asseoir dans l'autre coin, à l'opposé du quai, dit Ossipon avec sollicitude.

Elle se laissa installer confortablement par son sauveur, et celui-ci vit monter une nouvelle crise de larmes, encore plus violente que la première. Il en observa les symptômes avec une attitude médicale, comme s'il comptait les secondes. Enfin, il entendit le sifflet du chef de gare. Une contraction inconsciente de sa lèvre supérieure dénuda ses dents, lui donnant un air de résolution farouche quand il sentit le train s'ébranler. Mrs. Verloc n'entendit et ne sentit rien, et Ossipon, son sauveur, ne bougea pas. Il sentit l'allure du train s'accélérer, roulant avec bruit, accompagné par le son des sanglots de la femme ; alors, il traversa le compartiment en deux longues enjambées, ouvrit la portière avec décision et sauta.

Il avait sauté à l'extrémité du quai ; et si grande était sa détermination à réaliser son plan désespéré que, par une sorte de miracle, il réussit dans son envol à claquer la portière du compartiment. Puis il se retrouva roulant la tête la première comme un lapin blessé. Il était contusionné, choqué, pâle comme la mort, et avait le souffle coupé lorsqu'il se releva. Mais il était calme et parfaitement en état d'affronter l'attroupement de cheminots affairés qui s'était formé en un instant autour de lui. Il leur expliqua d'une voix douce et convaincante que sa femme venait d'apprendre que sa mère était mourante et qu'elle était partie sur l'heure pour la Bretagne ; que, bien sûr, elle était très bouleversée et que lui-même s'inquiétait fort de la voir dans cet état ; qu'il avait essayé de la réconforter et que, ce faisant, il n'avait pas remarqué que le train démarrait. À l'exclamation unanime :

« Pourquoi, alors, n'êtes-vous pas resté dans le train jusqu'à Southampton, monsieur ? », il répondit en prétextant l'inexpérience d'une jeune belle-sœur laissée seule chez lui avec trois jeunes enfants et l'inquiétude que lui aurait causée son absence, les bureaux du télégraphe étant fermés. Il avait agi impulsivement. « Mais je crois que je ne referai jamais cela », conclut-il avec un sourire à tous ; puis il distribua quelque petite monnaie et sortit de la gare en traînant la jambe.

Une fois dehors, le camarade Ossipon, nanti de plus de bons billets de banque qu'il n'en avait eu de sa vie, déclina les offres de service d'un fiacre.

- Je peux marcher, dit-il avec un petit rire amical à l'aimable cocher.

Il pouvait marcher. Il marcha. Il passa le pont. Un peu plus tard, les tours de l'Abbaye dans leur massive immobilité virent passer sous les réverbères la blonde profusion de sa chevelure. Les lumières de Victoria le virent aussi, et Sloane Square, ainsi que les grilles du Parc. Puis le camarade Ossipon se trouva de nouveau sur un pont. En bas, la rivière, lugubre merveille d'ombres stagnantes et de lueurs mouvantes mêlées dans un silence obscur, arrêta son attention. Il resta un long moment à la contempler, accoudé au parapet. L'horloge de la Tour fit résonner son airain au-dessus de sa tête baissée. Il regarda l'heure... Minuit et demie, une nuit agitée sur la Manche.

Et le camarade Ossipon marcha encore. Sa silhouette robuste put être vue cette nuit-là dans les quartiers les plus excentriques de l'énorme ville monstrueuse sommeillant sur un tapis de boue sous un voile de brume froide. On put le voir traverser des rues mortes et muettes, ou s'éloigner dans les interminables perspectives rectilignes de maisons indistinctes bordant des artères vides ponctuées de rangées de lampadaires. Il traversa des squares, des places, des terrains vagues ; il suivit des rues monotones aux noms inconnus, où réside la lie de l'humanité inerte et sans espoir, hors du courant de la vie. Il marcha. Et, tournant tout à coup dans un jardinet orné d'une misérable pelouse mitée, il pénétra dans une petite maison sale, au moyen d'une clef qu'il tira de sa poche.

Il se jeta tout habillé sur son lit et resta sans bouger pendant plus d'un quart d'heure. Puis il s'assit tout à coup, remonta ses genoux, croisa ses mains sur ses jambes. Les premières lueurs de l'aube le trouvèrent les yeux ouverts, dans la même position. Cet homme, capable de marcher sans but, si loin et si longtemps, sans montrer aucun signe de fatigue, pouvait aussi rester des heures immobile, sans bouger un membre ou une paupière. Mais lorsque le soleil paresseux projeta enfin ses rayons dans la chambre, il dénoua ses mains et se laissa tomber sur l'oreiller. Ses yeux fixaient le plafond. Soudain, ils se fermèrent. Et le camarade Ossipon dormit dans la lumière du jour.

13

L'énorme cadenas qui fermait les portes de l'armoire était le seul objet de la pièce sur lequel on pouvait poser son regard sans être affligé par la laideur des formes et la pauvreté des matériaux. Invendable dans le commerce courant, il avait été cédé au Professeur pour quelques pence par un marchand d'articles de marine de l'est de Londres. La pièce était grande, propre, convenable, et pauvre de cette pauvreté qui évoque l'inassouvissement de tout besoin à la seule exception du pain. Les murs étaient nus, tapissés d'un papier verdâtre, avec çà et là des souillures indélébiles et des taches semblables à des cartes géographiques fanées représentant des continents inhabités.

Assis à côté d'une table à jeu près de la fenêtre, le camarade Ossipon tenait sa tête entre ses poings. Le Professeur, vêtu de son unique costume de tweed râpé, allait et venait en faisant claquer les semelles usées de pantoufles incroyablement déchirées, les mains au fond des poches déformées de son veston. Il racontait à son robuste visiteur qu'il avait récemment été voir l'apôtre Michaelis. Le parfait anarchiste se montrait assez confiant.

- Il ignorait la mort de Verloc. Évidemment, il ne lit jamais les journaux ! Il prétend que cela l'attriste trop. Mais peu importe. Je suis entré dans son cottage. Pas une âme nulle part. J'ai dû appeler six fois pour obtenir une réponse. Je croyais qu'il était encore au lit et qu'il dormait. Pas du tout. Il avait déjà passé quatre heures à la composition de son livre. Il était assis dans cette cage minuscule au milieu d'une litière de feuillets manuscrits. Il avait à côté de lui sur la table une carotte crue à demi mangée : son petit déjeuner. Il vit maintenant de carottes crues et d'un peu de lait.

- Que pense-t-il de son travail ? demanda sans curiosité le camarade Ossipon.

- D'une candeur angélique... J'ai ramassé sur le plancher quelques feuilles. La pauvreté de son raisonnement est ahurissante. Il n'a aucune logique. Il est incapable d'une pensée suivie. Mais ce n'est pas tout. Il a divisé son ouvrage en trois parties intitulées Foi, Espérance, Charité. Il développe actuellement l'idée d'un monde constitué comme un gigantesque hôpital accueillant, avec des jardins et des fleurs, dans lequel les plus forts doivent se consacrer à soigner les plus faibles.

Le Professeur marqua une pause.

- Vous rendez-vous compte de cette imbécillité, Ossipon ? La source de tous les maux, ce sont nos maîtres sinistres - les faibles, les mous, les sots, les lâches, ceux qui ont le cœur fragile et ceux qui sont des esclaves. Ce sont eux qui tiennent le pouvoir. Ils sont la multitude. Ils règnent sur le monde. Les exterminer ! Les exterminer ! C'est la seule chance de progrès. Vraiment ! Suivez-moi, Ossipon. Il faut d'abord supprimer les faibles, puis ceux qui n'ont qu'une force relative. Vous voyez ? D'abord les aveugles, ensuite les sourds et les muets, puis les boîteux et les invalides, ainsi de suite. Tous les défauts, tous les vices, tous les préjugés et toutes les conventions doivent être condamnés.

- Que restera-t-il, alors ? demanda Ossipon d'une voix sourde.

- Moi, si je suis assez fort, affirma le petit Professeur malingre, dont les grandes oreilles minces comme des membranes et largement décollées de son crâne frêle prirent soudain une teinte rouge vif.

- N'ai-je pas souffert de l'oppression des faibles ? insista-t-il.

Puis frappant la poche de poitrine de son veston :

- Et pourtant, je *suis* la force, continua-t-il. Mais le temps ! Le temps ! Donnez-moi du temps ! Ah, cette multitude, trop stupide pour éprouver de la peur ou de la pitié ! Je me dis parfois que tout s'allie avec eux. Tout, même la mort, mon arme personnelle.

- Venez prendre une bière avec moi au *Silenus*, dit le robuste Ossipon après un intervalle de silence ponctué par le rapide claquement des pantoufles du parfait anarchiste.

Celui-ci accepta. Il était ce jour-là assez affable, à sa façon particulière. Il donna à Ossipon une tape sur l'épaule.

- De la bière ? D'accord ! Buvons et soyons gais, car nous sommes forts et demain nous mourrons.

Il commença à se changer, tout en parlant de son ton bref et résolu.

- Qu'est-ce que vous avez, Ossipon ? Vous avez l'air soucieux et vous recherchez ma compagnie. J'ai appris que l'on vous voyait souvent dans les lieux où les gens échangent des propos ineptes en buvant des alcools. Pourquoi ? Avez-vous renoncé à votre collection de femmes ? Elles font partie de ces faibles qui nourrissent les forts, hein ?

Il martela le sol d'un pied et saisit son autre bottine à lacets, lourde, à semelle épaisse, jamais cirée et maintes fois ravaudée. Il eut un sourire grinçant.

- Dites-moi donc, Ossipon, homme redoutable, est-ce que par hasard l'une de vos victimes se serait tuée à cause de vous ? Ou bien vos victoires ne sont-elles pas allées jusque là ? Car seul le sang peut sceller la grandeur. Le sang. La Mort. Voyez l'Histoire.

- Foutez-moi la paix, dit Ossipon sans tourner la tête.

- Pourquoi ? Laissez cet espoir aux faibles, dont la théologie a inventé l'enfer pour les forts. Ossipon, j'ai pour vous un sentiment de mépris amical. Vous seriez incapable de tuer une mouche.

Mais pendant qu'ils se rendaient à leur petite fête, sur l'impériale de l'omnibus, le Professeur perdit son entrain. Le spectacle des foules sur les trottoirs écrasait son assurance sous un fardeau de doute et d'inquiétude dont il ne pouvait se libérer qu'après un temps de réclusion dans la chambre à la grande armoire fermée par un cadenas énorme.

- Ainsi, dit le camarade Ossipon assis derrière lui, ainsi Michaelis rêve d'un monde semblable à un bel hôpital plein de gaieté ?

- Exactement. Et d'une charité infinie pour guérir les faibles, acquiesça sarcastiquement le Professeur.

- C'est idiot, opina Ossipon. La faiblesse est incurable. Mais, au fond, Michaelis n'a peut-être pas tout à fait tort. Dans deux cents ans, les médecins régiront l'univers. La science règne déjà. Elle règne dans l'ombre peut-être, mais elle règne. Et toutes les sciences finiront par culminer dans la connaissance des moyens de guérir non pas les faibles, mais les forts. L'humanité veut vivre, vivre.

- L'humanité, affirma le Professeur avec un éclair de confiance en soi dans ses lunettes à monture de métal, ne sait pas ce qu'elle veut.

- Mais vous, vous le savez, grommela Ossipon. Vous venez de demander du temps, du temps. Eh bien, les médecins vous le donneront, le temps - si vous êtes sage. Vous prétendez que vous faites partie des forts parce que vous avez dans votre poche un produit capable de vous envoyer dans l'éternité en même temps que... disons vingt autres personnes. Mais l'éternité est un sale trou. C'est de temps que vous avez besoin. Vous ! Si vous rencontriez un homme vous garantissant dix années de vie, vous l'appelleriez votre maître !

- Ma devise est : ni Dieu ni maître, proféra sentencieusement le Professeur en se levant pour descendre du bus.

Ossipon le suivit.

- Attendez jusqu'à votre lit de mort, rétorqua-t-il en sautant du marchepied derrière l'autre, que finisse votre minuscule, misérable petit bout de temps, continua-t-il en traversant la rue et en montant sur le trottoir.

- Ossipon, je pense que vous êtes une nullité, dit le Professeur en poussant d'un geste autoritaire la porte du célèbre *Silenus*.

Et lorsqu'ils se furent installés à une petite table, il développa sa gracieuse pensée.

- Vous n'êtes même pas un médecin. Mais vous êtes drôle. Votre idée d'une humanité entière tirant la langue d'un pôle à l'autre pour absorber les pilules ordonnées par quelques solennels plaisantins est digne d'un prophète. Les prophéties ! À quoi bon penser à ce que sera l'avenir ?

Il leva son verre.

- À la destruction de ce qui est ! dit-il avec calme.

Il but et retomba dans le silence fermé qui lui était particulier. La pensée d'une humanité aussi nombreuse que les grains de sable d'une plage, aussi indestructible, aussi difficile à manier, l'oppressait. Le vacarme des explosions de bombes se perdait sans écho dans leur infinité de grains passifs. Cette affaire Verloc, par exemple : qui y pensait encore ?

Comme subitement contraint par une force mystérieuse, Ossipon tira de sa poche un journal replié. Entendant le froissement du papier, le Professeur leva la tête :

- Qu'est-ce que c'est que ce journal ? Contient-il quelque chose d'intéressant ? demanda-t-il.

Ossipon sursauta comme un somnambule apeuré que l'on vient de réveiller.

- Non. Rien du tout. C'est un journal vieux de dix jours. Je l'avais sans doute oublié dans ma poche.

Mais il ne le jeta pas. Avant de le remettre dans sa poche, il jeta un coup d'œil sur les dernières lignes d'un article. On y lisait : « Un mystère impénétrable planera sans doute à jamais sur cet acte de folie ou de désespoir. »

Tels étaient les derniers mots d'un fait divers intitulé « Suicide d'une passagère sur le navire transmanche. » Le camarade Ossipon connaissait bien le style de ce journaliste. « Un mystère impénétrable planera sans doute à jamais... » Il savait par cœur chaque mot. « Un mystère impénétrable... » Et le robuste anarchiste, baissant la tête, tomba dans une longue méditation.

Cet article menaçait les sources mêmes de son existence. Il ne pouvait se décider à aller rejoindre ses diverses conquêtes, celles qu'il courtisait dans les jardins de Kensington et celles qu'il rencontrait près des grilles, car il avait peur de se mettre à leur parler d'un « mystère impénétrable qui... » Sur un plan plus scientifique, il avait peur de perdre la raison à cause de ces quelques lignes. « Qui planerait à jamais sur... » C'était une obsession, une torture. Ces derniers jours, il avait manqué plusieurs de ces rendez-vous, qui avaient en règle générale le caractère d'une franchise totale dans l'expression du sentiment et de la tendresse virile. Les dispositions confiantes de différentes catégories de femmes satisfaisaient les exigences de son amour-propre et lui procuraient quelques moyens matériels. Cela lui était nécessaire pour vivre. C'était ainsi. Mais s'il ne pouvait plus utiliser cet atout, il courait le risque de ruiner ses rêves d'idéal et d'affamer son corps.

« ... Cet acte de folie ou de désespoir... »

Un mystère impénétrable planerait assurément à jamais en ce qui concernait l'humanité entière. Mais que se passerait-il si lui seul entre tous les hommes ne pouvait jamais se libérer de ce qu'il avait le malheur de savoir ? Et ce que savait le camarade Ossipon correspondait de façon précise à ce que le journaliste avait été capable de décrire, jusqu'aux termes mêmes : « Un mystère... planerait à jamais... »

Le camarade Ossipon était bien informé. Il savait que l'homme à la coupée du vapeur avait vu « une dame en robe et voile noirs errant à minuit le long du quai ». « Embarquez-vous sur le navire, m'ame ? lui avait-il demandé aimablement. C'est par ici. » Elle paraissait indécise. Il l'avait aidée à monter à bord. Elle semblait fatiguée.

Et Ossipon savait aussi ce qu'avait vu la femme de chambre : une dame en noir, au visage pâle, debout au milieu de la cabine vide. La femme de chambre lui avait conseillé de s'étendre. La dame semblait ne pas vouloir parler, comme si elle était terriblement bouleversée. Ensuite, la femme de chambre s'aperçut qu'elle n'était plus dans la cabine des dames. Elle partit alors à sa recherche sur le pont, et le camarade Ossipon apprit que cette brave femme y avait trouvé la malheureuse dame allongée sur un fauteuil de pont. Elle avait les yeux ouverts, mais ne répondait pas quand on lui parlait. Elle avait l'air très mal en point. La femme de chambre alla chercher le steward, et tous deux restèrent auprès du fauteuil pour se consulter au sujet de leur passagère extraordinaire et tragique. Ils parlèrent à mi-voix mais de manière audible (car elle semblait inconsciente) de Saint-Malo et du consul de là-bas, de chercher aussi à joindre sa famille en Angleterre. Puis ils s'éloignèrent afin de prendre des dispositions pour la transporter en bas car, à voir son visage, ils la croyaient à l'agonie. Mais le camarade Ossipon savait, lui, que derrière ce masque blême de désespoir il y avait la lutte d'une vitalité vigoureuse contre la terreur et le désespoir, un amour de la vie capable de survivre à la fureur angoissée qui pousse au meurtre et à la crainte aveugle, à la terreur folle de la potence. Il le savait. Mais le steward et la femme de chambre ne savaient rien, sinon que lorsqu'ils étaient remontés, moins de cinq minutes plus tard, la dame en noir n'était plus sur le fauteuil. Elle n'était nulle part. Elle avait disparu. Il était alors cinq heures du matin, et il n'y avait eu aucun accident. Une heure après, un membre de l'équipage découvrit une alliance abandonnée sur le fauteuil. Elle s'était collée contre le bois humide, et le regard de l'homme fut attiré parce qu'elle brillait. Elle portait, gravée à l'intérieur, la date du 24 juin 1879. « Un mystère impénétrable planera sans doute à jamais... »

Et le camarade Ossipon redressa la tête, cette tête si chère à diverses humbles femmes des îles Britanniques, digne d'Apollon par l'éclat doré de sa toison abondante.

Pendant qu'il méditait ainsi, le Professeur s'était agité. Il se leva.

- Attendez ! dit vivement Ossipon. Dites-moi, que savez-vous de la folie et du désespoir ?

Le Professeur passa le bout de sa langue sur ses lèvres minces et sèches, puis dit d'un ton doctoral :

- Ces choses-là n'existent pas. Toute passion a désormais disparu. Le monde est médiocre, avachi, sans force. Or, la folie et le désespoir sont des forces. Et la force est un crime aux yeux des mous, des faibles et des imbéciles qui règnent sur la volière. Vous êtes sans envergure. Verloc, dont la police a si bien réussi à étouffer l'affaire, était sans envergure. Et la police l'a tué. C'était un médiocre. L'humanité entière n'est que médiocrité. Folie et désespoir ! Donnez-moi ce levier, et je soulèverai le monde. Ossipon, vous avez mon cordial mépris. Vous êtes même incapable de concevoir ce que les citoyens repus appelleraient un crime. Vous n'avez aucune force.

Il se tut, avec un sourire sardonique sous le reflet brillant de ses verres épais.

- Et permettez-moi de vous dire que ce petit héritage dont il paraît que vous avez été gratifié n'a pas accru votre intelligence. Vous restez assis devant votre bière comme un automate. Au revoir.

- Le voulez-vous ? dit Ossipon en levant les yeux avec un rictus idiot.

- Quoi ?

- Cet héritage. En totalité.

L'incorruptible Professeur se borna à sourire. Ses vêtements étaient presque en loques ; ses souliers n'avaient plus de forme à force de ravaudages, ils étaient lourds comme du plomb, prenaient l'eau à chaque pas. Il dit :

- Je vous ferai passer un de ces jours la facture de certaines substances que je commanderai demain. J'en ai grand besoin. Compris ?

Ossipon baissa lentement la tête. Il était seul. « Un mystère impénétrable... » Il lui semblait voir suspendu dans les airs son propre cerveau battant au rythme d'un mystère impénétrable. C'était clairement pathologique. « ... Cet acte de folie ou de désespoir. »

Le piano mécanique, près de la porte, joua de bout en bout une valse saccadée, puis retomba d'un seul coup dans le silence, comme s'il boudait.

Le camarade Ossipon, *alias* le Docteur, sortit de la brasserie *Silenus*. À la porte, il hésita, clignant des yeux sous un soleil point trop lumineux ; et le journal qui relatait le suicide d'une dame était dans sa poche, sur son cœur qui battait contre lui. Le suicide d'une dame, « cet acte de folie ou de désespoir ».

Il marcha le long de la rue sans regarder où il posait les pieds ; et dans une direction qui n'était pas celle de son rendez-vous avec une autre dame (une directrice d'école maternelle, d'un âge respectable) qui accordait sa confiance à la tête divine d'un Apollon. Il s'en éloignait. Il ne pouvait affronter aucune femme. C'était catastrophique. Il était incapable de penser, de travailler, de manger, de dormir. Mais il commençait à boire avec plaisir, avec désir, avec espoir. C'était un désastre. Sa carrière révolutionnaire, épaulée par les sentiments et la confiance de nombreuses femmes, était menacée par un « mystère impénétrable », le mystère d'un cerveau humain travaillant à faux au rythme des phrases d'un journaliste. « ... Planera sans doute à jamais sur cet acte... - cela tournait à la déchéance - ... de folie ou de désespoir. »

« Je suis sérieusement malade », murmura-t-il pour lui-même avec une intuition scientifique. Déjà son corps vigoureux - avec dans ses poches l'argent des services secrets d'une ambassade (hérité de Mr. Verloc) - marchait dans le caniveau, comme s'il s'entraînait à la besogne d'un avenir inéluctable. Déjà, il courbait ses larges épaules, sa tête aux boucles divines, prêtes à recevoir le joug de cuir du panneau de l'homme-sandwich. Comme cette nuit vieille d'un peu plus d'une semaine, où le camarade Ossipon avait marché sans regarder où il posait ses pieds, sans éprouver de fatigue, sans rien sentir, rien voir, sans entendre le moindre son. « Un mystère impénétrable... » Il marchait sans que nul fît attention à lui. « ... Cet acte de folie ou de désespoir. »

Et le Professeur incorruptible marchait lui aussi en détournant les yeux de l'odieuse multitude humaine. Il n'avait pas d'avenir. Il le dédaignait. Il était une force. Sa pensée caressait des images de destruction et de ruine. Il marchait, frêle, insignifiant, pauvre, misérable - et terrible dans la simplicité de son idée d'appeler la folie et le désespoir pour régénérer le monde. Nul ne le regardait. Il allait, insoupçonné et mortel comme la peste, dans la rue encombrée d'êtres humains.

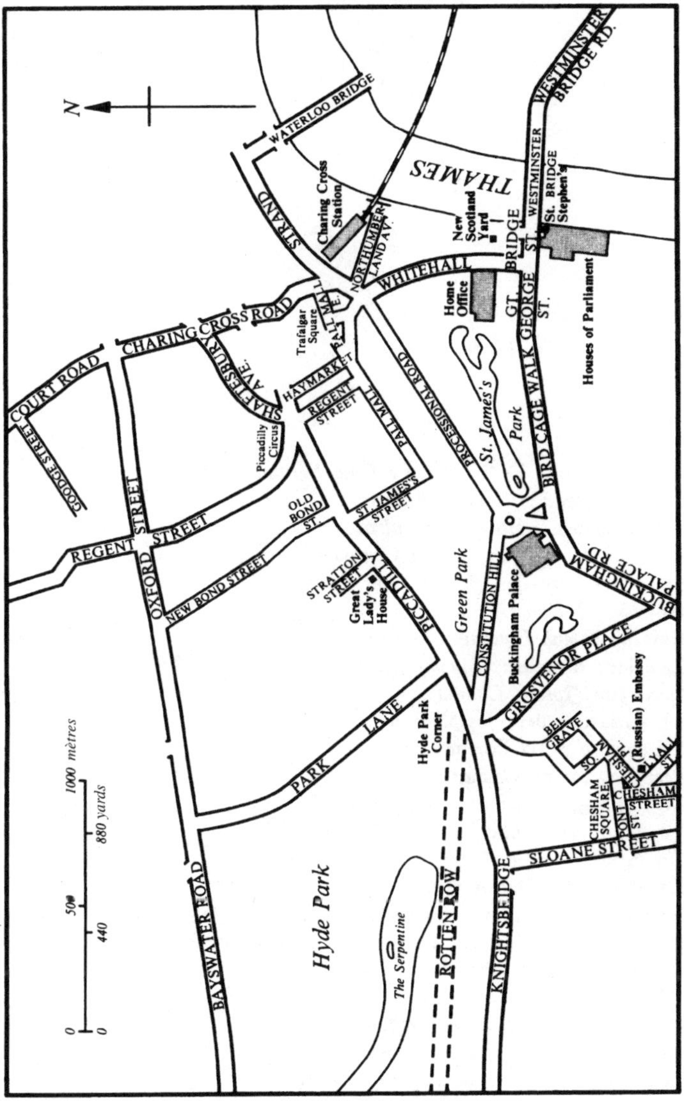

Plan du centre de Londres, vers 1907.

Déjà parus dans la collection **Littératures**

Qu'est devenue Dulce Veiga ? *Caio Fernando Abreu*
Les Sept Pendus, *Léonid Andreev*
Albert Savarus, *Honoré de Balzac*
Au bout du rouleau, *Joseph Conrad*
Freya des Sept-Îles, *Joseph Conrad*
Jeunesse, *Joseph Conrad*
Karain, *Joseph Conrad*
La Ligne d'ombre, *Joseph Conrad*
Lord Jim, *Joseph Conrad*
Un paria des îles, *Joseph Conrad*
Un sourire de la Fortune, *Joseph Conrad*
Victoire, *Joseph Conrad*
Le Compagnon secret, *Joseph Conrad*
La Faute de Jeanne Le Coq, *Antoon Coolen*
Un mystérieux héroïsme, *Stephen Crane*
Lady Roxana, *Daniel Defoe*
Nétotchka Nezvanova, *Fiodor Dostoïevski*
L'Homme qui s'est fait tout seul, *Théodore Dreiser*
Mademoiselle de Clermont, *Mme de Genlis/*
Édouard, *Mme de Duras*
Un enfant d'Ukraine, *Albrecht Goes*
Années de guerre, *Vassili Grossman*
Les mots ont des visages, *Joël Guenoun*
Contes d'un voyageur, *Washington Irving*
Chaves, *Eduardo Mallea*
Les Feux, *Shôhei Ôoka*

Le Calendrier de Cordoue, *Yves Ouahnon*
Autobiographie de mon père, *Pierre Pachet*
Le Concile d'amour, *Oscar Panizza*
La Vie d'Alexandre, *Plutarque*
Pompée, Crassus, César ou l'agonie de la République, *Plutarque*
Les Cloportes, *Jules Renard*
La Marquise de Gange, *Sade*
Une fin de règne, *Saint-Simon*
Les Lettres de Capri, *Mario Soldati*
Orient exils, *Annemarie Schwarzenbach*
Les morts restent jeunes, *Anna Seghers*
Transit, *Anna Seghers*
Mémoires d'un valet de pied, *William M. Thackeray*
Une paysanne russe, *Léon Tolstoï*
La Mort de Michaël, *Ernst Wiechert*
Le Roi des Schnorrers, *Israël Zangwill*

Achevé d'imprimer en mars 1996 sur les presses de l'imprimerie Corlet
à Condé-sur-Noireau (Calvados) pour le compte des Éditions Autrement,
17, rue du Louvre, 75001 Paris. Tél. : 40.26.06.06. Fax : 40.26.00.26.
N° d'imprimeur : 16292. ISBN : 2-86260-604-9.
Dépôt légal : 2e trimestre 1996.